석학人文강좌 17

프랑스 현대 소설의 탄생

석학人文강좌 **17**

프랑스 현대 소설의 탄생 ─발자크에서 카뮈까지

2012년 4월 30일   초판 1쇄 발행
2022년 4월 18일   초판 2쇄 발행

지은이   김화영
펴낸이   한철희
펴낸곳   주식회사 돌베개
책임편집   최양순·이경아

디자인   이은정·박정영
디자인기획   민진기디자인

등록   1979년 8월 25일 제406-2003-000018호
주소   (10881) 경기도 파주시 회동길 77-20(문발동)
전화   (031) 955-5020
팩스   (031) 955-5050
홈페이지   www.dolbegae.co.kr
전자우편   book@dolbegae.co.kr

ⓒ 김화영, 2012

ISBN 978-89-7199-484-9 94860
ISBN 978-89-7199-331-6 (세트)

이 저서는 '한국연구재단 석학과 함께하는 인문강좌'의 지원을 받아 출판된 책입니다.

석학
人文
강좌
17

프랑스 현대 소설의 탄생

발자크에서 카뮈까지

김화영 지음

돌베
개

깊은 산골 마을이었다. 마을 앞 신작로는 등 뒤의 골짜기로 이어졌다
가 높은 산에 가로막혀 되돌아 나왔다. 그런 궁벽한 마을에서 국민학교
(당시에는 이렇게 불렸다)를 졸업하고 난생 처음 기차를 타고 혼자 서울로 왔
다. 전쟁이 막 끝난 서울은 폐허의 도시였다. 입학한 중학교 교사校舍는
폐허 위에 급조한 판잣집이었고, 비가 샜다. 궁핍한 시절이라 동화책을
읽어 본 적이 없고, 중학생이 되어서도 청소년 소설이나 만화책을 마음
껏 접해 본 기억이 없다. 서가에 꽂힌 서적은 대부분 읽을 줄 모르는 일
본어거나 아니면 종이가 귀한 시절에 어렵사리 출판된 성인용 소설이
전부였고, 손에 잡히는 것은 오직 교과서뿐이었다. 고등학교를 졸업할
무렵인 1950년대 말에야 겨우 종이 기근이 어느 정도 풀리면서 문고판
서적과 '세계 문학 전집'이 출판되기 시작했다. 나의 목마른 정신은 스
펀지처럼 그 귀한 자양을 마구잡이로 빨아들이기 시작했다. 소설과의
만남, 그것은 곧 열애였다.

대학교에 입학해서야 비로소 프랑스 말을 배우기 시작했다. 나의 본
격적인 소설 읽기는 대학의 외국어 강독 교실에서 시작되었다고 할 수
있다. 이렇게 소설 읽기를 이어 온 지 반세기, 대학 강단에서 학생들과

함께 프랑스 소설을 읽고 해석하고 강의하고 연구하고, 그리고 프랑스 소설을 우리말로 번역해 온 지 40년이 가까워 온다.

　이 책은 불문학 전공 대학생들이 아닌 일반인들을 상대로 한 달 동안 진행한 '석학과 함께하는 인문강좌'의 내용을 보완, 정리한 것이다. 이 인문학 강좌에는 대학의 강의에 비해 시간적·공간적 제약이 따랐다. 한 학기 단위로 장기간에 걸친 강의와 단순히 시간적인 길이에서만 차이가 나는 것이 아니다. 강의하는 사람과 청중의 장시간에 걸친 친화와 쌍방향의 의사 교환과 대화 또는 토론이 극히 제한될 수밖에 없는 것이 이런 종류의 공개강좌다. 더군다나 제한된 시간 동안 불특정 다수의 청중을 상대로 하는 강좌에서 외국어로 된 소설 텍스트의 원문을 눈앞에 보며 함께 읽고 분석, 해석하는 것은 불가능에 가깝다. 따라서 나로서는 일방적으로 나의 생각을 일정한 논리에 따라 설명하고, 시간에 쫓기면서 사이사이에 급히 인용문을 제시하는 정도가 고작이었다.
　이와 같은 물리적 한계 속에서나마 이 강의는 프랑스 대혁명 이후의 '프랑스 현대 소설'이 어떤 양상을 보이며 진화해 왔는지 『적과 흑』, 『고리오 영감』, 『마담 보바리』, 『목로주점』, 『잃어버린 시간을 찾아서』, 『이방인』이라는 여섯 편의 대표적인 작품을 통해 개관, 분석하는 데 목적을 두고 진행되었다. 먼저 대혁명이라는 엄청난 역사적 변혁이 사회 구조 속에 깊숙이 침투해 영향을 미치기 시작하면서 등장한 이른바 '현대' 소설은 그 전의 소설 또는 이야기와 어떤 차이를 드러내는가라는 질문이 선행할 터다. 이 질문에 대해 흔히들 '리얼리즘' 또는 '미메시스'라는 답을 제시하곤 한다. 그러나 이 개념은 매우 광범하고 복잡한 해석을 필요로 한다. 나는 이 문제를 '자아'의 발견, '시간'의 발견이라는 말로 바꾸어 설명해 보려고 했다. 자아의 발견이란 리얼리즘이 그 안에 낭만주의와 개인주의의 씨앗을 안고 있다는 뜻이다. 시간의 발견이란 프랑스 사회가 대혁명을 거치면서 구체제가 물려준 영원불변의 통일성에서 벗어나 생성 변화의 힘인 역사를 발견하고 거기에 적응해 나간다는 것을 의미한다. 특히 1830년을 기점으로 등장한 선구적 소설(가령 스탕달의 『적과 흑』, 발자크의 『고리오 영감』)은 이런 새로운 경험의 문학적 표현이라고 할 수 있다. "소설이란 어떤 길을 따라서 이동하는 하나의 거울이다"라는 스탕달의 말(『적과 흑』제1부 13장의 제사)은 리얼리즘을 말할 때 어김없이 인용되는 명언이다. 그러나 우리는 이 말 속에서 "거울"만이 아니라 "길을 따라서 이동하는"이라는 현재진행형의 동사가 함축하는 현재의 즉흥성과 시간과 역사가 강요하는 생성 변화와 사회적 이동성의 함축에 특히 눈을 돌릴 필요가 있다.

　19세기 전반기에서 후반기로 넘어오면서 프랑스 소설은 리얼리즘의 자각을 심화하는 한편, 소설이 무엇을 쓸 것인가에 못지않게 어떻게 쓸 것인가라는 본질적인 문제를 제기하고 의식적으로 그 답을 찾으려는 모색의 과정을 그 소설 자체 속에 반영하게 된다. 이는 플로베르의 등장으로 상징되는 새로운 소설사적 국면이다. 발자크가 19세기 전반기의 넘치는 에너지와 정념 소설을 표방하며 동시에 '역사의 서기'가 되겠다고 자처했다면, 플로베르는 그에 뒤이은 '잃어버린 환상'을 정치한 문장과 언어 구조 속에 조탁彫琢하는 위대한, 그러나 금욕적인 소설의 '장인'이다. 그는 1848년 이래의 환멸과 비관주의, 행동과 꿈의 괴리를 확인하고 가장 깊숙한 성찰의 세계로 도피한 세대에 속한다. 쓰라린 진실의 맛을 보아 버린 세대, 그리하여 거센 감정의 토로를 억제하고 형태와 스타일에 자신을 바친 세대라는 점이 앞선 발자크의 세대와 확연히 구별되는 특징이다. 쥘리엥 소렐은 베리에르라는 작은 마을에서 파리로, 라스티냐크는 낙후한 시골 앙굴렘에서 청운의 뜻을 품고 파리로 '상경'하는 데 성공했다. 그러나 마담 보바리는 용빌과 루앙을 오가면서 파리의 화려한 삶을 꿈에 그릴 뿐 그 시골의 좁은 공간을 벗어나지 못한 채 자살로 생을 마감한다. 『목로주점』의 가난한 노동자 제르베즈는 파리에 올라왔지만 그 대도시의 비참한 주변부에서 버림받은 채 삶을 끝낸다. 한편 알제의 회사원인 뫼르소는 사장이 파리 근무를 제안하지만 "사람이란 결코 삶을 바꿀 수는 없는 노릇이고, 어쨌든 어떤 생활이든지 다 그게 그거다"라는 이유로 거절하고 변방인 알제에 그대로 남아 있고자 한다.

프랑스 현대 소설은 플로베르와 더불어 시작해 아직도 끝나지 않은 집요한 질문 앞에 서 있다. 어떻게 쓸 것인가? 이 질문은 플로베르, 프루스트, 카뮈, 그리고 누보로망을 거쳐 아직도 미결의 현안으로 남아 있다. 물론 『잃어버린 시간을 찾아서』나 『이방인』도 대혁명이란 사회 변혁을 경험한 이후의 소설이므로 어떤 방식으로든 사회를 비추는 거울이다. 그러나 그 거울은 단순하게 길을 따라 이동하며 사회를 비추기만 하는 것이 아니라, 내면 또는 의미 없는 삶과 언어를 반사하는 거울이기도 하다. 그 거울은 때로 깨진 거울이 되기도 하고 흐린 거울이 되기도 한다. 변화무쌍한 삶의 풍경을 넓게 비추기만 하는 것이 아니라 내면의 어두운 깊이를 일상의 틀 속에 비춰 보기도 한다. "나는 창문을 닫았고, 방 안으로 돌아오다가 거울 속에 알코올램프와 빵 조각이 나란히 놓여 있는 테이블 한끝이 비쳐 있는 것을 보았다." 뫼르소의 거울은 이처럼 램프와 빵 조각과 테이블 한끝을 비추는 것이 고작인 무의미의 깨진 거울이다.

공개강좌의 내용을 책으로 엮는 과정에서 많은 내용을 보충하고 수정했다. 불특정 다수의 청중을 향해 비교적 쉽게, 논리의 맥락을 따라서 진행했던 '연속적' 설명을 불연속적인 텍스트 읽기와 해석, 앞서의 지나치게 논리적인 일관성을 재반성하는 기회로 보완하려고 노력했다. 소설은 역사와 같은 모태에서 태어났지만 역사가 아니다. 존재는 산만하게 흩어지고 시간은 불연속적이다. 우리는 오직 "망각의 대양 속에 떠 있는 의식의 섬들에 불과하다"고 프루스트는 말한다. 프루스트의 천재는 그 근원적인 혼란과 불연속에 대한 대응책을 찾아낼 수 있다고 믿은 데 있다. '뜻하지 않은 기억'의 경험은 그에게 구원의 열쇠를 찾아내게 해 주었다. 소설의 역사는 연속성의 역사라기보다는 반성과 위반의 불연속적인 계기들로 이루어진다. 소설은 일반 역사의 흐름 속에 놓인 한 징검다리로 읽힐 수 있지만, 동시에 그 어느 것에도 봉사하지 않는 그 자체의 내적 구조로서 새로운 의미를 생산한다. 따라서 이 책에서는 가능한 한 한 편 한 편의 소설이 거시적인 역사의 조명을 받기 전에 먼저 텍스트의 전체적인 구조에 의해 동적인 의미를 드러내도록 유의했다. 이 책은 전문가를 위한 연구서가 아니므로 인용에 따른 각주를 생략했다. 작품의 해석은 지금까지의 많은 연구 성과들을 광범위하게 참고해서 소개하는 형식을 취했다. 그 과정에서 이 책의 저자는 자신의 지적 형성 과정에서 가장 중요한 매혹을 행사했던 두 가지 비평적 흐름의 영향을 숨기려 하지 않았다. 그중 하나는 구조주의 비평이고, 또 하나는 한때 프랑스에서 '신비평'이라 불렸던 제네바 학파의 비평이다. 소설을 읽고 해석하는 과정에서 '역사'에 대한 강한 매혹에 이끌리면서 동시에 그 역사와 일정한 거리를 유지하려고 노력하는 태도는 아마도 여기서 유래하는 것 같다. 소설은 변화하는 것 못지않게 영원한 것을 이야기한다. 그리고 소설의 저 위로 고공비행하는 대종합의 시선을 갖추기에 앞서 무엇보다 텍스트를 지근거리에서 밀착해 읽는 것은 필수적이다. 소설은 인식의 한 수단이지만 지식이 아니라 구체적이고 직접적인 언어 경험의 대상이다. 한편, 이 책의 저자가 강조하고자 하는 소설 '자세히 읽기' 지향은 외국어로 된 소설을 직접 읽는 것 못지않게 그 텍스트를 우리말로 번역하는 일에 기울여 온 부단한 관심과 무관하지 않을 것이다. 이 책은 삶의 오랜 시간을 바쳐 『이방인』과 『마담 보바리』를 한국어로 번역했고, 이제 다시 프루스트의 『잃어버린 시간을 찾아서』의 반복되는 정독과 번역을 위해 남은 생애의 시간을 바치기로 마음먹은 한 번역자가 자신의 소설 읽기 방식의 일단을 드러내 보이는 기록이기도 하다.

이 책이 나오기까지 여러 분의 도움을 입었다. 우선 역사박물관에서의 인문학 공개 강의를 주선해 주신 고려대학교 서지문 교수의 우정 어린 권유와 강의가 진행되는 동안 보여주신 세심한 배려가 없었다면 처음부터 내게 이런 강의 기회는 없었을 것이다. 또 바쁜 시간을 쪼개어 강의를 격려해 주시고 사회와 토론을 책임져 주신 이화여자대학교 송기정, 서울대학교 오생근, 숭실대학교 이재룡, 고려대학교 지영래 교수께 진심으로 감사드린다. 이분들과 함께 맛보았던 2010년 여름날의 열기와 흥분은 소설 못지않은 즐거움과 행복이었다. 끝으로 지리멸렬한 원고를 참을성 있게 읽고 바로잡아 주신 돌베개 편집부 여러분께 감사드린다.

2012년 3월
솔마의 늦겨울 빛 속에서
김화영

차례

생각의 실마리: '현대'와 '소설'

(1) 서론을 대신한 몇 가지 인용

① 현대의 정의

"모더니티는 과도적인 것, 무상無常한 것, 덧없는 것, 우발적인 것. 예술의 반쪽이다. 나머지 반쪽이 영원한 것, 움직이지 않는 것이라면." 보들레르, 『1846년 살롱』

② '현대'의 유기적 동질성

" '19세기'라는 말로 우리가 흔히 이해하는 시대는 1830년경에 시작한다. 19세기의 토대와 윤곽(즉 우리 자신이 속해 있는 사회 질서, 그 원리와 모순이 여전히 계속되는 경제체제, 그리고 대체로 오늘날에도 우리 자신을 표현하는 형식으로 가지고 있는 문학)이 형성된 것은 겨우 7월 왕정 기간 중이다. 스탕달과 발자크의 소설은 우리 자신의 생활, 즉 우리 자신의 인생 문제, 과거의 세대들은 알지 못했던 도덕적 어려움과 갈등을 다룬 최초의 책들이다. 쥘리엥 소렐과 마틸드 드 라몰, 뤼시엥 드 뤼방프레와 라스티냐크는 서양 문학에서 최초의 근대인, 우리 자신의 최초의 동시대인이다. 그들에게서 우리는 처음으로 우리 자신의 신경 속에 살아 있는 감수성을 만나게 되며, 그들의 성격 묘사에서 근대인의 본질 가운데 하나인 심리학적 섬세화의 첫 윤곽을 발견하게 된다. 1830년대의 스탕달에서 1910년대의 프루스트까지 이어진 정신적 전개가 하나의 유기적인 동질성을 유지했음을 우리는 증언할 수 있다. 그동안 세 세대가 동일한 문제와 싸웠으며 7, 80년 동안 역사의 방향은 변화되지 않았다. 19세기의 모든 특징은 이미 1830년경에 드러난다." 아르놀트 하우저, 『문학과 예술의 사회사 4』

③ 고전주의 시대의 극에서 민주주의 시대의 소설로
"민주주의 때문에 섬세한 것을 이해할 능력이 없는 상스러운 사람들이 극장들마다 가득 차면서부터 나는 소설을 19세기의 극劇이라고 여기게 되었다." 스탕달, 『적과 흑』에 쓴 메모

④ 리얼리즘의 탄생
"소설이란 어떤 길을 따라서 이동하는 하나의 거울이다."
스탕달, 『적과 흑』

⑤ 사회의 서기로서의 소설가
"발자크는 프랑스 대혁명이 무월霧月 18일의 사건으로 종지부를 찍고, 대혁명의 모든 결과가 전개되기 시작하는 1799년에 태어났다.

그의 중요한 첫 작품이 출판되던 1830년 라피트는 루이 필리프를 왕좌에 올려놓고 "마침내 은행가들의 시대가 시작된다"고 말했다. 그리고 1848년 첫 번째 프롤레타리아 혁명인 2월 혁명이 발발했을 때쯤에 발자크는 사실상 글쓰기를 멈추었다. 발자크가 묘사하는 세계는 그 자신과 동시에 태어났다. 그는 소송 대리인 사무소 사무원, 공증인, 인쇄업자, 잡지 편집인 등과 같은 자신의 소설에 등장하는 인물들 가운데서 그들의 야망(의원 출마, 아카데미 회원, 멋진 결혼)과 덕목(정력, 합리주의, 착상의 대담성)과 약점(이기주의, 후안무치, 인간의 운명에 대한 무관심, 야망)을 함께하며 살았다. 그는 사회의 서기인 동시에 그 사회를 지배하는 사람들의 통역관이었다." 앙드레 뷔름세르, 『프랑스 문학사』

⑥ 격정의 표현에서 과학적 방법론으로

"'코르네유에서 라신에 이르는 동안에 비극의 내적 논리가 발전되듯이 소설사에서 결정적 시기인 이 1850년대, 발자크에서 플로베르에 이르는 동안에는 소설의 내적 논리가 발전되었다고 볼 수 있다'라고 티보데는 지적한다. 『마담 보바리』는 오랜 세월 동안 프랑스 소설의 모델이었다. 발자크는 현대 소설의 아버지였다. 플로베르는 그에게서 물려받은 유산을 정비했다. 그는 세세한 구석까지 진실성이 깃들도록 하려고 크게 고심했다. 발자크는 위대한 상상력을 타고난 세대에 속했다. 그래서 그는 이를테면 열에 들뜬 것 같은 상태에서 《인간 희극》을 창조했다. 그의 도취한 듯한 격정 다음에 이어진 것은 플로베르의 방법론이었다. 그것은 과학적 방법론이었다. 플로베르는 의사의 아들이었다. 그는 실증철학이 한창 발전되던 시기에 성장했다." 미셸 레몽, 『프랑스 현대소설사』 ─ 플로베르 편

⑦ 낭만주의를 극복하는 방법으로서의 소설

"수도원에는 매달 찾아와서 한 주일 동안 속옷이나 시트를 손질해 주는 노처녀가 한 사람 있었다. 대혁명 때 몰락한 옛 귀족 집안 출신이어서 대주교의 비호를 받고 있었는데, 그녀는 식당에서 수녀들과 같은 식탁에 앉아 식사를 했고 식후에는 다시 일을 하러 올라가기 전에 그녀들과 한동안 잡담을 하곤 했다. 기숙생들은 곧잘 자습실을 빠져나와 그녀를 찾아갔다. 그녀는 지난 세기의 사랑 노래를 몇 개씩이나 외우고 있어서 바늘을 놀리면서도 나직한 목소리로 그런 노래들을 불렀다. 그 여자는 여러 이야기를 들려주었고 바깥세상 소식을 알려 주거나 마을에 가서 심부름도 해다 주었고 언제나 앞치마의 호주머니 속에 소설책을 숨겨 가지고 들어와서는 상급생들에게 몰래 빌려 주기도 했다. 또 그녀 자신도 일하는 사이사이에 그 책의 긴장들을 정신없이 읽어 넘기곤 했다.

그 내용은 하나같이 사랑, 사랑하는 남녀, 쓸쓸한 정자에서 기절하는 박해받은 귀부인, 역참마다 살해당하는 마부들, 페이지마다 지쳐 쓰러지는 말들, 어두운 숲, 마음의 혼란, 맹세, 흐느낌, 눈물과 키스, 달빛 속에 떠 있는 조각배, 숲 속의 밤 꾀꼬리, 사자처럼 용맹하고 어린 양처럼 부드럽고 더할 수 없는 미덕의 소유자로서 언제나 말쑥하게 차려입고 물동이처럼 눈물을 펑펑 쏟는 신사 분들뿐이었다.

열다섯 살 때 엠마는 여섯 달 동안 낡은 도서 대여점의 책 먼지로 손을 더럽혔다. 그 후, 월터 스콧을 읽고는 역사물에 열중해 궤짝, 위병 대기소, 음유 시인 따위를 동경했다. 그녀는 해묵은 장원에서 긴 드레스를 입은 성주 마님처럼 살아 보고 싶었다. 그리하여 홍예문의 클로버 무늬 장식 밑에서 돌 위에 팔을 기대고 턱을 두 손으로 괸 채 들판 저 끝에서 흰 깃털로 장식한 기사가 검정말을 타고 달려오는 것을 바라보면서 세월을 보내고 싶었다. 그 무렵 그녀는 메리 스튜어트를 숭배했고 유명하거나 불운했던 여성들에게 열렬한 경의를 표했다." 플로베르, 『마담 보바리』 제1부 6장

⑧ 스타일의 힘—'무'에 관한 한 권의 책

"내가 볼 때 아름답다고 여겨지는 것은 내가 실천에 옮겨 보고 싶은 바로 무無에 관한 한 권의 책, 외부 세계와의 접착점이 없는 한 권의 책이다. 마치 이 지구가 아무것에도 떠받쳐지지 않고도 공중에 떠 있듯이 오직 스타일의 내적인 힘만으로 저 혼자 지탱되는 한 권의 책, 거의 아무런 주제도 없는, 아니 적어도 주제가 거의 눈에 띄지 않는(그런 것이 가능하다면) 한 권의 책 말이다. 가장 아름다운 작품들은 최소한의 소재만으로 이루어진 작품들이다. 표현이 생각에 가까워지면 가까워질수록 어휘는 더욱 생각에 밀착되어 자취를 감추고, 그리하여 더욱 아름다워지는 것이다." 플로베르, 루이즈 콜레에게 보낸 편지

⑨ 되찾은 시간으로서의 소설

"나는 의자에 앉아 있는 게르망트 공작을 바라보면서 발밑으로 나보다 훨씬 많은 세월을 파 놓았는데도 그가 별로 늙지 않았다는 사실에 탄복했는데, 그 공작이 무슨 까닭으로 마치 튼튼한 것이라곤 차고 있는 금속 십자가뿐인지라 젊은 신학생들이 부축하려고 달려드는 저 늙은 대주교들의 다리처럼 후들거리는 다리를 딛고 비척거렸는지, 마치 끊임없이 자라는 살아 있는 장대 다리, 때로는 종탑보다 더 높아져서 마침내 걷기가 힘들고 위험할 정도가 되어 갑자기 기우뚱하며 추락하는 장대 다리 위에 올라앉은 인간들처럼, 여든세 살이라는, 웬만해서는 올라갈 수 없는 그 높은 꼭대기에서 발을 떼어 놓을 때마다 나뭇잎처럼 떠는 것인지를 이제 막 깨달았다. (가장 무지한 이의 눈으로 보면 나이가 지긋한 사람들의 얼굴은 젊은 사람의 얼굴과는 너무나도 딴판이어서 마치 무슨 구름 같은 것의 진지함에 가려 있는 것만 같아 보이는 것은 바로 그 때문이었던가?) 나는 나의 장대 다리 역시 발밑에서 너무나도 높이 솟아 있어서 벌써 발아래로 저토록 멀리 내려가고 있는 그 과거를 오랫동안 내 몸에 달고 버틸 힘이 내게 남아 있는 것 같지 않다는 생각에 문득 몸서리가 쳐졌다. 그래서 만일 나에게 내 작품을 이룩하기에 충분할 만큼 긴 시간longtemps이 남아 있다고 한다면, 나는 반드시 거기에 무엇보다 먼저 인간들이, 비록 그렇게 하다가 그 인간들을 그만 괴물과 비슷한 존재들로 만들어 놓는 한이 있을지라도, 공간 속에 할당된 그토록 한정된 자리에 비긴다면 너무나 엄청나게 큰 자리, 공간 속에서와는 반대로 한량

없이 연장된─기나긴 세월 속에 몸담고 있는 거인들처럼, 그 사이의 거리가 그토록 먼, 그들이 살았던 여러 시기, 그토록 수많은 나날들이 차례차례 그 사이에 와서 자리를 잡는, 여러 시기에 동시에 닿아 있기 때문에─자리를 '시간'Temps 속에 차지하도록 그려 보고 싶다." 프루스트, 『잃어버린 시간을 찾아서』의 마지막 문단

⑩ 진정한 자아의 발견

"그가 나가 버린 뒤에, 나는 평정을 되찾았다. 나는 기진맥진해서 침상에 몸을 던졌다. 그러고는 잠이 들었던 모양이다. 왜냐하면 눈을 뜨자 얼굴 위에 별이 보였으니 말이다. 들판의 소리들이 나에게까지 올라오고 있었다. 밤 냄새, 흙냄새, 소금 냄새가 관자놀이를 시원하게 해 주었다. 잠든 그 여름의 그 희한한 평화가 밀물처럼 내 속으로 흘러들었다. 그때 밤의 저 끝에서 뱃고동 소리가 크게 울렸다. 그것은 이제 나에게 영원히 관계가 없어진 한 세계로의 출발을 알리고 있었다. 참으로 오래간만에 처음으로 나는 엄마를 생각했다. 엄마가 왜 한 생애가 다 끝나 갈 때 '약혼자'를 만들어 가졌는지, 왜 다시 시작해 보는 놀음을 했는지 나는 이해할 수 있을 것 같았다. 거기, 뭇 생명들이 꺼져 가는 그 양로원 근처 거기에서도, 저녁은 우수가 깃든 휴식 시간 같았었다. 그토록 죽음이 가까운 시간 엄마는 거기서 해방감을 느꼈고, 모든 것을 다시 살아 볼 마음이 내켰을 것임에 틀림없다. 아무도, 아무도 엄마의 죽음을 슬퍼할 권리는 없는 것이다. 그리고 나도 또한 모든 것을 다시 살아 볼 수 있을 것 같은 생각

이 들었다. 마치 그 커다란 분노가 나의 고뇌를 씻어 주고 희망을 가시게 해 주었다는 듯, 신호들과 별들이 가득한 그 밤을 앞에 두고, 나는 처음으로 세계의 정다운 무관심에 마음을 열고 있었던 것이다. 세계가 그렇게도 나와 닮아서 마침내는 형제 같다는 것을 깨닫자, 나는 전에도 행복했고, 지금도 행복하다고 느꼈다. 모든 것이 완성되도록, 내가 덜 외롭게 느껴지도록, 나에게 남은 소원은 다만, 내가 사형 집행을 받는 날 많은 구경꾼들이 와서 증오의 함성으로 나를 맞아 주었으면 하는 것뿐이었다." 알베르 카뮈, 『이방인』 마지막 문단

⑪ 스탕달에서 프루스트까지

"죽음이 가까워 왔을 때 마르셀 프루스트는 열정에 가득 찬 확신을 마음속에 키우고 있었다. 그는 셀레스트에게 말했다. '사람들은 내 작품을 읽을 겁니다, 그래요, 온 세상 전체가 내 작품을 읽게 될 겁니다, 두고 보세요, 셀레스트, 이 점 잘 기억해 두세요…… 스탕달은 100년이 지나서야 알려졌어요. 마르셀 프루스트는 채 50년이 걸리지 않을 겁니다.' 한편 그는 자신의 동생에게 말하기를 자신의 은밀한 희망은 자기가 쓴 책이 언젠가 역두驛頭에서 팔리는 것이라고 했다. 언젠가 프랑스 문학은 프루스트 이전과 이후의 문학으로 이해될지도 모른다." 《마가진 리테레르》, 프루스트 특집에서

(2) 프랑스 현대사 개관: 절대 왕권에서부터 제2차 세계대전까지

① 부르봉 왕가와 계몽주의 시대(1589~1789)

루이 14세와 고전주의, 절대 왕권–베르사유 궁전–계몽주의 시대, 백과사전파

- 데카르트(1596~1650), 코르네유(1606~1684), 파스칼(1623~1662), 몰리에르(1622~1673), 라신(1639~1699)
- 라파예트 부인(1634~1693)의 『클레브 공작부인』(1678)
- 세비녜 부인(마리 드 라뷔탱 샹탈, 1626~1696)
- 볼테르(1694~1778), 장 자크 루소(1712~1778), 디드로(1713~1784), 라클로(1741~1803)의 『위험한 관계』(1782)

② 프랑스 대혁명(1789): 7월 14일 민중 봉기

1793년 1월에 국왕 루이 16세와 왕비 마리 앙투아네트 처형

- 제1공화정(1792~1804), 국민공회(1792~1795), 총재 정부(1795~1799), 통령 정부(1799~1804)

③ 제1제정(1804~1814): 나폴레옹의 등장

- 제정 시작: 1802년 종신 통령, 1804년에 또다시 국민투표로 황제 즉위(나폴레옹 1세), 『나폴레옹 법전』
- 유럽 여러 나라 정복: 1805년 10월에 트라팔가르 해전에서 영국 해군에게 격파당함, 1805년 12월 오스테를리츠 전투로 대륙 지배 시작
- 러시아 원정: 1812년에 러시아 원정과 후퇴

- 엘바 섬 유배: 1814년 동맹군이 파리 점령, 실각한 나폴레옹
- 100일 천하: 1815년 2월 엘바 섬 탈출에 성공, 황제 복귀. 6월에 워털루 싸움 패배−세인트헬레나 섬으로 유배. 사망

④ **왕정복고 시대(1814~1830): 1824년까지 루이 18세−헌장. 1830년 까지 샤를르 10세**

- 스탕달(1783~1842)의 『적과 흑』: '1830년의 연대기'(1830)−현대 소설의 시작−『파르므 수도원』(1839)
- 발자크(1799~1850): 1830년, 현대의 시작(연극에서 소설로)−상경上 京 소설(성장 소설)의 표본−『고리오 영감』(1835), 『잃어버린 환상』 (1843), 『창녀들의 영광과 비참』(1846)

⑤ **7월 왕정(1830~1848): 7월 혁명−'부르주아의 왕' 루이 필리프 시대**

⑥ **제2공화정(1848~1852): 2월 혁명−라마르틴(1790~1869)**

⑦ **제2제정(1852~1870)−나폴레옹 3세**

　　샤를 루이 나폴레옹 보나파르트(1808~1873)는 최초의 프랑스 대 통령이자 두 번째 황제, 마지막 군주. 나폴레옹 1세의 조카로 1848년 2월 혁명 후에 대통령으로 선출된 뒤 쿠데타로 제2제정 을 선포하고 황제로 즉위했다.

- 플로베르(1821~1880)의 『마담 보바리』(1857), 『감정교육』(1869) 오스만의 파리 정비: (개선문, 에투알 광장)−산업혁명의 완 성−인구의 급증, 도시화, 노동 계급의 형성−사회 구조의 재편
- 에밀 졸라(1840~1902)의 『목로주점』(1877), 『나나』(1880), 『제르미 날』(1885)−《루공마카르 총서》

⑧ 보불전쟁과 파리 코뮌-페르 라세즈 언덕, 저항의 벽

⑨ 제3공화국(1870~1940)

- 아돌프 티에르(1871~1873) 공화국 행정 수반, 대통령, 1884년 헌
  법 개정-'공화국'이 프랑스의 '결정적 체제'로 정착
- 쥘 페리-과학과 진보에 대한 믿음과 애국심으로 물든 시기. 공
  화주의적 학교법, 공공 교육의 탈종교화, 1886년부터 교육자는
  세속인 신분-1세기에 걸친 발전의 기틀 완성
- 1894년 드레퓌스 사건-유대인 출신 대위 드레퓌스의 유죄 판
  결, 1894년 기아나로 유배, 1897년 피카르 대령이 그의 무죄 주
  장. 에밀 졸라, 「나는 고발한다」를 《오로르》지에 발표, 지식인
  세계의 양분. 1899년 드레퓌스 유죄 판결, 대통령 사면

⑩ 20세기의 프랑스

- '벨 에포크'(19세기 말~제1차 세계대전 전): 번영과 발전에 대한 믿음
  과 향수

⑪ 제1차 세계대전(푸앵카레 대통령 집권 중 독일이 프랑스에 선전 포고, 1917
  년 미국 참전, 독일군 격파, 1919년 베르사유 조약)

- 몽파르나스-피카소, 콕토, 샤갈, 헤밍웨이, 스타인, 헨리 밀러
  의 파리
- 1908년: 앙드레 지드, 《누벨 르뷔 프랑세즈》(NRF) 창간, 세잔에
  서 피카소까지-입체파
- 마르셀 프루스트(1871~1922)의 『잃어버린 시간을 찾아서』(전체 7
  권: 1913~1927)

- 1920년 투르 회의에서 공산당 창당. 소련 혁명 찬양

⑫ 인민전선(1936~1938): 1936년 5월 선거에서 승리한 정권. 레옹 블
룸의 사회주의적·급진적 정부

- 행동주의-에스파냐 내란-헤밍웨이:『누구를 위하여 좋은 울리
나』

- 앙드레 말로(1901~1976):『인간의 조건』(1933),『왕도』(1930),『희
망』(1937)-에스파냐 내란

- 생텍쥐페리(1900~1944):『어린 왕자』(1943),『야간 비행』(1931),
『인간의 대지』(1939)

⑬ 제2차 세계대전과 제3공화국 붕괴-1939년 9월, 히틀러가 폴란드 침
공. 3일 프랑스와 영국, 독일에 선전 포고

⑭ 비시 프랑스(1940~1944)-1940년 7월 앙리 페텡이 국회로부터 전권
을 부여받아 국가원수가 되다. 독일과 협력

- 알베르 카뮈(1913~1960)의『이방인』(1942),『시지프 신화』(1943),
『페스트』(1947),『전락』(1956)

1장

—

자아와 역사의 발견

—스탕달과 발자크

1. 스탕달의 『적과 흑』

(1) 『적과 흑』의 스토리

'1830년의 연대기'라는 부제가 붙어 있다. 제1부는 주인공 쥘리
엥 소렐이 자신의 고향 베리에르에서 보낸 시절을 그린다. 그는 아
버지의 제재소에서 일하며 학대받다가 총명한 재능 덕분에 드 레날
시장 댁의 가정교사가 되고 레날 부인과 사랑에 빠진다. 베리에르를
떠나 브장송 신학교로 가서 그의 야망이 솟아오르는 과정을 그리는
막간에 이어 제2부는 파리로 진출해 드 라몰 후작의 비서가 되어 야
망과 사랑의 감정 사이에서 갈등하는 모습을 그린다.

제1부

'진실, 지독한 진실'이라는 당통의 말이 제사題詞로 인용되어 있다.
프랑스 북동부 두Doub 강가의 산비탈에 위치한 작은 마을 베리에
르 묘사 및 사회적·정치적 배경 묘사를 통해 그 속에서 주인공의 내
면 세계가 형성되는 과정을 보여준다. 쥘리엥 소렐은 제재소를 운영
하는 소렐 영감의 셋째 아들이다. 영감은 지적인 것이면 다 싫어해

일찍부터 공부에 소질이 있는 그 아들을 탐탁지 않게 여긴다. 형들과 달리 쥘리엥은 육체적으로 힘든 노동보다는 지적 호기심이 많은데, 아버지는 이를 '빈둥거리는' 것으로 보아 질책한다. 쥘리엥은 신약성서를 줄줄 외우고 마을의 사제 셸랑 신부의 보호와 총애를 받는다. 한편 그는 『세인트헬레나 일기』의 내용을 소상히 알고 있을 만큼 나폴레옹 보나파르트를 성공의 모범으로 섬기며, 그에 대한 무한한 숭배의 마음을 간직하고 있다. 집에서 가족들에게 조롱당하고 얻어맞는 것이 일상화된 그를 셸랑 사제는 베리에르 시장의 가정교사로 추천하고, 나중에는 브장송 신학교에 들어가도록 주선해 준다. 쥘리엥은 레날 시장의 집에 들어가 살면서 시골 부르주아지의 세계로 진입한다. 타고난 소심함에도 불구하고 그는 젊고 아름답고 수줍고 순진한 레날 부인을 차츰 유혹하기에 이른다. 레날 부인의 집에서 지내는 그의 삶은 부인에 대한 뜨거운 사랑과 신분에 넘친 야망으로 점철된다. 그는 새로운 나폴레옹이 되기를 꿈꾼다. 이리하여 그의 삶은 자신을 감추는 위선으로 포장된다. 레날 시장의 집에서 그는 안주인에 대한 사랑의 감정을 감춰야 하고, 셸랑 사제에게는 나폴레옹에 대한 숭배의 감정을 숨겨야 한다.

그는 자신이 가르치는 아이들의 마음을 얻는 데 성공한다. 여름 저녁이면 레날 부인과 함께 시간을 보낸다. 미남 청년의 자존심 높은 심성은 이 꿈에 젖은 시골 여인의 마음에 들어 부인 역시 자신도 모르게 사랑에 빠진다. 그러나 한편 오만하고 어두운 쥘리엥의 성격이 모든 것을 다 망쳐 버린다. 그는 레날 시장이 월급을 올려 주겠다고 제안해도 거부하고, 부인의 하녀 엘리자의 구애를 물리친다. 하녀는 안주인과 쥘리엥 사이에 일고 있는 심상치 않은 사랑의 감정을 눈치채고 소문을 퍼뜨린다. 시기심 많은 마을 사람들은 떠벌리기 시작한다. 마침내 레날 시장에게 아내의 간통 사실을 폭로하는 한 통의 익명 편지가 배달된다. 편지 내용이 헛소문이라고 생각은 하면서도 시장은 자기 집의 가정교사를 내보내기로 결심한다. 쥘리엥은 셸랑 사제의 충고에 따라 그 집을 떠나 브장송의 신학교에 들어간다. 부인은 여전히 쥘리엥을 깊이 사랑하면서도 떠나는 그를 싸늘하게 대한다. 이 오해는 장차 그들의 관계가 비극에 이르는 실마리가 된다. 초조한 쥘리엥은 그녀의 삼가는 태도를 무관심으로 잘못 생각한 것이다.

총명하고 야심에 찬 쥘리엥은 신학교에서 '식사 때 돼지기름을 둘러 익힌 계란을 먹는 것'이 소원인 가난한 농촌 출신 동급생들로부터 미움의 대상이 되지만, 그의 강한 개성을 눈치챈 교장 피라르 신부는 그를 감싸 준다. 그는 결국 힘겨운 신학교 생활을 뒤로하고 피라르 신부의 추천으로 파리의 대귀족 드 라몰 후작의 비서가 되어 떠난다.

제2부

파리의 유서 깊은 포부르 생 제르맹 구역의 영향력 있는 대귀족 드 라몰 후작은 곧 쥘리엥의 명석함을 알아본다. 쥘리엥은 파리의 젊은 귀족 청년들 사이에서 명성이 자자한 후작의 딸 마틸드와 가까워진다. 지체 높은 젊은이들이 서로 다투어 마틸드에게 구애하고 있음에도 마틸드는 자기 집 살롱에 드나드는 귀족들의 순응주의적이고 따분한 모습에 비해 신분은 비천하지만 날카로운 지성, 고결한 영혼과 강한 자존심을 갖춘 쥘리엥에게 이끌린다. 이리하여 두 젊은 남녀 사이에는 사랑의 감정이 불붙는다. 여러 우여곡절 끝에 마틸드는 쥘리엥에게 임신 사실을 고백하는 한편, 아버지인 드 라몰 후작에게는 쥘리엥과 결혼하고 싶다고 말한다. 라몰 후작은 딸의 희망을 완전히 만족시켜 주지는 않지만 최종 결정을 기다리는 동안 쥘리엥에게 기병 연대의 중위 자리를 주선해 주며 스트라스부르로 보낸다. 베리에르의 비천한 제재소집 아들은 이리하여 기사 쥘리엥 소렐 드 라베르네이로 승격한다. 자신의 소속 연대로 가 있던 쥘리엥은 돌연 마틸드로부터 급히 파리로 돌아오라는 전갈을 받는다. 고해 신부의 강권에 따라 레날 부인이 야망에 눈이 어두운 쥘리엥의 부도덕함을 고발하는 편지(편지는 그녀의 신앙을 인도하는 젊은 사제가 대신 쓴 것이었다)를 라몰 후작에게 보냈고, 이를 알게 된 후작이 결혼을 절대 반대한다는 소식이었다. 쥘리엥은 즉시 파리를 떠나 베리에르로 달려가 교회에서 미사에 참석 중인 옛사랑 레날 부인을 향해 권총으로 두 발을 쏜다. 곧바로 체포, 투옥된 그는 레날 부인이 목숨을 잃은 것이 아니라 부상만 당했다는 사실을 알지 못한 채 재판의 날을 기다린다. 한편 영웅심에 사로잡힌 마틸드는 매일같이 감옥으로 쥘리엥을 찾아오지만 쥘리엥은 그저 지쳐 있을 뿐이다. 마틸드는 처음에는 익명으로, 나중에는 자신의 이름으로, 특히 브장송의 가장 영향력 있는 성직자인 프릴레르 부주교를 동원해 쥘리엥의 석방을 위해 최선을 다한다. 레날 부인 역시 쥘리엥의 '부주의한' 행동을 용서한다는 탄원서를 배심원들에게 제출해 재판이 쥘리엥에게 유리한 쪽으로 진행되도록 노력한다.

쥘리엥에게 호의적으로 기울어 가는 여론에도 불구하고 배심원의 일원인 발르노는 (특히 기성 질서와 계급을 고발하는 이 반항적인 죄수의 도전적인 최후 진술 때문에) 마침내 '배심원 만장일치'로 쥘리엥을 단두대로 보내는 데 성공한다. "살인, 그것도 계획적인 살인이 유죄로 결론 났다." 사형 선고를 받고 난 뒤에도 마틸드와 레날 부인은 상소할 것을 권하지만 쥘리엥은 죽음 외에 다른 해결책이 없다고 믿는다. 남편의 반대에도 불구하고 브장송에 와 머무는 레날 부인은 마침내 쥘리엥을 면회한다. 감옥 안에서 다시 만난 두 사람은 행복과 사랑의 한순간을 보낸다. 그러나 부인이 모든 희생을 각오하고 설득하려 해도 쥘리엥은 죽음만을 원한다. 결국 쥘리엥의 사형이 집행되자 영원한 친구인 푸케는 형리에게서 그의 시신을 사들이고, 마틸드는 자신이 낳은 아기 아버지의 잘린 머리를 찾아 키스한 뒤 지난날 쥘리엥이 찾아가 쉬곤 했던 베리에르의 뒷산 동굴 속에 묻는다. 그들의 아기는 레날 부인이 맡지만, 부인 역시 사흘 뒤에 죽는다.

(2) 『적과 흑』에 대하여

① 작가 스탕달

- **'에고티즘'과 실증주의 시대**

19세기는 1인칭의 시대였다. 인간은 오직 그 자신만을 목적으로 한다고 생각한 스탕달은 "너 자신이 되라"고 역설했다. 개성의 완벽함과 강렬함, 자기와의 일치, 자기에 대한 만족, 자기 존중만이 그가 추구하는 목표였다. '행복 사냥', '에너지'(정력), 이것이 스탕달을 요약할 수 있는 열쇠말이었다. 그는 실증주의에 깊이 물든 반항아로 18세기의 비판적, 개인주의적, 공리적 사상(엘베시우스, 루소, 벤담 등)을 바탕으로 자아의 모습을 다듬어 세웠다.

그는 새로운 시대의 인간으로서 운문을 거부하고 고상한 스타일을 파괴하고자 함으로써 현대의 고전이 되었다. 그는 "시의 시대는 가고 의혹의 시대가 도래했다"고 선언한 현대인이었다. 앙드레 지드는 "그는 절도가 있으면서도 열정적인 글쓰기 속에 전통과 현대를 융합시킨 작가였다"고 말했다. 그는 44세에 얄팍한 첫 소설 『아르망스』를 쓰기 시작한 늦깎이 작가였다. 1830년, 대표작이 된 『적과 흑』을 발표했을 때 그는 47세였다. 그는 부르주아 사회의 도래와 함께 과거의 연극 대신 개인주의적인 장르로서의 소설의 시대가 왔음을 자각했다. "소설은 고독한 독서를 통해 '행복한 소수'들을 결속시킨다"는 것이 그의 믿음이었다.

그러나 그렇게도 자유주의에 깊이 젖어 있던 그지만, 그의 근본은 귀족 정신이었다. 귀족적 취미와 예술가적 기질 때문에 그는 몰취미와 예술에 대한 무감각이 특징인 부르주아에 대해 적대적인 태도를 드러냈다. 출신으로 보나 사회적 역할로 보나 부르주아였던 그는 부르주아라는 말을 경멸적인 의미로 사용했다. 그는 스스로 부르주아의 적이라고 여기면서도 부르주아적 삶의 디테일은 소설적인 것이 되지 못한다고 생각했다. 그래서 작품 속에서는 그런 천박한 제재를 멀리하는 경향을 보였다. 따라서 그의 소설에 부르주아의 삶이 등장한다 해도 그것은 흔히 피상적인 것에 그쳤다.

② 소설 『적과 흑』의 집필 경위─발생

스탕달은 1829년 10월 25일 마르세유에서 일주일간 체류하던 중에 소설을 착상해 초고를 쓰기 시작했고, 이듬해 초에 파리에서 다시 손질했다. 5월에 '적과 흑'이란 제목을 정했고, 11월에 책이 판매되기 시작했다.

• 재판 '판결록'을 바탕으로 한 요소

1827년 이제르 현의 중죄 재판소 기록에 따르면, 베르테(브랑그 마을 제철공의 아들)는 명사 미슈 씨의 가정교사를 거쳐 신학교에 입학했다가 그 뒤 드 코르동 씨 집 가정교사가 된다. 그러나 애정 문제로 해고당하자 성당을 찾아가 미사를 드리고 있는 미슈 부인에게 권총을 발사한다. 이 이야기를 바탕으로 스탕달이 소설을 썼다는 가설이 있다.

• 그러나 이 소설은 문학사적 기억, 개인의 상상력과 열망 등이 혼합된 기록이기도 하다. 소설 속 인물의 성격은 실제의 베르테와는 전혀 다르다. 실제 베르테는 쥘리엥과 정반대의 인물로, 심약하고 불평이 많으며 의기소침한 성격이다. 작가는 나폴레옹의 『세인트헬레나 일기』를 읽고 작가 자신의 천성인 '감수성'과 '정력'에 역점을 두면서 쥘리엥의 성격을 부각시켰다. 그리고 작가는 주인공을 '비판'도 하고 자신의 '열망'을 그에게 불어넣기도 하며 상상력을 통해서 현실에 설욕한다. 그래서 그 격정들은 은밀하고도 가슴을 에는 듯한 억양을 지닌다. 따라서 쥘리엥은 실재하는 베르테도 아니고 라파르그도 아니며, 오히려 스탕달 자신의 일면을 더 많이 닮았다.

레날 부인은 루소의 『신엘로이즈』에 등장하는 쥘리와 더불어 프랑스 문학에 등장하는 가장 감동적인 여성의 표상들 가운데 하나다. 파리의 세련된 귀족의 딸 마틸드 드 라몰은 스탕달이 연모했던 알베르트 드 뤼방프레, 지울리아, 마리 드 뇌빌 등의 인물들에게서 몇 가지 특징을 차용했다. 한편 작가는 프랑슈 콩테 지방의 배경 속에다 자신이 직접 보고 사랑했던 다른 풍경들을 섞어 넣었다.

• 연대기적 요소

스탕달은 물론 1830년대의 연대기에서 빌려 온 요소들, 즉 '진실, 지독한 진실'을 소설 속에서 드러내고자 했다. 타협을 모르는 과격

왕당파와 그들의 정치를 지지하고 교회의 입지를 공고히하려는 수도회의 음모, 무력한 자유주의적 야당, 시골의 권력 투쟁—국왕의 방문, 레츠 공작 댁의 무도회, 비밀 쪽지 사건 등 실제 사실들—이 소설 속으로 밀려들면서 우발적인 현실 특유의 무게와 두께가 실감된다.

③『적과 흑』이라는 제목

• 복식

당시 법관들의 법복 색인 '적'과 수도회 사제복의 '흑'이라는 해석.

• 정치적인 의미에서 '흑'은 성직자 계층을 의미하고, '적'은 쥘리엥의 공화적 지향을 의미한다는 주장.

• 소설의 모두冒頭에 언급된 루이 장렐Louis Janrel이라는 인물의 죽음과 관련시킨 상징성의 해석

소설의 제1부 5장에서 쥘리엥은 레날 시장의 집으로 찾아가기 전에 잠시 마을 성당으로 들어간다. 성당 안의 분위기는 이렇다. "모든 유리창에는 진홍빛 천이 드리워져 있었다. 그 때문에 햇빛을 받자 더없이 장엄하고 종교적인 성격을 띤 현란한 빛의 효과가 이루어졌다." …… 그리고 "기도대 위에서 쥘리엥이 읽어 달라는 듯이 펼쳐져 있는 인쇄된 종이 하나"를 발견한다. 거기에는 '브장송에서 처형당한 루이 장렐의 최후의 순간과 처형의 상보……'라고 적혀 있다.

쥘리엥은 생각한다. "그의 이름은 내 이름과 끝 글자가 같구나……."
실제로 이 이름은 쥘리엥 소렐Julien Sorel의 '아나그램', 즉 철자를 재
배치한 다른 이름이다. 쥘리엥은 교회를 나서다가 성수반 곁에서
'피를 본 듯'한 느낌을 받는다. 그러나 그것은 거기 뿌려 놓은 성수
였다. "창문에 드리워져 있는 붉은 커튼의 반사가 그것을 피처럼 보
이게 했던 것이다." 이 에피소드에 기초해서 교회 안의 붉은색과
'피', 즉 '적'은 작품의 서두에서부터 이미 쥘리엥의 비극적 최후를
예언한다고 보는 해석.

• 신분상의 의미

붉은색은 군대 제복이 상징하는 군인 신분(또한 쥘리엥의 우상인 보나
파르트는 군대에 기원을 가진 훈장 '레지옹 도뇌르'를 창시함으로써 그 색깔의 상징적
의미를 극대화했다)에 해당하고, 검은색은 왕정복고 시대 지배 세력의
일부인 성직 신분과 수도회에 해당한다고 보는 해석. 이쪽이 더 설
득력이 있다. '적'의 세계에 대한 당시 청년들의 동경과 왕정복고로
인해 허물어지고 만 기대와 환상, 그리고 '흑'이 지배하는 세계인 현
실과의 타협과 야망의 상관관계를 그린 것이 바로 이 소설이기 때문
이다.

나폴레옹 1세의 제정 시대였더라면 쥘리엥은 군인(적)이 되었을 것
이다. 그러나 지금은 왕정복고 시대, 교회와 수도회가 뒷받침하는 세
력이 지배하는 시대(흑)다. 쥘리엥의 삶은 이 지점에서 그 방향을 수
정한다.

④ 소설과 시대: 정치 소설로서의 『적과 흑』

• 문학과 정치: '1830년의 연대기'

소설 속에는 이 작품의 정치적 성격을 단적으로 짚어 주는 표현이 등장한다. "여기서 작자는 한 페이지를 점선으로 채우고 싶어 했다. 그렇게 하면 맵시가 없을 것이며, 이처럼 경박한 글에서 맵시를 결한다는 것은 곧 죽는 것입니다 하고 발행자가 말했다.―그러자 작자가 되풀이했다. 정치란 문학의 목에 매단 돌과 같아서 6개월도 안 되어 문학을 침몰시키고 맙니다. 상상력의 흥미 가운데 끼어드는 정치는 연주회 도중의 권총 소리와 같습니다. 그 소리는 격렬하지도 못하면서 찢어지는 듯한 소음입니다. 그 소리는 어떤 악기의 소리와도 조화되지 못합니다. 이런 정치는 절반의 독자를 극도로 불쾌하게 할 것이며, 아침 신문에서 훨씬 더 전문적이고 격렬한 양상의 정치 기사를 읽은 다른 절반의 독자를 지루하게 할 것입니다.―발행자가 다시 의의를 제기했다. 당신의 인물들이 정치 얘기를 하지 않으면 그들은 1830년대의 프랑스인들이 아니며, 당신의 책은 당신이 주장하듯이 하나의 거울이 되지 못합니다."

『적과 흑』은 쥘리엥 소렐이라는 19세 청년이 당대 정치·사회·경제적 현실의 중심을 관통하는 동안 그의 순진한 눈에 비친 사회적·정치적 구조와 메커니즘을 '거울'처럼 비추는 동시에, 그 젊은이가 비루한 사회 현실(시골 베리에르, 브장송, 파리라는 세 개의 공간과 귀족, 성직, 산업 부르주아, 소시민 등의 계층)과 부딪치는 가운데 세상을 배우며 성숙해 간 끝에 23세에 이르러 결국은 비극적 최후를 맞는 과정을 그린 '성장 소설'의 형식을 취하고 있다. 인생 학습은 이 청년을 순진함과 맹목으로부터 환멸과 쓰디쓴 세계 인식으로 인도한다. 비천한 집안 출신으로 야망에 부푼 이 청년은 아무것도 모른 채 문득 프랑스 19세기 초 왕정복고 시대 사회 속에 던져진 백지상태의 존재다. 그만큼 그는 당대 사회 현실을 민감하게 반영하는 순정한 감광판으로 작용할 뿐만 아니라, 그 시대에 역행하는 노인 정치 사회를 고발하는 청년의 목소리를 대표한다. 『적과 흑』은 세계의 가혹함을 드러내면서 그 세계와 대결해야 하는 주인공을 등장시킨 19세기 최초의 소설 가운데 하나다. 주인공 쥘리엥은 모든 능력을 다해 우뚝 일어서고자 한다. 최악의 경우에도 패자로서의 고귀한 풍모를 드러낼 것이다. 그의 상상력은 '현실의 철칙'을 학습한다. 마음속의 시적 세계와 현실 사회라는 산문적 세계가 서로 충돌한다. 현대 소설은 바로 이 두 가지가 갈등하는 모습을 보여준다.

쥘리엥 소렐의 모험은 1826년 9월 말에 시작해 1831년 7월 말에 끝나지만, 사실상 작품에서는 7월 혁명과 그 결과로 이루어진 7월 왕조에 관한 언급을 찾아볼 수 없으므로 이 소설은 1830년에 그 종말을 고한 왕정복고 시대에 국한된다고 보아야 마땅하다. 소설에 붙은 부제 '1830년의 연대기'라는 표현은 왕정복고 시대의 역사적·정치적 상황에 대한 작가의 각별한 관심을 손가락질하고 있다. 따라서 당대 정치·경제·사회적 현실은 소설의 단순한 배경이 아니라 주제

자체라는 것을 알 수 있다.

먼저 베리에르라는 작은 마을, 브장송 신학교, 그리고 파리 대귀족의 살롱이라는 세 공간 속에서 정치는 어떤 모습을 보이는지 차례로 살펴보기로 한다.

• '베리에르'

이 한가한 시골 마을에서까지도 예수회 보좌 신부 마슬롱은 셸랑 사제와 대립하면서 레날 시장, 빈민 수용소 소장 발르노와 함께 '삼두 정치'의 한 모서리를 차지한다. 왕정복고 시대의 왕권 및 귀족 세력은 교회와 결탁해 교권 독재의 연합 전선을 형성하는 것 같지만, 그 뒤에서는 신비에 싸인 수도회가 상호 감시와 밀고 풍토를 조성하며 암약暗躍한다. 수도회는 교회의 급진 왕당파 성향을 지닌 독재 비밀 단체로, 스탕달은 이를 예수회 교단과 동일시한다. 마슬롱, 카스타네드 사제 같은 고유한 예수회 신부들이나 발르노 같은 '짧은 옷의 예수회 교도'들이 거기에 속하는데, 이들 모두가 위선적인 음모꾼들로 탐욕과 허영에 젖어 진보와 개혁을 거부한다. 수도회는 교육과 고해를 통해서 여성들까지 지배한다. 수도원에서 교육받고 성장한 레날 부인이 고해 신부의 지도에 따라 쥘리엥에게 치명적인 편지를 받아쓴 것은 이러한 상황을 웅변적으로 보여준다. 이 같은 교회의 절대적인 힘을 목격한 쥘리엥은 자신도 사제가 되기로 결심한다. 소설은 말한다. "나폴레옹의 실각 이래 지방의 풍속에서는 우아하거나 세련된 취미라고는 찾아볼 수 없게 되었다. 사람들은 자리를 빼앗길까 두려워한다. 야바위꾼들은 교회의 힘을 빌려 자신의 안전을 꾀했고, 위선은 자유주의적인 사람들 사이에 만연했다. 권태는 다시 더 심해 갔고, 독서와 농사일 외에는 재미 붙일 데가 없어졌다."

그 반대편에는 지극히 드문 정직한 인사들과 억압받는 보통 사람들이 있을 뿐이다. 양보하고 타협하지 않으려는 이들은 쥘리엥의 영원한 친구 푸케처럼 인간들과 멀리 떨어진 숲 속으로 가서 나무를 베어 파는 추방자로 살아간다. 산꼭대기의 하늘 위로 날고 있는 독수리의 고독은 그것을 상징한다. 쥘리엥은 마음속으로 부르짖는다. "오 나폴레옹이여. 그대는 날아라."

- **'브장송 신학교'**

브장송 신학교는 종교의 수련장이 아니라 당파적인 세계다. 정치적 복종이 이념인 수도원은 예수회의 명령에 고분고분 따를 뿐이다. 일체의 내적 성찰은 나쁜 것으로 여겨지고, 신학생들은 모두 출세주의자들이다. 학교는 마음대로 직책을 배분한다. "프랑스 교회는 서적이 교회의 진정한 적이라는 사실을 깨달은 모양이었다. 교회가 보기에는 마음으로의 복종이 가장 중요한 것이다." 신학교는 "밀고와 악의가 가득 찬 장소"다. 베리에르에서 장세니스트인 셸랑 사제가 보좌 신부 마슬롱에게 밀려났듯이, 신학교 교장 피라르 사제는 예수회를 등에 업은 프릴레르 사제의 농간으로 결국 해임된다.

- '파리'

파리는 어떤가? 권력의 핵심부에 급진 왕당파 고위층이 포진하고 있다. 스탕달의 파리에는 서민, 민중의 모습이 보이지 않는다. 눈에 보이는 것은 귀족들뿐인데, 그들의 일상생활 곳곳에는 '하품'뿐이다. 레츠 공작이 살롱에 들어서자 '하품'하는 마틸드를 보라. '금박을 입힌 바보들'이 우글대는 상층부의 대귀족 살롱, 즉 '권태의 사원'은 당시 정치적 메커니즘의 현실을 극명하게 보여준다. 무기력한 노인들과 꼭두각시들뿐인 이곳은 아첨, 비열함(가령 탕보 같은 젊은이) 일색이다. 18세기의 지적 대담성은 사라지고 없다. 귀족 계급은 악몽 같은 '1793년의 재앙'에 대한 기억을 떨쳐 버리지 못한 채 오직 기성의 예절과 관습만을 중시하고 정통성에 어긋나는 것이면 모두 기피한다. 「음모」의 장에서 보다시피 그들은 자신들의 체제를 유지하기 위해 외국 세력을 끌어들이는 것도 주저하지 않는다. 각 계층은 저마다 자파의 이익에 급급할 뿐이다. 그러면서도 대귀족인 후작과 성직 계급은 서로 적대적인 면을 드러낸다. 후작은 말한다. "국가가 뒤집히는 것이 그들에게 무슨 상관이랴? 그들은 추기경이 되고 로마로 도피할 것이다. 우리는 성안에서 농부들에게 학살당할 것이다." 대혁명 후에 확고한 계급의 정착은 이루어지지 않았다. 사회와 정치는 가변적인 상태에 머물러 있다. 따라서 사람들은 늘 불안해한다.

⑤ 나폴레옹과 사회적 유동성: 성장 소설로서의 『적과 흑』

혁명의 혼란기와 나폴레옹 치하의 전쟁 속에서 많은 개인과 가족들이 직업과 부와 수직 상승에 의해 신속하게 사회적 상층부에 이르렀다. 나폴레옹 자신은 "미미하고 재산도 없던 일개 중위"의 신분에서 황제의 자리에 오름으로써 모든 계층에 사회적 상승 의지를 자극했다. 쥘리엥도 그런 신화를 좇는 신도들 가운데 하나다. 그러나 왕정복고 시대는 '잃어버린 환상'의 시대다.

비평가들은 이 시대의 특징을 이렇게 지적한다. "쥘리엥 소렐과 함께 우리는 사회적 유동성의 한 양상을 목도한다. 이 야심가의 의식과 행동은 대혁명과 나폴레옹 제정이 19세기의 사회에 불어넣은 뜨거운 열망을 말해 준다. 혁명이 앙시앵 레짐의 사회 질서를 파괴한 이후 일개 포병 중위가 황제가 되는 것을 목도한 이래 상향의 움직임은 최하층을 포함한 전 사회 계층에 파급된다. 그러나 쥘리엥의 삶은 나폴레옹 제정 이후 사회적 유동성의 가능성과 그 어려움을 동시에 보여준다. 그는 사회의 사다리를 차례로 건너뛴다. 그러나 그의 처형은 유동성이 사실상 크게 제한되어 있음을 말해 준다. 기득권을 배타적으로 지키려는 이들에게 쥘리엥의 성공은 어떤 의미를 갖는가? 그는 지방의 부유한 사람들의 공통된 증오 대상이다. 그는 감옥에서 마틸드에게 이렇게 말한다. '이 시골 사람들은 내가 당신 덕에 이룩한 빠른 출세에 기분이 상해 있어요. 내 말을 믿어요. 나의 처형을 바라지 않는 사람은 하나도 없으니까.'"

과연 소설 속에 나타난 사회적 상승의 기회는 지극히 제한적이다. 또한 출세의 기회도 그렇게 성공할 자격이 있는 인물보다는 음모와 부정한 수단에 의한 계급 상승, 즉 발르노 같은 인물의 미래 쪽으로 열려 있다. 이 소설은 셀랑 사제를 소외시키는 사회, 쥘리엥을 단두대로 보내는 사회에 대한 고발장이다. 모리스 바르데슈는 지적한다. "소설의 전체 흐름 속에서 쥘리엥 소렐은 정치적 의미를 가진 인물 그 자체다. 스탕달에게는 자기 시대를 고발하기 위해 쥘리엥 같은 인물이 필요했다. 쥘리엥 소렐은 서민의 아들로 태어나 요행으로 교육을 받았지만, 바로 그 때문에 '고립된' 인간이 되고, 그 뒤 여러 요인으로 인해 부르주아 사회의 '적'이 된다. 그리하여 이 사회의 적, 제외자, 영원한 하인으로 제시된 쥘리엥은 사회의 재판관으로 우뚝 선다. 그는 권리를 박탈당한, 그리하여 억압받는 항고 불가능한 원리의 이름으로 사회의 법과 윤리에서 벗어난 자리에 위치한다. 그의 반항은 스파르타쿠스의 반항이다."

　　알타미라와의 대화 장면(「무도회」)은 쥘리엥의 입장을 암시적으로 말해 준다. 침묵을 강요하는 사회에서 작가는 알타미라 신화에 의미를 부여한다. 알타미라는 쫓겨난 자, 버림받은 자, 피고, 희생자, 순교자의 상징이다. 그들은 모멸의 시대라는 배경 속에서 두드러져 보이는 인간상을 제시한다. 쥘리엥 자신이 처한 입장의 상징, 즉 패자의 모습이 거기에 투영되어 있다. 그럼에도 힘과 명예와 사랑과 돈의 상징 나폴레옹의 그림자는 사람들의 마음속에 노래의 후렴처럼 자꾸만 되살아난다. 때는 "통장수의 아들들도 전쟁에서 승리해 30

세에 장군이 되는 시대"인 것이다. 제6 용기병 연대가 이탈리아에서 철수해 자기 집 창살에 말을 매는 것을 본 뒤부터 쥘리엥은 끊임없이 군대 생활을 동경해 왔다. 그는 늙은 군의軍醫의 이야기에 귀를 기울인다. 어린 그는 생각한다. "보나파르트가 아직 가난한 일개 사관이었을 적에 아름다운 부아르네 부인의 사랑을 받은 것처럼……, 그도 그 같은 부인들 중 한 사람에게서 사랑을 받지 않으리라고 누가 단언할 수 있겠는가? 몇 해 전부터 쥘리엥은 무일푼의 이름 없는 일개 중위였던 보나파르트가 칼의 힘으로 세계의 주재자가 되었다는 사실을 단 한 시간이라도 잊고 지낸 적이 없었을 것이다." 그는 나폴레옹을 모방하고자 한다. 그의 야망은 르네 지라르의 지적처럼 '간접화'의 산물이다. 그의 귀에는 "무기를 들어라!"라는 말이 영웅적으로 들렸다.

그러나 치안 판사가 마을의 실세인 보좌 신부의 눈치를 보며 부당한 판결을 내리는 것을 목격하고부터 쥘리엥은 나폴레옹에 관한 얘기를 하지 않게 되었다. 그때부터 그는 성직자가 되겠다고 말하기 시작했다. "지금 세상에는 10만 프랑의 봉급, 즉 나폴레옹의 유명한 사단장들의 세 갑절이나 되는 봉급을 받는 40세의 성직자들이 있다. 그리고 그들을 보조해 주는 사람들이 있다. 그렇게도 선량하고 지금까지 그렇게도 정직했던 늙은 치안 판사가 서른 살이 될까 말까 한 젊은 보좌 신부의 비위를 거스를까 두려워 불명예스러운 판결을 내렸다는 것도 바로 이 점이다. 그렇다, 나도 성직자가 되어야겠다." 그는 신학생 자격으로 징집을 면제받는다. 시대가 변한 것을 알아차린 것이다. "20년 전이라면 나에게 영웅적인 삶이 시작되었을 것인데, 그 순간은 영원히 흘러가 버렸단 말인가!" 그는 벽을 쌓던 미장이들이 일손을 놓고 벽에 붙은 포스터를 보면서 자기들끼리 하는 말을 듣는다. "'그 사람' 시대가 좋았지! 미장이가 장교도 되고 장군도 되었으니까. 우리가 보았지 않나."

급진 왕당파인 레날 시장 집 가정교사 쥘리엥은 자신이 지니고 있던 나폴레옹의 초상화를 급히 감춘다.(9장) 나폴레옹은 스탕달의 소설 곳곳에 출현해 모든 것을 설명한다. 사다리를 타고 마틸드의 방으로 기어오를까 말까 망설이며 자신의 대담성 부족을 자책할 때도 쥘리엥은 혼자서 내뱉는다. "위대하신 분이시여, 당신의 시대였다면 제가 이처럼 주저했으리까?"

⑥ 쥘리엥 소렐: 19~23세

그는 비천한 목재상의 아들로 태어났지만 고결한 영혼과 강렬한 개성, 예외적인 재능을 갖춘 인물이다. 바로 그 고결함 때문에 그는 끊임없이 반항한다. 그는 당대의 힘 있는 사람들을 멸시하고 그들의 법을 인정하지 않는다. 그는 지배 계급의 위선을 꿰뚫어 보고 필요하다면 그들에게 거짓말도 서슴지 않는다. 그러나 스스로 갖춘 그의 모럴moral은 더 높은 것이어서 그를 정당화한다. 『세인트헬레나 일기』밖에 읽은 것이 없는 이 '반항아'의 태도는 그의 타고난 천재와 비천한 사회적 조건 사이의 갈등을 통해서 형성된다. '아름다울 뿐

만 아니라 그의 불같은 마음속을 드러내는' 눈, '지성의 번뜩임'과 정
열은 그를 아끼는 셀랑 사제의 경계심을 자아낸다. 이 고결한 영혼
과 '엄청난 기억력'을 가진 미남 청년이 역사가 역류해 만들어 낸 왕
정복고의 와중에서 일개 가난한 목재상 집 아들로 태어난 것이다.

• 고귀한 영혼

그는 "고상하고도 기품 있는 영혼"의 소유자로 "뭇 사람들에게서
완전히 떨어진 자기 혼자만의 세계"를 갖고자 한다. 그는 창공에 높
이 나는 새가 되고자 한다. 그는 베르지에서 베리에르로 가는 길에
산꼭대기에 홀로 서서 "지금 서 있는 자기 자세에 빙긋이 만족의 미
소를 지었다. 그 자세는 바로 자기가 한사코 도달하려고 애쓰는 정
신적 자세를 상징하고 있었다. 높은 산중의 맑은 공기에 그의 마음
은 저절로 가라앉고 즐겁기까지 했다……. 쥘리엥은 커다란 바위 위
에 우뚝 서서 햇볕에 이글이글 타는 8월의 하늘을 쳐다보고 있었다.
바위 밑 풀밭에서 매미 우는 그 소리가 들려왔다……. 그는 발밑에
널리 퍼져 있는 땅을 굽어봤다. 머리 위의 바위에서 떠오른 새매 한
마리가 소리 없이 커다란 원을 그리며 나는 것이 눈에 띄었다. 쥘리
엥의 시선은 기계적으로 창공을 차지한 이 맹조의 뒤를 쫓고 있었
다. 그 새의 힘차고도 유유한 동작에 그만 넋을 잃고 말았다. 그는 그
정력과 그 고독이 부러웠다……. 이것이야말로 거인 나폴레옹의 운
명이었다. 이 운명이 언젠가는 쥘리엥 자신의 운명이 될 것인가." 정
력(영웅 숭배)과 감수성(선량한 심성이나 다정한 마음 앞에 쉬 감동해 흘리는 눈물)

이 혼합된 그의 마음속 신전에는 나폴레옹과 루소가 나란히 모셔져 있다. 숱한 망상들을 쫓아온 끝에 소설의 대단원에 이르자 죽음을 앞에 두고 그는 마침내 자신의 진정한 모습을 되찾는다. 이리하여 풍자적인 고발장인 이 소설이 행복한 동시에 비극적인 사랑의 이야기로 마감된다.

- 위선

그는 '위선적인 표정'을 짓는다. 화자는 소설의 초입에서 이렇게 말하고 있다. "잠깐 교회에 들렀다 가는 것이 자기의 위선을 위해 필요한 일……. 이 말이 독자 여러분에게는 놀랍게 들릴 것인가? '위선'이라는 무서운 말에 도달하기까지 이 시골 청년은 오랜 영혼의 편력을 거쳐 온 것이다." "위선이 제2의 천성으로 되어 버린 그", 늙은 군의에게 역사를 배워 고집스럽고 눈치 빠른 인물로 성장한 그는 "나폴레옹의 이름을 입 밖에 낼 때는 으레 끔찍스럽다는 표정을 지어 보였고", "교활하고도 조심성 있게 위선적인 말을 정확하게 만들어 냈다……. 그는 연령에 비해 야무진 데가 있다." "위선과 절대로 남에게 동정을 갖지 않는 것을 보신책으로 삼는" 그는 "여자를 정복하는 일에는 익숙한 사내라는 걸 보이려고 맹랑한 연극을 한다." 그는 레날 부인을 정복하고 나서 '자기에 대한 의무' 관념에 매달린다. 그는 늘 "나는 나 자신에 대한 의무를 빠짐없이 다했을까? 나는 내가 맡은 역을 훌륭히 해냈을까?" 하고 자문한다. 동시에 그는 "위선을 행한다는 것이 얼마나 엄청난 어려움인가!" 하고 탄식한다.

그는 윤리 대신에 '명예'를 내세운다. 명예, 의무, 용기, 이것이 쥘리엥이 봉사하는 덕목이다. 바로 여기서 중요성을 갖는 것이 '위선'이다. 상층 부르주아와 사제들의 사회에서 너그러움, 타고난 귀족성, 용기는 용도 폐기된 화폐에 불과하다. 나폴레옹의 시대는 짧게 끝났다. 쥘리엥은 대용물을 받아들인다. 그는 '적'의 유희 대신에 '흑'의 유희를 선택한다. 칼 대신에 위선을 밥벌이 도구로 사용한다. "위선은 빵을 벌어들이는 나의 유일한 무기"라고 그는 말한다. 그러나 그 위선은 사내다운 위선, 공격적인 위선일 뿐 기정사실을 받아들이는 겸허한 위선이 아니다. 위선은 패자의 계약이다. 쥘리엥은 사나운 용병이 되기를 선택한다. 그는 '이기적인 수동성'이라는 불가침의 피난처 속으로 숨는다.

"쥐라 산맥의 가련한 농사꾼인 나, 평생 이 음울한 검은 옷을 걸치고 있어야 할 내가 아닌가! 아아! 20년 전만 해도 나는 그들처럼 군복을 입었을 것이 아닌가! 그때라면 나 같은 남자는 전쟁터에서 죽거나 아니면 '서른여섯 살에 장군이 되었을 텐데'……. 그렇다! 그는 메피스토펠레스Mephistopheles처럼 중얼거렸다. 나는 그들보다 더 재능이 있다. 나는 내 시대에 맞는 제복을 고를 줄 아는 것이다. 그는 사제 제복에 대한 애착과 자신의 야망이 한층 더 불타오름을 느꼈다. 나보다 더 비천하게 태어나서 세상에 군림한 추기경들이 얼마나 많으냐. 나와 동향인인 그랑벨만 해도 그렇다." (제2부 13장 「음모」)

• 전투적 태도

루소의 『참회록』(『대군회보철』, 『세인트헬레나 일기』와 더불어 그의 생활 지침서가 된 책)에서 그는 '증오의 감정'과 반항을 배웠다. 그는 '돈 있는 자에 대한 증오'를 키우며 아버지와 형들의 '멸시'를 받고 자랐다. 그의 눈길에는 촌놈 특유의 경계심이 가득하다. 그는 '증오심과 저주'를 잘 숨기지 못한다. 한때 그는 "레날 부인이 아름답기 때문에 그녀를 미워했다. 부인은 그가 운명을 개척하기 위해 나아가는 길에 놓인 최초의 암초였다." 상황이 달라져도 변하지 않는 것이 있다. "아버지 제재소에서 일하던 때와 마찬가지로 그는 같이 생활하는 사람들을 경멸했으며, 그들도 쥘리엥을 싫어했다." 그는 레날 부인마저 "마치 막 무찔러야 할 적을 대하듯이 노려본다." 그리하여 그는 '책을 읽으며 자기를 단련'한다. "처음 결투에서 나는 이처럼 가련한 겁쟁이란 말인가" 하고 자책하기도 한다.

• 미숙하고 서툴고 사심 없는 젊은이의 아름다움

그러나 무엇보다 쥘리엥은 아직 미숙한 젊은이다. 레날 부인의 눈에 그의 "얼굴빛은 너무나 희고 두 눈이 너무나 부드러워 보였다." 그 역시 "부인의 아름다움에 넋을 잃는다." 그는 '곱슬곱슬한 머리털'을 지녔고, '소녀처럼 수줍어하는 티'가 가시지 않은 순정한 젊은이다. 그는 늙지 않는다. 젊은이 특유의 해찰이 아름답다. 그는 브레르 오에서 문득 젊은 주교와 노랫소리에 매혹당하는 것이다. 그는 순간적으로 자신이 '전쟁 상태'임을 잊는다. 젊은 노르베르 드 라몰을 보고도 쉽게 매혹당한 나머지 말에서 떨어진 일을 그에게 사심 없이 털어놓는다.

• 모순된 성격에서 오는 진실성

쥘리엥이 드러내는 이런 성격상의 모순(경계심과 본능의 교차—편지를 감추는 전략가인 동시에 가상의 적을 물리치는 돈키호테의 희극성, 서투름이 드러내는 본질적인 순수함)이 오히려 이 인물을 살아 움직이게 한다. 그는 세상과 타협한다. 자신의 아버지를 빈민 수용소 소장에 임명시켜 달라고 천거함으로써 후작에게 "자네도 이제 훈련이 되어 가는군"이라는 말을 듣는다. 한편 "쥘리엥은 자기가 한 짓에 놀라움을 금치 못한다. …… 이런 일쯤은 아무것도 아니지. 출세를 하려면 앞으로 더 많은 부정을 저지르지 않을 수 없을 텐데." 그러나 작가가 지적하듯이 "자신의 과실에 지나치게 민감한 것이 그의 성격의 치명적인 약점이었다." 그에게는 더럽혀지지 않은 양심이 있다. 그러나 스스로를 채찍질해서 세상에 나아가기 위해 위선적이 되고 전투적이 되려고 각오를 다진다.

• 쥘리엥의 눈물

그는 셸랑 사제의 충고에 감동해서 운다. 레날 부인의 방에서 "두 팔로 부인의 무릎을 껴안고……, 부인이 매섭게 그를 힐난하자 눈물을 질질 흘렸다." 브장송 신학교에서는 피라르 사제의 '다정한 목소리를 듣고' 눈물이 왈칵 솟는다. 그러자 피라르 신부가 그를 끌어안아 준다. 위선과 전투적인 각오와 불타는 야망을 초월해 그는 마침내 죽음을 앞에 두고 꾸밈없는 자신의 본래 모습을 되찾을 것이다.

⑦ 두 여인

스탕달은 두 여주인공 레날 부인과 마틸드를 다 같이 귀족 계급에서 선택했다. 그러나 두 여인은 지극히 대조적이다.

레날 부인

프랑스 소설사에서 가장 아름다운 여인, 가장 선량하고 부드러운 여인이요 "현실에서 그 어떤 모델도 발견할 수 없는 스탕달의 꿈의 여인"(바르데슈)이다. 예수회 수도원에서 종교적 신심으로 키워졌고, '돈 많은 숙모에게서 큰 재산을 상속'받은 그녀는 사랑하지 않지만 존경하는 남자와 결혼해 최초의 남자처럼 섬긴다. 레날 부인은 보바리 부인처럼 공상적인 인물이 아니다. 그녀는 있는 그대로의 자신과 일치하는 인물이다. 그녀는 위선을 알지 못한다. 처음 쥘리엥에게서 사랑을 느낄 때, "소설조차 전혀 읽어 본 적이 없는 레날 부인에게는 자기에게 찾아온 행복의 온갖 뉘앙스가 그저 새롭기만 했다……. 미래에 대한 걱정조차 없었다." 부인은 아이들을 사랑하고 정성을 쏟는다. 겸손과 순결과 자기희생이 성격의 본질이고, 순결을 상징하듯 흰옷을 즐겨 입는다.

그러나 쥘리엥을 만나면서부터 마음이 흔들리고 정념에 사로잡혀 거짓말을 하지만, 쥘리엥이 떠나자 정신적인 스승에게 매달려 수동적이 되고 만다.

• 미모와 순결

쥘리엥과 처음 마주쳤을 때 "눈부시게 살결이 아름다운" 그녀의 "여름 옷에서 향기로운 냄새가 풍겼다." "놀라울 만큼 수줍고 부드러운 인물"인 레날 부인은 자신이 아름다운 줄을 모른다. 그렇기 때문에 그녀는 진정으로 아름다운 여인인 것이다. "흠잡을 데 없이 우아한 아름다움이란 그것이 그 사람의 성질과 완전히 일치되었을 때, 그리고 당사자가 자기의 아름다움을 의식하지 않을 때 그처럼 현저한 효과를 내는 법이다. 여성의 아름다움을 볼 줄 아는 쥘리엥의 눈에도 이때만은 레날 부인이 20세 안팎의 여자로밖에 보이지 않았다. 바로 그때 쥘리엥에게는 대담하게도 부인의 손에 키스하고 싶은 생각이 일었다. 그러나 그는 곧 그러한 생각이 무서웠다……. 행동을 실천에 옮기지 못하다니……. 그는 레날 부인의 손을 잡아 자기의 입술로 가져갔다. 부인은 놀랐다."

"후리후리한 키에 날씬한 몸매를 가진 여인으로서 이 산간 사람들의 말을 빌리면 이 고장 제일가는 미인이었다. 부인의 일거일동에는 어딘지 순진하고 젊은 기색이 엿보였다. 만약 그 순진하고 쾌활하며 자기의 아름다움을 조금도 의식하지 않는 부인의 매력이 파리지엥의 눈에 띈다면 도리어 달콤한 정욕을 자극하는 것이었을지도 모른다……. 한때 유복한 빈민 수용소 소장 발르노 씨는 부인에게 접근하려 한 일이 있었지만 보기 좋게 실패해 부인의 정절에 유달리 빛을 더했을 뿐이었다." (「가난한 사람들의 행복」)

• 자연스러움

"남자들 눈에서 멀리 떨어져 있을 때의 그 자연스러운 애교와 활기를 발산시키는" 그녀는 "본시 천진난만한 성격"으로 파리 귀족의 딸 마틸드와 강한 대조를 보인다. "섬세하고 자존심이 강한 부인은 운명이 자기로 하여금 그 속에 섞이게 한 야비한 주위 사람들의 행동에 대해서는 아주 무관심했다. 그것은 만인에게 공통된 평범한 행복을 얻으려는 본능으로 말미암은 것이다." 그녀는 자신의 계급을 거의 의식하지 못한다. 그러나 암암리에 귀족 계급 특유의 의식을 주입받았다. "자기 사회의 사람들이 로베스피에르의 귀환은 특히 잘 교육받은 하층 계급의 그 젊은이들 때문에 가능하다고 되풀이해서 말했기 때문에 레날 부인은 쥘리엥의 말에 놀랐다." 이런 반응 때문에 쥘리엥은 한동안 마음을 놓지 못한다. 그러나 그녀가 자신의 계급적 특권을 오히려 장애로 여기는 순간도 있다. "아아, 나, 나는 부유하구나! 나의 행복에는 아무런 쓸모도 없이!" 그녀의 사랑에는 작위적인 데가 없다. 헌신과 희생. 그녀는 자신의 계급의 모럴로부터 해방된 상태에서 사랑한다.

마틸드 드 라몰
• 자신의 계급 안에서 머리로 하는 오만한 사랑과 모험

'자타가 공인하는' 미모, 신분, 재치, 재산, 문벌, 기지를 갖춘 귀족 처녀인 마틸드는 자신의 매서운 정념을 쏟아부을 대상을 찾는 중이다. 그녀는 '허영에 들뜬 사랑', '머리로 하는 사랑', '파리식 사랑'의 상징이다. 마틸드 드 라몰은 "기지와 좋은 성격과 말재주"를 타고난, "파리에서 가장 아름다운 여자"다. 그녀는 오직 쥘리엥이 자기를 휘어잡기 때문에 사랑한다.

그녀는 귀족 특유의 역설적 영웅주의에 사로잡혀 있다. 다른 귀족들과는 다르지만 귀족으로서의 우월감과 순응주의에서는 다를 것이 없다. 그녀는 자신의 계급적 위치에서 생각하고 판단하고 사랑한다. 다만 공상적인 방식으로 작용하는 그 판단이 '역설적'일 뿐이다. 그녀는 왕비 마르그리트 드 나바르의 뜨거운 사랑을 받았다가 그만 목이 잘려 버린 자신의 영웅적 조상 보니파스 드 라몰을 추모해 4월 30일이면 상복을 입는다. 단두대에 매혹된 이 기이한 정열과 지향은 그러나 그녀가 얼마나 가문의 역사와 전통에 큰 관심을 가졌는가를 말해 준다.

그녀는 '소설적, 공상적, 영웅적, 역설적'인 귀족의 사랑을 대표한다. 이 여장부는 남성적이고 오만하다. 그녀는 쥘리엥의 정력과 대담성에 매혹당한다. 그녀에게 남자는 위험이요 도전이기에 흥미의 대상이다. 그래서 그녀의 사랑에는 자연스러움이 없다. 그것은 의도적인 결단일 뿐 자연스러운 마음의 흐름이 아니다. 오히려 귀족인 자신과 천민인 쥘리엥 사이에 가로놓인 계층적 거리가 그녀에게는 일종의 '이국 정서'를 자극하는 심리적 자장磁場이다. 결국 여기서도 계급 의식은 역설적이지만 중요하게 작용한다고 할 수 있다. 천민을 사랑하는 것은 그녀에게는 귀족만이 누릴 수 있는 일종의 영웅적인 행위다. 마틸드의 마음속에서 쥘리엥은 단두대의 제물이 된 보니파스 드 라몰의 대역과도 같다. 마틸드의 사랑은 그 중세 영웅의 세력권 속에서 형성된다. 스탕달은 말한다. "파리에서 연애는 소설이 낳은 자식과도 같은 것이니까……. 소설은 그들의 역할을 그려 보이고 흉내 낼 본보기를 제시했으리라." 따라서 그녀의 사랑은 '간접화'된 사랑이다. 그녀는 자신도 모르게 남의 욕망을 흉내 내는 것이다. 그녀는 생각한다. "남자를 뛰어나게 만드는 것은 사형 선고뿐이야. 그것만이 돈으로 살 수 없는 유일한 것이지." 눈 밝은 사람들은 알아차린다. "마틸드 양을 감동시킨 것은 머리, 잘린 머리였어요." '모든 정력이 사멸한 이 시대'에 쥘리엥의 정력은 순응주의적인 귀족들을 '겁나게 하는' 것이다. 그녀는 혼자서 탄식한다. "지금은 문명이란 것이 모험을 몰아냈고 더 이상 뜻밖의 일도 일어나지 않거든……. 퇴패하고 권태로운 시대여!" 이리하여 그녀는 무릎을 꿇고 "보니파스 드 라몰과 마르그리트 드나바르의 추억"으로부터 "초인적인 용기"를 얻어 내어 목이 잘린 쥘리엥의 이마에 키스하고 그 머리를 들고 가서 자기 손으로 장사 지낸다. 쥘리엥이 처형되었을 때, 비로소 그녀는 어느 때보다도 치열한 사랑을 맛본다.

이와 관련해 작가가 슬며시 던지는 말에 귀를 기울여 보자. "머리의 사랑이란 진정한 사랑 이상으로 재기 발랄할지는 모르나 그 열광

이 순간적일 뿐이다. 머리의 사랑은 그 자체를 너무나 잘 알고 있으며 끊임없이 자아비판에 빠진다. 그 사랑은 이성이 흐려지기는커녕 이성의 힘 위에 구축된 것이다." (19장, 「희가극」)

⑧ 쥘리엥의 범죄: 소설의 대단원

자신에게 돌아온 막대한 연금, 토지, 그리고 검은 사제복 대신 붉은 제복으로 갈아입은 용기병 중위 계급, 비천한 제재소집 아들 소렐이 아니라 귀족의 사생아 자격으로 획득한 이름 드 라베르네, 라몰 후작의 딸 마틸드의 남편이요 장차 태어날 아들의 아버지로서의 긍지, 장래의 귀족원 의원, 마침내 이 모든 특권을 손에 넣게 된 쥘리엥, 그리하여 부르주아 라스티냐크에 맞먹는 인물로 승격하려는 바로 그 순간, 즉 자신이 숭배하던 나폴레옹을 버린 그 순간, 쥘리엥은 레날 부인의 편지 한 장으로 모든 것을 잃어버린다. 그는 당장 베리에르로 달려가 성당에서 미사를 드리는 레날 부인에게 총을 쏜다. 작가는 이 범죄 행위를 외부에서 관찰한 객관적 시점에서 서술하고 있다.

주인공의 이 놀라운 행동이 소설에서 어떤 의미를 갖는지에 대한 해석의 몇 가지를 소개해 보기로 한다.

• 에밀 파게나 모리스 바르데슈는 그 절망적인 순간 "쥘리엥이 빠져든 육체적 흥분과 반쯤 실성한 상태"(2부 36장)를 근거로 그 행동을 설명한다.

• 반면에 카스텍스는 심리적 관점에서 설명을 제시한다. 즉 쥘리엥은 자신의 성공을 무너뜨린 부인의 행동에 분노한 나머지 미쳐 버린 것이 아니라, 또렷한 정신 상태에서 범죄를 저지른 것이라고 본다. 쥘리엥의 범죄는 논리적이다. 즉 이 범죄는 자신의 야망이 좌절되었다는 사실을 확인하는 데서 온 결과다. 그래서 이 청년은 끝까지 자신이 저지른 범죄를 시인하고, 그것이 계획적인 범죄였다는 점을 인정한다. 자신의 꿈이 송두리째 무너지는 것을 보자 그는 복수의 욕구에 사로잡혔던 것이다. 그는 레날 부인에게 권총을 발사함으로써 자신을 제거하려 드는 귀족들에게 복수한다.

• 무이요는 소설의 내적 논리에 근거한 해석을 제시한다. 쥘리엥의 행동은 다음과 같이 설명될 수 있다.
ⓐ 무력한 자의 피동적 자살이 아니라 자신이 받은 모욕에 대한 능동적 반격이었다.
ⓑ 이 젊은이는 자신의 거짓 초상을 비쳐 보이는 거울을 향해 총을 쏜 것이다. 여기에 이해관계는 개입되어 있지 않다. 레날 부인의 편지는 이렇게 쥘리엥을 고발하고 있었다. "가난하고 탐욕스런 그 사람은 빈틈 없는 위선의 힘을 빌려 약하고 불행한 여인을 유혹함으로써 어떤 신분과 지위를 얻고자 했던 것입니다." 그는 남들이 제시하는 이 치욕스럽고 왜곡된 거울 속 이미지를 깨뜨리기 위해 총을 쏜 것이다. 이 이미지는 얼른 보기에는 사실과 부합하는 듯하다. 그러나 쥘리엥은 레날 부인의 연인이 됨으로써 그의 보호자인 체하는 귀

족들에게 복수했고, 마틸드의 애인이 됨으로써 귀족 계급의 젊은이들에게 승리를 거두었을 뿐이다. 쥘리엥은 거울에 비친 그 이미지가 피상적일 뿐만 아니라 거짓된 모습임을 잘 알고 있다. 그는 "자신을 명백히 인식하고자" 애쓰고, "자신의 마음속을 분명히 들여다본다." 그리고 대답한다. "내가 왜 회한을 느껴야만 하는가? 나는 참혹하게 모욕을 당했다. 그래서 나는 죽였고, 나는 죽어 마땅한 것이다. 그것이 전부다. 나는 모든 인간에 대한 결산을 마친 다음에 죽는 것이다. 나는 그 어떤 의무도 수행하지 않은 채 남겨 둔 것이 없다. 나는 누구에게도 빚진 것이 없다." (2부 36장 「슬픈 내역」)

ⓒ 결론적으로 말하자면 쥘리엥은 사형이라고 하는, 아무도 원하지 않는 '진정한 차별'을 위해 돈과 허영의 차별을 거부한 것이다. 반항아 쥘리엥은 자신의 범죄를 통해서 승리한다. 그는 자신이 타고난 숙명의 마지막 한계까지 갔다. 그는 자신의 사회적 승리가 가져다줄 물질적인 이익을 위해 총을 쏜 것이 아니다. 그는 마침내 자신이 원했던 영웅이 된 것이다. 그는 주어진 상황을 바꾸지는 못했지만 끝까지 자신에게 충실했다. 그래서 우리는 이 반항아의 최후 진술에 귀를 기울여 볼 필요가 있다.

- '계급 투쟁'으로서의 최후 진술

"나는 당신들의 계급에 속하는 영예를 갖고 있지 않습니다. 당신들은 나에게서 자신의 비천한 운명에 반항한 한 농부의 모습을 볼 것입니다……. 배심원 여러분, 그러므로 본인은 사형을 당해 마땅할 것입니다. 그러나 나의 죄가 더 가벼운 것이라 할지라도 나의 젊은 나이가 동정을 받을 만하다는 사실은 전혀 고려하지 않고, 나를 통해 나와 같은 부류의 젊은이들을 징벌하고, 그들을 영원히 의기소침하게 만들려 한다는 것을 나는 잘 알고 있습니다. 즉 하층 계급에서 태어나 가난에 시달리면서도 다행히 훌륭한 교육을 받고, 부유한 자들의 오만이 사교계라고 부르는 곳에 감히 끼어들려 한 젊은이들 말입니다.

여러분, 그것이 나의 죄인 것입니다. 그리고 사실상 나는 나와 같은 계급의 동료들에 의해 판결받지 못하므로 나의 죄는 더욱 준엄한 징벌을 받을 것입니다. 배심원석에는 부유한 농민 하나 보이지 않고 분개한 부르주아들만 있을 뿐입니다."

• 쥘리엥의 사랑과 행복, 그리고 죽음

그의 사랑은 애초에는 '기사도적'인 사랑이었다. 레날 부인을 보자마자 매우 자연스럽게 '욕망'이 솟아올랐다. 부인의 자연스러운 표정이 갖는 '우아함'과 거기서 느껴지는 젊음에 반해 사랑이 생겨난 것이다. 그러나 점차 이 순수한 사랑의 감정은 높은 모델을 모방하려는 마음, 즉 나폴레옹처럼 부유한 상류 사회의 아름다운 여인을 정복하겠다는—그 정복은 가난한 젊은이에게는 성공의 상징이다—심리가 작용함으로써 변질된다. 이리하여 쥘리엥은 여자를 정복하는 것이 자신의 '영웅적인 의무'라고 믿는다. 더군다나 귀족 신분으로 부유하고 세력 있는 남편, 즉 자신에게 모멸감을 준 레날 시장의 아내를 유혹한다는 것은 자랑스러운 일이 된다. 그러나 그 사랑의 밑바닥에 여자를 정복해서 출세의 수단으로 삼으려는 계산이 깔려 있는 것은 아니다. 오직 모순이 있다면 그것은 쥘리엥의 직접적이고 자연스러운 욕망과 겉으로 드러나 보이는 욕망, 즉 특권적 가치에 의해 간접화된 욕망(나도 나폴레옹처럼 이런 여자를 손에 넣고 싶다고 하는) 사이에 존재한다. 그러나 쥘리엥은 레날 부인을 여자로 보거나 하나의 상징(귀족, 돈, 미모)으로 보기는 하지만 결코 '수단'으로 여기지는 않는다. 그런 점에서 그는 아직 진정한 '현대인'이 아니다.

이런 모순과 갈등이 잘 드러난 대목은 바로 쥘리엥이 레날 부인을 처음 만났을 때다.

"마음이 가라앉은 쥘리엥은 레날 부인을 찬찬히 살펴보았다. 흠잡을 데 없는 우아한 매력, 그것이 성격과 자연스럽게 어울리고, 또 당사자가 그 매력을 전혀 의식하지 않을 때의 그 우아한 매력의 효과를 부인은 십분 보여주었다." (1부 6장)

• 쥘리엥의 '범죄' 행위와 '죽음' 사이에 위치한 세 번의 특별한 순간

① 공감: 재판정에서 최후 진술을 하고 나자 쥘리엥은 처음으로 인간 공동체와 마주친다. 친화적인 방청석의 청중이다. 쥘리엥과 청중 사이에 공감이 일어난다. "부인들은 모두 눈물을 줄줄 흘렸다. 데르빌 부인조차 눈에 손수건을 갖다 댔다. …… 자리를 뜬 부인은 한 명도 없었다. 몇몇 남자도 눈에 눈물이 글썽해 있었다. …… 모든 사람

의 기원이 자기편으로 기울어져 있는 것을 보고 그는 기쁨을 느꼈다. 배심원단은 아직도 돌아오지 않았지만 자리를 뜨는 부인은 아무도 없었다."(2부 41장 「재판」)

② 자신과의 화해: 쥘리엥의 행복한 최후, 감옥에서 레날 부인과 보낸 며칠, 아낌없는 상호 인정, 이런 화해의 이미지들과 함께 독자는 책을 덮게 된다. 쥘리엥은 "자존심에 구애받지 않고" 레날 부인에게 죽음의 공포를 말한다. "사랑의 정열이 극도에 달해 가식이 그림자도 없이 사라져 버릴 때면 그런 정열의 야릇한 효과로 인해 레날 부인도 쥘리엥과 함께 수심을 잊고 다정한 쾌활함을 나눌 수 있었다. …… '당신이 감옥에 찾아와 주지 않으셨으면 저는 행복이라는 걸 모르고 죽었을 겁니다.'"(2부 45장) 감옥 안에서 비로소 쥘리엥은 사회적 관계로부터, 시간으로부터, 역사로부터 해방된다. 임박한 죽음은 그로 하여금 과거도 미래도 없는 현재만을 향유할 수 있게 해준다. 야망과 의무로부터 놓여난 그의 현재 속에는 오직 사랑과 행복이 있을 뿐이다. "마틸드의 출현으로 빼앗기는 시간을 제외하고는 그는 거의 미래를 생각하지 않고 사랑에 빠져 지냈다."(2부 45장)

③ 사형 집행의 날: 쥘리엥은 세계와의 직접적인 접촉이라는 진정한 관계를 회복한다. 세계는 항해 끝에 돌아온 '고향 땅'이 된다. 가장 전형적인 낭만적 결말이다. 이것은 일종의 안락사의 순간이며, 자신을 알아주지 않는 주변 환경 때문에 낭만적인 주인공이 더욱 돋보이는 절정의 순간인 동시에 아름다운 실패의 순간이다. "인생의 종말이 눈앞에 닥쳐온 후에야 인생을 즐기는 기술을 터득하게 되었다

는 것은 참 이상한 일이다." (2부 40장) 그는 마침내 레날 부인과 자신의 삶과 자기 자신과 화해한 상태에서 죽는다. 그의 사형 집행이 통고된 날은 삼라만상 위로 찬란한 햇빛이 내리쬐었고, 쥘리엥에게도 굳건한 용기가 솟았다. 대기 속을 걸어 나가는 것이 오랫동안 바다에 떠돌던 항해자가 마침내 육지를 딛고 산책하는 것처럼 상쾌한 느낌이었다. "자, 만사가 잘 돼 나간다. 나도 조금도 용기를 잃지 않았다. 그는 속으로 이렇게 중얼거렸다. 잘려 나가려는 그 순간만큼 그 머리가 그렇게 시적인 적은 일찍이 없었다. 한때 베르지의 숲 속에서 지냈던 가장 감미로운 순간들이 한꺼번에 그의 머릿속에 강렬하게 되살아나는 것이었다. 모든 것이 단순하고 자연스럽게 끝났으며, 쥘리엥은 아무런 가식 없이 최후를 마쳤다." (2부 45장) 이것이 단순하고 자연스럽고 '아무 가식 없는 최후'를 맞기 직전 쥘리엥의 상태를 서술하는 문장이다. 이런 죽음이 삶과의 진정한 화해와 자기 회복이라는 의미를 갖는 순간임을 우리는 이로부터 1세기가 지난 뒤 『이방인』의 뫼르소가 죽음을 맞을 때 다시 한 번 더 경험할 것이다.

(3) 스탕달 연보

1783년   1월 23일, 그르노블Grenoble에서 수습 변호사인 아버지 셰뤼벵 벨과 어머니 앙리에트 가뇽 사이에서 마리 앙리 벨 Marie Henri Beyle(스탕달이라는 필명은 34세 때 쓰기 시작)이 태어남. 누이동생 폴린(1786년), 제나이드(1788년) 태어남.

1790년	7세 때 어머니 앙리에트 가뇽 사망. 아버지를 싫어하고 할아버지를 좋아했다.
1791년	외삼촌 로멩 가뇽과 함께 사부아 지방 에셸에 체류.
1792년	12월, 라이안 신부가 가정교사로 들어오다. 1794년까지 '라이안의 횡포' 계속됨.
1793년	5월 15일, 그르노블의 반혁명 용의자 명단에 올라 있던 아버지가 투옥됨.
1794년	7월, 아버지 셰뤼벵 벨 석방.
1796년	그르노블의 이제르 중앙학교 개교와 동시에 입학. 미술, 수학, 문학에 재능을 보임.
1799년	10월 30일, 파리로 떠나다. 에콜 폴리테크니크(이공과 대학) 입학시험을 포기하고, 글을 쓰며 살기로 결심.
1800년	미술과 연극에 취미를 가지는 한편 외가 쪽 사촌 피에르 다뤼 밑에서 국방성 임시 직원으로 근무. 다뤼를 따라 이탈리아 밀라노로 가서 기병 연대 소위가 되다.
1801년	미쇼 장군의 부관이 되어 롬바르디아에 체류. 그러나 주둔 부대 생활을 싫어해 병가를 얻어 그르노블로 돌아옴.
1802년	빅토린 무니에에게 반하다. 군에서 사직하고 문학, 연극 분야에 대한 야심을 가짐. 이탈리아어, 영어, 희랍어를 익힘. 콩디야크, 트라시, 엘베시우스, 카바니스를 읽고 서사시『라 파르살』집필 계획을 세움.
1803년	독서를 계속하는 한편 연극에 심취함. 희곡『두 사람』집

필 시도. 사교 생활을 시작하고, 궁핍한 생활을 이어 감.

1804년 나폴레옹 제1제정 시작. 파리로 가서 희극 『르텔리에』 집
필을 시작함. 데스튀 드 트라시의 저작 『이데올로기 개론』
에 심취. 견습 배우 멜라니 길베르를 만나다.

1805년 아버지로부터의 송금이 늦어져 경제적인 어려움에 처함.
멜라니 길베르를 따라 마르세유로 가서 잠시 그곳 식료품
점 점원으로 일하며 큰돈을 벌고자 한다.

1806년 마르세유를 떠나다. 그르노블에서 파리로 갔다가, 행정 감
독관 및 참사원 의원으로 임명된 피에르 다뤼를 따라 10월
에 독일로 감. 전쟁 감독관 임시 보좌역으로 임명되어 브
룬스빅에서 근무.

1807년 파리에서 임무를 수행한 후 브룬스빅으로 귀환함. 빌헬민
드 그리스하임과 연애. 셰익스피어, 골도니의 작품을 읽다.

1808년 브룬스빅에 체류하며 사교와 독서와 사냥을 즐김. 『브룬
스빅 풍경』, 『에스파냐 계승 전쟁사』 집필 시도. 명령에
따라 파리로 귀환.

1809년 파리를 떠나 피에르 다뤼 휘하에서 근무. 빈에 체류함. 피
에르 다뤼가 나폴레옹 제국의 백작으로 선임되다.

1810년 파리로 돌아와 참사원 보좌관으로 임명됨. 8월, 황실 재산
감독관으로 임명되어 출세 전망이 밝아짐.

1811년 파리에서 이력의 절정을 맞는다. 최고급 사교계 진출, 댄
디 생활을 하며 여배우 앙젤린 브레이테르와 관계를 맺

다. 다뤼 백작이 장관으로 임명됨. 다뤼 백작 부인에게 사랑을 고백하고 이탈리아로 떠남. 밀라노에서 11년 전에 알았던 안젤라 피에트라그뤼아와 재회해 호의를 얻음. 이탈리아 여러 도시를 여행하고, 『이탈리아 회화사』 집필 시도. 『미켈란젤로의 생애』 초고 집필.

1812년   7월, 임무를 띠고 러시아로 감. 모스크바 전투를 참관하고 퇴각하는 나폴레옹 군대와 함께 러시아를 떠나다.

1813년   파리로 귀환. 지사 또는 참사원 청원위원으로 승진하지 못해 실망함. 독일에서 지방 행정 감독관 직무를 수행하고, 11월 파리로 건너감.

1814년   퐁텐블로에서 나폴레옹 황제 실각. 연합군 파리 입성. 머물러 살 결심을 하고 이탈리아로 건너가 향후 7년간 밀라노를 본거지로 생활함. 안젤라 피에트라그뤼아와 새로운 사랑 시작.

1815년   왕정복고. 루이 알렉상드르 세자르 봉베라는 필명으로 『하이든, 모차르트, 메타스타시오의 생애』를 파리에서 출판. 안젤라와 헤어지다.

1816년   밀라노에서 딜레탕트 생활 계속. 그르노블에 머물며 바이런과 만남. 12월, 로마로 감.

1817년   『이탈리아 회화사』 출판. 처음으로 기병 장교 드 스탕달이라는 필명으로 『로마, 나폴리, 피렌체』를 발표함. 첫 런던 여행.

1818년	3월, 마틸드 템보스키에 대한 열정적인 사랑이 싹틈. 『나폴레옹의 생애』 집필.
1819년	6월 20일, 그르노블에서 아버지 사망. 파리, 밀라노로 돌아감.
1820년	『연애론』 집필 중에 원고를 분실함.
1821년	5월, 나폴레옹 사망. 이탈리아 정부로부터 과격파로 의심받아 밀라노를 떠날 수밖에 없게 됨. 마틸드와 이별하고 프랑스로 돌아감. 10월, 런던에 머물다 다시 파리 브뤽셀 호텔에 거주. 『연애론』 원고를 찾아 다시 손질.
1822년	여러 살롱에 출입하며 사교 생활. 『연애론』 발표. 런던의 《뉴 먼틀리 매거진》에 기고하기 시작.
1823년	낭만주의를 옹호하는 첫 팸플릿 『라신과 셰익스피어』 발표. 『로시니의 생애』 출간.
1824년	파리로 돌아와 클레망틴 퀴리알 공작 부인과 연애. 샤를르 10세 즉위, 급진 왕당파 시대 시작.
1825년	12월, 『산업인들에 대한 새로운 음모』 출판.
1826년	퀴리알 공작 부인과 관계 단절. 『아르망스』 집필.
1827년	8월, 첫 소설 『아르망스』 출간.
1828년	군인 연금 지급이 종료되어 몹시 가난한 파리 생활.
1829년	알베르트 드 뤼방프레와의 연애 실패로 실의에 빠져, 9월 8일 남프랑스로 여행을 떠남. 10월 25~26일 밤, 마르세유에서 『적과 흑』에 대한 착상. 12월, 《르뷔 드 파리》지에

「바니나 바니니」 게재.

1830년   자신에게 접근한 지울리아 리니에리를 정부로 삼다. 5월, 『적과 흑』 제목 확정. 7월 혁명―루이 필리프 시대 개막. 9월 25일 트리에스테 영사로 발령받고, 11월 이탈리아 임지로 출발. 11월, 『적과 흑』 출판. 11월 26일 트리에스테 영사로 부임하지만, 당시 이탈리아를 지배하던 오스트리아 정부가 그의 영사 인가를 거부함.

1831년   파리의 결정을 기다리며 트리에스테에 거주. 다시 교황령인 치비타베키아 영사로 임명받아 4월에 부임. 지울리아와 관계를 이어 가다.

1832년   빈번히 로마를 왕래하며, 이탈리아 여러 도시 여행. 『에고티슴의 회상』 집필.

1833년   1~8월, 로마와 치비타베키아에 체류. 파리에서 휴가.

1834년   소설 『뤼시엥 뢰벤』 집필. (발자크의 『고리오 영감』 출간)

1835년   문인 자격으로 '레지옹 도뇌르 슈발리에' 훈장을 받음. 소설 『뤼시엥 뢰벤』을 구술하나 끝내 미완으로 남음. 11월, 『앙리 브륄라르의 삶』 집필 시작.

1836년   로마와 치비타베키아를 왕래하며 생활. 5월, 휴가를 얻어 파리로 돌아옴. 수상이 된 몰레 백작의 도움으로 이 휴가는 3년간 계속됨. 『나폴레옹에 관한 회상록』 집필을 시작하나 다음 해에 저작 포기.

1837년   파리 거주 중에 여러 지방 여행. 『어느 여행자의 수기』 집필.

1838년	프랑스, 스위스, 독일, 네델란드, 벨기에 등지를 여행함. 단편 「팔리아노 공작부인」 발표. 「카스트로 수녀원장」 집필 시작. 11월 4일부터 12월 26일 사이의 단기간에 대작 『파르므 수도원』을 구술로 집필.
1839년	《르뷔 데 되 몽드》지에 「카스트로 수녀원장」 발표. 4월 6일, 『파르므 수도원』 출간. 장편 『라미엘』 구상. 8월, 긴 휴가를 끝내고 치비타베키아 영사관으로 돌아와서 『라미엘』 집필을 시작했으나 미완으로 남음.
1840년	『파르므 수도원』 수정. 피렌체에 체류. 10월 15일 자 《르뷔 드 파리》에 발자크가 『파르므 수도원』에 대해 칭찬한 글을 읽다.
1841년	1~10월, 치비타베키아에 거주. 3월 15일 뇌내출혈 발작. 휴가를 얻어 11월 8일 파리로 돌아감.
1842년	3월 22일 저녁 7시, 파리의 뇌브 데 카퓌신느가 노상에서 뇌내출혈로 쓰러지다. 3월 23일 새벽 사망. 24일 몽마르트르 묘지에 매장됨.

2. 발자크의 『고리오 영감』

(1) 발자크와 그의 시대

① 연표

시 대	발자크의 삶과 작품
1789년 프랑스 대혁명	
1799년 집정정부 시대	오노레 드 발자크 탄생
1804년 나폴레옹 제1제정	1807~1814년 방돔 기숙 학교
1815년 100일 천하, 워털루 전투 '왕정복고'	1819~1820년 『고리오 영감』의 배경
1830년 7월 혁명 '7월 왕정'	스탕달의『적과 흑』발표 1835년 『고리오 영감』 1837년 『잃어버린 환상』 1841년 《인간 희극》 서문
1848년 2월 혁명 '제2공화국'	1850년 발자크 사망
1851년 루이 나폴레옹 쿠데타 1852년 제2제정	

② 《인간 희극》*

1833년, 발자크는 자신의 소설을 통해 당대 프랑스 사회의 전모를 드러내고자 하는 야심을 가지고 그때까지 쓴 작품들의 묘사적인 파트 전체를 '19세기 풍속 연구'라는 제목 아래 한데 묶는다. 이 사회적 이야기는 기존에 설정한, 또는 장래에 설정할 여러 틀 속에 배치될 것이다. 이 틀이 바로 다음과 같은 '장면'들이다.

— 사생활의 장면
— 시골 생활의 장면
— 파리 생활의 장면
— 정치 생활의 장면
— 군대 생활의 장면
— 전원 생활의 장면

이 각각의 '장면'들은 당대 사회의 한 면씩을 그려 보이고, 그 모든 장면이 사회사 전체의 규모와 깊이를 반영한다. 발자크는 1833년

---

* 'La Comédie humaine'라는 큰 제목은 발자크가 단테의 '신곡' 또는 '신의 극'으로 번역될 수 있는 'La Divine Comédie'를 염두에 두고 야심차게 지은 것이므로 '인간극'이라고 번역하는 것이 옳을지도 모른다. 불어에서 'Comédie'는 비극의 반대인 '희극'만이 아니라 일반적인 '극'을 의미한다. 그러나 우리나라에서 오랫동안 이어 온 번역 관행과 독자에게 익숙해진 번역을 따른다는 의미에서 여기서도 '인간 희극'이라고 부르기로 한다.

에 이 '풍속 연구'를 계획하면서 출판사와 계약을 맺었다. 그러나 아직 《인간 희극》의 전모가 드러난 것은 아니다. 《인간 희극》의 방대한 기획은 이듬해인 1834년 10월 '한스카 부인에게 보낸 편지'(《인간 희극》의 출생 신고에 해당)에서 암시되었다가, 1835년 7월에 발표된 「풍속 연구」의 서문에서야 비로소 구체적인 확인 과정을 거친다.

위의 두 문서에서 모습을 드러낸 것은 어떤 거대한 건축물의 비전이다. 이 건축물의 이름은 아직 정해지지 않았지만, 그 구조물은 다음과 같이 3층으로 설계되었다는 것을 알 수 있다.

- 풍속 연구
- 철학 연구
- 분석 연구(발자크의 때 이른 죽음은 전체 구조물의 지붕을 이룰 이 파트를 완성할 시간을 허용하지 않았다.)

이제 '철학 연구'라는 제목 아래 묶인 철학적인 작품들 사이의 연계는 이루어졌고, 서로 다른 '생활의 장면'들은 「풍속 연구」의 틀 속에 한데 묶였다. 발자크는 「철학 연구」와 「풍속 연구」를 단순한 삶의 묘사 이상의 그 무엇에 의해 서로 연결하고자 했다. 그저 인간의 삶을 그려 보이는 것만으로는 부족하다. 거기에는 그 전체를 꿰어 줄 어떤 '체계'가 필요하다고 본 것이다. 여러 '생활의 장면'이 인간들 사이의 투쟁을 보여준다면 「철학 연구」는 인간을 갉아먹는 힘, 즉 '생각(정념)의 위력'을 설명함으로써 인간 상호간 투쟁의 원인을 조명하는 것이다. 인간의 삶에 '생각'이 끼치는 영향과 역할은 놀라운 것이다. 발자크는 사회를 그리고 나서 그 모든 비극의 근원인 인간 정신의 메커니즘과 법칙을 규명하고자 한다. 이렇게 사회에 가해진 모든 효과와 결과들을 「풍속 연구」에서 묘사한 다음, 「철학 연구」에서는 거슬러 올라가서 그 원인을 찾아내어 확인하려는 것이다. 이런 망설임과 암중모색의 과정을 거쳐 발자크는 인간과 삶의 전모를 해명해 나간다. 그의 소설들은 이런 해명 과정을 통해 '운명의 책'으로 변한다. 이 철학적인 합류점 덕분에 《인간 희극》 속에 포함된 100권에 가까운(실제로 《인간 희극》에 포함된 소설은 총 89편) 작품들은 단순한 이야기의 차원을 넘어 보편적 인간 인식의 모뉴먼트monument로 승격하는 것이다.

(2) 「고리오 영감」의 스토리 소개와 분석

이 소설은 1819년 11월 말부터 1820년 2월 21일 고리오 영감이 죽음을 맞기까지 약 3개월에 걸친 왕정복고 시대를 시간적 배경으로 삼고 있지만, 고리오 영감 자신의 이야기는 훨씬 더 먼 과거로 거슬러 올라간다. 옛날에 제면업자였던 고리오 영감은 대혁명 기간 중 식량 부족 덕분에 한밑천을 잡았다. 그는 불안정한 시대의 암시장을 유감없이 활용했던 것이다. 현재 69세의 노인인 그는 1813년 이래 파리의 가난한 동네 보케르 하숙에 물러나 살고 있다. 이 집에는 시골 앙굴렘에서 올라온 학생 외젠 드 라스티냐크(22세), 위장한 옛 도형수이며 장 자크 루소의 영향을 받아 '사회 계약에 대한 깊은 실망감'을 느끼고 사회에 반항하는 선구자로 자처하는 보트렝이 함께 살고 있다. 이 한심한 하숙집은 바로 고리오 영감이 영락零落의 길을 걷게 되는 무대다. 그에게는 신분 상승에 성공해 현재 레스토 후작 부인(아나스타지)과 뉘싱겐 남작 부인(델핀느)으로 변신한 매혹적인 젊은 두 딸이 있다. 딸들을 광적일 정도로 사랑하는 아버지 고리오는 그들이 사회적으로 상류층에 자리를 틀 수 있도록 하는 데 자신의 모든 재산을 다 바쳤다. 그러나 귀족인 그의 사위들은 결국 장인인 그를 사회의 주변으로 추방해 버렸다. 이를 두고 랑제 공작 부인은 "레몬을 잘 쥐어짠 다음, 그의 딸들은 레몬 껍질을 길모퉁이에 내버린 셈이죠"라고 신랄하게 꼬집는다. 딸들의 집에서 고리오는 바로 지우고 싶은 "더러운 기름얼룩" 같은 존재인 것이다. 그러면서도 돈이 필요할 때면 두 딸은 "비단옷을 살랑거리며" 몰래 아버지의 하숙을 드나든다.

처음에는 이 하숙집에서 방 세 개를 다 차지하며 여유 있게 지내던 그는 차츰 영락해 가면서 지붕 밑의 불도 안 때는 단칸방으로 옮아오게 되었다. 자기의 두 딸을 위해 모든 것을 바친 그는 거의 파산 지경에 이른 것이다. 이런 가운데 큰딸 레스토 부인은 자신의 애인 막심 드 트라유의 손에 놀아난 나머지 고리오 영감의 마지막 남은 재산을 쥐어짠다. 그런데도 고리오는 "감정 때문에 자신의 정신을 모조리 탕진할 만큼 어리석게" 행동한다.

한편 남프랑스에서 상경한 유학생 외젠 드 라스티냐크는 이 볼품없는 하숙에 오래 살고 싶은 생각이 없다. 그곳에서 매일 목격하는 비루한 삶의 드라마와 천박함에 질린 이 가난한 청년은 아직 착하고 순수한 마음의 소유자이긴 하지만 동시에 화려한 생활을 꿈꾸는 젊은이다운 욕망에 불탄다. 《인간 희극》의 많은 젊은이들이 그렇듯, 이 야심가는 자신의 실제 능력에 의지하여 성공하는 쪽보다는 사교계에 진출해 거기서 '아리아드네의 실', 즉 여성 후견인을 만나 그 힘에 의존해서 출세하고자 한다. 그리하여 그는 당대 파리의 심장부인 포부르 생 제르맹 저택에 살고 있는 그의 사촌 누이이며 파리 사교계의 여왕 가운데 한 사람인 보세앙 부인을 찾아간다. 그러나 거기서 크게 실망스러운 장면을 목격한다. 무례한 인물인 다쥬다 핀토 백작은 보세앙 부인의 애인으로 통하지만, 지참금을 많이 가지고 온다는 부잣집 딸 라슈피드 양과 결혼하기 위해 온 파리 장안 사람들이 지켜보는 가운데 자신의 애인인 보세앙 부인을 버리려는 것이다. 라스티냐크를 실망시킨 것은 단순히 이 장면만이 아니다. 그는 몇 번에 걸친 파리 상류 사교계와의 접촉을 통해, 그런 세상에서 일정한 역할을 맡기 위해서는 갖추어야 할 경제적 수단, 즉 돈이 얼마나 중요한지를 깨닫게 된다. 그는 사치에 대한 욕망에 시달린다. 그래서 고향에 있는 어머니와 누이동생들이 저축해 둔 돈을 송금받아 새 옷을 장만한다. 이렇게 '무장한' 그는 자신이 벌써 성공한 줄로 안다. 그러나 산전수전 다 겪은 보트렝은 그에게 현실을 직시할 것을 가르치며 인간들의 관습에 맞서는 반항의 교훈으로 그의 인생 수업을 보충해 준다.

보트렝은 이 젊은이가 직면한 문제가 무엇인지 짐작하고, 그 청년이 자신에게 느끼는 미묘한 감정을 자극하면서 한밑천 잡는 방법과 관련된 자신의 신념을 피력한다. 문제는 어리석게 사회에 복종할 것인가 아니면 반항할 것인가, 양자택일뿐이다. 여기서 보트렝은 라스티냐크에게, 같은 보케르 하숙에 살고 있는 빅토린느 타유페르 양과 결혼할 것을 제안한다. 그녀가 지금 당장은 가난해 보이지만 외아들인 그녀의 오빠만 사라져 준다면 은행가인 아버지에게서 엄청난 재산을 상속받게 되어 있다. 그런데 보트렝이 일정한 수수료를 받고 그 오빠를 제거해 주겠다는 것이다. 그는 '불사신'이라는 별명을 가진 탈옥한 도형수로 범죄를 겁내지 않는다.

한편 라스티냐크는 자신이 악과 대면하고 있다는 의식도 없이 은행가 뉘싱겐가에 접근해 고리오의 딸인 델핀느 드 뉘싱겐 남작 부인을 소개받는다. 그는 그녀의 보호를 받고자 하는 것이다. 그러다가 이 젊은이는 정말로 델핀느와 사랑에 빠져 버린다. 알자스 출신인 뉘싱겐 남작과의 결혼에서 실망과 환멸을 맛본 델핀느는 이 청년의 싹트는 연정을 더욱 부풀어 오르게 한다(물론 뉘싱겐 남작에게도 오페라 극장의 여배우인 정부가 있다). 이혼이란 존재하지 않는 당시의 사회적 조건 때문에 델핀느는 라스티냐크에게 몸을 맡기는 것 외에는 다른 선택을 할 수가 없다. 그녀에게는 그 젊은이야말로 자유의 모습 그 자체다. 쇼세 당텡 거리에 있는 그녀의 집을 찾아간 라스티냐크는 "부유한 고급 창녀의 관능적인 우아함이 감도는 듯한 그녀의 방"을 구경한다. 그러나 그녀와 사귀려면 자신에게도 상당한 생활 수준을 유지할 재력이 필요하다. 그는 끊임없이 돈 문제에 시달리며 망설일 수밖에 없다.

델핀느에 대한 사랑이냐 빅토린느 양의 돈이냐 양자택일에 고민하며 그는 보트렝이 제시하는 한밑천 잡을 가능성의 유혹에 이끌린다. 보트렝이 타유페르의 아들을 살해하고 빅토린느를 파리에서 가장 부유한 상속녀 가운데 하나로 만들어 놓음으로써 작업의 가장 어려운 몫은 해결했지만, 아직 너무나 젊은 그에게는 타유페르 은행의 거금을 손에 넣을 배짱이 없다. 결국 보케르 하숙생인 노처녀 미쇼노 양과 푸아레 씨의 밀고로 보트렝은 탈옥수라는 정체가 밝혀지면서 경찰에 체포된다. 체포되는 순간 보트렝이 드러내 보이는 무서운 마력과 극단적인 냉정함을 목격하면서 라스티냐크는 자신이 하마터면 무서운 구렁텅이로 굴러떨어질 뻔했다는 사실을 깨닫고 전율한다.

우리는 매일같이 악마의 곁을 스쳐 지나간다. 악마는 우리의 마음속에 있다. 그 악마가 보트렝이라는 인물의 모습을 하고 날뛴다. 그 메피스토펠레스는 단순히 문학 속의 인물만이 아니다. 그는 무시무시한 생명력을 가진 인간의 몸속에서 살아 움직이는 것이다. 악마로서의 보트렝은 무법자요 반항아요 유혹자다.

이 메피스토펠레스가 체포되어 퇴장하자 마침내 고리오 영감이 게임의 중심이 된다. 그는 자신의 딸과 라스티냐크의 관계가 원만하게 이루어지도록 마지막 남은 연금 증서를 팔아 라스티냐크에게 화려한 독신자 아파트를 마련해 준다. 영감은 자신도 뉘싱겐 저택에서 지척인 그 건물의 지붕 밑 방으로 옮겨 가 자기 딸과 가까운 곳에서 지내고자 한다. 이 아파트에 입주하게 된 두 연인이 기뻐하는 모습을 보자 고리오 영감은 생애 전체에서 가장 행복한 날을 맞은 기분이 된다. 그는 미친 듯 딸의 발에 키스하고 그녀의 옷자락에 머리를 문지른다. 한편 라스티냐크는 언제나 그의 마음을 괴롭히던 돈 문제를 해결한다. 도박에서 돈을 딴 것이다. 그래도 그에게는 아직 착한 마음씨가 남아 있다. 그는 처음 딴 돈으로 어머니와 누이들에게 빌렸던 돈을 갚는다.

라스티냐크가 독신자 아파트에 정착한 지 이틀 뒤, 고리오 영감이 딸과 가까운 곳에 가서 살려고 보케르 하숙집을 막 떠나려는 바로 그 순간에 두 딸이 그를 찾아온다. 뉘싱겐 남작은 아내 델핀느의 개인 재산을 투기에 쏟아부었다. 다른 한편 큰딸 아나스타지는 애인 막심 드 트라유의 노름빚을 갚기 위해 시댁 소유의 다이아몬드를 매각했다. 그러자 그녀의 남편은 아나스타지의 약점을 잡고 그녀의 전 재산을 매각하라고 강요하는 것이다. 두 딸은 아버지 앞에서 서로 증오에 찬 질투 극을 연출하며 자신들의 어려운 사정을 호소한다. 이 참혹한 장면을 목격하고 충격을 받은 고리오 영감은 뇌졸중을 일으켜 쓰러진다.

이런 와중에도 고리오 영감은 부성애라는 '정념'에서 벗어나지 못한 채 자신을 희생한다. 그는 밖으로 나가 수중에 마지막으로 남은 값나가는 것을 팔아 아나스타지가 다음 무도회에 입고 갈 옷값을 지불한다. 이 어처구니없는 노력과 수고 때문에 고리오의 병은 더욱 심각한 상태에 이른다. 그는 보케르 하숙집의 허술한 방 안에 버려진 채 사경을 헤매면서도 자신의 두 딸이 무도회에서 즐겁게 지냈는지 걱정한다. 그에게 죽음은 사랑하는 두 딸을 더 이상 보지 못한다는 것을 의미한다. 그가 죽어 가고 있어도 두 딸은 저마다의 사정 때문에 찾아오지 않는다. 두 딸을 소리쳐 불러도 아무 소용이 없다. 그는 딸들이 자신을 정답게 애무해 주던 시절을 머리에 떠올린다. 잠시 정신이 들자 그는 자기가 딸들을 너무 버릇없이 키운 것을 자책한다. "모든 것이 다 내 잘못이지. 그 아이들이 나를 짓밟는 데 버릇이 되도록 만든 거야. 내가 내 권리를 포기한 거지. 나의 나약한 면이 그 아이들을 함부로 살도록 만든 원인이야." 그는 딸들을 저주하면서 정신을 차린다. "자식이 어떤 것인지 알려면 죽어야만 해. 아! 이보시오, 당신은 결혼하지 말고 자식도 갖지 마오! 당신은 자식들에게 생명을 주지만 자식들은 당신에게 죽음을 준단 말이오!" 그러나 그는 이율배반의 제물이 되어 절규한다. "아시다시피 나는 그 아이들을 너무나도 사랑해요." 그는 라스티냐크에게 델핀느를 사랑해 달라고 애원한다. 반면에 그는 자기 사위들을 저주한다. 고리오 영감의 극적인 죽음의 장면 묘사는 비참하고 감동적이다. 이 장면이 소설의 명성에 크게 기여했다. 고리오 영감은 혼자 죽어 간다. 그런데도 델핀느는 몸에 열이 있어서 찾아오지 못했고, 아나스타지는 그녀의 부정으로 인한 문제 때문에 집 안에 갇혀서 올 수가 없었다. 레스토 후작과 뉘싱겐 남작 가문의 문장을 단 텅 빈 마차가 뒤따르는 가운데 고리오 영감의 시신은 낡은 시트에 싸여 묘지로 떠난다.

이 한심한 광경은 고리오 영감의 아들과도 같은 역할을 떠맡은 라스티냐크에게 결정적인 충격이 되었다. 고리오의 죽음은 그를 온전한 성인成人으로 만들었지만, 세상의 참혹하고 음울한 일면은 그에게 깊은 상처를 주었다. 그는 젊은이로서의 마지막 눈물을 떨군다. 그러나 곧 몸을 꼿꼿이 세운다. 그의 두 눈은 페르 라세즈 묘지로부터 방돔 광장의 큰 기둥과 엥발리드의 돔 사이, 즉 그가 파고 들어가 보고자 했던 그 멋진 세계, '파리라는 괴물'의 심장부를 내려다보며 그 세계를 향해 탐욕스러운 정력의 불을 내뿜으면서 내닫는다. 『나귀 가죽』 이후 다시 한 번 더 강력한 탐욕의 소설을 선보인 발자크!

라스티냐크는 이 빛나는 사회 깊숙이 탐침을 박고 그 꿀을 빨아들이기로 결심하며 파리를 향해 저 유명한 도전의 말을 던진다. "이제 우리 둘의 대결이다!" 그 사회를 향한 도전의 제1막으로, 그는 뉘싱겐 남작 부인의 집으로 저녁 식사를 하러 간다. 발자크적 인물의 전형인 라스티냐크는 이제부터 자신을 은행가 뉘싱겐 남작의 지근거리로 데려다 줄 절호의 기회를 충분히 활용하기로 굳게 마음먹은 것이다. 그는 선택했다. 그는 고리오가 된다는 것이 엄청난 난파라는 것을 너무나도 잘 안다. 이렇게 해서 마음이 곧은 한 청년이 출세를 위해 계산속을 앞세우는 청년으로 탈바꿈하는 '변신'이 완료된다.

"너도 알겠지만 우리는 루이 16세에게 일이 닥치는 것도 보았고, 나폴레옹 황제가 무너지는 것도 보았으며, 황제가 되돌아왔다가 다시 무너지는 것도 보았지. 그런 모든 일은 다 가능한 일들이겠지. 하지만 하숙집에서는 절대로 사건이 벌어질 기회란 없는 법이야. 사람들이 왕이 없이는 지낼 수 있지만 항상 먹기는 해야 하거든." 대부분의 하숙생들이 자신의 하숙집을 떠나는 것을 보며 보케르 부인은 이렇게 탄식한다.

(3) 『고리오 영감』에 대하여

① 발자크의 작가적 전환점: 《인간 희극》과 『고리오 영감』

현대 사회에서 예언자, 통찰자, 현자의 역할을 담당하고 자기 시대의 철학자, 계몽주의자, 정신적 스승이 되어야 한다는 소설가적 사명감을 인식한 그가 최초로 '문학가협회' 창설을 발표한 것은 1833~1834년 무렵이다. 이와 때를 같이해 그의 생애에서 단연 가장 중요하고 결정적이라고 할 수 있는 '사건'이 발생한 것은 참으로 흥미로우면서도 어느 면에서는 당연한 일이라고 할 수 있다. 이 '사건'이란 바로 《인간 희극》La Comdie Humaine이라는 대전서의 구상이다.

그가 이 모든 인물을 서로 관련지어서 하나의 온전한 사회를 만들어 보겠다고 생각한 것은 『시골 의사』가 발표될 무렵인 1833년경이었다. 그가 그 아이디어를 전격적으로 착안한 날은 그에게 있어 참으로 멋진 날이었다. 그는 투르농가街에서 카시니가로 이사했는데, 자기 집을 출발한 그는 내가 살고 있는 포부르 프와소니에르가로 달려오더니 대뜸 유쾌한 목소리로 말했다.
"다들 일어나 내게 인사하시오. 나는 바야흐로 천재가 되려 하고 있소."
방대한 두뇌 구조를 가진 그 자신도 감당 못할 정도라는 표정으로 그는 자신의 구상을 설명해 보였다. 그 구상을 구체화하자면 시간이 필요했다.

이것은 발자크가 '작중 인물의 반복 등장'이라는 메커니즘에 착안하게 된 경위를 설명한 작가의 누이동생 로르 쉬르빌의 증언이다. 소설의 오랜 탐색과 시행착오 끝에 드디어 그에게 일종의 전격적인 '계시'가 찾아온 것이다. 발자크가 이제 막 발견한 것은 서로 다른 여러 소설 속에 인물들이 다시 등장하게 해서 각기 다른 구성들 사이를 연결함으로써 독자가 인물들에 대해 익숙하게 느낄 수 있도록 하는 '인물들의 반복 등장'이라는 기술적인 방법이었다. 그 방법이야말로 그의 대연작《인간 희극》전체가 하나의 유기체로서 살아 움직이도록 생명력을 불어넣는 효과적인 수단이었다. 세계에 대한 그의 근원적인 직관들에서 유래하는 어떤 깊은 통일성은 이 방법에 의해 한 시대 사회의 구체적인 벽화로 구현된다. 이 반복 등장에 대해서는 뒤에 라스티냐크에 대한 설명에서 구체적인 예를 통해 이해하게 되겠지만, 먼저 간단한 수치만으로도 우리는 그 방대한 규모와 치밀하게 작동하는 연결 고리의 기능을 짐작해 볼 수 있다. 페르낭 로트는《인간 희극》에 등장하는 모든 인물을 총망라한《인간 희극》의 『허구적 인물사전』을 편찬했다. 무려 2000여 명의 등장인물이 빠짐없이 등재된 이 사전에 따르면, 그 가운데 573명이 여러 소설에 반복 등장한다. 예를 들어, 『고리오 영감』에 등장하는 뉘싱겐 남작(고리오의 딸 델핀느의 남편)은 31편의 소설에 반복 등장하고, 의과대학 학생 또는 의사인 비앙숑은 29편, 주인공 라스티냐크는 25편에 재등장하는 것으로 집계되어 있다.

이처럼 『고리오 영감』은 지금까지 실험, 연습, 모험을 통해 다듬어진 발자크의 비전이 그의 작가적 도정의 전환점에서 종합되고 체계화되면서 얻어진 산물이라고 할 수 있다. 그는 마침내 자신의 작품들이 구축할 총체적인 규모와 가능성을 발견한 것이다. 그가 이전에 쓴 작품들의 인물과 생각과 기법들은 『고리오 영감』 속에서 결정적인 모습을 갖추었다. 이제 모든 것이 다 인물의 반복 등장이라는 새로운 장치와 조명 속에 놓임으로써 새로운 의미를 갖는다. 그는 자신이 그리고자 하는 사회의 구조적인 기초를 닦았고, 그 이전 작품의 사건들은 이 새로운 조망 속에 놓임으로써 그 진정한 의미를 가진다. 우리는 『고리오 영감』을 통해서 발자크 소설의 완벽한 메커니즘이 구현된 첫 견본을 만나게 된다. 이 작품은 발자크의 이전 작품들과 비교하면 일종의 요약이며, 그 뒤의 작품들과 비교하면 일종의 예고라고도 볼 수 있다. 미셸 레몽은 이렇게 결론짓는다.

구성의 방대함으로 보나 소개된 계층들의 다양함으로 보나 반복 등장하는 인물들의 수로 보나 『고리오 영감』은 발자크의 작가 경력 속에서 결정적인 한 단계라고 볼 수 있다. 그 뒤부터 그의 작품은 대립, 구별, 닮음 등의 방식에 의한 일종의 자연 발생적인 번식 작용으로부터 생명을 얻는다. 한 소설과 다른 한 소설에서 여러 상황은 서로 화답하는 관계를 갖는다.

② 세 사람의 주인공

• 고리오 영감: 부성애의 크리스트

발자크가 『고리오 영감』을 구상한 흔적이 최초로 나타난 곳은 1934년 9월 자신이 장차 쓰고자 하는 작품의 계획을 기록해 둔 메모집이다. "착한 사내(부르주아 하숙에, 600프랑의 은급을 받는)가 둘 다 5만 프랑의 은급을 받는 딸들을 위해 가진 것 모두를 털리고—개처럼 죽는다."

과연 고리오 영감은 소설의 도입부인 제1장에서부터 다른 인물들과는 비교도 되지 않을 만큼 강력한 조명을 받는다. 이 소설에서 전체 사건의 추이를 지켜보는 '시점'의 역할을 맡은 라스티냐크의 눈에도 그 인물은 이미 "모든 사람들 중에서 가장 뚜렷하게" 드러나 보였으므로 작가는 "얘기꾼도 그렇게 하겠지만, 화가라면 그림의 모든 조명을 이 영감의 머리에 집중시켰을 것이다"라고 강조하고 있다. 소설의 초입에서 장황하게 묘사하는 보케르 하숙과 그 집이 위치한 거리는 저 깊이를 헤아릴 길 없는 파리라는 '대양'의 축도縮圖라고 할 수 있다. 파리의 신비, 하숙집의 신비는 결국 고리오 영감의 신비 또는 수수께끼로 이어진다. 내레이터인 동시에 독자의 대리 역을 맡고 있는 라스티냐크가 할 일은 물론 이 신비의 베일을 하나씩 걷어 내는 것이다. 이렇게 볼 때 소설의 제1장이 무려 15페이지에 걸쳐 이 인물의 과거를 조명하고, 그의 완만하고도 점진적인 몰락의 과정을 설명하면서 그 수수께끼 같은 인물을 관심의 초점으로 끌어올리는 것은 당연한 일이라고 할 수 있다. 고리오 영감의 신비가 밝혀지는 과정은 매우 점진적이다. 보세앙 댁 무도회에서 밤 2시에야 돌아온 라스티냐크는 자신이 처음 발을 들여놓은 사교계의 화려한 광경을 떠올리며 미래에 대한 야망을 불태운다. 그러다가 문득 값진 은그릇을 우그러뜨리고 있는 고리오 영감, 그리고 층계를 오르내리고 있는 보트렝을 발견하게 된다. "이 하숙집에는 정말 이상한 일도 많군!" 이 '이상한 일'이 이제 점진적으로 여러 인물을 통해서 밝혀진다. 여기가 문제의 발단 부분이다.

이튿날 아침, 식당에서 보트렝은 라스티냐크에게 의미심장한 말을 던진다. "파리에는 우리가 '정념에 사로잡힌 인간들'이라고 부르는 사람들이 있다는 걸 자네는 알게 될 걸세." 고리오 영감도 바로 그런 인간들 가운데 하나다. 그러나 아직은 보트렝 자신도 레스토 후작 부인이 고리오 영감의 딸이라는 사실은 알지 못한다. 라스티냐크가 그의 친구 비앙숑에게 고리오 영감의 생활은 연구해 볼 가치가 충분히 있다고 생각될 정도로 "너무나 신비스럽다"고 말하자, 비앙숑은 의과 대학생답게 그 인물이 "의학적으로 문젯거리"일 수 있다고 대답한다. 라스티냐크는 레스토 후작 부인 댁을 찾아갔다가 귀족의 아내이며 야심가 막심의 정부인 그 후작 부인이 늙은 제면업자 고리오 영감과 모종의 관계가 있다는 사실을 알게 되고, 온통 '이상한 일'로만 여겨지는 그 수수께끼를 꼭 풀고 싶어 한다. 그러나 바로 그 호기심이 발단이 되어 그는 레스토 후작 부인의 미움을 산다. 라스티냐크는 마침내 랑제 공작 부인으로부터 고리오와 그의 두 딸의 관계에 대한 구체적인 설명을 듣고 "고리오 영감은 거룩하구나!" 하고 탄성을 발한다. 마침내 비앙숑은 이런 진단을 내린다. "나는 영감의 머리를 만져 보았는데, 가진 것은 부성을 가리키는 두개골 하나뿐이더군. 그건 바로 '영원한 아버지'에 해당되는 것이지." 라스티냐크는 마침내 고리오 영감이 지금까지 살아온 생애에 대해 구체적으로 탐문 조사한 뒤 "이런 사정 속에서 고리오의 경우 부정父情은 몰이성의 상태로 발전해 갔다"는 결론을 내린다. 과연 자신의 딸에 대한 괴이한 행동으로 볼 때 그의 부성애는 변태에 가깝다. (ⓐ '애인 같은' 행동, ⓑ 자기 딸 '데델'(델핀느)의 옷으로 몸을 문지른다, ⓒ 발에 키스하고 싶어서 딸의 발밑에 누워 자다가 라스티냐크의 질투를 불러일으킨다, ⓓ 델핀느의 눈물이 떨어진 라스티냐크의 조끼를 자기에게 달라고 애원한다, ⓔ 고리오는 심지어 동물을 연상시킨다. 그는 딸의 편지지 냄새를 맡고 싶어 하고 딸들의 무릎에서 노는 강아지가 되고 싶어 한다, ⓕ 다르투아 거리의 작은 아파트를 빌려서 트리오 생활을 계획할 때의 그는 '젊은 연인' 같은 인상을 준다.)

소설의 도입부가 끝나 가는 가운데 이어지는 제2·3·4장에서는 바로 이 같은 극단적인 부정이 몰이성의 상태로 발전해 간 나머지 돌이킬 수 없는 파국을 맞는 과정이 그려진다. 이 소설에서는 그 전의 다른 소설에서보다 '부성애의 크리스트'라는 주제에 대해 더 자세하고 깊이 있는 분석이 가해진다. 발자크는 비앙숑이 진단했듯이 가진 것이라고는 부성애를 가리키는 두개골 '하나뿐'인, 철저하게 단세포적인 인간, 오로지 하나의 대상에 자신의 에너지를 송두리째 다 쏟아 붓는 한 인간의 비밀을 조명해 보려는 것이다. "오직 특정한 우물에서 떠 온 특정한 물만을 마시려 들고 (……) 그 물을 마시기 위해서 처자들을 팔고 자기의 영혼까지도 악마에게 팔아 버리는" 그런 '정념에 사로잡힌 인간'은 바로 『나귀 가죽』 이후 그의 '철학적 연구'가 드러내 보이는 가장 발자크적인 인간이다. 『외제니 그랑데』에서 그랑데 영감이 돈이라는 정념에, 『절대의 탐구』에서 클라에가 과학적 연구라는 정념에 사로잡혀 있었듯이 『고리오 영감』에서 고리오는 '부성애'라는 정념에 사로잡힌 노예다. 그는 딸들에 대한 숭고한 사랑에 있어서는 순교자이고 성자이고 크리스트다. 그러나 그는 그 밖의 다른 감정들과는 전혀 무관한 인물이다. 고리오도 자신의 정념에 의해 결국은 파멸에 이른다는 점에서 그랑데나 클라에와 다르지 않다. 그러나 발자크는 동시에 이 작품 속에서 정념에 사로잡힌 인간이 그 비참과 절망을 통해서 드러내 보이는 어떤 위대함이나 숭고함에 매혹을 느끼는 것 같다. 이 점이 바로 단순한 정념의 노예에 불과한 그랑데나 클라에와 비교해 볼 때 고리오 영감이 갖는 독특한 면이며, 그가 유례없는 감동을 자아내는 관건이라고 할 수 있다. 그의 절망에서는 발명가의 절망이나 구두쇠의 절규가 도달할 수 없는 신화적 울림이 감지된다.

고리오는 "아버지가 되었을 때 비로소 하나님을 이해했다"고 말한다. 과연 고리오 특유의 숭고함에는 다른 범용한 인간들을 초월해 그 인물을 천사에 가까운 어떤 존재로 승격시키는 힘이 있다. 발자

크가 '부성애의 크리스트'라는 기이한 표현을 통해 강조해 보이고자
한 것은 아마도 고리오에게서 그의 가장 순수하고도 인간적인 그 무
엇이 해방되어 격렬하게 터져 나오는 모습, 그리고 그의 사랑이 지닌
지나치게 배타적인 요소가 극도의 고통을 통해 '구원'받는 과정 같
은 것인지도 모른다.

『고리오 영감』은 이처럼 부성애라는 정념에 사로잡힌 개인의 비
극적인 몰락을 그린 소설이지만, 이는 동시에 사회적·정치적인 측
면에서 부권父權이 붕괴되어 가는 과정의 이야기이기도 하다. 발자크
에게 있어 가정이란 사회의 한 축도로서 사회와 동일한 법칙에 의해
지배되는 세계다. 그러므로 우리는 부권의 붕괴와 관련해, 이 인물의
의미를 정치적 측면에서 해석해 볼 수 있다.

이 소설의 사건은 1819년에서 1820년에 걸친 왕정복고 시대를 배
경으로 하지만, 이 소설이 실제로 집필된 시기인 7월 왕조 초기와도
무관하지 않다. 작품의 밑바닥에는 은연중에 1830년 혁명의 분위기
가 깔려 있는 것이다. 『적과 흑』에서처럼 왕정복고 이후 프랑스 역사
의 시대착오적인 흐름은 마치 대혁명이 일어난 적이 없다는 듯이 진
행되고 있었다. 포부르 생 제르맹의 대귀족들은 이제 머지않아 7월
혁명에 의해 소멸하고 말 영광의 마지막 잔광殘光을 향유하고 있었
다. 보세앙 부인 댁이나 카릴리아노 원수 저택의 화려하지만 어딘가
김빠진 듯한 무도회는 바로 그 덧없는 불꽃놀이들이다. 이러한 분위
기 속에서 고리오 영감은 유일하게 귀족 사회가 기억하고 싶지 않은
'과거' 그 자체라고 할 수 있다. 야망을 품고 상경한 시골 귀족 라스

티냐크를 제외한다면, 사회 상층부의 모든 사람들은 다 과거의 기억을 되살려 주는 불편한 존재일 뿐인 고리오가 눈앞에서 사라지기를 바란다. 그들이 고리오 영감을 시야에서 삭제해 버리고 싶어 하는 까닭은 그 인물의 배후에서 대혁명과 나폴레옹 시절의 기억이 망령처럼 되살아나서 마음을 섬뜩하게 하기 때문이다. 이 점에 대한 니콜 모제의 해석은 귀 기울여 볼 만하다.

고리오에게는 나폴레옹을 상기시키는 그 무엇이 있다. 물론 오스테를리츠의 승리자 나폴레옹이 아니라 세인트헬레나 섬의 감옥에 유폐된 채 옥지기에게 성가시게 부대끼는 나폴레옹을 두고 하는 말이지만, 구체제의 귀족 계층이 한동안 덧없고 찬란한 옛 광영을 되찾아 소생하는 것과 때를 같이하여 이 늙은 제면업자가 피할 수 없는 파멸의 길을 걸어가는 과정은 퇴위당한 황제가 고난의 길을 걸어가는 과정과 시기적으로 일치한다.

먼저, 대혁명 이전에 한갓 노동자에 불과했던 고리오는 1789년 대혁명으로 희생된 주인집 사업체를 손에 넣고, 1793년의 혼란을 틈타서 큰 재산을 모았다가 나폴레옹이 최초로 크게 패한 라이프치히 전투 때인 1813년 사업을 포기하고 보케르 하숙집 신세를 지게 된다. 다시 나폴레옹의 운명에 결정적인 타격을 가하는 워털루 전쟁 때, 즉 1815년에 고리오는 그 한심한 하숙의 2층에서 더욱 옹색한 3층으로 옮아감으로써 하숙 안에서도 본격적인 몰락의 길을 밟기 시작한다. 이야말로 그에게는 나폴레옹의 유배에 버금가는 고립과 냉대의 생활이 시작된 것이다. 이제 영감은 랑제 부인의 말처럼 "포리오", "모리오", "로리오", "도리오" 등으로 이름마저 정확히 기억되지 않을 만큼 미미한 존재, 즉 그 정체성을 상실한 존재일 뿐이다. 그리고 소설 끝에 이르러 고리오가 사망하는 1821년은 나폴레옹이 세인트헬레나 섬에서 사망한 해와 정확하게 일치한다. 이렇게 볼 때 우리는 이 늙은 고리오 영감이 보여주는 거의 병적인 부성애의 붕괴 과정이 시기적으로 정확하게 일치하는 나폴레옹의 몰락과 궤를 같이함으로써 프랑스의 정치사적 상징성을 내포하고 있음을 알 수 있다.

한편, 고리오와 두 딸은 당시 프랑스 사회를 구성하는 세 계층의 미묘한 상관관계를 거의 알레고리에 가까울 만큼 뚜렷하게 드러내 보이고 있다. 앞에서 이미 설명했듯이 고리오는 혁명 이전에 그저 국수 공장의 노동자에 불과했다가 대혁명을 계기로 부를 축적해 점차 부르주아지의 반열로 상승했다. 그러나 만년에는 다시금 명백한 하층민의 신분으로 추락해 사망한다. 반면 그의 두 딸 중 한 사람인 아나스타지는 포부르 생 제르맹의 대귀족 드 레스토와 결혼했고, 둘째 딸 델핀느는 이제 상승일로에 접어드는 자본 부르주아인 은행가 뉘싱겐과 결혼했다. 따라서 당시 상황으로 보아 아나스타지 드 레스토 부인은 이미 득세한 귀족 계층에 편입되었고, 뉘싱겐 부인은 아직도 포부르 생 제르맹 무도회에 초대받기를 간절히 바라는 신흥 부르주아지 계층에 속해 있다. 그러나 소설의 끝에 이르러 고리오 영감을 매장하고 난 야심가 라스티냐크가 선택한 쪽은 미래에 득세할 계층인 은행가 뉘싱겐 부인 댁이다. 고리오 집안의 갈등은 이처럼 당

시 프랑스 사회를 구성하는 계층간의 갈등을 거의 그대로 반영하고
있다.

가정에서는 아버지의 권능이, 국가 차원에서는 절대 왕권과 황제
의 위용이 여지없이 무너져 가는 시대의 소설 『고리오 영감』에서 모
든 하숙생이 하나씩 떠나 버리는 순간, 절망한 보케르 부인이 자신의
관점에서 요약하는 프랑스 역사는 그래서 특히 주목해 볼 만하다.
보케르 부인은 말한다. "우리는 루이 16세가 처형당하는 것도 보았
고, 나폴레옹 황제가 몰락하고 다시 돌아왔다가 또다시 몰락하는 것
도 보았다." 보케르 부인은 그런 모든 사건은 "일어날 수 있는 사건
들"이라고 말한다. 고리오의 운명이 역사적 필연에 따른 것이라는
나름대로의 생각을 피력한 것이다. 왜냐하면 고리오의 부성애와 부
권은 어느 면에서 보면 역사 진행의 필연성과 맞물린 의미를 지니고
있기 때문이다.

고리오 영감은 소설의 표제에서부터 등장해 '그림의 모든 조명'을
한 몸에 받았고, 그의 죽음과 더불어 소설이 종결된다는 점에서 단연
이 작품의 중심 인물이라고 할 수 있다. 그러나 『고리오 영감』을 독
립된 소설 자체로 해석하느냐, 아니면 《인간 희극》이라는 전체 조망
속에 놓고 보느냐에 따라 작품의 의미는 달라진다. 발자크의 방대한
작품 세계가 아직은 앞으로 완성해야 할 대사원의 한갓 청사진에 머
물러 있던 1835년 당시의 독자들에게 『고리오 영감』의 주제는 물론
비극적인 부성애 바로 그것이었을 터다. 그러나 오늘날 우리가 알고
있는 《인간 희극》 전체의 틀 속에 놓고 보면, 고리오 영감은 오직 이

작품 한 편에만 등장했다가 결국 그 마지막 페이지에서 퇴장하는 막간의 한 인물에 불과하다. 반면에 또 하나의 주요 인물인 라스티냐크는 이 소설뿐만 아니라 《인간 희극》 전체에서 무려 25편의 소설에 재등장하는 가장 핵심적인 인물 가운데 하나다.

• 라스티냐크: 교양 소설

발자크는 1837년에 발표한 『잃어버린 환상』의 서문에서 인물의 반복 등장의 메커니즘을 설명하기 위해 바로 라스티냐크를 대표적인 예로 들었다. "『고리오 영감』의 라스티냐크처럼 이 인물들 가운데 하나가 그의 이력 한가운데쯤에 와 있을 무렵 소설의 이야기가 끝나 버리는 경우가 있지만, 여러분은 그 인물을 『백작부인의 프로필』, 『금치산』, 『대 은행(뉘싱겐가)』, 그리고 『나귀 가죽』에서 다시 만나게 된다." 또 1839년에 발표한 『이브의 딸』에 붙인 서문에서 발자크는 라스티냐크의 생애를 소개할 때 먼저 『고리오 영감』에서 그 인물이 맡았던 역할을 다음과 같이 요약한다.

라스티냐크(외젠 루이)는 1799년 샤랑트 현의 라스티냐크에서 라스티냐크 남작과 남작 부인의 장남으로 출생, 1819년 파리로 와서 법률 공부를 하며 보케르 하숙에서 거처하다가 그곳에서 일명 보트렝이라고 불리는 자크 콜렝과 알게 되고 유명한 의사가 될 오라스 비앙숑과 친교를 맺는다. 그는 델핀느 드 뉘싱겐 부인이 드 마르세에게 버림받을 때 그 부인을 사랑하게 된다. 그 부인은 옛 제면업자 고리오 영감의 딸인데, 라스티냐크는 이 노인의 장례 비용을 댄다.

　그 뒤 이 인물이 《인간 희극》 속에서 거쳐 간 역정은 잘 알려져 있다. 델핀느의 정식 정부가 된 그는 그 여자 덕에 그럭저럭 먹고사는 신세가 된다. 여자의 남편 또한 이 정부의 존재를 인정하면서 부부 생활의 번거로운 임무를 이 젊은이에게 떠맡긴다. 이런 생활은 1827년까지 계속되고, 그때까지도 그에게는 모아 놓은 재산이 없다. 그러나 그는 재산 청산 때 드 뉘싱겐의 보조역을 담당함으로써 보르친 광산의 막대한 주식을 수수료로 받으며 출세의 굳건한 발판을 마련한다. 부자가 된 그는 1830년 왕정복고 이후 정계로 진출해 장관, 상원의원 등 출세 가도를 달린다. 그는 마침내 자신의 정부였던 델핀느의 딸과 결혼한다. 빈틈없는 성격과 지칠 줄 모르는 야심으로 성취한 상승일로의 이력이다. 보트렝의 예언은 적중한 셈이다. "세상에 법이란 없다. 그때그때의 상황들이 있을 뿐이다." 바로 이런 의미에서 발자크의 소설은 자본주의 세계의 산물로 가장 대표적이라고 할 수 있는 '현대 소설'인 것이다. 『뉘싱겐가』에서 블롱데가 지적했듯이, 그는 고인이 된 드 마르세의 직접적인 후계자다. 그가 드 마르세에 이어 델핀느 드 뉘싱겐의 정부 역할을 이어받았다는 사실부터 벌써 의미심장한 일이다. 상경한 청년으로 파리의 철칙을 학습해 가는 과정에서 그는 새 시대 인물의 전형인 드 마르세, 즉 후안무치할 정도로 태연하고 확신에 차 있으며 근본적으로 회의론자인 드 마르세의 인간성을 간파하고 스스로 체득하기에 이른 것이다. 이렇게 해서 라스티냐크는 드 마르세, 막심 드 트라유로 이어지는 저 냉혹한 완벽함에 도달한 인간 유형으로서 《인간 희극》 전체에서도 중추적인 역할을 맡게 된다. 그는 『적과 흑』의 쥘리엥과 같은 야심을 품었고, 그 못지않게 순수하고 고결한 성격의 일면을 갖추었지만, 파리라는 용광로 속에서 철저하게 단련됨으로써 18세기의 이상주의적 잔재가 가시지 않은 쥘리엥의 저 낭만적인 실패, 그의 위대한 실패를 넘어 오늘의 우리가 맞이한 세상, 부르주아가 득세하는 세상의 도래를 예고하는 동시에 그 힘을 구가한다.

『고리오 영감』에서 라스티냐크는 먼저 이야기의 주역으로보다는 사건을 관찰하는 눈(시점)으로서의 역할을 담당한다. 소설의 화자는 그 사실을 구체적으로 설명하고 있다. "그의 호기심 넘치는 관찰과 파리 사교계의 살롱들 속으로 뚫고 들어갈 수 있었던 그 수완이 아니었더라면 이 이야기는 이처럼 진실한 색조로 채색되지 못했을 것이다. 진실한 색조를 살려서 이야기를 들려줄 수 있게 된 것은 아마도 그의 명민한 정신 덕분이며, 상황을 만들어 낸 사람들이나 그것을 감내하는 사람들이나 마찬가지로 은폐하는 사람들의 갖가지 내막을 밝혀내 보려는 그의 욕구 덕분이라고 해야 할 것이다." 고리오 영감 역시 라스티냐크의 눈을 통해서 "그가 아직도 2년 동안이나 함께 살 수밖에 없는 처지인 모든 사람 중에서 가장 뚜렷하게 나타나 보이는 얼굴"로 처음 등장할 수 있었다.

현대 소설 발생기의 작가답게, 그리고 체질적으로 지극히 수다스러운 작가 발자크가 곳곳에서 간단없이 직접 개입해 인물과 상황을 소개·설명·판단 하는 경우가 적지 않지만, 이야기의 줄거리는 대체로 라스티냐크의 눈을 통해서 관찰된 내용을 서술하는 것으로 일관한다. 따라서 소설에서 바라보는 '눈'의 역할을 떠맡고 있는 만큼 라스티냐크는 당연히 소설 전체에 골고루 등장할 수밖에 없다. 라스티냐크가 이런 관찰자의 역할을 넘어 직접 '행동'을 시작하는 장면은 매우 흥미롭다. 사건이 전개되는 무대와 배경의 묘사, 등장인물의 소개 등으로 이루어진, 좀 장황한 도입부를 거쳐 최초로 '행동'이 시작되는 시점은 "1819년 11월 말의 어느 날 밤 2시경" 라스티냐크가 귀족 저택의 무도회에서 하숙집으로 돌아왔을 때다. 공상에 잠겨 있다가 누군가의 한숨 소리에 의아한 생각이 든 그는 "문을 열고" 복도로 나선다.

그는 고리오 영감의 방문 밑에서 한 줄기 불빛이 새어 나오는 것을 얼핏 보았다. 외젠은 이 옆방 노인이 혹시 몸이 불편하지나 않은가 염려되어 열쇠 구멍에 눈을 대고 방 안을 들여다보았는데, 그 노인이 무슨 일엔가 열중하고 있는 것이 보였다. 그 일이 그에게는 지극히 범죄적인 것으로 보여서 이 자칭 제면업자가 한밤중에 획책하는 것이 무엇인지 잘 관찰하는 것이 사회에 이바지하는 것이라고 생각하지 않을 수 없었다. (……) 이 학생은 다시 눈을 열쇠 구멍에 갖다 댔다.

이 인물이 "문을 열고" 나서는 것과 더불어 시작된 행동의 내용이 곧 '관찰'인 것이다. 그것도 밤 2시에 열쇠 구멍을 통해서 남의 방을 들여다보는 능동적이고 집요한 관찰 행위는 이 인물이 소설 속에서 맡는 주된 기능, 나아가 이 세계와 접촉하는 양식을 상징적으로 나타내 보여준다. 이 같은 관찰의 임무를 떠맡자면 그것을 뒷받침하는 충분한 동기가 있어야 한다. 여기서 그 동기로 내세운 "사회에 이바지함"이란 물론 한밤중에 남의 방을 들여다보는 염치없는 행동을 정당화하려는 변명에 불과하다. 참다운 동기는 앞에서 작가 자신이 지적한 바 있는 그 '호기심'과 '욕구'다. 이 유난스러운 호기심과 내막을 알고자 하는 욕구는 이 인물이 처한 특유의 상황으로 충분히 설명될 수 있다.

먼저 이 인물은 시골 앙굴렘에서 파리로 올라온 젊은 학생이다. 단조로운 시골의 삶에 비해 파리라는 도시의 생활은 생소하고 복잡하며 예기치 못한 일로 가득하다. 그는 전형적인 '현대 소설'의 주인공이다. 그 특징 가운데 하나가 바로 "전에 본 적이 없는 새로운 세상"에 대한 의문과 호기심이다. 시골에서 대도시로, 구체제의 과거에서 격동적인 사회이동 체제의 세상으로, 그리고 소박한 미성년에서 너무나도 궁금한 성년의 세계로 입문하는 젊은 인물인 것이다. 고리오의 기이한 행동을 엿본 다음 곧이어 들리는 보트렝의 발소리에 의문을 품은 채 방으로 돌아오면서 라스티냐크는 이렇게 혼잣말을 한다. "파리라는 곳에서는 자기 주위에서 무슨 일이 일어나는지를 제대로 알고 있으려면 밤에 잠도 자지 말아야겠군." 파리에 처음 온 시골 청년 라스티냐크에게는 그러므로 모두가, 매 순간이 의문과 호기심의 대상이다.

다음으로, 라스티냐크는 같은 파리 안에서도 가난한 사람들이 살고 있는 거리의 보케르 하숙집에 몸담고 있으므로 부유하고 사치스러운 사교계의 생활에 대해서는 전혀 아는 바가 없다. 귀족 계급이 거주하는 거리의 보세앙 부인 댁, 레스토 부인 댁, 뉘싱겐 부인 댁 등을 차례로 방문하면서 어리둥절해하고 부러워하고 놀라워하는 그의 시선 뒤에는 이 미지의 세계에 대한 지칠 줄 모르는 호기심과 욕망이 깨어나 작동한다.

끝으로, 그는 파리라는 대도시—그리고 화려한 사교계와 귀족 세계—에 대해서만 궁금한 것이 아니라 인생 자체에 대해서도 궁금한 것이 너무나 많은 젊은이다. 그는 이제 바야흐로 파리와 사교계, 그리고 동시에 성년의 비밀이 숨어 있는 세계의 문턱에 당도한 것이다. 다시 말해 그는 인생이라는 미지의 공간과 시간의 문턱에 서 있는 것이다. 아니, 어떤 의미에서 파리와 사교계에 대한 호기심은 바로 삶, 이제부터 시작되는 삶에 대한 호기심에 직결되어 있다고 할 수 있다. 청년 라스티냐크는 인생의 문을 열고 밖으로 나와서 새로운 삶의 '열쇠 구멍'에 눈을 바싹 갖다 대고 그 비밀을 애타게 염탐하기 시작하는 것이다. 이 강력한 호기심은 물론 그가 마음에 지니고 있는 강한 야망에 비례한다.

그런데 그의 호기심과 야망은 또 하나의 주요 인물인 보트렝의 부추김과 유혹에 의해 더욱더 팽창한다. 그는 "당신의 얘기를 들으니 나는 사실을 알고 싶어 죽을 지경입니다. 내일 레스토 부인 댁에 가봐야겠습니다"라고 보트렝에게 털어놓는다. 그는 진상을 알기 위해 직접 사건 속으로 몸을 던져 조사, 탐색하기 시작한다. 여기서부터 라스티냐크는 관찰하는 '눈'의 위치를 넘어서 행동의 주체로 탈바꿈한다. 그는 실제로 레스토 부인 댁을 찾아갔다가 첫 번째 중대한 실수를 범해 방문을 사절당하고 나자, 두 번째로 보세앙 부인 댁을 찾아간다. 그런가 하면 소설의 제1부가 끝나 갈 무렵에는 "뉘싱겐 부인 댁에 접근하려고 시도하기 전에 판국을 완전히 알고 싶은 욕망 때문에 라스티냐크는 고리오 영감의 과거를 들추어내어 확실한 정보를 수집했다."

이렇게 해서 라스티냐크는 한편으로 사건과 인물들을 관찰하는 눈이 되어 '정보를 수집'하고 진상을 밝혀내는가 하면, 다른 한편으로는 자기 스스로 사건 속에 개입해 행동하는 인물이 된다.

이런 특수한 입장으로 인해 그는 소설의 중심에 자리 잡는다. 그는 고리오의 친구이며, 보트렝의 총애를 받는가 하면 지체 높은 보세앙 부인의 속내 이야기를 들어주는 상대인 동시에 빅토린느 타유페르 양의 결혼 상대자가 될 가능성도 있다. 그는 정체가 밝혀져 보트렝이 체포되는 현장에 있고, 애인에게 버림받은 채 쓸쓸하게 은퇴하는 보세앙 부인의 고별 무도회에 참가하며, 레스토 부인이 남편의 손아귀에 포로가 되는 장면을 목격하고, 고리오 영감이 고통스럽게 숨을 거두는 최후의 순간에 입회하는 몇 안 되는 인물 가운데 하나가 된다. 그러나 그는 그 모든 불행한 장면의 목격자일 뿐 그 불행의 피해자는 아니다. 그는 이제 상승일로에 있는 뉘싱겐가의 운명 쪽으로 열린 길을 선택하고, 그 부인의 정부가 된다.

이처럼 라스티냐크는 소설 속의 모든 인물과 긴밀한 관계를 유지하는 유일한 인물인 동시에 작품 전체에 간단없이 등장함으로써 매우 복잡하게 뒤얽힌 이야기 전체에 통일성을 부여하는 매듭과 같은 기능을 맡는다. 그 결과 이 광적인 부성애의 비극은 라스티냐크를 통해 한 청년의 교육과 인격 형성 과정을 그린 성장 소설로 탈바꿈한다. 이 점에서 그는 같은 시대에 등장한 쥘리엥의 모습과 크게 다르지 않다. 고리오 영감이 숨을 거두며 겪는 임종의 고통은 동시에 라스티냐크가 새로운 인생을 향해 발을 내딛는 출발점과 일치한다.

모리스 바르데슈는 『고리오 영감』을 고리오, 라스티냐크, 보트렝, 보세앙 부인이라는 네 드라마가 서로 평행선을 이루며 교차적으로 진행되는 '교향곡적 소설'이라고 적절하게 지적했다. 소설의 줄거리를 그런 각도에서 요약하자면 이렇다. "고리오는 죽고 보트렝은 체포되고 보세앙 부인은 은퇴하고, 라스티냐크는 인생이 무엇인지를 깨달았다." 이렇게 네 줄기나 되는 서로 다른 흐름들이 이 소설을 관통하고 있지만, 그렇다고 행동의 통일성이 흐려지는 것은 아니다. 왜냐하면 "이 네 갈래의 드라마는 라스티냐크의 교육이라는 이 책의 유일한 주제에 봉사하고 있기 때문이다."

발자크 소설의 문턱에서 우리가 처음 만나는 라스티냐크는 이처럼 비슷한 시대의 다른 시골 출신 청년 쥘리엥 소렐과 닮은 데가 있다. 청년다운 고지식함과 신선함이 그러하다. 파리라는 거친 파도 속에서도 그는 젊음과 타고난 너그러움에서 오는 우아한 매력을 간직하고 있다. "나와 삶의 사이는 마치 청년과 그의 약혼녀와 같은 사이다"라고 부르짖는 라스티냐크의 순수함은 우리에게 감동을 준다. 뉘싱겐 부인 댁으로 처음 초대받아 가는 이 아름다운 청년의 모습과 거동을 보라.

몸단장을 하면서 외젠은 젊은이들이 남들에게 놀림을 당할까 두려워서 감히 말로 표현하지는 못하지만 속으로는 상당히 우쭐해지는 그런 모든 아기자기한 행복감을 음미했다. 그는 아름다운 여인의 눈길이 검은 머리 결을 스치리라 생각하면서 빗질을 했다. 무도회에 나가려고 옷 치장을 하고 있는 처녀 모양으로 어린 티가 나는 흉내 짓도 해 보았다.

아직 때 묻지 않은 이 청년의 순수한 면과 동시에 가변적인 성격은 그래서 우아한 그의 생김새와 더불어 남성다운 씩씩함보다는 이렇게 여성적인 아름다움에 비유되곤 한다. 술에 취해 의자에 앉은 채 잠이 든 그의 머리를 쓰다듬어 주면서 쿠튀르 부인은 그가 "마치 처녀처럼" 순진하다고 말한다. 델핀느가 도박에서 딴 돈 중 일부를 주려고 하자 라스티냐크는 "마치 처녀처럼" 사양한다. 그러나 이러한 여성적인 은유들은 고리오 영감이 그를 마치 "자기의 정부인 양" 이끌고 다르투아 거리의 아파트로 데리고 가는 것을 끝으로 자취를 감춘다. 화려한 아파트에서 처음으로 유부녀와의 사랑을 경험하는 순간부터 그의 여성적인 이미지는 더 이상 찾아볼 수 없어진다. 델핀느를 손에 넣는다는 사실은 동시에 '남성다움'을 성취한다는 의미인 것이다.

수많은 내적 독백들에서 살필 수 있는 그의 주저와 불확실성과 반성, 지나친 야망을 자신의 우월감으로 정당화하려 들고, 출세를 위한 투쟁의 필연성을 자각하자 부끄러움을 억누르고 거짓말도 서슴지 않는 태도, 솔직함과 어린아이 같은 잔꾀가 뒤섞인 저돌적인 정의감의 표현 등 많은 점에서 그는 소설 『적과 흑』의 주인공 쥘리엥 소렐을 떠올리게 한다. 그는 야망을 실현하지만 성취에 이르는 과정에서 '영웅적 양심'을 상실하고 만다. 결국 라스티냐크는 실패를 통해 위대함을 보여주는 쥘리엥의 경지에는 이르지 못한다. 그는 쥘리엥보다 그만큼 더 19세기의 청년이다.

고향의 가난한 누이동생들에게 돈을 요구할 때 느끼는 수치심, 보트렝의 유혹에 휘말린 직후 혼자서 자신을 돌아보며 다짐하는 태도, 델핀느 드 뉘싱겐이 첫 선물로 준 시계를 꺼내 들고 늘어놓는 구차한 자기 변명("영원히 사랑하는 사람끼리는 서로 도울 수도 있는 거지 뭐, 나는 이런 것쯤은 받을 수 있어. 난 틀림없이 모든 걸 백배로 갚아 줄 수 있을 테니까."), 끝으로 무도회에 가려는 델핀느를 그녀의 죽어 가는 아버지 곁으로 데려오려다가 실패했을 때 맛보는 용기와 양심의 가책, 이런 일련의 모습들이 바로 라스티냐크의 도덕적 감각이 타락의 내리막길로 치닫는 과정이다. "구름 한 점 없는 푸른 하늘처럼" 맑던 그의 순진함은 파리라는 괴물과의 만남으로 인해 방향을 상실한 채 더럽혀진다. 어머니가 보낸 편지를 읽자 이제 사교계 따위에는 출입하지 않고 돈을 아껴 쓰겠다고 굳게 다짐하지만, 잠시 후 누이동생의 편지를 읽고 났을 때는 벌써 양복 재단사가 도착하고 "사교계는 그의 것이 되었다!" 보트렝의 교훈에 귀를 기울인 직후에는 오직 땀 흘려 노력한 보람으로만 성공하겠다고 결심하지만, 새 양복으로 단장하고 나면 결심은 쉽사리 잊히고 만다. "젊은이가 비뚤어진 방향으로 기울어지면 감히 양심의 거울 속에 비친 제 얼굴을 보지 못하는 법이다"라고 작가는 꼬집는다. 마찬가지로 빅토린느의 오빠가 죽고 난 뒤 라스티냐크는 일종의 "양심 점검"을 하고 마음속의 "가혹하고 무서운 토론"을 거쳐 "청렴한" 결심에 도달한다. 그러나 곧 사치의 매력에 이끌린 나머지 델핀느가 제공하는 독신자 아파트를 받아들이고 만다.

레스토 부인의 푸른 내실과 보세앙 부인의 장밋빛 살롱 사이에서 외젠은 '파리 법률'을 3년간이나 공부할 셈이었다. 이 법률은 사회의 고등 법률을 구성하는 것이어서 잘만 배워서 응용하면 무슨 일이든 다 성취할 수 있는 것인데도 아무도 그것에 관해서는 언급을 않는 그런 법률이다.

이 청년에게 있어 파리라는 곳이 얼마나 산 교육장인가를 짚어 말해 주는 대목이다. 보세앙 부인이 보낸 무도회 초대장을 전해 주기 위해 뉘싱겐 부인의 내실에 와 앉은 라스티냐크는 이제 바야흐로 "시골 사람의 껍질"을 벗어 버리고 찬란한 미래를 발견하는 위치로 서서히 상승하면서 "파리의 루비콘 강"을 건너려는 것이다. 그는 자신이 "작년에 파리로 올라왔을 때의 라스티냐크와는 너무나도 거리가 멀어 보여서 마음의 안정으로 그때의 모습을 곁눈질해 보면서 그가 과연 지금의 자신을 닮기나 했는지 심히 의심스럽다는 생각을 했다." 그 뒤 병들어 신음하는 아버지를 버려 두고 무도회에 가는 델핀 느 앞에 이를 때쯤에는 "시작한 지 얼마 안 된 그의 교육이 벌써 그 열매를 거두어" 그는 "이기적"으로 사랑할 수 있게 되었다. 보세앙 부인 댁의 고별 무도회가 끝나고 걸어서 하숙으로 돌아올 때는 드디 어 "그의 교육은 완료되어 가고 있었다." 그 순간 그는 자신이 이미 돌이킬 수 없을 만큼 "지옥에" 몸담고 있다는 것을 자각한다. 그가 고리오 영감을 페르 라세즈 공동묘지에 묻었을 때, 그의 교육은 다 끝난 것이다. 가엾은 고리오 영감이 살아온 내력을 처음으로 들려주 었을 때 자신이 흘렸던 동정의 눈물을 상기하면서 마지막으로 그에 화답이라도 하듯이, "순결한 마음의 성스러운 감동에서 흘러나오 는" 그의 "청춘의 마지막 눈물"을 고리오의 무덤에 함께 묻고 나면 라스티냐크는 이제 더 이상 순결한 젊은이가 아니다. "이제 우리 둘 의 대결이다." 이 마지막 성년 선언과 함께 이 소설의 모든 플롯은 한 점으로 합류하면서 이 청년의 이야기를 한 권의 감동적인 '성장 소설', '교양 소설'로 완성시켜 놓는다. 라스티냐크는 기사도 시대 이야기의 주인공처럼 보세앙 부인에게서는 '아리아드네의 실'을, 보 트렝에게서는 냉혹한 지혜를, 뉘싱겐 부인에게서는 루비콘 강을 건 너는 비결을 차례로 얻어 내어 마침내 파리를 굽어보는 대결의 언덕 위로 올라선 것이다.

라스티냐크는 여러 면에서 작가 자신을 닮았다. 먼저 그의 치열한 '야망'이 그러하다. 그는 발자크처럼 18세기 말엽에 태어났고, 비슷 한 나이에 시골에서 파리로 왔으며, 같은 목적과 계획을 가지고 같은 법률 공부를 하고, 비슷한 구역에서 하숙을 하는가 하면 여동생 둘, 남동생 둘의 가족 관계며 그들의 나이, 두 여동생과 주고받는 편지 내용도 작가의 그것과 너무나도 흡사하다. 실제 작가에게 궁정의 경험이 있는 베르니 부인이라는 후견인이 있듯이, 라스티냐크에게도 보세앙 부인이라는 귀족 사교계의 후견인이 길잡이 노릇을 해 준다. 그러나 이러한 유사점은 오히려 부차적인 것이라고 해야 할 것이다. 참으로 작가를 닮은 인물은 오히려 보트렝 쪽이다.

• 보트렝: 반항

"오! 모히칸 족의 생활을 영위할 수 있다면! 오! 해적, 모험가, 반항아의 삶을 나는 얼마나 기막히게 이해했던가!" 이것은 1830년 발자크가 쓴 편지의 한 대목이다. 여기서 우리는 어떤 동경과 향수의 모습으로 작가 자신의 내면에 도사리고 있는 보트렝의 일면을 느낄 수 있다. 세련된 사회생활로 인해 비록 무뎌지고 은폐되기는 했지만, 발자크는 분명 그의 내면에 무시무시하고 마력적인 보트렝의 위대함에 대한 동경을 감추고 있었다. 그 동경 속에는 쾌락의 본능과 권력의지가 결합되어 있다. 그래서 발자크의 한 친구는 그에게 보낸 편지에서 "친애하는 보트렝에게"라고 썼다.

보트렝의 윤리관이 곧 발자크의 윤리관이라고 보는 것은 무리다. 그러나 라스티냐크 앞에서 자기 시대의 사회 안에 작용하는 힘의 관계를 분석해 보이는 옛 도형수의 부도덕한 교육 강좌는 분명 작가 자신의 생각을 다분히 반영하고 있다.《인간 희극》의 작가는 다른 사람들을 저 높은 곳에서 굽어보며 조물주 같은 위력을 발휘하는 예외적 인간이라는 점에서도 보트렝과 일맥상통한다.

보트렝은 『고리오 영감』을 통해서 《인간 희극》 속에 처음으로 입장한다. 그의 운명은 장차 『잃어버린 환상』, 『창녀들의 영광과 비참』으로 이어지며 전개, 발전할 것이다. 라스티냐크에 대한 보트렝의 애정에는 유별난 데가 있다. 젊은 청년에 대한 그의 관심과 애정 표시는 이번이 처음이 아니다. 그는 『잃어버린 환상』의 주인공이며 라스티냐크와는 동향 출신의 인물인 뤼시엥 드 뤼방프레에게도 같은 관심과 사랑과 정성을 바친다. 그 치열한 관심의 기나긴 드라마가 『창녀들의 영광과 비참』이다. 보트렝 자신도 그 사실을 라스티냐크에게 암시한다. "난 자네를 사랑하니까. 남을 위해 내 몸을 바치는 게 내 도락 道樂이거든. 전에도 이미 그랬던 경험이 있지. (……) 인간이 자네같이 생겼을 경우에는 그게 바로 하느님이지. (……) 한데 인간을 깊이 파고 들어가 본 경험이 있는 내가 볼 때 실감 나는 감정이란 오직 한 가지뿐이야. 즉 남자에 대한 남자의 우정이지. 피에르와 자비에의 관계, 이게 바로 내가 반한 세계야."

그는 젊은 시절에 쓴맛을 본 나머지 '여자의 사랑' 따위는 믿지도 않는다. 그런 것은 '바보 같은 짓'이라고 생각한다. 여자들에게 충분히 호감을 사지만(가령 하숙집의 보케르 부인이나 빅토린느로부터), 형사 공뒤로의 말을 빌리건대 그는 "여자를 좋아하지 않는다." 이러한 경향에서도 보트렝은 발자크를 닮았다. 1839년에 쥘 상도가 발표한 자전적 소설 『마리아나』에 따르면, 보트렝이라는 인물을 창조하던 무렵인

1834년 10월 발자크와 상도의 관계는 의심할 여지 없는 동성애의 성격을 지닌 것이었다.

보트렝의 이러한 일면은 그의 성격에 볼륨과 밀도를 더해 준다. 그리하여 한층 더 신비스럽고 예외적이며 악마적인 매력을 발산한다. 소설 전체에서 보트렝과 라스티냐크의 관계는 어느 면 『나귀 가죽』의 '악마적 계약'을 연상시킨다. 사실은 사회적·금전적 '계약'의 제안 이면에는 매우 모호한 분위기인 채로 떠도는 숨은 본능의 마력이 작용하고 있다. 가령 녹색 벤치에 앉아서 여러 페이지에 걸쳐 라스티냐크에게 장황하게 전개하는 사회 구조 강의 또는 출세학 강좌의 경우를 보자. 그때 그 장광설을 늘어놓기 직전의 험악했던 분위기가 문득 지극히 보호자적인 화해 분위기로 바뀌는 경우야말로 그 좋은 예라고 할 수 있다. "자네는 훌륭한 청년이야. 나는 자네를 미워하지 않네. 나는 자네를 사랑하네" 하고 갑자기 보트렝의 어조가 부드러워진다. 경찰의 손에 체포되어 떠나는 순간 보트렝은 "방금 보여주었던 퉁명스런 연설조와는 이상하게 대조적인 온순하고 슬픈 목소리로" 외젠에게 작별의 말을 한다. 이런 갑작스런 감정의 변화는 그의 본질적인 이중성 및 초인적인 자제력을 여실히 보여준다.

표변하는 태도의 돌연성, 그리고 기민함은 "살쾡이의 눈처럼 빛을 발하는" 그의 두 눈이 상기시켜 주듯이 그 인물을 지배하고 있는 '동물성'의 일면이기도 하다. 거칠고 냄새가 독한 동물성, 그러면서도 억세고 본능적이며 유쾌한 동물성, 이것이 보트렝의 바탕을 이루는 기질이다. 붉은빛의 구레나룻, 털북숭이의 넓은 가슴, 너털웃음과 익

살, 그런 생명력으로 그는 하숙의 모든 인물을 리드하고 지배하고 우롱한다. "그는 아메리카 스텝 지역의 사냥꾼을 닮았다. 그는 초원을 헤매는 야성의 사나이들과 똑같은 거동으로 그들과 똑같은 조심성을 보이며 파리의 스텝 속에서 사냥감을 찾아 헤맨다." "신세계의 밀림" 같은 파리는 "다양한 사회 계층들이 제공하는 산물을 먹고사는…… 야만 종족들이" 우글거리는 신대륙이다. 그는 이 밀림을 지배하면서 라스티냐크에게 사냥의 기술, 황금을 손아귀에 넣는 비법을 가르쳐 주려는 것이다.

그런데 보트렝은 무엇보다도 반항아다. 고리오가 부각시키는 인간상이 파리라는 사회와 대면한 바이런적 주인공이라면 그 주인공이 지닌 양면의 하나는 라스티냐크, 다른 하나는 보트렝이라고 할 수 있다. 라스티냐크가 세상을 발견해 가는 인물이라면, 보트렝은 이미 세상에 대해서 판단을 내려 버린 인물이다.

보트렝은 경찰에 체포되면서 소리친다. "나는 장 자크의 말처럼 사회 계약의 뿌리 깊은 기만에 반항하는 사람이오. 나는 장 자크의 제자임을 자랑스럽게 생각하오. 요컨대 나는 혼자서 재판소, 헌병, 예산으로 무장한 정부와 대항하고 있소." 보트렝의 반항은 18세기 말에 기성 체제의 정당성을 부정했던 철학체계에 근거한다고 볼 수 있다. 실제로 루소는 경제적 불평등을 고발하고 있으며, 소유를 권리가 아니라 사실로만 인정하고 있다. 그러나 보트렝의 극단적인 개인주의는 루소의 사상과 어긋난다. 물론 그는 법관이 가엾은 자들을 단죄하는 것은 "부자들에게 그들이 편히 잠잘 수 있다는 것"을 보여주기 위해서라고 지적하면서 계층간의 불평등을 고발하지만, 불과 몇 페이지 뒤에서는 그의 철저한 회의주의를 고백하고 만다. "나는 민중을 위해서 부자들을 비난하는 것은 아닐세. 상류든 하류든 중류든 인간은 다 마찬가지니까." 그의 반항은 결코 반항 이상의 것은 되지 못한다. 그것은 이타적인 의미에서의 반항이 아니다. 그는 개혁을 원하는 것이 아니라 사회를 지배하는 법칙을 파악하고 법망을 빠져나가거나 법 저 위에 군림하기를 원할 뿐이다. 그는 권한다. "인간들을 경멸하게. 그리고 법망을 빠져나갈 구멍을 보아 두게. 아무리 보아도 명백한 근거가 없는 큰 성공의 비밀이란 사람들이 망각해 버린 범죄라네. 깨끗하게 처리한 완전 범죄였으니까."

하여간 그에게서 풍기는 진한 동물성, 수상한 매혹, 철저한 회의주의와 이기적인 반항, 보호자로서의 부드러움 등은 그를 공포와 동시에 매혹의 대상으로 만들기에 충분하다. 그의 인물 됨됨이를 묘사한 대목들은 모두가 서로 상반되는 양면성을 드러낸다. 그는 모질면서도 부드럽고, 결의에 차 있으면서도 호인이라는 인상을 주며, 시니컬하면서도 둥글둥글하다. 그는 실제 머리와는 색깔이 다른 가발을 쓰고 다니며, 수염은 염색을 한다. 그의 이름과 별명은 여러 개다.

『잃어버린 환상』, 『창녀들의 영광과 비참』을 읽은 독자들은 그의 복잡다단한 변신 과정을 잘 알고 있다. 1823년의 『신사의 법전』, 1831년의 『파리지엥 대위』, 1833년의 『페라귀스』 등 초기 작품들에서 이미 보트렝의 부분적인 모습이 다른 인물들(그러나 공통점을 지닌)의 외양과 성격과 행동을 통해 부분적으로 드러난 적이 있다. 작가는 스스로, 이 예외적인 인물이 실제 현실 속에 존재했다고 말한다. 이런 언급은, 곧 옛날에 그 자신이 도형수였다가 치안국장의 지위에 오른 실제 인물 비도크를 두고 하는 말이라는 추측을 불러일으켰다.

보트렝은 자본주의 혁명이 귀족 사회의 틀을 깨 버리는 과정에서 생겨난 서민 계층의 야한 기류와 분리해서 생각할 수 없는 인물이다. 보트렝은 대혁명 이후의 새로운 사회를 지배하는 보편적인 법칙을 간파하고 이를 지적해 보인다. 보트렝은 그야말로 역사적·사회적 진화의 한순간을 대표한다. 그런 점에서 그는 19세기 소설적 창조의 핵심적 표상들 가운데 하나라고 할 수 있다. 또 소설사적인 시각에서 볼 때, 보트렝은 1820년대 흑색 소설이 진화해서 탄생한 한 유형이라고 볼 수 있다. 여기서 우리는 발자크가 초년기에 '대중 소설', '산업 소설'의 수업 과정을 거쳐 성장한 작가라는 사실을 상기할 필요가 있다. 그의 초기 습작 소설 속에 출몰하던 저 매혹적인 범죄자들은 이미 앞으로의 보트렝을 예고해 주었다. 전형적인 사실주의 소설인 동시에 성장 소설인 『고리오 영감』은 신분을 숨기고 다니는 옛 도형수 보트렝과 경찰과 그 끄나풀들이 우글거리는, 병원과 공동묘지를 상기시키는 무대, 변장과 살인과 수면제가 무시로 동원되고 수상한 과거를 가진 인물들이 서로를 의심하고 감시하는 분위기 등 '흑색 소설'의 냄새를 짙게 풍긴다. 그래서 하우저는 이렇게 지적하기도 했다.

대체로 보아 발자크가 자기 스타일을 발견하는 데는 상당한 시간이 걸린다. 처음에는 혁명기 왕정복고 및 낭만파 시대의 유행 문학을 추종하는데, 선배들의 저속한 소설 냄새는 그의 창조적 원숙기에까지 남아 있다. 그의 예술은 낭만적인 연애 소설이나 역사 소설의 영향과 더불어 탐정 소설이나 통속적인 신문 소설의 영향권에서도 크게 벗어나지 못한다.

어쨌든 보트렝과 보세앙 부인은 라스티냐크라는 젊은 청년이 이 세상의 법칙을 깨닫고 세상과 부딪쳐 나가는 과정에서 매우 중요한 길잡이 역할을 맡는 인물들이다. 그런데 두 사람 다 중도에 '퇴장'함으로써—도형수 보트렝은 체포되고, 애인으로부터 버림받은 대귀족 보세앙 부인은 사교계에서 은퇴한다—그들의 지극히 부정적이고 비판적인 세계관을 라스티냐크에게, 그리고 삶 전체에 투영하는 역할에 그친다.

③ 파리: 역동적 지도 地圖

• 주인공으로서의 파리
오늘날 『고리오 영감』은 《인간 희극》 가운데서 '사생활의 장면'에 분류되어 있지만, 1843년 당시에는 '파리 생활의 장면' 속에 포함되어 있었다. 그리고 이 소설의 초판에는 '파리의 이야기'라는 부제까지 붙어 있었다. 따라서 이 작품은 우리가 앞에서 차례로 살펴본 고리오, 라스티냐크, 보트렝이라는 세 인물 또는 부성애, 야망, 반항이라는 세 가지 주제 못지않게 파리를 핵심적인 주제로 다루고 있다고 볼 수 있다. 여기서 파리라는 공간은 단순한 배경이나 무대만이 아니다. 라스티냐크가 고리오 영감을 매장한 페르 라세즈 언덕에서 파리 시가를 내려다보며 "이제 우리 둘의 대결이다"라고 도전적으로 외치는 대단원을 염두에 두고 본다면, 파리는 어느 면에서 이 소설의 가장 중요한 주인공 가운데 하나라고 해도 지나친 말은 아닐 것이다.

이제는 현대 소설사 속에서 유명해진 보케르 하숙집의 그 길고 장황한 묘사가 시작되기 전에 작가는 먼저 이 이야기와 뗄 수 없는 상황으로서의 파리를 다음과 같이 강조한다.

이 이야기가 파리 이외의 다른 곳에서도 이해될 수 있을까? 다분히 의심의 여지가 있다. 여러 관찰과 지역적인 색채로 가득 찬 이 장면의 특수성은 몽마르트르 언덕과 몽루즈 고지高地 사이에 있는, 당장이라도 무너져 내릴 것만 같은 벽토와 시커먼 진흙탕의 개천으로 이루어진 이 유명한 골짜기 속이 아니고서는 제대로 이해되지 못할 것이다.

• 하향과 상향 – 보케르 하숙에서 페르 라세즈 묘지까지 – 용과의 싸움에 승리하다

여기서 파리라는 무대의 양쪽 한계로 표시한 지점(몽마르트르와 몽루즈)이 둘 다 언덕과 고지대이며 실제 파리라는 공간이 그 사이에 팬 '골짜기'로 묘사되고 있다는 점을 주목할 필요가 있다. 그 골짜기 안에서 벽토가 금방이라도 "무너져 내리려고" 한다는 사실과 "진흙탕"과 시커먼 색깔의 "개천" 등이 특별히 강조된 것으로 보아 이 공

간적인 환경에서 힘의 방향이 무거움과 하향성下向性이라는 것을 알수 있다. 이것은 이 공간 안에 몸담고 있는 인간들이 갇히고 미끄러지고 빠지고 무너지고 밑으로 주저앉게 된다는 것을 의미한다. 이런 성격의 공간 속에서 특별히 선택된 보케르 하숙 또한 거리의 "아래쪽" 구석에 자리 잡고 있고, 이곳은 "말들이 오르내리는 일이 거의 없을 정도로 험준하고 급한 비탈을 따라 라르발레트 거리 쪽으로 지면이 경사져서 내려가는 곳"인 것으로 보아 하향적 운동이 한층 강조되고 있음을 알 수 있다. 단순히 지형적인 이 묘사는 즉시 하향적인 동시에 부정적인 죽음의 이미지와 결부되어 일정한 정신적 해석으로 유도한다. "그것은 마치 여행자가 지하 묘지를 구경하러 내려갈 때 계단을 하나씩 내려감에 따라 햇빛이 점점 사라지면서 어두워보이고, 안내자의 노랫소리가 속이 비어 가는 것과 꼭 같은 것이다." 그리고 화자는 여기에 한마디를 추가한다. "이것은 진실된 비유다!"

이처럼 하향 운동과 '골짜기'의 협소한 공간으로 시작된 이 소설은 처음부터 암시된 죽음('지하 묘지')의 실현(고리오의 죽음)과 더불어 한 인물(라스티냐크)이 높은 언덕 위로 올라가 발아래 펼쳐진 도시를 굽어보는 상향 운동으로 종결된다. 고리오 영감을 매장하고 난 뒤 "혼자남은 라스티냐크는 묘지의 꼭대기를 향해 몇 걸음을 옮긴 후, 이제불빛들이 빛나기 시작하는 센 강의 두 기슭을 따라 꾸불꾸불 누워 있는 파리를 내려다보았다."

소설의 시작과 끝이 맺고 있는 이런 공간적 상관관계는 무엇을 의미할까? 이는 라스티냐크가 파리를 학습한 성과로 거두어들인 사회적 '상승'의 정도를 암시하는 것일까? 아니면 파리에서 삶의 충격적인 외양과 메커니즘을 마침내 깨달은 이 청년이 그 삶의 현장 속으로 다시 몸을 던지기 전에 그 세계를 원거리에서 관조하는 휴전의 한순간을 암시하는 것일까? 하여간 라스티냐크라는 인물의 시각에서 생각해 본다면, 이 소설은 모든 것을 밑으로 끌어내리고 빠뜨리고 오염시키는 '파리', 그 거대한 괴물과의 싸움에서 청년이 어떻게 승리하고 어떻게 그 수렁에서 몸을 뽑아 언덕 위로 올라가는가를 그린 작품이라고 할 수 있다. "꾸불꾸불하게 누워 있는 파리"란 바로 이 청년이 때려눕힌 한 마리의 신화적인 용이 아닐까? 작가 자신도 라스티냐크가 보세앙 부인 댁의 화려한 식당에서 저녁 식사를 하는 기회에 이 소설의 그 같은 주제를 은밀히 암시하고 있다.

그러나 파리에서 젊은 사람들이 저지른 범죄, 심지어는 단순한 비행 건수가 별로 없다는 사실을 생각해 보면, 자기 자신과 투쟁하면서 거의 언제나 승리하는 이 참을성 있는 탄탈로스들에 대해 어찌 경의를 표하지 않을 수 있으랴. 만일 이 가난한 학생이 파리와 싸우는 모습이 제대로 그려지기만 한다면, 그는 우리 현대 문명의 가장 극적인 주제들 가운데 하나를 제공하게 될 것이다.

• 소설의 단일한 무대 파리
그러면 이 소설이 그려 보이는 파리는 어떤 것인가? 첫째로 지적할 만한 사실은 이 소설의 무대가 단 한순간도 파리라는 공간의 테두리를 벗어나지 않는다는 점이다. 라스티냐크가 고향 앙굴렘의 어머니와 두 누이동생에게 편지를 보내고 답장을 받는 경우가 유일하게 파리 '밖'의 공간에 대해 언급하는 예지만, 그 편지들이 떠나고 도착하는 곳은 여전히 파리다. 이처럼 단일한 무대로서의 파리는 앞서의 '골짜기'가 암시하듯 하나의 통일된 전체라고 할 수 있다. 특히 소설의 마지막에서 라스티냐크의 도전적인 선언으로 표현된 "우리 둘만의 대결"은 파리가 하나의 인격체와도 같은 유기적 통일성을 갖추었음을 말해 준다.

• '대양'과 '진흙 구덩이'로서의 파리—유혹의 함정
  둘째로 이 통일성을 지닌 파리의 성격을 단적으로 규정하기 위해 작가가 몇 가지 비유를 반복 사용하고 있다는 점을 주목할 수 있다. 파리는 가장 빈번하게 '대양'에 비유된다.

파리는 그야말로 대양이다. 그래서 이 대양에 수심 측정기를 던져 보아도 결코 그 깊이를 알 수가 없다. 이 대양을 답사하고 묘사해 보라. 답사하고 묘사하기 위해서 아무리 수고를 한다 해도, 이 바다의 탐험가들의 수가 아무리 많다 해도, 그들의 관심이 아무리 크다 해도, 거기서는 언제나 인적미답의 장소를, 알려지지 않은 동굴을, 꽃과 진주와 괴물들을, 그 속을 잠수하는 문인들이 아직 들어 보지 못한, 또는 잊어버린 그 무엇을 만날 것이다. 보케르 하숙도 이런 기묘하고 괴물스러운 것들 중의 하나다.

이때 대양의 이미지는 먼저 방대한 공간, 쉽게 파악하거나 통제하기 어려운 공간, 수많은 의문점과 신비를 포함하는 공간으로서 파리를 특징짓는다. 더군다나 비교적 모든 것이 눈에 익숙하고 단순하게 정돈된 공간인 시골에서 상경해 인생의 경험이 없는 상태로 삶의 '항해'를 처음 시작하는 라스티냐크(그리고 책을 처음 펼쳐 드는 독자)에게 파리는 더욱 방향을 가늠하기 어려운 미지의 공간, 즉 '대양'임이 분명하다.

신비스럽고 방대한 공간으로서의 대양은 동시에 그 속에 재화를 많이 감추고 있는 장소이기도 하다. 여기서 대양은 해상 교역, 낚시질, 해적질의 활동과 관련된다. 차츰 학교 공부를 게을리한 채 화려한 사교계의 매혹에 이끌리는 라스티냐크에게 "파리라는 대양"은 "항해"와 "여자들의 인신매매"traite des femmes에 몰두하거나 아니면 "행운을 낚을 수 있는" 곳으로 보인다. 《인간 희극》 전체에서 대부분의 인물에게 근본적인 동력을 제공하는 '돈'과 '쾌락'이야말로 파리의 주된 유혹이다. 이리하여 '대양'은 타락, 부패, 오염의 의미를 갖는 '진흙 수렁'의 비유와 쉽게 결합한다. 발자크가 묘사하는 왕정복고 시대의 파리는 우리가 오늘날 알고 있는 19세기 말엽 이래의 정돈되고 아름다운 도시가 아니라, 실제로 진흙탕으로 뒤덮인 미개발 상태의 도시라는 사실을 우리는 상기할 필요가 있다. 실제로 라스티냐크는 처음으로 레스토 후작 부인 댁을 찾아가는 동안 "구두를 더럽히지 않으려고 세심하게 주의를 하면서 길을 걸었지만", 결국 도중에 다시 구두를 닦고 옷을 털고 가지 않으면 안 될 정도로 길은 "진흙탕"이었다. 그러나 여기서의 진흙 수렁은 물론 정신적인 타락과 오염의 의미를 더욱 강하게 풍긴다. 라스티냐크는 보트렝에게 묻는다. "당신네 파리는 결국 진흙 수렁이군요." 보트렝은 대답한다. "더욱이 괴상한 진흙 수렁이지. 마차를 타고 그 진흙에 더럽혀진 사람들은 신사고, 발로 걸어 다니며 더럽혀진 사람들은 사기꾼들이지." 이를 확인이라도 해 주려는 듯 랑제 공작 부인은 이렇게 선언한다. "세상은 진흙 수렁이에요. 그러니 우리는 높은 곳에 머물러 있도록 노력해 봅시다." 마침내 파리의 학습이 완료되어 갈 무렵에 이르자, 이 모두에 대한 결론을 내리듯 라스티냐크는 이 세상이 "한 번만 잘못 디디면 목까지 빠져 버리는 진흙의 바다"라는 판단에 이른다.

• 밀림으로서의 파리

그다음으로 파리의 성격을 규정하는 은유는 '사바나' 또는 '밀림'이다. 페니모어 쿠퍼의 소설 세계를 연상시키는 이 분위기는 동물적 약육강식이 지배하는 정글의 세계다. 그것은 바로 "파리 문명의 전쟁터"다. 이곳은 "자기가 죽지 않으려면 죽여야 하고, 속지 않으려면 속여야 하는" 세계다. 요컨대 파리는 그 속에 존재하는 모두를 오염시켜 버리는 쾌락과 돈과 이기주의의 "미궁"이요, "지옥"이다. 라스티냐크는 파리의 이런 생활이란 "끊임없는 투쟁"이기 때문에 고향의 어머니에게 "전투"를 위한 자금을 요청한다. 아직 인생 경험, 파리 경험이 없는 라스티냐크에게 보트렝은 파리를 하나의 "항아리"라는 밀폐된 공간으로 비유하면서 참혹한 동물적 생존 경쟁의 양상을 강조한다. "출세하기 위해서 자네가 해야 할 노력과 싸움의 처절함을 생각해 보게. 항아리 속에 들어 있는 거미들처럼 자네들은 서로를 잡아먹어야 하네."

이상으로 우리는 하나의 통일된 전체로서의 공간인 파리가 어떤 특성을 가진 세계인가를 살펴보았다. 그러면 이번에는 그 파리라는 전체 공간을 이루는 구성 요소들이 어떤 것이며, 그 요소들은 서로 어떤 관계를 맺고 있는지 살펴보자.

- 파리의 두 구역―밑바닥과 주변부에서 중심부와 상층부로―왕래발착운동

먼저 파리는 발자크 특유의 이분법적 체계에 따라 지리적·사회적 의미에서 명확하게 구분된 두 지역으로 이루어져 있다. 그중 한 지역은 지대가 낮은 외곽 지역인 포부르 생 마르소 거리고, 다른 하나는 그와 대조되는 중심부, 즉 귀족과 부르주아들이 살고 있는 구역이다. 물론 이것은 소설을 다 읽고 난 뒤에 작품 전체를 한눈에 볼 수 있는 사람의 눈에만 드러나는 구분일 뿐이다. 따라서 독자는 내레이터의 묘사를 따라 먼저 외곽 지역과 그곳에 있는 보케르 하숙만을 눈여겨보게 된다. 이곳에 대한 장황한 묘사의 특징은 항상 겉모습, 즉 외곽 묘사로부터 거리, 집, 방 안의 순서에 따라 안쪽으로, 전체에서 부분으로 이동해 가면서 독자를 안내한다는 점이다. 이와 같은 방법에 의해 발자크는 '포근한 안락의자에 앉아' 책을 펼쳐 들고 있는 독자를 현실 공간으로부터 허구적인 공간, 즉 소설의 공간 속으로 점차

유인해 간다. 그다음에 독자는 보케르 하숙에 등장한 라스티냐크라는 인물의 안내를 받으면서 이번에는 파리의 외곽으로부터 중심부인 레스토 부인 저택과 보세앙 부인 저택을 차례로 방문한다. 소설속의 첫 '행동'은 파리의 한 지점(하숙)에서 다른 지점(레스토 부인 댁)으로의 보행, 즉 공간적 이동으로 시작된다. 다시 말해서 '행동'은 파리라는 공간의 외곽으로부터 중심부로, 강한 호기심에 이끌려 점진적으로 침투해 들어가는 과정임을 알 수 있다. 이때부터 라스티냐크의 모든 행동은 파리의 대립적인 이 두 지역 사이의 공간적 왕래로 구성된다고도 볼 수 있다. 하숙집으로부터 파리의 중심부로 '가는' 행동은 기대와 발견으로 점철되어 있는 반면, 그곳으로부터 하숙, 즉 자기 방으로 돌아'오는' 행위는 반성과 명상으로 이루어져 있다. 라스티냐크가 현재 하는 수 없이 몸담아 살고 있지만 가능하다면 하루속히 떠나고 싶은 하숙집 동네는 밑바닥의 세계, 전락한 인간들의 세계, 본능의 세계, 제 발로 걸어 다녀야 하는 가난한 사람들의 세계다. 반면 보세앙 부인, 카릴리아노 부인, 레스토 부인, 뉘싱겐 부인이 거주하는 파리의 중심부는 사회적 상층부의 세계, 추상의 세계, 대귀족이나 대부르주아지의 사교계, 호사스런 마차를 타고 다니는 부유한 사람들의 세계다. 전자는 하향적 세계요, 후자는 상향적 세계다. 이두 세계를 라스티냐크가 끊임없이 왕래하는 것은 마치 상층부의 세계로 아주 넘어가기 위한 오랜 준비 운동이라고 볼 수 있다. 수렁 속에서 그의 발목을 잡아끄는 보트렝은 체포되었고, 고리오 영감은 마침내 죽어서 매장되었다. 이제 그는 보세앙 부인이 노르망디로 떠나면서 그에게 남겨 준 '아리아드네의 실'을 붙잡고 미노타우로스의 '미궁'에서 몸을 빼내어 페르 라세즈 언덕 위로 솟아오른 것이다. 드디어 그의 공간적 이동이 완료되었다. 따라서 그는 이제 보케르 하숙으로 돌아가지 않아도 된다. 이제 그는 파리의 반대편 지역, 즉 레스토 부인이 사는 중심부로 아주 넘어오는 데 성공했기 때문이다.

그런데 우리는 여기서 발자크가 그리는 파리라는 도시가 철저하게 사회적 의미로만 제한되어 있다는 사실에 주목하게 된다. 『고리오 영감』을 읽는 독자는 먼저 지극히 조직적이고 지루하다 할 만큼 빈틈없는 묘사와 대면하게 된다. 그렇다면 발자크의 파리는 실제로 '빈틈없이' 묘사되어 있는 것일까? 그 묘사는 매우 소상하다는 인상을 주는 것이 사실이다. 그러나 우리는 실제에 있어서 발자크의 파리가 지체 높고 부유한 사람들이 사는 세련된 지역과 가난하고 추한 사람들이 사는 거친 지역으로 양분되어 있고, 그들 두 지역의 생활 방식과 풍속을 대조적으로 보여주는 지극히 전략적인 요소들(특히 가옥의 외부와 내부)의 선택적인 묘사에 그칠 뿐, 일체의 눈요깃거리나 낭만적인 분위기를 조성하는 요소 또는 고고학적인 묘사는 배제되어 있다는 것에 주목할 필요가 있다. 라스티냐크가 자주 찾아가 산책하곤 하는 뤽상부르 공원이나 식물원은 기껏해야 꼭 필요한 경우에 앉을 벤치가 놓여 있을 뿐 나무 한 그루, 산보객 한 사람 마주치는 일이 없는 곳이다. 이 청년이 하숙집을 출발해서 레스토 부인 댁까지 걸어가는 길에 보이는 것은 진흙뿐이다. 레스토 부인 댁에서 보세앙 부인 댁으로 가는 길에는 집 한 채, 행인 한 사람 눈에 띄지 않고 오직 라스티냐크가 타고 가는 마차와 마부뿐이다. 그 밖의 모든 장소 이동은 한결같이 '떠났다'에 이어 '도착했다', '돌아왔다' 같은 간결한 이동 동사만으로 처리되어 있다. 그리고 인물이 걸어서 이동하든 마차를 타고 이동하든 관계없이 그는 하나같이 신속한 서술 속도에 실려 목적지에 도착한다. 교회에서 고리오 영감의 장례식을 불과 20분 만에 초고속으로 끝마친 신부가 말했다. "따라갈 사람이 없으니 늦지 않게 빨리 갈 수 있겠소. 지금 5시 반인데." 그런데 불과 30분 뒤인 6시에는 고리오 영감의 시체가 무덤의 구덩이 속으로 들어갔다고 내레이터는 말한다. 교회에서 페르 라세즈 무덤까지의 거리가 무려 4킬로미터라는 점, 당시의 길이 진흙 수렁이라는 점을 고려한다면 엄숙해야 할 장의 행렬은 마차 경기를 하듯 묘지를 향해 오토바이처럼 달려간 것으로 추측할 수밖에 없다.

이처럼 한 지역에서 다른 지역으로의 신속하고 급격한 이동은 경유지를 생략한 채 두 세계를 직접적·충격적으로 대비시킴으로써 강한 대조 효과를 산출한다.

소설의 초입에서 장황하게, 그러나 조직적이고 빈틈없이 제공한 보케르 하숙에 대한 묘사는 사실상 장차 사회 상층부인 부잣집과의 강한 대조를 준비하는 과정이라고도 볼 수 있다. 일단 한쪽의 상세한 묘사가 완료되고 나면, 포부르 생 마르소 지역이 포부르 생 제르맹이나 쇼세 당탱과 대립되듯이, 보케르 하숙의 빈곤하고 추악한 '살롱'은 레스토 부인 댁이나 보세앙 부인 댁의 '금빛 나는 살롱'과 직접 대조되고, 두 집의 문은 문끼리, 계단은 계단끼리, 마당은 마당끼리 정확하게 대비되므로, 반대편의 한쪽은 '선택적으로만' 묘사해도 무방하다.

보케르 하숙에는 우리가 앞에서 살펴본 세 인물 외에 보케르 부인을 포함한 10여 명의 인물이 살고 있다. 그들이 살고 있는 거리, 집, 실내, 그들의 남루한 의복은 "유통이 정지된 은화처럼 냉랭하고 딱딱하고 무뚝뚝한" 그들의 얼굴 및 "기계적인 생활의 관계, 기름기 없는 톱니바퀴의 움직임", 그리고 "불신이 섞인 무관심"한 태도와 부정적인 차원에서 조화를 이룬다. 이 세계 속에서 유일하게 행복한 인물은 보케르 부인뿐이다. "감옥 같은 그 방들은 그녀의 소유였다. 무기 징역을 선고받은 죄수들 같은 하숙생들을 그녀는 위세를 떨쳐 존경을 받으며 부양하는 것이었다." 그러나 결국은 보케르 부인의 '행복'마저도 무너져 버리는 날이 온다. 어느 의미에서 이 소설은 보케르 하숙을 가득 채웠던 하숙생들이 갑자기 집을 비우고 떠나는 과정의 이야기라고 할 수 있다. 보트렝은 도형수의 신분이 탄로 나서 체포되어 나가고, 미쇼노와 프와레는 밀고한 행위에 대한 벌로 추방당하고, 빅토린느는(쿠튀르 부인도) 상속녀가 되어 아버지 집으로 들어가기 위해 나가고, 고리오 영감은 죽어 나가고, 라스티냐크는 삶의 법칙을 터득한 성인이 되어 정부 뉘싱겐 부인 댁으로 간다.

이들 하숙생들은 물론 이야기의 줄거리에 따라서 각자 맡은 역할이 따로 있다. 그러나 그들은 무엇보다 하나의 단일한 '집단'으로 소설 속에서 의미를 지닌다. 그들은 주로 식사 시간에 식당에 모이고 흩어짐으로써 이야기의 서술에 일정한 리듬을 부여하고, 긴장된 순간들에 뒤따르는 휴식과 이완의 순간들을 교차시킨다. 그들은 마치 한심한 밑바닥 생활에서 헤어날 길이 없는 운명을 후렴처럼 노래하는 비극의 합창단과도 같다. 그러나 19세기의 이 타락한 인간 군상의 합창 속에서는 비극적이거나 숭고한 운명에 우스꽝스럽고 기괴한 면모가 혼합된다. 그들이야말로 파리라는 출구 없는 수렁의 상징이다.

이 세계는 특히 라스티냐크의 눈과 마음을 통해 귀족 사교계와 강한 대조를 보이면서 그 부정적인 면모가 증폭된다. 레스토 부인 댁과 보세앙 부인 댁의 은성한 모습을 차례로 구경하고 돌아온 라스티냐크의 눈에는 하숙집의 "구역질 나는 식당"에서 식사하고 있는 열여덟 사람의 회식자가 마치 "외양간의 꼴시렁 앞에서 여물을 먹는 짐승들" 같아 보인다. 보세앙 부인 댁에서 "조각된 은그릇들과 호사스런 수많은 산해진미를 보고서, 그리고 소리도 없이 날라다 주는 요리를 처음 접하며 감탄한" 시골 학생은 자신의 하숙에 대해 심한 '혐오감'을 느끼고 그 집을 떠나리라 결심한다. 그러나 그것은 결심이라기보다는 희망 사항에 가깝다.

도대체 아직 젊은 총각인 라스티냐크와 처녀 빅토린느는 그렇다 치더라도, 모두가 성인인 다른 하숙생들 중 어느 누구 하나 배우자를 가진 이가 없다. 이 사실 하나만으로도 이 하숙의 고독과 비참이 어느 정도인지 충분히 헤아릴 수 있다.

그렇다면 그와 대조적인 귀족 사교계는 어떤가? 그들이라고 해서 가정생활이 행복한 것은 결코 아니다. 이 계층의 우아한 여자, 남자들에게는 거의 예외 없이 배우자뿐만 아니라 정부가 따로 있다. 보세앙 부인에게는 다쥐다 핀토, 아나스타지에게는 막심 드 트라유, 델핀느에게는 드 마르세……. 정부라고 해서 일편단심인 것도 아니다. 그러나 타락한 사생활에도 불구하고 귀족들에게는 마차가 있고 하인들이 있고 화려한 저택이 있다.

『고리오 영감』은 이런 방식으로 왕정복고 시대 파리의 정치적·사회적 생활의 표본이라고 할 수 있는 두 지역을 정확하게 대립시킴으로써 그 구조적인 관계를 극명하게 보여준다. 발자크는 이러한 공간적인 분석에서 한 걸음 더 나아가 사회 상층부의 내면을 다시 한 번 더 세분해서 가변적인 힘의 관계와 대조적인 풍속을 조명한다. 즉 상층부 사회는 다시 양분되어, 한편으로는 보세앙 부인, 랑제 공작 부인, 카릴리아노 부인 등으로 대표되는 유서 깊고 우아한 전통적 귀족 사회, 다른 한편으로는 경제·사회적 구조의 재편에 의해 귀족 사회로 편입되어 상승일로를 걷고 있는 신흥 자본 부르주아 사회가 서로 대조를 보이고 있다. 전자가 상층부 사회의 중심이라면, 후자는 아직 그 외곽 지대라고 할 수 있다.

먼저 보세앙 부인이 '여왕'으로 군림하는 포부르 생 제르맹 구역의 우아함은 발자크의 개인적 편향까지 가세해 거의 '위대함'의 경지에 이른다. 그 부인은 여러 차례에 걸쳐 "숭고하고 위대하다"는 최상급의 형용사들을 할애받는다. 레스토 부인 댁에서 푸대접을 받고 나온 라스티냐크는 보세앙 부인 댁으로 향하며 이렇게 중얼거린다. "아름다운 자작 부인은 그 명성만으로도 그처럼 당당할진대 도대체 그녀 자신이면 얼마나 권위가 당당하겠는가. 높은 곳에 호소하자. 하늘에 있는 것을 공략하겠다면 하느님을 겨냥해야지!"

그에 비하면 일개 제면업자의 딸로 태어나 제정 때 귀족과 결혼한 레스토 부인은 "벼락부자의 우둔한 사치와 첩의 낭비"를 노출하고 만다. 라스티냐크는 그 부인 댁에서 본 그 황홀하던 인상이 비교 우위를 자랑하는 "보세앙 부인의 웅장한 저택을 보자 순식간에 압도되어 버리는" 것을 느낀다.

긴 도입부에 이어 소개된 이 소설의 첫 '행동'이 사회 상층부에 속하는 두 저택의 방문으로 구성되어 있다는 것은 매우 의미심장하다. 이것은 다시 말해서 지금까지 우리가 살펴본 바 파리를 구성하는 세 세계의 연속적인 대비를 의미한다. 우선 라스티냐크는 ① 하숙을 출발해 ② 레스토 부인 댁을 방문함으로써 하층부 세계와 상층부의 외곽을 대비해 보게 된다. 그는 벌써 그 저택의 마당에 들어서면서 '열등감'을 느낀다. "마당에는 말쑥한 이륜마차에 호화롭게 매인 아름다운 말이 앞발로 땅을 걷어차고 있었던 것이다." 가난한 학생인 그는 구두에 진흙을 묻혀 가며 그곳까지 걸어서 찾아왔다.

그런데 이번에는 '신혼 마차'를 빌려 타고 ③ 상층부의 중심인 보세앙 댁을 찾아간다. 걸어가는 대신 없는 돈에 주머니를 털어 마차를 타고 왔지만, 그는 비웃음을 산다. 그 집 뜰에 서 있는 마차는 "귀에 장미꽃을 달고 있는 원기 왕성한 말 두 필"이 끌고 있다. 라스티냐크는 곧바로 레스토 부인 댁과 보세앙 부인 댁의 차이를 확인할 수 있게 된다. "쇼세 당탱의 레스토 부인 댁 마당에는 스물여섯 살의 청년이 손수 끄는 아름다운 마차가 있었는데, 여기 생 제르맹에서는 3만 프랑을 주고도 살 수 없을 대귀족의 호사스런 마차를 보았던 것이다." 그리고 레스토 부인 댁에는 젊은 야심가 막심 드 트라유가 미리 와 있었고, 생 제르맹에는 또 다른 막심, 즉 다쥬다 핀토 후작이 미리 와 있었다.

• 상층부의 두 세계: 포부르 생 제르맹과 쇼세 당텡

발자크식 양분법은 여기서 끝나는 것이 아니다. 상층부 세계는 그 중심부인 포부르 생 제르맹과 그 외곽 지대, 즉 벼락 출세자들의 쇼세 당텡으로 양분, 대립된다. 같은 고리오 영감의 딸로 태어나 상층부 외곽 지대로 진출하는 데 성공한 레스토 부인의 세계와 뉘싱겐 부인의 세계가 그것이다. 레스토 부인이 이미 보세앙 부인 댁 무도회에 초대받는 데 성공한 계층이라면, 신흥 은행 부르주아인 뉘싱겐 부인은 아직도 그곳에 초대받기를 열망하는 계층에 속한다. 보세앙 부인은 결과적으로 라스티냐크에게 고리오의 두 딸, 즉 두 신흥 귀족의 세계를 '차례로' 소개시켜 준 셈이다.

• 두 종류의 보호자들: 남자들(고리오와 보트렝)-여자들(보세앙 부인과
  뉘싱겐 부인)

라스티냐크는 근원적인 두 세계, 즉 하층 세계와 상층 세계를 왕래하며 그들 사이에 다리를 놓을 뿐만 아니라 앞서 말한 상층부 안의 양분된 두 세계를 서로 연결시키는 역할도 맡고 있다. 왜냐하면 그

는 뉘싱겐 부인을 보세앙 부인의 살롱(무도회)에 처음 소개함으로써 그곳에서 그녀의 언니인 아나스타지와 마주치게 하기 때문이다.

그런데 어느 면에서 보면 라스티냐크는 서로 상극을 이루는 상하층 세계에서 각기 상징적인 보호자를 하나씩 발견한다. 그는 하층 세계에서는 '아버지' 역할을 담당하고자 하는 두 남성(보트렝과 고리오)을, 상층 세계에서는 '어머니'의 역할을 담당하고자 하는 두 여성(보세앙 부인과 뉘싱겐 부인)을 만나니까 말이다. 앞의 두 남성은 서로 갈등하는 관계지만, 뒤의 두 여성은 화해적인 관계로 변한다. 그는 결국 후자인 두 여자에게서 '차례로' 도움을 입으면서 출세에 성공한다.

라스티냐크를 영광의 고지로 인도하는 상승 과정에서 우선은 보트렝이 가장 유력한 보조자의 역할을 할 것으로 기대되지만, 그 인물은 사실상 사회적으로 상층부에도 하층부에도 속하지 않는 고독한 반항아이므로 그 역할을 성공으로 마무리하지 못한다. 결국 라스티냐크의 사회적 상승에 실질적인 도움을 주는 인물은 그가 아니라 상층부의 보세앙 부인과 하층부의 고리오 영감이다. 이들의 도움에 의해 그가 얻는 귀중한 발판은 하층부의 빅토린느(보트렝이 소개하고자 하는)가 아니라 상층부의 은행 부르주아 집안인 델핀느 드 뉘싱겐 부인이다. 상층부와 하층부를 본격적으로 연결하는 라스티냐크와 델핀느는 이런 점에서 정확한 대칭을 이룬다.

라스티냐크는 출신과 가족 상황으로 보면 사회의 상층부에 속하지만 가난과 경험 부족으로 인해 그 세계에 뚫고 들어가는 데 많은 애로를 겪는다. 반면에 제면업자 고리오 영감의 딸인 델핀느는 출생에 따르면 하층부에 속해 상층부로 복귀하는 데 많은 어려움을 느낀다. 그녀는 정부 라스티냐크의 도움으로 마침내 복귀에 성공한다. 이 두 남녀의 결합("그리고 사회에 대한 도전의 첫걸음으로 라스티냐크는 뉘싱겐 부인 댁으로 저녁을 먹으러 갔다.")은 앞으로 다가올 부르주아 계급의 대승리를 예고한다고 해석해도 무방할 것이다.

작가는 소설 초입에서 보케르 하숙을 소개하며, "이렇게 해서 이루어진 집단은 완전한 전체 '사회'의 요소들을 작은 규모로 나타내게 마련이고, 또 나타내고 있다"고 말한다. 보케르 하숙은 이리하여 파리라는 한 사회의 축도이며, 파리는 바로 이 세계 전체의 축도가 된다. 이 '사회'는 발자크 특유의 대립, 대조, 대응, 대칭 체계에 따라 분류되면서 구체적인 동시에 전형적인 집단과 개인들의 모습을 드러낸다.

라스티냐크는 이 사회 속에서 도보로 또는 마차를 타고 이동하면서 공간 속 각 지점들 상호간의 차이를 파악하고, 그 차이에 의해 "의미 있는 관계들의 복합적이고 역동적인 지도"로서 파리의 전모를 발굴해 낸다.

(4) 발자크 연보

1799년 5월 20일(혁명력 7년 목월 1일), 투르Tours에서 태어남.

서른두 살이나 차이가 나는 아버지 베르나르 프랑수아 발사(1746~1829, 나폴레옹 제정 시대 투르 주둔군 병참 담당 군속)와 어머니 안느 샤를로트

살랑비에(1778~1854, 파리 상인의 딸) 사이에서 삼 남매 중 둘째로 출생 (첫째 아들은 생후 32일 만에 사망).

태어나서부터 네 살까지 유모에게 맡겨졌던 발자크는 특히 네 살에서 일곱 살까지 투르에 있는 르 게Le Gay 하숙에, 그리고 1807~1813년까지 방돔 기숙 학교에서 지냈다. 열네 살이 되어서야 비로소 가족의 품으로 돌아온다. 이리하여 그는 일생 동안 방돔 기숙 학교의 써늘한 추억과 애정 결핍 상태를 지우지 못한다. 그는 아름답지만 늘 차갑고 엄격한 어머니를 원망했다. 이 결핍이 아마도 베르니 부인 등 수많은 여성 편력으로 이어진 것이리라.

소설가, 비평가, 예술비평가, 에세이스트, 극작가, 기자, 인쇄인, 출판인.

생전에 137편의 소설과 단편 소설을 썼으며, 1829~1852년 사이에 발표했다.

1800년 첫째 누이 로르(1800~1871) 출생. 오빠와 가장 친했던 여동생. 1858년에 발자크의 전기를 발표한다. 속내를 털어놓는 상대였던 그녀는 『고리오 영감』에 등장하는 라스티냐크의 누이동생 모습과 많이 닮았다.

1802년 둘째 누이 로랑스(1802~1825) 출생.

1807년 아버지가 다른 동생 앙리(1807~1858) 출생.

앙리의 아버지는 투렌 지방에 있는 사셰 성주 장 드 마르곤이며, 어머니가 동생을 편애함. 발자크는 뒷날 『고리오 영감』을 바로 이 사셰 성에서 썼고, 이 성은 오늘날 발자크 기념관이 되었다.

1807~1813년 방돔 기숙 학교에서 지냄. (소설 『루이 랑베르』 참조)

1814년 11월, 아버지가 파리 군수품 조달 회사 책임자로 임명되어 파리로 이주.

1816년 아버지 친구인 소송 대리인(변호사) 기요네 드 메르빌의 사무실에서 견습 서기로 일함. 기요네는 뒷날 『샤베르 대령』에서 메트르 데르빌이라는 인물로 등장한다.(작가는 뒷날 이렇게 말한다. "내 일을 소화하면서 나는 얼마나 많은 것들을 배웠던가. 나는 두 딸에게 4만 리브르의 연금을 주었으면서도 버림받고 다락방에서 무일푼으로 죽어 가는 아버지를 보았다! 나는 유서를 불태우는 것을 보았고, 자식들의 돈을 다 빼앗는 어머니와 아내의 돈을 도둑질하는 남편들, 남편이 주는 사랑을 이용해서 정부와 편안하게 살기 위해 그 남편들을 미치게 하고 바보로 만들고 죽이는 아내들을 보았다. 나는 내 눈으로 본 모든 것을 다 말할 수가 없다. 법으로도 어쩔 수가 없는 수많은 범죄를 보았던 것이다.") 법대와 소르본에서 수강.

1818년 공증인 빅토르 파세의 사무실에 근무. 데카르트, 말브랑슈, 스피노자, 돌바크 등의 책을 읽다.

1819년 바칼로레아(대학 입학 자격시험) 합격. 은퇴한 아버지가 파리 교외의 빌파리지로 이사함. 바슐리에가 되자 그는 공증인 사무실의 서기 일과 어머니의 지시를 거부하고 작가가 되기로 결심한다. 『고리오 영감』의 라스티냐크와 마찬가지로 스무 살에 파리 레디기에르 거리의 다락방에 칩거하면서 곤궁한 작가 수업 시작. 절망하지만 야심에 불탄다.

1819~1823년 운문 비극 『크롬웰』 집필. 혹평을 받다.

1820년 여동생 로르 발자크, 외젠 쉬르빌과 결혼. 제비뽑기로 징병 면제. 문단 데뷔 실패하고 부모 집으로 돌아옴.

1821년 여동생 로랑스 발자크 결혼. 1814년 이후 처음으로 고향 투렌을 다시 보다. 『장 루이』, 『팔튀른』, 『스테니 혹은 철학적 오류』.

1822~ '상업 문학' 양산. 어머니의 친구이며 이웃인 22년 연상(45세로 발자크의 어머니보다 두 살 위이며, 왕비 마리 앙투아네트의 하프 연주자의 딸)의 베르니 부인Laure de Berny(일명 '딜렉타')과 교제 시작.

1824~1825년 《푀이통 리테레르》Feuilleton litteraire지와 관계되어 기자로 활동.

1825년 공동으로 또는 독자적으로 8편의 작품 발표(모험·환상 소설. 『비라그의 여상속인』, 『아르덴의 부제』 등). 가명이나 필명으로 로르 룬Lord R'hoone, 오라스 드 생토뱅Horace de Saint-Aubin 등 사용. 보람 있는 소설가 수업 시대. 나폴레옹 시대 최고위 장군의 미망인 다브랑테스 공작 부인la duchesse d'Abrantès과 교제 시작. 그 부인이 발자크를 레카미에 부인 등 살롱에 소개. (『버림받은 여인』 참조) 쥘마 카로와 알게 되다.

1826~1827년 문학 판을 떠나 가족과 베르니 부인이 출연한 자본으로 인쇄업, 활자 주조업에 투신. '몰리에르', '라퐁텐' 등을 출판하나 사업 실패로 10만 프랑에 달하는 거액의 채무를 지다. 엄청난 양의 독서와 지방 여행. 《인간 희극》의 자료 축적.

1828년 문학에 복귀해 역사물에 관심을 가짐. 빚을 갚기 위해,

그리고 사치를 위해 부지런히 소설을 쓰다.

1829년　3월,《인간 희극》최초의 소설 『마지막 올빼미 당원−1799년의 브르타뉴』 출간. 6월, 아버지 사망. 파리의 카시니 거리(『고리오 영감』의 보케르 하숙에서 멀지 않은 곳)에 정착. 12월, 익명으로 『결혼 생리학』 발표. 1841년까지 가장 풍요로운 창조의 시기 시작. 장차 중요한 문학의 조언자가 될 쥘마 카로 부인과 가까워지다.

1830년　저널리즘에 관여해 시사 논평 다수 발표. 1830년 한 해 동안에 그의 이름이 서명된 글, 소설 등 70여 편 발표. 18시간을 연이어 작업함. 진한 커피를 즐겨 마시며, 푸른 저고리에 금단추를 달고 살롱 출입. 처음에는 7월 혁명에 동조하나 나중에는 왕당파로 자처함. '사생활의 장면'이라는 제목 아래 『쏘의 무도회』, 『샤 키 플로트 상회』, 『도덕적인 여자』(훗날 『두 집 살림』으로 개제), 『가정의 평화』 등을 2권으로 묶어 발표.

1831년　4월, 정치 평론 발표. 7월 혁명 이후 현실 정치에 참여하려는 야심을 품음. 국회의원 출마를 시도하다 실패함.

철학적 소설 『나귀 가죽』을 발표해 작가로서의 명성을 얻다. 이 작품과 『사라진』, 『엘 베르뒤고』, 『저주받은 아이』, 『불로장생의 영약』, 『알려지지 않은 걸작』, 『징집 군인』, 『여인 연구』, 『두 개의 꿈』, 『플랑드르의 예수 그리스도』 등을 묶어 '철학적 소설과 콩트'라는 제목 아래 총 3권으로 발표.

1832년　정통주의로 정치적인 전향. 카스트리 공작 부인과 관계를 맺고, 그녀의 영향을 받아 급진 왕당파 신문에 가톨릭 정통 왕당파 편의 정치적 입장 개진. 이는 자유주의파인 쥘마 카로와 관계하면서 다져 온 본래의 의견과 모순되는 입장이다. 카스트리 공작 부인에게 구애하나 거부당해 모멸을 맛봄. 그녀와의 관계는 『랑제 공작부인』의 모티프가 된다. 오데사에서 온 한 '외국 여자'의 팬레터를 받다. 우크라이나에 사는 폴란드 백작 부인인 그녀와 주고받은 편지(문학, 사업 계획, 채무 등을 이야기하는)는 뒷날 방대한 『이국 여인에게 보낸 편지』Lettres à l'étrangère로 공개된다. 사교계 출입이 활발해지며 호사스런 생활을 하다. 초판에 9편의 작품을 추가한 '사생활의 장면' 2판 발표. 『메시지』, 『돈주머니』, 『붉은 여인숙』 등과 『루이 랑베르』 초고본 발표. 『철학 소설과 콩트』 증보판으로 『새 철학 콩트』 발표.

1833~1837년   인물이 재등장하는 방대한 체계로 자신의 전 작품을 구축하는 데 착상하다. '사생활의 장면'(4권), '지방 생활의 장면'(4권), '파리 생활의 장면'(4권) 등 세 부분으로 구성된 12권의 '19세기 풍속 연구'에 총 27편의 작품을 수록하다.

1833~1836년   마리아 다미누아에게서 딸을 얻다. 마리 카롤린 뒤 프레네란 이름을 가진 이 딸에게는 후손이 없다. 9월, 서신만 교환하던 '이국 여인' 한스카 부인을 뇌샤텔에서 처음 만나다. 『시골 의사』, 『외제니 그랑데』, 『명사 고디사르』 발표.

1834년   5권씩 네 차례에 걸쳐 전 20권으로 발표한 '철학 연구'에 총 25편의 작품 수록.

1834~1840년   기보도니 비스콘티 공작 부인과 교제하며 이탈리아 발견. 쥘 상도를 문하생 겸 비서로 삼다. '한스카 부인에게 보낸

편지'에서 자신의 전 작품(《인간 희극》)에 대한 구상 피력. '인간 희극'이란 제목은 밝히지 않지만 인간사의 전경을 담은 '풍속 연구', 그 원인을 살피는 '철학 연구', 원칙 수립을 위한 '분석적 연구'라는 큰 틀이 밝혀짐. 『레 마라나』, 『페라귀스』, 『도끼에 손대지 마라』(나중에 『랑제 공작부인』으로 개제), 『절대의 탐구』, 『바닷가의 비극』, 『30세의 여인』 발표.

1835년　『고리오 영감』, 『완두콩 꽃』(나중에 『결혼계약』으로 개제), 『세라피타』, 『금빛 눈의 처녀』, 『회개한 멜모스』, 『샤베르 대령』 발표.

　『고리오 영감』Le Père Goriot은 《인간 희극》 전체 구성에서 가장 중요한 단계라고 하겠다. 이제부터 발자크는 이른바 '호적부와 경쟁하는' 소설 사이클의 기법과 동시에 《인간 희극》의 주된 특징인 인물의 재등장 기법을 장악하는 능력을 갖춘다. 그는 1834년 '한스카 부인에게 보낸 편지'에서 자신의 계획을 설명한다. 이 작품 전체 구조는 시대를 총체적으로 부감하는 방식으로 조직되고, 1837년에는 '사회 연구'로, 1841년에는 '인간 희극'으로 제목이 정해진다. 이렇게 해서 발자크는 그가 이미 1832년부터 머릿속에 생각하던 그 복잡한 세계를 발전시킨다. 월터 스콧은 소설을 역사의 권위에까지 끌어올리는 데 성공했지만, 그 내용을 서로 유기적으로 연결하겠다는 생각은 하지 못했다. 여기서 바로 발자크의 두 번째 계시가 작동한다. 즉 각각의 장이 한 권씩의 소설인 동시에 방대한 전체의 한 부분이 되는 자기 시대의 완전한 풍속사를 써낸다는 것이다. 2000~3000명의 인물을 등장시키면서 호적부와 경쟁하기 전에, 그는 사회 계층과 직업에 의해 그 인물들을 서로 연결시키는 것이다. 그의 소설 집필은 여기서부터 가속화된다.

1836년 문예지 성격의 《크로니크 드 파리》를 독자적으로 발간. 다수의 평문과 소설 발표. 그러나 6개월 뒤에 파산해 또다시 재정적 손실을 입는다. 기보도니 비스콘티 공작 부인에게서 아들이 태어남. 7월, '신과 같고 어머니 같은' 베르니 부인 사망. 『골짜기의 백합』, 『무신론자의 미사』, 『금치산』, 『노처녀』(프랑스 최초의 연재소설. 10월 23일부터 11월 4일까지 《라프레스》La Presse지에 12회에 걸쳐 발표) 발표.

1837년 '풍속 연구', '철학 연구', '분석적 연구'를 '사회 연구'라는 전체 제목 아래 통합하고자 하나 실행하지 못함. 비스콘티 공작 부인 댁에 피신. 이탈리아 사르데냐의 은 광산 개발을 계획하나 실패함. 『잃어버린 환상』의 제1부 「두 시인」 부분, 『파시노 칸』, 『세자르 비로토』 발표.

1838년 노앙에 있는 조르주 상드 성에 잠시 체류하다. 7월, 파리 근교 세브르(빌 다브레)에 위치한 '레 자르디'에 토지를 매입해서 정착. 이곳에 파인애플 농장을 만들고자 하나 비용만 탕진하고, 평생 갚지 못할 채무를 지다. 식사, 보석, 골동품에 많은 돈을 쓰면서 소설들을 출판사에 미리 팔다. 『뉘싱겐 은행』, 『고매한 여인』(뒷날의 『사무원들』) 발표.

1839년 8월, 최초의 문인협회la Société des gens de lettres를 설립해 회장에 선임됨. 저작권 보호를 위해 활동. 아카데미 회원에 도전하나 세 차례에 걸쳐 실패. 『이브의 딸』, 『강바라』, 『골동품 진열실』,

『잃어버린 환상』 제2부 「파리에 온 시골의 위인」, 『마시밀라 도니』, 『베아트리스』 1·2부, 『피에르 그라수』 발표.

1840년 연극 '보트렝' 실패. 《르뷔 드 파리》를 독자적으로 발간함. '레 자르디'의 집을 압류당하다. 파리 바스 거리(오늘날의 레누아르 거리 47번지 '발자크의 집')에 있는 집으로 이주. 『Z. 마르카스』, 『피에레트』, 『카디냥 대공부인의 비밀』 발표.

1841년 10월, 뒤보세·퓌른·헤첼·폴린 등과 함께 '인간 희극'을 제목으로 하는 자신의 전 작품을 출판하는 계약 체결. 9월, 문인협회 회장 사임. 11월, 한스카 부인의 남편이 사망하나 발자크는 이듬해 1월에야 그 소식을 접한다. 『마을 의사』 발표.

1842년 《인간 희극》 출판 시작. 1846년에 총 16권, 1848년에 17권 추가함. 작가 사후인 1855년에 18권 완간. 소설 쓰기, 채무, 계획의 축적, 관능적 연애, 한스카 부인과의 편지 교환, 여행을 계속함. 아카데미 회원에 두 번 도전하나 실패. 《인간 희극》 서문 집필. 『두 신부新婦의 회고』, 『위르쉴 미루에』, 『알베르 사바뤼스』, 『속 여인 연구』, 『라 라부외즈』 발표.

1843년 여름에 상트페테르부르크를 방문해 2개월간 체류. 8년 만에 한스카 부인 상봉. 『알 수 없는 사건』, 『지방의 뮤즈』, 『잃어버린 환상』 제3부 「발명가의 고뇌」 발표.

1844년 파리에 머물며 집필에 몰두. 『모데스트 미뇽』, 『창녀들의 영광과 비참』, 『카트린 드 메디치에 대하여』, 『오노린』, 『떠돌이 왕자』, 『농민들』(미완의 작품으로 《인간 희극》에 편입), 『프티부르주아』(미완, 《인간 희극》에 편입) 발표.

1845년　한스카 부인과 프랑스, 독일, 네덜란드, 벨기에, 이탈리아 등을 여행함. 레지옹 도뇌르 훈장 받음.

1846년　한스카 부인과 이탈리아, 스위스 등지에서 생활. 샤를르 퓌른느Charles Furne에 의해 퓌른느 출판사에서 《인간 희극》 출판. 이 것이 이른바 퓌른느 판이다. 발자크는 죽는 날까지 이 판본으로 교정을 본다. 1852년에 완간된 이 교정본을 '수정 퓌른느 판'Furne corrigé이라 부른다. 임신한 한스카 부인이 사산을 한다. 『본의 아닌 코미디언들』, 『사업가』 발표.

1847년　2~5월, 한스카 부인이 비밀리에 파리 체류. 6월에 유서 작성. 한스카 부인의 저택이 있는 우크라이나로 출발. 『종매 베트』, 『종제 퐁스』, 『아르시의 의원』(미완, 《인간 희극》에 편입) 발표.

1848년　6개월간 우크라이나에 체류한 뒤 2월 파리로 떠나다. 2 월 혁명 후 국회의원 출마 시도. 다시 우크라이나로 떠나 4월까지 체류. 아카데미 프랑세즈 회원에 네 번째 도전하나 빅토르 위고의 적극적인 지지에도 불구하고 실패. 『현대사의 이면』 발표.

1849년　1년 동안 계속 한스카 부인 집에 체류. 건강 악화. 한스카 부인이 러시아 황제에게 발자크와의 결혼을 청원해 막대한 재산을 포기하는 조건으로 허락받다.

발자크는 테오필 고티에에게 자신의 일생일대의 야망은 《인간 희극》을 창조하는 것 못지않게 화려하게 귀족적인 결혼을 하는 것이라고 털어놓은 바 있다. 그 야망이 실현되었다.

1850년   3월 14일, 17년의 기나긴 구애 끝에 베르디체프에서 한 스카 부인과 결혼. 눈 녹는 계절에 함께 파리로 오다. 광인이 된 하인 이 황폐하게 만든 집에서 신혼 생활 시작. 시력 감퇴. 긴 여행으로 인한 건강 악화로 8월 18일 발자크 사망, 페르 라세즈 묘지에 안장. 빅토르 위고의 조사. 한스카 부인은 32년 뒤인 1882년에 사망.

"고대의 달리기 선수처럼 목표에 도달했을 때는 벌써 숨이 다하다니! 부와 죽음이 함께 문 앞에 당도하다니! 사랑이 다했을 때 사랑하는 여인을 얻다니! 행복해질 권리를 얻었을 때 더 이상 행복을 즐길 능력을 갖지 못하다니! …… 오! 얼마나 많은 사람들의 운명이 이러했던가!"

소설 『알베르 사바뤼스』 중에서

2장

—

현실을 바라보는 두 가지 시선

—플로베르와 졸라

1. 서론

스탕달, 발자크, 플로베르, 졸라 등 19세기에 등장한 이른바 '현대 작가들'은 소설이 단순한 이야기만이 아니라 시대와 사회, 다시 말해서 변화하는 역사의 산물임을 자각하는 동시에, 다른 한편 소설이라는 장르 자체에 대한 '반성적 태도'를 첨예하게 드러낸다. 이를테면 그들은 소설을 쓰는 동시에 "소설이란 무엇인가?"라는 질문을 스스로에게 던진다. 이리하여 소설은 단순한 이야기를 넘어 삶과 어떤 관계를 맺고 있는지에 대한 성찰을 그 구조와 스타일 속에 은연중에 반영하게 된다.

① 스탕달은 소설 장르에 대해 반성하면서, 그것이 곧 '부르주아 시대의 극'이요 사회를 비추는 '거울'임을 자각해 '정치' 소설을 썼다.

② 발자크는 인물의 재등장이라는 독특한 장치를 통해 《인간 희극》에서 호적부와 경쟁하며 당대 사회의 전모를 드러내는 방대한 벽화를 그리고자 한다. 그는 소설의 나폴레옹이 되려고 했다.

③ 플로베르는 '스타일'을 창조하기 위한 글쓰기의 고행에 삶을 바친다. 그가 보여주고자 하는 것은 한 권의 '무'에 관한 책이다. 그는

'시점'Point of view 문제에 천착하면서 상대주의 세계관을 드러내 보이고, 현실의 내면과 외면의 상관관계를 소설의 형식에 투영하고자 한다.

④ 졸라의 자연주의는 과학(생리학 – 유전)적 야심을 가지고 실험소설론을 수립하고자 하는 한편, 새로이 떠오르는 계급인 노동자의 누추한 삶에 확대경을 들이댄다.

⑤ 프루스트는 예술로 변한 삶, 진정한 삶을 찾아 글쓰기의 장거리 고행 길을 나선다. 그에게는 예술이 곧 삶의 참모습이었다.

⑥ 카뮈는 예술, 특히 문학은 인간에게 주어진 조건, 즉 유한한 삶의 조건에 반항하는 '수정된 창조'라고 생각한다. 그는 부조리 인식에서 출발해 반항과 절도와 사랑의 문학에 이르고자 한다.

2. 귀스타브 플로베르

(1) 『마담 보바리』에 대하여

① 1857년: 『마담 보바리』의 해

1857년은 소설 『마담 보바리』와 보들레르의 시집 『악의 꽃』이 발표된 해로, 프랑스 문학사에서는 가히 '현대'의 출발점이라고 해도 과언이 아니다. 이 두 작품은 또한 "공중도덕과 종교에 위배된다"는 혐의를 받고 차례로 제2제정帝政의 법정에 소환되었다. 역설적이게도 이 위대한 두 작품은 먼저 소송 사건을 통해서 대중의 이목을 끌었다. 그러나 그것은 당시 작품이 발표될 때의 한 삽화에 불과하다. 150여 년이 지난 오늘날에도 『마담 보바리』는 현대 소설의 비켜 갈 수 없는 교차로에 위치한 최대의 고전으로 인식되고 있다.

② 소설의 스토리

샤를르 보바리는 루앙 근처의 작은 마을 용빌에서 개업한 시골 의

사다. 그는 어머니의 뜻에 따라 자기보다 나이가 많고 돈푼이나 있어 보이는 과부와 결혼했다가 첫 부인이 죽자 엠마 루오라는 처녀와 재혼한다. 엠마는 농가의 딸로 루앙에 있는 기숙 학교에서 얼마간 교육을 받은 여자다. 교육 환경과 독서의 영향으로 결혼에 대한 지극히 낭만적인 공상이 머릿속에 가득 차 있던 이 여자는 막상 결혼을 하고 나자 남편이 매우 몰취미한 어리석은 인물임을 깨닫고 환멸을 느낀다. 현실 생활에 대한 권태를 이기지 못하게 된 그녀는 현실 저 너머의 꿈 같은 다른 삶을 갈구한다. 이런 사정을 눈치채지 못한 남편은 아내를 귀하게 받들고 사랑할 뿐이다. 따분한 남편과 권태로운 시골 생활 속에 갇힌 엠마는 차례로 다른 남자들의 정부가 된다. 그러자 생활은 무질서해지고 사치로 인해 가산은 탕진된다. 마침내 엄청난 빚을 지고 빚쟁이들에게 시달리는 한편 몸을 바쳤던 정부들에게 버림받은 엠마는 절망에 빠진 나머지 음독자살을 한다. 샤를르는 아내가 남기고 간 딸과 함께 최선을 다해 살아 보려고 애쓴다. 또한 이 가련한 남자는 아내가 남긴 빚을 갚고자 노력하나 역부족으로 파산 지경에 이르고, 남들에게 손가락질을 받는다. 결국 그 역시 절망한 나머지 아내 곁으로 돌아간다.

그토록 걸작으로 알려진 이 소설이 실은 너무나 평범한 시골 여자의 간통 이야기에 불과하다는 사실에 독자들은 놀랄지도 모른다. 과연 줄거리만을 두고 생각해 보면 너무나도 '평범한' 내용이다. 따라서 이 작품의 핵심 요소는 스토리가 아니라 방대한 창조의 드라마와 그 드라마 속에서 끊임없이 제기되는 질문, 즉 내용과 형식 또는 주제와 '스타일' 문제라고 해야 마땅하다.

소설의 주제는 잘못 결혼한 여자의 삶, 19세기 중엽 프랑스 시골 생활의 권태, 낭만적인 공상으로 형성된 인물의 성격, 그 성격적인 결함으로 인한 사랑의 실패와 공상이 부추긴 간통, 거기에 겹쳐진 경제적인 곤경 등으로 짜여 있다. 그러나 그 이상으로 중요한 것은 소설적 기법과 서술의 톤이다. 즉 객관적이고 정밀한 묘사, 그리고 신랄한 아이러니를 특징으로 하는 화자의 '시선'이 이 소설의 핵심이다.

③ 『마담 보바리』의 탄생 과정과 구성

이 유명한 소설은 그 탄생 과정이 역설적이다. 플로베르는 1849년 장편 소설 『성 앙투안의 유혹』의 첫 원고를 완성하고 나서 절친한 친구 막심 뒤 캉과 루이 부이에로부터 이 작품에 대한 소견을 듣고자 했다. 며칠에 걸친 낭독이 끝난 뒤 원고에 대한 친구들의 평가는 가혹했다. '원고를 불에 태우고 다시는 입 밖에도 내지 말라!'는 것이었다. 대신 그들은 이 절제되지 못한 허황된 이야기보다 더 구체적인 현실에 밀착된 평범하고 소시민적인 주제를 가지고 새로운 소설을 써 보라고 권했다. 즉 부이에는 그 시대를 떠들썩하게 했던 '들로네 사건'을 작품의 소재로 소개한 것이다. 이 충고를 받아들여 '1851년 9월 19일 밤', 자신의 기질이나 취향과는 거리가 먼 일종의 '벌과'罰課에 착수한 플로베르는 수년 동안 줄기차게 집필을 계속하면서 특유의 '스타일을 만들어 내는 단말마적 고통'을 겪은 끝에 1856년

4월 30일, 마침내 소설의 완성에 이르렀다.

　오늘날 플로베르의 고향인 루앙 시립도서관에 보관된 소설의 '시나리오'와 초고草稿는 4년이 넘는 세월에 걸친 각고의 과정을 웅변으로 증언하고 있다. 그뿐이 아니다. 그가 소설을 집필하는 동안 여러 사람과 교환한 방대한 양의 편지들 또한 이 소설의 탄생 과정을 소상하게 전해 준다. 특히 작가의 여자 친구 루이즈 콜레에게 보낸 수많은 편지들은 소설이 집필되는 과정과 고난을 일지처럼 증언한다. 가령 우리는 그의 편지를 통해서, 1854년 5월이 되기까지 소설은 아직 이폴리트의 안짱다리 수술 장면에 머물고 있다는 사실을 알 수 있다. 그러나 1854년 8월 루이즈 콜레와 사이가 멀어지면서 편지가 중단된다. 1855년 5월에는 로돌프와 엠마의 관계가 끝나는 제2부가 완성되고, 1855년 10월 원고는 엠마의 자살 직전까지 진척된다. 그리고 마침내 1856년 4월, 작가는 소설의 원고를 《르뷔 드 파리》지에 넘겨 연재를 시작한다. 그러니까 소설 집필에 무려 4년 반에 걸친 악전고투의 세월이 소요된 것이다. 『마담 보바리』는 글쓰기라는 고통의 상징이며, 플로베르는 이 지난한 작업을 통해 문학의 그리스도라는 별명을 얻었다. 20여 년 동안 단어와 투쟁하고 문장을 다듬어 가며 단말마의 고통을 감내해야 했던 작가는 붓을 손에 든 채 벼락을 맞은 듯 쓰러졌다. 글쓰기는 그의 십자가였다.

　오늘날 남아 있는 『마담 보바리』의 초고는 총 1788장에 달하며,

각각의 에피소드와 장면들을 미리부터 엄격하게 설정해 놓은 초안—작가는 이것을 '시나리오'라고 불렀다—은 42장, 그리고 최종적으로 완결된 소설의 원고는 모두 490장이다.

먼저 눈여겨보아야 할 것은 소설의 뼈대를 이루고 있는 소설의 '구조'다. 루앙에 있는 중학교로 전학 와 반 친구들에게 조롱당하는 시골 소년 샤를르의 우스꽝스러운 모습과 더불어 시작된 소설은 엠마가 자살한 뒤 아내의 옛 정부 로돌프를 만나 모멸감을 맛보고 난 샤를르의 죽음으로 마감된다. 소설은 전체 3부로 나누어져 있고, 각 부에는 인물들이 살아가는 삶의 단계들과 장소들이 할당되어 있다. 즉 제1부는 샤를르와 엠마의 어린 시절, 결혼, 그리고 토트에서의 생활, 제2부는 용빌에서의 생활, 제3부는 간통하기 위해 용빌과 루앙을 오가는 엠마의 이중생활과 그녀의 죽음으로 이루어져 있다. 또한 각 부에는 샤를르와 엠마 사이를 갈라놓는 한 가지씩의 에피소드가 배치되어 있다. 보비에사르 성관에서의 무도회, 노련한 바람둥이 로돌프, 그리고 레옹과의 간통이 바로 그것이다. 또한 샤를르와 엠마 부부를 갈라놓는 에피소드들은 이야기가 진전되어 감에 따라 점점 더 길게 묘사되고 서술되면서 부부 생활을 위협하는 위기의 심각성을 더욱 소상하게 노출시킨다. 이를 반증하듯 각 부에서마다 엠마는 신경증적인 발작을 일으킨다. 소설은 이렇게 엠마를 죽음으로 몰고 가는 타락의 과정을 점진적으로 그려 나간다. 이 과정의 서술 뒤에는 서로 쌍을 이루는 수다한 인물, 에피소드, 장소들 사이의 미묘한 대칭, 대조, 대비 관계가 소설의 구조적인 틀을 형성한다.

몇 가지 대표적인 예를 들어 보자. 샤를르는 두 번 결혼한다. "발이 얼음처럼 싸늘한" 첫 부인 엘로이즈가 죽자 그는 유난히 관능적인 엠마와 결혼한다. 엠마는 차례로 두 애인과 사귄다. 로돌프가 대담한 바람둥이인 데 반해 젊은 애인 레옹은 소심하고 수줍다. 엠마가 새로운 애인에게 몸을 맡기는 장소도 개방적인 공간과 밀폐된 공간으로 상호 대조적이다. 로돌프에게는 '숲'에서 몸을 허락하지만, 그녀가 레옹의 정부가 되는 곳은 도시의 거리를 달리는 마차 안과 루앙의 호텔 방이다. 그렇지만 경제적으로 궁지에 몰린 엠마의 애원에도 불구하고 돈 빌려 주기를 거절한다는 점에서, 그리고 자살한 엠마의 장례식 날에도 편안한 잠 속으로 빠져든다는 점에서 두 남자는 서로 다를 것이 없다. 한편 시골 마을 용빌에서는 결코 서로 떨어질 수 없는 앙숙인 두 인물이 등장해 '인간의 어리석음'이라는 소설의 주제를 부각시킨다. 소박한 과학적 신념과 신흥 계급의 이기심을 공허한 달변으로 대표하는 약사 오메와 앙시앵 레짐의 낡은 가치관을 대변하는 신부 부르니지엥이 그들이다. 그들은 끊임없는 의견 충돌과 말다툼에 빠져들지만 자살한 엠마의 시신 옆에서도 세상 모르고 잠들 수 있을 만큼, 방식만 달리할 뿐 서로 다를 바 없는 '어리석음'의 상징이다.

소설 속에 배치된 에피소드들의 상호 대칭도 눈여겨볼 만하다. 시골 의사 샤를르는 엠마의 아버지 루오 영감의 다친 다리를 치료해 주는 과정에서 엠마를 만나 청혼하지만, 결혼 후 이폴리트의 안짱다리 수술에 실패함으로써 엠마의 마지막 기대를 저버린다. 한편 보비에

사르 성관에서 만난 자작에 대한 엠마의 환상은 루앙의 극장에서 관람하는 오페라 속의 라가르디에 대한 환상과 짝을 이룬다.

④ 스타일

시골 아낙의 간통이라는 소설의 소부르주아적인 주제는 구체적인 작품으로 형상화하는 작가의 글쓰기 작업, 즉 '스타일' 창조에 비한다면 부차적인 것일지도 모른다. 플로베르에게 있어 "소설이란 무엇인가?"라는 매우 근본적인 질문은 곧 "스타일이란 무엇인가?", 그리고 "형식과 내용을 어떻게 일치시키는가?"라는 문제로 이어진다. 중요한 것은 실제 있는 그대로의 현실이 아니라 그 현실을 변모시키는 일종의 연금술, '스타일'이기 때문이다. 플로베르가 루이즈 콜레에게 보낸 편지에 쓴 다음과 같은 말은 현대 소설사 속에서 자주 인용되는 그의 소설적 이상을 말해 준다.

"내가 볼 때 아름답다고 여겨지는 것은 내가 실천에 옮겨 보고 싶은 바로 무無에 관한 한 권의 책, 외부 세계와의 접착점이 없는 한 권의 책이다. 마치 이 지구가 아무것에도 떠받쳐지지 않고도 공중에 떠 있듯이 오직 스타일의 내적인 힘만으로 저 혼자 지탱되는 한 권의 책, 거의 아무런 주제도 없는, 아니 적어도 주제가 거의 눈에 띄지 않는(그런 것이 가능하다면) 한 권의 책 말이다. 가장 아름다운 작품들은 최소한의 소재만으로 된 작품들이다. 표현이 생각에 가까워지면 가까워질수록 어휘는 더욱 생각에

밀착되어 자취를 감추고, 그리하여 더욱 아름다워지는 것이다."

'무에 관한 책'이란 수많은 격동적인 사건들, 갑작스런 사태의 전환, 놀라움 등 흔히 우리가 소설을 읽을 때 느끼는 '재미'의 초점이 글쓰기의 차원으로 이동되어, 사건이나 그 연쇄 같은 것은 거의 무시해도 좋을 정도의 부차적인 선으로 물러나 있는 책을 의미한다. '스타일'이란 '형태를 통해서 생각을 표현하는 방식'이다. "스타일은 그 자체만으로도 사물들을 바라보는 절대적인 방식이다"라고 작가는 말한다. 스타일은 단순히 어떤 내용을 보다 아름답게 또는 보다 정확하게 표현하는 수단이 아니라, 그 자체가 하나의 인식 방법이라는 뜻이다. 소설을 쓰는 기법 뒤에는 항상 소설가의 '형이상학'이 전제되어 있기 때문이다.

"형식이 결여되어 있으면 생각도 없는 법이다. 형식과 내용 중 하나를 탐구한다는 것은 곧 다른 하나를 탐구하는 것이다. 질료와 색채를 따로 떼어서 생각할 수 없듯이 그 두 가지는 서로 떼어서 생각할 수 없는 것이다. 그렇기 때문에 기법이 곧 진리다"라는 플로베르의 말은 내용과 형식의 일체성―體性을 의미한다. "우리의 언어는 윤곽이 분명하고 정확한 데 비해 우리의 생각은 모호하고 엉클어져 있으며 포착하기 어려운 것이고 보니 작품의 조형造形 그 자체가 점점 더 불가능해진다"고 플로베르는 토로한다. 그렇기 때문에 그는 이렇게 결론 맺는다. "문학에서 예술적으로 훌륭한 주제가 따로 있는 것은 아니다. 보잘것없는 시골 마을인 이브토를 그리든 유명한 대도시

콘스탄티노플을 그리든 결국은 마찬가지다." 작품은 스타일의 힘 그 자체에 의해 지탱되어야 한다는 것이 플로베르의 믿음이다. 그 힘은 생각과 혼연일체가 될 때 생겨나는 '내면적인 힘'이다. 사건, 즉 이야기보다 스타일이 더 중요하다는 것을 강조하는 의미에서 장 루세는 "플로베르야말로 현대 소설에 나타난 최초의 비구상파 非具象派 다"라고 말했다.

⑤ 시점視點과 작품의 구도

『마담 보바리』는 이율배반적인 에너지의 산물이다. '속은 뜨겁고 겉은 차가운' 플로베르의 스타일은 대리석처럼 매끄럽고 티 없는 표면과 내면의 풍부한 깊이를 결합시키고 있다. 비개인적이고 객관적인 표현의 완벽함은 섬세하고 깊이 있는 심리 분석을 그 속에 담고 있다. 전체적으로 단조롭다는 인상을 주는 이 소설은 한결같이 장면 묘사에 역점을 두고 있다. 소설은 전체적으로 여러 개의 장면을 이어 놓은 것 같은 인상을 준다. 각 장면 속에서 묘사는 바라보는 입장과 각도를 암시하므로 '시점'의 이동은 이 소설의 '스타일'을 이해하는 열쇠들 가운데 하나다. 이제부터 장 루세의 명쾌하고 예리한 해석에 기대어, 소설 속에서 시점이 어떻게 이동하면서 전체적인 서술 구조를 떠받치고 있는지 분석해 보기로 한다.

'우리'의 시선 속으로 등장하는 샤를르

• "우리가 자습실에서 공부를 하고 있으려니까 교장 선생님께서 어떤 평복 차림의 신입생과 큰 책상을 든 사환을 데리고 들어오셨다." 소설은 이렇게 시작한다. 다시 말해, 자습실에서 공부하고 있는 학생들인 '우리'의 시선 속으로 신입생 샤를르가 걸어 들어오면서 소설이 시작되는 것이다. 여기서 시선의 주체는 '우리'다.

• "3학년 말에…… 중학교를 그만두"면서 시선의 주체였던 '우리'는 샤를르를 독자에게 소개하는 시점의 역할로 만족한 채 소설에서 퇴장한다.

• 샤를르의 역할

이제부터 시선의 주체는 샤를르로 옮아왔다. 그의 주된 임무 가운데 하나는 자신의 시선 속에 들어온 엠마를 독자에게 소개하는 일이다. 단 '시선'의 주체일 뿐인 샤를르의 역할은 엠마의 내면적 심리를 들여다보는 것이 아니라 밖에서 관찰한 객체로서 엠마의 모습과 그녀가 살아온 과정을 드러내 보이는 것에 한정된다. 그러나 대상을 객관적으로 바라보는 시선에 불과한 샤를르지만 그 자신의 '내면'을 드러내는 예외의 경우도 없지는 않다. 가령 매우 드물지만 다음과 같은 대목에서 "저기는 얼마나 상쾌할까!" 하고 자신의 심경을 노출하는 순간이 그런 예에 속한다.

맑게 갠 여름날 저녁이면 (……) 그는 가끔 창문을 열고 팔꿈치를 괸 채 멍하니 있곤 했다. (……) 저쪽 발아래로 (……) 냇물이 흘러가고 있었다. (……) 맞은편 지붕들이 널려 있는 저 너머에는 맑은 하늘이 저물어 가는 붉은 해와 함께 펼쳐져 있었다. 저기는 얼마나 상쾌할까! 저 너도밤나무 아래는 얼마나 시원할까!

제1부 제1장

제1부 제2장에도 비슷한 순간이 있다. 즉 루오 영감(엠마의 아버지)의 농가로 왕진 가는 새벽, 시골 의사 샤를르가 "아직 따뜻한 잠의 여파 속에 꾸벅꾸벅 조는" 순간 독자는 다시 한 번 그의 '이중적 지각'을 엿보면서 샤를르는 잠시 내면적 주체로 승격한다.

• 그리고 마침내 농장에 도착한 샤를르의 시계視界 속으로 "세 폭의 밑자락 장식이 달린 푸른색 메리노 모직 옷차림의 한 젊은 여자"가 등장한다. 그녀가 바로 장차 그의 아내가 될 엠마 루오 양이다.

엠마의 등장

• 엠마 역시 처음에는 밖에서 관찰된 객체에 불과하다. 샤를르가 엠마라는 인물을 밖에서 비춰 주는 조명등 구실을 한다. 독자는 샤를르의 시선을 통해 엠마의 모습을 점진적으로 발전시켜 간다. 그런데 독자는 엠마의 내면 심리에 대해서 많은 부분을 알아차리지만, 샤를르 자신은 아내인 그녀의 내면을 끝내 이해하지 못한 채 죽음과 함

께 퇴장한다. 독자는 전지전능한 시선의 위력을 갖춘 작가의 안내를 받을 수 있지만, 샤를르는 엠마의 존재 밖으로 소외된 한낱 시선일 뿐이기 때문이다.

• 광원의 이동

제1부 제5장, 보바리 부부는 토트에 정착한다. 이제 시선의 광원光源은 샤를르에서 엠마에게로 옮겨 간다. 이때부터 독자에게 토트의 신혼집을 안내하는 것은 엠마의 시선이다. "엠마는 방으로 올라갔다. 첫 번째 방에는 아무 가구도 없었다." 이제 엠마가 시선의 객체에서 주체로 승격한 것이다.

이렇게 해서 최초로 등장한 ⓐ '우리'의 시선 속으로 샤를르가 걸어 들어오고, 다시 ⓑ 샤를르의 시선 속으로 엠마가 나타났다가 이번에는 ⓒ 엠마의 시선이 독자들에게 샤를르를 포함한 삶의 전모를 조명한다. 이 모든 시점의 이동은 지극히 점진적으로 은연중에 이루어진다. 시점의 역할을 맡는 인물들은 뒤로 갈수록 앞의 인물들로부터 바통을 이어받는 것과 동시에 앞의 인물보다 더 깊숙한 자신의 내면을 드러내 보인다. 최초로 등장한 '우리'는 내면 심리가 배제된 시선으로 제한되어 있다. 반면에 독자는 샤를르의 '내면'에 대해서 매우 은폐된 방식으로나마 '우리'에 대해서보다는 더 자세히 알 수 있다. 그에 비해 엠마는 단순히 객관적인 시선의 기능으로 그치는 것이 아니라 소설의 중심부로 떠오르면서 자신의 행동, 내면적인 권태, 혐오, 몽상, 욕망 등을 소상하게 노출한다. 소설은 이처럼 '밖으로부터 안

으로, 표면으로부터 심장부로, 무심한 관찰로부터 공감 어린 이해로'
점점 깊숙이 침투하는 구심적 시선의 동선을 따라 묘사, 서술된다.

시점의 교차

샤를르의 시선 속으로 들어온 엠마가 진정한 주인공으로 부상하
는 대목은 곧 샤를르의 시선이 엠마의 시선으로 교체되는 전환점이
기도 하다. 여기서 우리는 시각 기관인 '눈'과 '바라보다'라는 행위
가 정교하게 교차하면서 두 인물의 역할이 교체되는 과정을 눈여겨
볼 수 있다.

처음 며칠 동안 그녀는 집 안을 어떻게 바꿀 것인가에 대한 궁리로 마음
이 바빴다. (……) 그래서 샤를르는 행복했고 전혀 아무런 걱정이 없었
다. (……) 아침에 잠자리에서 그는 베개를 베고 나란히 누워 보닛의 장
식 끈에 반쯤 가린 그녀의 금빛 뺨 위에 솜털 사이로 햇살이 비쳐 드는 것
을 **바라보고** 있었다. 그렇게 가까이서 보니까 그녀의 **두 눈이 더 커 보였다**.
특히 잠에서 깨면서 몇 번씩이나 **눈**을 깜박일 때가 그랬다. 그늘진 부분
은 까맣고 햇빛을 받은 부분은 푸른색인 그 **눈**은 연속적으로 겹쳐진 여러
층의 색깔들로 이루어진 것 같았는데, 밑바탕은 짙은 색이고 에나멜처럼
반드러운 표면으로 올라올수록 색이 옅어졌다. **샤를르 자신의 눈은 그 깊은
심연 속으로 온통 빨려 들어서, 그는 머리에 쓴 수건과 앞가슴을 풀어헤친 셔츠의
윗부분과 더불어 양 어깨에까지 자신의 모습이 축소되어 그 속에 비친 것을 볼 수
있었다.** 그러면 그는 자리에서 일어났다. 그녀는 그가 떠나는 것을 **보려고**

창가에 나와 섰다. 그러고는 헐렁한 실내복 그대로 창턱에 놓인 두 개의 제라늄 화분 사이에 팔꿈치를 고이고 서 있었다. 샤를르는 길에 나와서 표지석 위에 발을 올려놓고 박차 끈을 조여 맸다. (……) 샤를르는 말에 올라 그녀에게 키스를 보냈다. 그녀는 손짓으로 거기에 답하고 나서 창문을 닫았고……. (※ 강조한 고딕체는 필자)

제1부 제5장

같은 문단에서 아내의 눈을 바라보는 '샤를르의 시선'이 엠마 눈의 '깊은 심연' 속으로 빨려 드는 순간(즉 흡수되는 순간) 그의 모습이 그 눈의 '심연' 속에서 '축소'되어 버렸고, 어느새 창가에서 남편을 바라보는 '엠마의 시선'으로 슬며시 교체되었다. 지금까지 시선의 주체였던 샤를르가 이제부터 엠마의 시선에 비치는 대상으로 밀려나 버린 것이다.

소설의 출구: 샤를르와 오메

• 샤를르

그렇다면 소설은 대단원에 가서 어떻게 종결되는지를 시점 차원에서 관찰해 보자. 소설의 입구와 반대로 출구는 시점이 내면에서 외곽으로 빠져나오는 식의 대칭적 배열을 노출시킨다. 엠마의 눈 속으로 빨려 들어가 객체화되었던 샤를르가 다시 주체가 되어 눈을 '뜨는' 것은 엠마가 자살한 뒤인 제3부 제9장이다. 즉 엠마에게 넘겨주었던 시점은 엠마가 눈을 감은 시신이 되어 누워 있을 때에야 비로소 샤를르에게로 되돌아간다(과연 제3부 제8장은 "그 여자는 더 이상 존재하지 않는다"라는 짧은 문장으로 끝난다).

"샤를르가 들어와 침대 쪽으로 다가가더니 천천히 커튼을 열었다.
엠마는 오른편 어깨 쪽으로 고개를 기울이고 있었다. 벌어져 있는 입 한 구석은 마치 얼굴 아래쪽으로 난 시커먼 구멍 같았다. 양쪽 엄지손가락은 손바닥 안으로 접혀 있었다. 흰 먼지 같은 것이 눈썹 여기저기 붙어 있었고, **두 눈**은 마치 거미가 그물을 친 것처럼 엷은 막 같은 끈적끈적하고 창백한 기운 속으로 꺼져 들어가기 시작했다. 그녀의 몸을 덮은 시트는 젖가슴에서 무릎까지 움푹 패어 들어갔다가 다시 거기에서 발가락 끝 쪽으로 쳐들려 있었다. 그래서 샤를르에게는 무한히 큰 덩어리들이, 가늠할 수 없는 무게가 그녀를 짓누르고 있는 것처럼 **느껴졌다**. (※ 강조한 고딕체는 필자)

제3부 제9장

이제 샤를르는 죽은 아내를 '바라보며 느끼는' 주체적 시선으로 되돌아가 소설 속으로 복귀한다. 샤를르는 엠마에게 마지막 고별 인사를 하기 위해 방 안으로 들어온다. 무려 200여 페이지가 지나가는 동안 완전히 뒷전으로 밀려난 채 다른 인물들, 특히 엠마의 존재에 가려져 있던 샤를르가 이처럼 능동적인 주체로 소생하는 것은 놀라운 일이 아닐 수 없다. 어느 날 창문 밖 저쪽으로 말을 타고 떠난 뒤 아내의 시체 앞에 다시 나타날 때까지, 오랜 시간 동안 샤를르는 과연 그의 존재보다는 부재不在로 인해 더욱 웅변적이었다.

  샤를르는 소설 전편에 걸쳐서 거의 눈에 보이지도 않으며, 중요한
일이 일어날 때는 항상 졸고 있거나 아예 잠을 자고 있다. 그렇던 샤
를르가 소설의 출구에 와서 갑작스레 잠을 깬 것이다. 그러나 이런
각성과 소생은 엠마의 시신을 비추는 눈부신 촛불처럼 마지막으로
반짝 타오르는 불꽃에 지나지 않는다. 그의 소생한 시선은 참담한
죽음과 처절한 진실만을 잠시 비추어 준 뒤 그를 죽음으로 인도한
다. "그야 운명 탓인걸요!" 이것이 그가 남긴 마지막 말이다.

  • 오메의 승리

  그러나 소설은 샤를르가 루앙의 중학교 교실로 입장해서 엠마를
소개해 준 뒤, 오랫동안 뒷전으로 물러나 있다가 다시 엠마를 무덤으
로 전송한 다음 자신도 죽어 현관문 밖으로 퇴장함으로써 끝나는 것
이 아니다. 샤를르가 죽고 난 뒤 소설의 마지막 반 페이지의 끝을 장
식하는 인물은 오메다. "그는 드디어 레지옹 도뇌르 훈장을 받았다."
이것이 소설의 마지막 문장이다.

  소설의 배열 방식이라는 면에서 보면 서두에 등장했다가 곧 사라
지는 '우리'와 대칭되는 지점에 놓인 인물은 샤를르가 아니라 약사
오메다. 그는 엠마의 죽음과 샤를르의 죽음을 딛고 최후까지 상승한
다. 그러나 소설 초입에서 샤를르를 소개하는 기계적인 시점 역할로
그치는 '우리'에 비해 오메는 소설을 마무리하는 끝에 가서 에필로
그 역할을 하기는 하지만 그 비중에서 훨씬 중요하다. 그는 과학과

진보주의를 부르짖는 수다스러움과 어리석음의 상징이지만, 철두철미한 계산속이 시계의 톱니바퀴처럼 조립되어 돌아가는 무서운 현대인이다. 플로베르는 바로 오메를 통해 해학적이고 풍자적인 시인이 되고자 했던 그의 꿈을 실현한 셈이다. 그는 오메를 통해 인간의 어리석음을 쓰디쓴 눈초리로 바라본다. 오메가 소설의 에필로그를 장식하는 것이다. 소설의 첫 줄에서 신입생 샤를르를 우스꽝스러운 모습으로 등장시킨 작가 플로베르는 결말에서 승승장구하는 약사의 모습을, 그러나 어리석고 가소롭고 우스꽝스럽게 그리면서 소설을 끝맺는다. 소설의 시작과 끝이야말로 작가가 가장 멀리서 멸시에 가득 찬 국외자의 눈으로 인간의 모습을 굽어볼 수 있는 전략적 지점이기 때문이다. 오메는 플로베르가 멸시해 마지않는 부르주아, 즉 '현대인', 다시 말해서 '우리' 모두의 모습이다. 플로베르의 시대에 상승일로를 걷던 부르주아, 자신의 이익과 권력으로도 부족해 마침내 레지옹 도뇌르 훈장이라는 명예까지 탐내고, 또 끝내 그것을 손에 넣는 부르주아 말이다. 아니, 오메는 부르주아라는 한 계층만이 아니라 작가 자신을 포함하는 인간 전체의 어리석음과 천박한 계산속과 그 비루한 이데올로기를 모두 대표한다. 플로베르는 소설의 시나리오 속에다 이미 "오메Homais는 호모Homo, 즉 인간Homme에서 온 이름이다"라고 적어 놓았다. 오메는 현대인, 즉 오늘의 모든 인간의 어리석은 초상이다.

⑥ 심리 소설의 논리: 보바리즘

그렇다면 소설의 주인공 엠마는 어떤 인물이며, 어떤 관점에서 묘사되고 있는가? 플로베르는 이 소설이 그의 "심리 과학의 집성이 될 것이며, 오직 그런 면에서 독창적인 가치를 지닐 것"이라고 말했다. 어느 면에서 보면 이 소설의 여주인공 엠마의 운명은 그녀의 성격 또는 기질에 의해 결정되고, 또 그 성격이나 기질 자체는 이 인물의 성장 과정과 주위 환경에 의해 형성된 것이라고 할 수 있다.

그런 의미에서 엠마의 성격 형성에 결정적인 영향을 미치는 시기인 수도원 시절의 분위기와 당시 엠마의 심리와 행동을 묘사하는 소설의 제1부 제6장은 매우 중요하다. 이른바 엠마 특유의 '보바리즘'이 그 진정한 모습을 갖추어 가는 대목이기 때문이다. 그녀의 세계관에 토대를 이루는 '보바리즘'이야말로 『마담 보바리』를 숙명의 소설, 실패와 환멸의 소설로 만들어 놓는 요인인 것이다. 현실과 자아의 모습을 실제와 다르게 보이도록 만드는 환상의 작용, 이것에 쥘 고티에는 '보바리즘'이란 이름을 붙였다. 그에 따르면 보바리즘이란 "스스로를 있는 그대로의 자신과 다르게 상상하는 능력"이다. 이런 성격을 가진 인물은 이상의 안경을 쓰고 현실을 바라봄으로써 현실의 모습을 변형시켜 버린다. 그는 일종의 상상력 비대증 환자다. 그 병은 현실을 이상의 모습으로 왜곡함으로써 현실의 참모습을 볼 수 없게 만든다. 상상에 의해 왜곡된 시선은 타자를 변형시키고, 결국은 자기 자신까지도 변형된 모습으로 인식하게 만든다. 이 병적인 '능력'은 눈앞의 현실에 대한 끊임없는 불만을 유발한다. 엠마에게 있어 불만의 대상이 되는 현실은 눈앞의 남편이며, 권태로운 시골이고, 그런 어리석음과 권태의 환경 속에 매몰된 자기 자신이다. 그래서 엠마는 '여기'의 현실이 아닌 '저쪽', 즉 먼 곳, 다른 곳을, 무도회가 열리는 성관을, 화려한 도시 파리를, 그리고 그런 다른 곳에 있는 자기 자신을 꿈꾼다. 그녀는 단순히 꿈만 꾸는 것이 아니다. 그녀는 능동적인 몽상가다. 그녀는 자신이 타고난 운명 이상의 존재라고 믿는다. 불가능한 것을 꿈꾸는 이 능동성이 그녀를 현실적인 불행으로 몰아간다.

수도원 시절 엠마의 꿈은 언제나 '다른 곳', '저 너머'의 세계에 있었다. 그녀가 읽는 낭만적인 소설들은 바로 그런 세계를 보여주었다. 엠마가 샤를르 보바리와 결혼하기로 한 것은 오로지 그가 저 '다른 곳'으로부터 온 남자였기 때문이다. 그녀의 보바리즘은 색유리와도 같아서 그 색유리를 통해 보이는 세상은 시간적·공간적 저 너머의 환상을 자아내고, 그 환상적인 세계에 대한 욕구를 충동한다. 작가는 엠마의 초상을 통해 세계와 타자, 나아가서 자기 자신의 모습까지도 왜곡·변형시키는 이 보바리즘과 19세기 초반을 물들였던 낭만주의를, 그리고 자신의 내부에 잔존하는 낭만주의적인 병을 유감없이 해부해 보여주는 동시에 가차 없이 비판했다. 모리스 바르데슈는 다음과 같이 지적한 바 있다.

그런 의미에서 『마담 보바리』는 영원한 표본이다. 우리들 모두가 엠마 보바리이기 때문이다. 보잘것없는 삶을 자신의 꿈으로 대치시킬 때, 자신에게 주어진 저 실망 가득한 모험들이 꿈에 의해 다른 모습을 띨 때, 그리하여 그런 모험들이 어딘가 어울리지 않는 어색한 꼴로 보일 때, 그녀가 현실에다 거짓 옷을 입혀 로돌프나 레옹이라는 인물로 분장시킬 때, (……) 엠마는 단순히 낭만적인 여주인공인 것만이 아니라 그의 시대를 초월하는 인물인 것이다. 물론 그 여자는 그의 시대 특유의 향수 냄새에 취해 있다. 그러나 엠마는 그런 것을 멸시하는 플로베르와 마찬가지 방식으로 저 싸구려 향수에 홀려 있는 것이다.

여기서 비로소 우리는 플로베르가 왜 "엠마 보바리는 바로 나 자신이다"라고 말할 수 있었는지를 이해할 수 있다. 플로베르에게 있어 『마담 보바리』는 낭만주의에 대한 일종의 해독제였던 것이다.

⑦ 나비, 쥐, 개양귀비꽃(자작, 레옹 1, 로돌프, 레옹 2)

다음은 엠마가 샤를르와 결혼하고 난 직후 강아지를 데리고 산책을 나갔을 때의 장면이다. 결혼에 환멸을 느끼면서 '아무런 목적도 없이' 떠도는 엠마의 '상념'을 비춰 보이는 '강아지'가 차례로 마주치는 대상들인 노랑나비, 들쥐, 개양귀비 등의 이미지는 장차 엠마가 그녀의 짧은 생애 동안 밟을 동선을 예고해 주는 매우 의미심장한 오브제들이라고 할 수 있다.

그녀의 상념은 처음에는 아무런 목적도 없이, 마치 그레이하운드 강아지가 들판에서 원을 그리며 뱅뱅 돌기도 하고, 노랑나비를 쫓아가며 짖어대기도 하고, 들쥐를 사냥하거나 혹은 보리밭 가의 개양귀비를 물어뜯기도 하듯이, 무작정 떠돌기만 했다. 이윽고 생각이 조금씩 한곳에 머물자 그녀는 잔디 위에 앉아 양산 끝으로 풀밭을 콕콕 찌르면서 마음속으로 되풀이했다.

"맙소사. 내가 어쩌자고 결혼을 했던가?"

제1부 제7장

• 전체 3부로 구성된 이 소설의 제1부는 엠마의 심리적 동기를 예비하는 단계라고 하겠는데, 이 제1부의 핵심은 엠마의 성장 과정을 설명하는 제6장과 결혼한 엠마가 초대받은 보비에사르 성관의 무도회를 그린 제8장이다. 앞의 인용문에서 "원을 그리며 뱅뱅 돌고" 있는 강아지의 행동은 엠마의 막연하게 방황하는 욕망을 암시한다고 볼 수 있다.

• 제2부는 현실에 만족하지 못한 채 꿈의 세계를 찾아 '방황하는' 엠마의 몽상이 현실 곳곳에서 구체적인 행동으로 나타나며 극적인 긴장감이 조성되는 대목이다. 여기서 처음으로 남편이 아닌 '다른 남자'의 모습으로 등장하는 인물이 젊은 서기 레옹 1이다(우리는 여기서 편의상 용빌에서의 레옹을 '레옹 1', 파리에서 공부하고 돌아와 루앙에서 일하는, 변모한 레옹을 '레옹 2'로 표시하기로 한다). 그러나 레옹 1은 일종의 '노랑나비'가

되어 '이곳', 즉 용빌이라는 시골의 답답한 현실로부터 벗어나 꿈의
세계인 파리로 날아가 버린다. 그러자 허전한 마음의 엠마 앞에 '이
곳' 현실 속을 누비고 다니는 '들쥐'의 모습으로 로돌프가 등장한다.

• 노련한 바람둥이 로돌프에게 버림받은 엠마 앞에 파리에서 돌
아온 레옹 2가 등장하면서 소설의 제3부가 시작된다. 이 새로운 모
습의 레옹과 벌이는 사랑이야말로 마지막으로 피어난 꽃, 저 핏빛으
로 붉게 피어났다가 건드리기만 하면 쉬 시들어 버리는 '개양귀비
꽃'과도 같은 것이다.

요약하자면, 엠마는 나비, 들쥐, 개양귀비꽃을 차례로 쫓아가는 강
아지처럼 무도회에서 본 자작과 레옹 1로부터 로돌프를 거쳐 레옹 2
로 점진적이고도 필연적인 모험의 경로를 거쳐 간다. 이 모든 변화
의 원인은 소설의 제1부에서 준비된 엠마의 성격, 즉 '보바리즘'으
로 요약할 수 있는 심리적 동력이다. 심리적 동기에서 꿈으로, 꿈에
서 현실적인 행동으로 옮겨 가는 이 과정을 지극히 점진적이고 논리
적으로 기술하는 작가의 기법이 낳은 결과가 바로, 샤를르의 마지막
말처럼 이 소설의 '숙명적' 특징이기도 하다.

⑧ 숙명의 소설과 돈의 숙명

타고난 환경과 거기서 형성된 성격만이 온전히 삶의 방향을 결정
하는 것은 아닐 수도 있다. 인간은 실존적인 결단에 의해 운명에 도

전하는 존재이기 때문이다.

그러나 엠마에게는 의지와 결단력이 결핍되어 있다. 그런 의미에서 볼 때 엠마는 숙명적이고 불행한 우연들에 의해 희생된 피해자일지도 모른다. 그 우연들은 다양한 모습으로 나타난다. 남자들의 유혹에 쉬 넘어가는 성격의 엠마일지라도 그녀의 관능과 꿈을 만족시켜 줄 이상적인 남편을 만날 수도 있었을 것이다. 그러나 그녀가 만난 남편은 하필이면 어리석고 무능한 샤를르였다. 또 비록 남편에게서 환멸을 맛보았다 할지라도 엠마는 자신이 낳은 자식에게 희망을 걸어 볼 수도 있었을 것이다. 그러나 막상 태어난 아이는 그녀가 바라던 남자아이가 아니라 자신과 다름없는 계집아이였다. 그리고 결혼과 가정생활과 아이에게서 만족을 얻지 못한다 해도 그녀는 가령, 종교에서 구원의 가능성을 찾을 수도 있었을 것이다. 그러나 그녀의 곁에서 찾아낼 수 있는 인물은 고작 관습과 타성에 젖은 부르니지엥 신부뿐이었다. 그렇다면 마음 붙일 수 있는 친구는? 그녀가 이 권태로운 마을 용빌에서 만날 수 있는 친구라곤 하필 오메 부인 같은 무미건조한 존재가 전부였다.

모든 가능성으로부터 배제당해 좌절한 엠마가 찾을 수 있는 마지막 출구는 '다른 남자'와의 낭만적인 사랑, 그리고 그 사랑을 뒷받침해 줄 수 있는 쾌락과 돈과 낭비뿐이다. 여기서 그녀의 마음을 사로잡는 진정한 '현대'의 유혹자가 바로 고리대금업자인 동시에 신상품을 보급하는 유통업자 뢰르다. 그는 이미 그 이름부터 상징적이다. '뢰르'Lheureux는 다름 아닌 '행복한 사람'이라는 의미다. 그의 '행복'은 돈이 지배하는 자본주의 사회의 도래를 웅변으로 말해 준다. 이 간통 소설에서 주인공 엠마가 자살하는 직접적인 동기는 사랑이 아니라 돈이다. 그녀를 파국과 자살로 몰아간 것은 그녀를 버린 애인들 못지않게 고리대금업자 뢰르라고 할 수 있다. 그래서 티보데는 이렇게 결론지었다. "레옹과 뢰르는 소설의 마지막 부에서 엠마가 동시에 태워 없애는 우스꽝스러운 두 토막의 양초다."

⑨ 남은 문제들: 『마담 보바리』의 사회성

작가 플로베르가 소설의 부제副題로 붙인 '풍속 연구'라는 말이 이미 암시하듯이 『마담 보바리』는 그 '스타일' 못지않게 사회·문화적 측면에서 해석될 근거를 충분히 제공하고 있다. 소설의 곳곳에서 끊임없이 졸거나 잠을 자고 있는 샤를르 보바리는 더 확대하면 '깊은 잠에 빠진' 제2제정기의 사회적 분위기를 상징한다고 볼 수도 있다. 여관·여인숙의 이름, 신문·잡지의 이름을 통해서, 농사 공진회의 저 우글거리는 군중과 우스꽝스러운 연설을 통해서, 각 인물들의 대화, 특히 오메의 판에 박힌 장광설과 어법을 통해서, 돈과 과학성과 진보적 이데올로기를 대변하며 상승일로를 걷는 오메와 뢰르의 인물적 전형성을 통해서 『마담 보바리』에서는 한 특정한 시대가 지닌 '사회성'의 목소리가 웅변적으로 들려온다.

(2) 『마담 보바리』의 서술 구조

"노르망디 지방의 결혼식, 농사 공진회, 일주일에 한 번씩 이웃 도시의 어느 호텔에서 벌어지는 간통, 반반하지만 보잘것없는 시골 여자의 싫증과 한숨과 열에 들뜬 인사불성 상태, 이런 것이 바로 플로베르가 다루어보겠다고 마음먹은 내용이었다." …… "플로베르는 여주인공의 생애에서 특징적인 대목들에 주목했다. 교육 과정, 결혼, 아이의 출산, 간통, 죽음의 고통 등이 그것이었다."

미셸 레몽

제1부

제1장: 신입생 샤를르(15~16세), 교실에 등장. 어린 시절(아버지, 어머니), 청소년 시절(교육 과정-신부, 루앙 중학교, 바칼로레아, 사랑, 카바레, 첫 실패에 이은 성공). 토트에서 의사 개업. 과부 뒤뷔크 부인(엘로이즈)과 첫 결혼.

제2장: 베르토 농가로 왕진. 루오 영감, 그의 딸 엠마와 시골 의사 샤를르의 첫 대면. 샤를르의 첫 부인 엘로이즈의 죽음.

제3장: 루오 영감의 위로. 샤를르가 엠마에게 청혼하다. 결혼 결정과 준비.

제4장: 결혼식. 결혼 행진(면사무소, 교회, 들판의 행렬). 만찬. 부부가 분가해 토트로 떠나다.

제5장: 토트에서의 신혼 생활. 집(아래층, 식당 겸 거실, 진찰실, 큰방). 마당.

2층(첫 방, 신혼부부 방). 헌 마차. 해시계. 연못. 결혼에 대한 엠마의 환멸. 샤를르의 기쁨.

제6장: 엠마의 성장과 성격 형성 과정 — 처녀 엠마의 수도원 기숙사 생활. 몽상적인 성격 형성. 소설 읽기. 엠마 어머니의 죽음. 수도원에서 집으로 돌아오다. 흥미 상실.

제7장: 몽상. 결혼 생활의 현실. 무미건조한 샤를르. 엠마는 피아노를 친다. 권태롭고 단조로운 생활. 시어머니와 엠마의 갈등. 연애에 대한 공상. "맙소사, 내가 어쩌자고 결혼을 했던가?"

제8장: 당데르빌리에 후작이 보비에사르 성관의 무도회에 초대하다. 무도회와 엠마의 부풀어 오르는 환상. 무도화, 남자와의 신체적 접촉. 귀가. 하녀 나스타샤와 충돌. 여송연 케이스.

제9장: 엠마의 몽상. 시골 생활의 권태(학교 교사, 순경, 이발사 등의 모습). 신경증 발작. 새 하녀가 들어오다. 우울증. 아버지 루오 영감의 방문. 용빌 라베이로 이사 결정. 엠마의 임신.

제2부

제1장: 용빌 라베이의 정경 묘사(공중인 집, 예배당, 공동 시장, 시청, 약방, 묘지). 그 마을에 사는 사람들. 보바리 부부 도착. 여인숙. 르 프랑수아 부인. 비네. 신부. 오메. 승합 마차 '제비'와 마부 이베르.

제2장: 여관 '리옹 도르'에서의 식사. 오메. 서기 레옹 뒤퓌. 저녁 식사. 엠마와 레옹의 대화가 무르익다. 엠마가 네 번째(수도원, 토트, 보비에사르, 용빌)로 낯선 장소에서 보내는 밤.

제3장: 딸 베르트의 출생. 엠마와 레옹 사이에 사랑이 깃든 우정이 싹튼다. 둘이서 유모 롤레 부인의 집으로 걸어갔다 오다. 돌아오는 길에 두 사람이 느끼는 연정.

제4장: 용빌에서의 일상생활 — 창밖을 내다보다. 오메의 방문. 레옹과 싹트는 사랑.

제5장: 사랑과 그에 따르는 고통을 발견하는 엠마와 레옹. 방직 공장 견학. 레옹에 대한 엠마의 공상. 장사꾼 뢰르가 구매를 충동하다. 속으로는 사랑, 겉으로는 경건. 엠마의 고통.

제6장: 창가의 엠마. 엠마와 사제의 어긋나는 대화. 보람 없는 사랑. 레옹이 파리로 떠나다.

제7장: 슬픈 하루. 레옹과의 추억. 낭비벽의 조짐. 피를 토하는 엠마. 인근에 사는 사내 로돌프 블랑제(33세)의 등장. 엠마에게 눈독을 들이다.

제8장: 농사 공진회 — 전체 풍경. 르 프랑수아 부인, 뢰르, 유지들의 도착. 로돌프와 엠마는 면사무소 2층에서 공진회 광경을 단둘이 내려다보며 사이가 가까워진다. 고문관의 개회사. 두 남녀가 서로 손을 잡는다. 연회, 불꽃놀이. 《루앙의 등불》에 실린 오메의 공진회 기사.

제9장: 승마. 말 타고 숲으로 간 로돌프가 엠마를 함락하다. 그들이 주고받는 편지. 이른 아침마다 로돌프의 집으로 달려가는 엠마. 로돌프의 경계심.

제10장: 엠마의 감정은 발전하지만 벌써 시들해진 로돌프 — 비네와의

조우. 진찰실에서의 밀회. 달라진 로돌프의 태도, 무관심. 루오 영감의 편지. 아기에 대한 엠마의 변덕스런 사랑. 엠마의 후회.

제11장: 오메와 엠마의 권유를 받고 샤를르가 이폴리트의 안짱다리 수술을 감행하다. 수술한 자리의 상처 재발. 엠마의 실망. 남편에게서 떠나 버린 마음.

제12장: 다시 사랑에 빠진 남녀. 엠마와 로돌프의 도망 계획. 쥐스탱과 하녀 펠리시테. 이폴리트의 의족. 뢰르가 외상으로 물건을 대 주면서 그에게 발목을 잡힌 엠마가 남편의 송금을 유용하다. 로돌프에게 선물. 시어머니와 엠마의 싸움. 도망에 대한 기대로 더욱 아름다워진 엠마. 두 남녀의 동상이몽. 뢰르에게 도망 준비품을 주문하는 엠마. 로돌프와의 마지막 밀회.

제13장: 편지를 남기고 혼자 떠나 버린 로돌프. 절망에 빠진 엠마.

제14장: 엠마의 회복기-빚에 쪼들리는 샤를르. 겨울에서 봄으로. 부르니지엥 신부의 방문. 엠마에 대한 쥐스탱의 호기심. 오메와 신부의 공허한 토론. 오메의 권유로 샤를르가 엠마를 데리고 루앙으로 가다. 크롸 루주 호텔. 도시의 촌뜨기 샤를르가 극장 입장권을 사다.

제15장: 샤를르와 엠마가 루앙의 극장에서 레옹과 재회-극장, 관객들. 오페라 '람메르무어의 루치아', 배우 라가르디의 연기를 관람하며 몽상에 잠기는 엠마. 샤를르와 레옹 마주침. 샤를

르가 엠마에게 루앙에서 하루 더 묵고 오라고 권유.

제3부

제1장: 파리에서 보낸 레옹의 생활. 호텔로 찾아간 레옹이 엠마의 목에 키스하다. 엠마와 레옹의 새로운 관계 시작. 엠마가 레옹에게 편지를 쓰다. 루앙 대성당에서 만난 남녀, 스위스인이 대성당 안내. 달리는 마차 안에서 일어난 일.

제2장: 벌써 떠나고 없는 용빌행 승합 마차. 아버지 보바리의 죽음 소식. 시어머니 도착. 뢰르가 방문해서 회유와 협박 끝에 물건을 더 팔고 위임장을 받아 가다. 레옹의 자문이 필요해 루앙으로 찾아가는 엠마.

제3장: 엠마, 루앙에서 사흘을 보내다 – '불로뉴 호텔', 밀폐된 공간에서 지낸 두 사람의 진짜 '밀월'. 애인들의 뱃놀이. 롤레 부인 집을 통한 편지 교환 약속.

제4장: 두 남녀의 편지 교환. 용빌을 방문한 레옹. 정원에서의 밀회. 물건 사들이기(커튼, 양탄자). 엠마가 루앙을 오가며 피아노 교습을 받기 시작 – 주 1회 루앙행의 구실. 습관이 된 간통.

제5장: 엠마의 '목요일' 루앙행. 뢰르에게 발각되다.

제6장: 실망. 가구를 차압한다는 통고를 받다 – 레옹에게 초대받은 오메가 루앙에 가다. 두 애인의 다툼. 뢰르가 고리대금업자의 본색을 드러냄. 서로에게 시들해지는 남녀. 가면무도회. 거리를 헤매는 엠마. 차압 통지. 뢰르에게 찾아가서 통사정하

는 엠마.

제7장: 차압. 동산 경매 공고. 돈을 꾸러 사방을 헤매는 엠마(레옹의 사무실, 귀로의 장님. 공증인 기요맹, 비네, 롤레 부인), 결국은 로돌프에게로.

제8장: 마지막으로 로돌프를 찾아가는 엠마. 거절당하고 돌아오는 길. 약사 오메의 가게에 들렀던 엠마의 음독. 당황한 샤를르. 죽어 가는 엠마. 창밖의 장님 목소리. 웃어 대다 숨을 거두는 엠마.

제9장: 시신 옆에서의 밤샘(샤를르의 고통, 오메와 부르니지엥 신부). 동네 사람들의 문상. 시신 삭발. 마시고 먹기. 관을 닫다. 아버지 루오 영감 도착. 기절.

제10장: 엠마의 장례식─루오 영감. 해가 뜨다. 성당의 장례식. 이폴리트, 쥐스탱, 장의 행렬. 하관, 귀가(샤를르, 루오 영감, 어머니 보바리). 아들과 어머니. 로돌프, 레옹, 쥐스탱, 무덤 파는 사람 레스티부두아.

제11장: 샤를르의 최후─죽음 뒤에 남는 것(어린 딸 베르트, 뢰르에게 진 채무, 피아노 교사, 빌린 책, 롤레, 하녀 펠리시테). 레옹이 결혼하다. 진실과의 대면(로돌프의 편지들, 레옹의 편지들을 발견한 샤를르). 로돌프를 만나는 샤를르. 벤치에 앉아서 죽은 샤를르. 오메의 승리(장님 거지 이기기, 저술, 훈장, 세 사람의 의사 몰아내기). 새로운 마차 '파보리트 뒤 코메르스'로 운송 사업을 시작하는 뢰르.

(3) 플로베르(Gustave Flaubert, 1821~1880) 연보

1821년   12월 12일, 루앙의 시립 병원에서 시립 병원 외과 과장인
아버지 아쉴 클레오파스 플로베르와 어머니 쥐스틴 카롤
린 플뢰리오 사이에서 출생. 큰형 아쉴은 당시 여덟 살.

1824년   누이동생 카롤린 출생.

1831년   처음으로 「코르네유에 대한 찬미」를 쓰다.

1832년   루앙의 왕립 중학교에 입학. 『돈키호테』에 관심을 보이다.

1834년   루이 부이에를 만나 절친한 친구가 되다. 학교의 필사본
문학 신문 《예술과 진보》 발행.

1836년   「향기를 맡다」, 「피렌체의 페스트」, 「분노와 무력함」 등
여러 편의 콩트를 쓰다. 북프랑스 바닷가 휴양 도시 트루
빌에서 그의 일생일대의 사랑이 될 여인 엘리자 푸코를 만
나 짝사랑하다. 당시 그 여인은 모리스 쉴레젱제의 동거
녀였으며, 곧 그의 아내가 된다. 작가는 이 여인을 『감정
교육』의 여주인공 모델로 삼는다.

1837년   『지옥의 꿈』, 『정열과 덕성』을 쓰다. 루앙의 문예 신문 《르
콜리브리》에 『박물학 강의』를 최초로 발표. 알프레드 르
푸아트뱅과 알게 되다.

1838년   최초의 자전적 이야기 『광인의 수기』 집필.

1839년   장차 『성 앙투안의 유혹』을 예고하는 작품 『스마르』를 쓰
다. 중학교 졸업. 집에서 바칼로레아 시험 준비.

1840년 바칼로레아 합격. 클로케 박사와 함께 피레네와 코르시카 지방 여행. 파리 정착. 12월, 법과대학 1차 시험 합격.

1842년 두 번째 자전적 이야기 『11월』을 완성하다. 군 복무 면제. 트루빌에서 제르튀드와 헤리엇 콜리어를 만나다. 프라디에, 쉴레젱제 집안과 교유하다.

1843년 막심 뒤 캉과 친구가 되다. 대학 2학년 두 번째 시험에 낙방. 첫 번째 버전의 『감정교육』 집필 시작. 파리–루앙 철도 개설. 노장에서 바캉스.

1844년 형 아쉴과 함께 도빌에서 퐁 레베크로 가는 도중 간질로 추정되는 신경 발작을 일으켜 몰던 마차에서 떨어짐. 학업 포기. 아버지가 드빌의 집을 팔고 크롸세에 있는 집 매입.

1845년 1월 7일, 첫 번째 버전의 『감정교육』 탈고(이 제1고는 작가가 사망한 지 30년이 지난 뒤에야 출판되었다). 가족들과 함께 누이 카롤린의 신혼여행에 동행.

1846년 아버지 사망. 뒤이어 누이 카롤린 사망. 누이가 남긴 조카 카롤린을 데리고 어머니와 함께 크롸세에 정착해 카롤린을 키운다. 파리 여행 중 당시 이름을 떨치던 시인 루이즈 콜레를 만나다. 정부가 된 그녀와 많은 서신 교환.

1847년 막심 뒤 캉과 함께 브르타뉴 여행. (『들로, 모래톱으로』를 쓰다.)

1848년 부이에, 뒤 캉과 함께 여러 날 동안 2월 혁명의 역사 현장을 직접 목격한다. 루이즈 콜레와 첫 절교. 절친한 친구 르

푸아트뱅 사망.『성 앙투안의 유혹』집필 시작.

1849년   『성 앙투안의 유혹』을 두 친구 부이에와 뒤 캉에게 32시간에 걸쳐 읽어 주다. 둘 다 부정적인 견해 피력. 뒤 캉과 함께 동방 여행길에 오르다. 여행 중『마담 보바리』착상.

1850년   이집트, 베이루트, 예루살렘, 콘스탄티노플, 그리스 여행.

1851년   그리스, 이탈리아를 거쳐 크롸세로 돌아오다. 9월 19일,『마담 보바리』집필 시작. 루이 나폴레옹의 쿠데타 목격.

1854년   루이즈 콜레와 결정적인 절교.

1856년   10~12월, 월간지《르뷔 드 파리》에『마담 보바리』연재. 잡지의 공동 편집장인 친구 뒤 캉이 원고의 일부 삭제.『성 앙투안의 유혹』에 다시 손대기 시작.

1857년   『마담 보바리』의 공중도덕 저해 및 종교 모독죄로 플로베르와《르뷔 드 파리》지 기소. 재판 결과 플로베르는 집행유예 선고받음. 미셸 레비가『마담 보바리』를 출판해서 대성공을 거둠. 소설『살람보』(원제『카르타고』) 집필 시작.

1858년   파리 사교계 출입. 생트뵈브, 고티에 등과 교유.『살람보』집필 준비를 위해 카르타고(튀니지) 탐방.

1859~1862년   『살람보』집필. 파리에 자주 체류. 1862년에『살람보』출판. 쉴레쟁제 부인이 독일의 정신병원에 입원.

1863년   마틸드 공작 부인과 교유. 투르게네프 만남. 부이에, 도스무아와 합작으로 동화극『마음의 성』집필.

1864~1869년   나폴레옹 대공, 공쿠르 형제, 조르주 상드와 교유.

1869년에 루이 부이에 사망, 『감정교육』을 미셸 레비 사에서 출간.

1870년 『감정교육』에 대한 혹평에 실망. 『성 앙투안의 유혹』의 세 번째 버전 집필 착수. 보불전쟁이 일어나 국민 방위군 중위로 임명되다. 11월, 프로이센 군대가 크롸세에 묵다.

1872년 어머니 사망. 『성 앙투안의 유혹』제3고(결정고) 탈고. 『부바르와 페퀴셰』준비에 착수.

1873년 모파상과 처음으로 친해지기 시작. 보드빌에서 극작품 『후보자』상연.

1874년 『성 앙투안의 유혹』출간.

1875년 조카 카롤린을 도와주기 위해 재산 정리, 거의 파산 상태. 사망하는 날까지 가난한 삶. 『구호성자 성 쥘리엥의 전설』집필 시작.

1876년 『구호성자 성 쥘리엥의 전설』을 탈고하고 『순박한 마음』 집필 시작. 『에로디아스』집필 시작. 루이즈 콜레 사망.

1877년 『세 가지 이야기』출간. 『부바르와 페퀴셰』에 열중.

1879년 투르게네프의 주선으로 마자린 도서관의 사서가 되고자 하나 쥘 페리 장관이 3000프랑짜리 하위직을 주다. 어렵게 연명. 『감정교육』을 샤르팡티에 사에서 출판.

1880년 부활절에 크롸세에서 졸라, 공쿠르, 도데, 모파상, 샤르방티에와 함께 모임을 갖다. 5월 8일, 파리 여행을 준비하던 중 뇌내출혈로 쓰러져 60세로 사망. 11일, 루앙 시의 공동

묘지에 묻히다. 12월 15일부터 『부바르와 페퀴셰』가 《라 누벨 르뷔》지에 연재되기 시작하다.

3. 에밀 졸라

(1) 졸라와 『목로주점』

① 『목로주점』을 쓰기까지 졸라의 삶(자수성가)

• 엑상프로방스: 아버지의 죽음과 세잔(1840~1858년)

아버지 프란체스코(프랑수아) 졸라는 베니스 출신의 토목 기사로, 1842년 식수용 운하와 댐 건설 공사를 맡게 되어 가족과 함께 남프랑스 엑상프로방스로 이사했다. 그러나 졸라가 일곱 살 때인 1847년에 병사하고 말았다. 편모 슬하에서 성장한 졸라는 엑스의 부르봉 중학교에서 미래의 화가 폴 세잔과 만나 오랜 우정을 쌓았다. 그러나 1886년에 발표한 졸라의 소설 『작품』의 내용과 관련해 두 친구는 결국 절교에 이르렀다.

• 파리: 방황의 시절(1858~1865년)

고등학교를 졸업한 졸라는 자연계 바칼로레아에서 국어(프랑스어) 성적 미달로 두 번이나 낙방하자 학업을 포기하고 파리로 올라가 항만 사무소에 취직함으로써 60프랑의 월급쟁이가 되었다. 그 뒤 1862년 아셰트 출판사에 입사해서 일하는 동안 테느, 리트레 등 저명인사들을 만나 반 교권주의와 실증주의의 강한 영향을 받았다. 한편 그는 자신도 작가가 되겠다고 결심했다. 그리하여 여러 신문에 문학 비평과 『니농에게 바치는 콩트』 같은 작품들을 기고하기 시작했다. 그는 아셰트 출판사의 광고부 책임자로 승진했으나 곧 글 쓰는 일에만 전념하고자 출판사에서 퇴직했다. 그리고 당시 널리 알려진 《레벤느망》, 《일뤼스트라시옹》 등의 신문에 문학과 정치에 관한 많은 글을 기고했다.

한편 그는 클로드 베르나르의 『실험의학서설』(1865년), 뤼카의 자연유전론, 테느의 환경결정론의 영향을 받아 과학적인 연구 방식을 작품 창작에 도입한다.

• 문학적인 성공을 향해(1866~1877년)

그는 1867년에 첫 번째 중요한 소설 『테레즈 라캥』을 발표하고, 이듬해인 1868년에는 마침내 방대한 《루공마카르 총서》를 기획하는 한편 공쿠르 형제, 플로베르, 알퐁스 도데, 투르게네프 등 저명 작가들과 가까운 친구가 된다. 무엇보다 1877년에 발표한 소설 『목로주점』의 성공은 작가로서의 명성을 널리 알리는 계기가 되었다. 한편 '메당의 야회'라는 이름의 모임을 통해 그의 주변에 모파상, 위스망스 같은 젊은 작가들이 모여들기 시작했다.

• **자연주의의 선구자**(1878~1885년)

1878년 『목로주점』의 상업적인 성공에 힘입은 졸라는 파리 교외에 있는 메당에 저택을 구입했다. 그는 소설 속에서 자기 시대의 인간과 사회 현상의 예리한 관찰자로서 그의 사회·예술·문학적 목표를 향해 몸을 던졌고, 공화주의적인 신념으로 인해 그가 발표하는 소설들은 여러 번 검열 당국과 충돌했다.

② 《루공마카르 총서》(1868~1893년)

'제2제정기에 있어서의 한 가족의 생리적·사회적 역사'Histoire naturelle et sociale d'une famille sous le Second Empire라고 하는 이 총서의 부제는 곧 그 연작 소설들이 유전(생리)과 환경(사회)이 인간들에게 끼친 영향과 밀접한 관련이 있음을 말해 준다.

1868년 겨울에서 1869년에 이르는 사이에 졸라는 '루공마카르' 총서에 대한 전체 계획을 세웠다. 첫째 권 『루공가의 재산』으로 시작된 이 총서는 1893년 『파스칼 박사』Le Docteur Pascal와 더불어 총 20권으로 완결되었다. 졸라는 생리학자이자 자연주의자로서 하나의 가계, 즉 '환경에 의해 변화를 겪는 한 종족'을 그리고자 했다. 이 총서와 관련해 라크루아 출판사에 제출한 계획서에 따르면, 졸라는 '단 하나의 가계를 통해서 생리와 환경의 문제'를 연구하는 한편 '제2제정기 전체'의 사회적 시대상을 송두리째 그려 보임으로써 지난 세기에는 아무것도 가진 것이 없었던 계층, 즉 서민이나 노동자가 사회의 상층부를 공략하는 모습을 드러내고자 했다. 아니, 한발 더 나아가 발자크가 루이 필리프 시대에 대해서 했던 것을 보다 조직적으로, 다시 말해 더 과학적으로 접근하겠다는 것이었다.

졸라는 1877년판 서문에서 이렇게 썼다. "이것은 진실의 작품, 거짓말을 하지 않는, 최초의 서민 냄새가 나는 서민에 대한 소설이다. …… 그들은 다만 무지했고 자신들이 발목 잡혀 있는 가난과 거친 노동이라는 환경 때문에 망쳐진 것뿐이다. 그러니 나와 내 작품들에 대해서 유포되고 있는 선입견투성이의 판단을 내리기 전에 먼저 내 소설을 읽고 이해하고 전체를 분명히 살펴볼 필요가 있다."

그 총서의 내용은 대략 다음과 같다. 아델라이드 푸크Adélaïde Fouque (1768~1873)는 《루공마카르 총서》의 '뿌리'를 이루는 인물이다. 전체 20권으로 이루어진 이 총서는 그녀의 남편 루공과 정부 마카르 사이에서 태어난 여러 자손이 전개해 가는 거대한 가계도arbre généalogique를 바탕으로 당대의 정치, 경제, 예술, 문화 등 제2제정기의 갖가지 사회상과 풍속을 그려 보인다. 따라서 이 총서는 루공 집안과 마카르 집안사람들의 이야기다. 작가는 여러 소설에 등장하는 작중 인물들을 통해서 '최초의 기관 질환의 결과로 한 집안에 나타나는 신경 및 혈액상의 여러 사고가 완만하면서도 연속적으로 일어나는 현상'을 제시하고자 한다. 졸라가 1878년에 간행한 「루공 마카르 가문의 족보」는 이 집안의 혈통을 이어받은 인물들 각자에게 나타나는 유전 법칙의 작용을 보다 분명하게 보여준다.

③『목로주점』L' Assommoir(1877년)

• 성공의 계기로서의『목로주점』

『목로주점』은《루공마카르 총서》의 일곱 번째 소설로『나나』,『제르미날』,『인간 야수』와 더불어 총서 중에서도 가장 큰 대중적인 성공을 거둔 4대 역작 가운데 하나다. 이 작품의 성공을 통해 졸라는 문단과 일반 대중으로부터 폭넓은 명성을 확보했고, '자연주의' 유파를 대표하는 작가인 동시에 이론가로서의 지위를 굳힌다. 1877년 4월 레스토랑 '트랍'에서 졸라가 당대의 젊은 작가들로부터 열광적인 환영을 받은 일과, 1880년 이 모임의 결과로 발표된 사화집『메당의 저녁』은 파리 문단에서 차지하는 그의 확고한 위치를 여실히 말해 준다.

발표하자마자 3만 5000부가 판매된 소설『목로주점』의 성공은 장차 그의 모든 발표작과 관련된 출판사와의 계약에 유리한 입지를 확보해 주는 동시에 작가에게 상당한 수입을 안겨 주어, 1878년에는 드디어 파리 근교 '메당'에 별장을 구입할 수 있게 된다.

• 창작과 출판 과정

원래 이 작품은《르 비엥 퓌블리크》지에 연재되었는데, 보수파와 공화파의 비판으로 6장 부분에서 연재를 중단하지 않으면 안 되었다. 그 뒤 결국 이 소설은《라 레퓌블리크 데 레트르》지로 자리를 바꾸어 연재를 계속했다. 그리고 마침내 1877년 1월, 연재 시에 삭제

되었던 부분을 포함해 책으로 출판했다. 신문에 연재될 당시 소설 「목로주점」에는 '파리 풍속 연구'라는 다분히 발자크풍의 부제가 붙어 있었다.

소설은 파리 외곽의 '구트 도르 거리'goutte d'Or라는 특정 공간과 1850년에서 1869년에 걸친 제2제정기라는 특정 시기를 배경으로 전개된다. 그리고 인물들이 속한 특정한 환경 또는 사회 계층은 노동자들의 세계에 한정되어 있지만, 사실 이들은 순수한 노동자라기보다 수공업자들이라고 해야 옳을 것이다. 이는 졸라 특유의 자연주의적인 의지가 반영된 것이라고 할 수 있다.

• 작품의 제목인 '아소무아르'Assommoir란 무엇을 의미하는가?

이 말은 흔히 하층민들이 드나드는 싸구려 '선술집' 또는 '목로주점'을 뜻한다. 그러나 동시에 몽둥이나 돌 같은 가축 도살용 도구를 가리키기도 하고, 드니 풀로의 저서 『숭고함』에 따르면 이 단어는 노동자들의 은어로 '독주 제조용 증류 장치'를 가리킨다고도 한다. 소설의 주인공이 알코올에 의해 파멸하는 것과 관련해서 생각해 볼 때, 이 단어가 갖는 다양한 의미는 소설이 다층적 상징성을 갖도록 하는 데 기여한다고 볼 수 있다.

• 소설의 구성

소설의 여주인공 제르베즈는 그녀 자신이 벌써 마카르 집안의 환경과 유전이 운명에 미치는 영향을 몸으로 증명해 보이는 존재다.

그녀의 할아버지와 아버지는 알코올 의존자였고, 그녀 자신은 취중에 수태되어 다리를 전다. 이 유전은 제르베즈의 자녀들에게도 대물림된다.

졸라는 이 소설을 총 21장으로 계획했다가 후에 13장으로 줄였다. '13'은 운명이나 불행의 상징이어서 그랬을지도 모른다. 전체 13장으로 구성된 소설에는 제르베즈의 생일잔치에 할당된 7장을 중심으로 앞뒤에 각각 여섯 개의 장이 배치되어 있다. 처음 여섯 개의 장에서 여주인공이 밟아 가는 삶이 상승 곡선을 그려 보인다면, 7장 이후의 여섯 개 장은 하강 곡선을 그리는 과정에 해당된다. 그러나 소설은 전체적으로 상승하는 행복의 과정보다는 비관적인 하강 곡선을 더 강조하고 있다. 그 서술 방식을 좀 더 자세히 살펴보면, 우리는 다음과 같은 순서의 배열을 주목할 수 있다.

1~4장: 제르베즈와 쿠포의 만남과 결혼. 노동을 통한 안정 과정.
4장: 쿠포의 추락 사고 – 불행의 예고.
5~8장: 세탁소 주인이 된 제르베즈 – 희망. 알코올 의존자로 변해
　　　가는 쿠포 – 그의 삶은 파멸로 치닫는다.
9~13장: 제르베즈의 전락과 자기혐오 – 몰락과 죽음.

• 여주인공 제르베즈: 한 여성 노동자의 일생
"제르베즈는 새벽 2시까지 랑티에를 기다렸다." 소설은 이렇게 시작Incipit된다. 다시 말해, 남프랑스의 가상 도시 플라상에서 오귀스트 랑티에Lantier라는 사내와 함께 파리로 올라온 여주인공 제르베

즈 마카르Gervaise Macquart가 단번에 소설의 처음과 시작의 주체임이 드러난다. 시작부터 그녀는 남자를 '기다린다'. 이 남자는 앞으로 그녀의 이런 바람과 희망을 여지없이 파괴하고 말 것이다. 그녀에게는 두 아이, 클로드와 에티엔이 있다. 봉퀴르 여관에서 아무리 기다려도 돌아오지 않던 랑티에는 다른 여자(아델Adèle)와 도망쳐 버렸다. 낯선 대도시에 아이들과 함께 버려진 제르베즈는 다리를 저는 장애자다. 마침내 그녀는 동네의 함석장이 쿠포Coupeau와 결혼한 뒤 4년 동안 세탁부로 열심히 일해 구트 도르 거리에 작은 집을 얻어 행복하고 안정된 생활을 꾸려 갈 수 있게 되었다. 그 사이에 딸 나나Nana가 태어났다. 그녀는 성실하게 저축해서 자신의 세탁소를 여는 것이 꿈이다. 그런데 어느 날, 지붕의 함석을 잇던 쿠포가 실족해 추락하면서 생활에 어두운 그림자가 드리워진다. 하지만 제르베즈는 대장장이 구제Goujet의 경제적인 도움을 받아 자신의 세탁소를 운영할 수 있게 되고, 가게는 번창한다. 그러나 사고로 일을 하지 못하게 된 남편 쿠포는 점점 더 나태해지고 술에 빠진다.

한편 랑티에와 함께 도망쳤던 아델의 언니 비르지니Virginie가 동네로 돌아와서 7년 전에 제르베즈를 버리고 떠났던 랑티에의 소식을 전하고, 뒤이어 랑티에가 모습을 나타낸다. 마침 그날은 제르베즈가 자신의 세탁소에서 마음먹고 생일잔치를 마련해 동네 사람들을 초대한 날이다. 그 잔치 마당으로 랑티에를 데리고 온 것은 다름 아닌 쿠포였다. 이제 쿠포와 랑티에는 함께 술에 취하며 게으른 생활을 이어 간다. 이리하여 제르베즈를 사이에 두고 남편 쿠포와 옛 애인인 동시에 두 아이의 아버지인 랑티에의 '3인조 생활'이 시작된다.

이제 제르베즈의 삶은 하향 곡선으로 접어든다. 그녀는 마침내 자신의 세탁소를 남에게 인계하지 않을 수 없는 처지가 되자 노동의 즐거움으로부터 소외된 채 술에 취하기 시작하면서 무기력한 상태로 빠져든다. 그런가 하면 딸 나나는 조화공이 되어 견습 생활을 시작하는 동시에 어린 나이에 벌써부터 매춘에 맛을 들인다. 쿠포는 알코올 의존증이 심해지면서 정신착란 증세를 보인 나머지 정신병원에 격리되어 광기를 연출하다가 결국 죽고 만다. 그리고 날로 파멸의 길로 접어든 제르베즈는 어느 날 계단 밑 방에서 아사한 채 발견된다.

소설이 시작될 때 랑티에에게서 버림받은 제르베즈의 소원, 즉 '이상'은 너무나도 소박한 것이었다.

"저는 말예요, 큰 걸 바라는 여자가 아니에요. 제가 바라는 것은, 착실하게 일하고 세 끼 거르지 않고 잠잘 수 있는 깨끗한 방에 침대 하나, 테이블 하나, 의자 두 개, 그렇게만 있으면 돼요. 그 이상은 필요하지 않아요. …… 그래, 참 아이들은 될 수 있는 대로 훌륭한 사람으로 만들고 싶어요. 또 한 가지 소원이 있는데……, 이번에는 살림을 차린다면 매를 맞지 않을 것, 정말 맞는 것은 싫어요. 그게 전부예요. 정말 그게 전부예요."

제2장

그러나 소설의 끝에 이르렀을 때 그 소박한 최소한의 소원도 만족
시키지 못한 채 그녀는 죽음을 맞이한다.

"문득 지난날 품었던 이상이 생각났던 것이다. 그것은 마음 편히 일하고,
날마다 빵을 먹으며, 조촐하고 깨끗한 잠자리('구멍'trou)를 얻고, 아이를
충실하게 기르고, 얻어맞는 일 없이 제 침대에서 죽는 것이었다. 아니, 정
말 우스운 얘기야. 완전히 거꾸로 되었잖아! 난 이제 일도 하지 않고, 먹
지도 못하고, 먼지 위에서 잔다. 게다가 딸은 매춘부 노릇을 하고, 남편은
사정없이 두들겨 패고, 이제 남은 것은 길거리에서 죽는 것뿐이다. 하기
야 방으로 돌아가 밖으로 몸을 던질 용기만 있다면 당장이라도 할 수는
있지."

제12장

④ 인물의 구성

• 이 소설의 인물과 역할 배치는 선악의 대결이라는 멜로드라마
  와 통속 소설 구도의 재활용이라는 것을 알 수 있다.

제르베즈라는 인물은 선과 악이 대결하는 일종의 무대 역할을 한
다. 그녀의 좌우에는 악의 상징인 모자공 랑티에와 선의 상징인 대
장장이 구제가 대칭적으로 배치되어 서로 대결하는 형국이다. 검은
머리의 남방계인 랑티에는 타자他者를 억압하거나 이용하며 배신을
서슴지 않는 인물이다. 반면에 금발의 북방계인 구제는 제르베즈에

게 사심 없는 사랑을 바치고자 하며 바르고 건강한 생활을 하는 인물로, 대가 없이 도움을 주는 중세 기사와도 같다.

한편 제르베즈의 남편인 쿠포는 선과 악의 중간에 위치한다. 그는 랑티에에게 버림받은 제르베즈에게 구애해서 그녀와 결혼했고, 처음에는 그녀를 아낌없이 사랑하며 성실하게 일했다. 그러나 사고로 지붕에서 추락한 다음부터 노동을 할 수 없게 되자 알코올에 빠져들어 타락의 길을 걷다가 마침내는 광인이 되어 죽는다. 제르베즈는 바로 이 같은 쿠포의 전철을 그대로 밟아 타락과 죽음에 이른다.

여주인공 제르베즈는 서로 대립되는 두 인물 랑티에와 구제, 그리고 그 중간에 위치한 남편 쿠포가 가진 다양한 성격들이 서로 모순을 보이는 투쟁의 장인 동시에 노력, 희망, 미래 설계라는 긍정적인 상승 곡선을 따라가다가 결국 심약함, 알코올의 유혹, 나태, 타락으로 전환하는 과정을 밟아 간다.

결국 소설은 악의 승리로 마감된다. '목로주점'이라는 작품 제목은 이 선악 대결 구도에서 이미 악의 승리를 예고하고 있었는지도 모른다.

그런가 하면 제르베즈를 에워싼 모든 여성 인물은 한결같이 그녀를 시기하고 공격하고 속이고 유혹하는 부정적인 면을 드러낸다. 세탁소에서 제르베즈와 난투극을 벌였던 비르지니는 푸아송의 아내가 되어 돌아옴으로써 두 사람은 친구가 된다. 그러나 제르베즈를 버리고 사라졌던 오귀스트 랑티에를 이 거리로 다시 데리고 온 것도 그녀고, 랑티에의 사주를 받아 제르베즈의 가게를 사들임으로써 선망을 받는 것도, 그리고 결국 랑티에의 정부가 되는 것도 그녀다. 한편 제르베즈의 유일한 친척인 로리외 부부는 그녀에게 노골적으로 적대적인 태도를 취하는 인물들이다.

• 이야기의 구조

『목로주점』의 이야기는 선과 악의 대결을 보여주는 다음과 같은 여섯 개의 중요한 멜로드라마로 구성되어 있다.

세탁장의 싸움(제1장): 랑티에를 사이에 둔 두 여자의 결투

– 제르베즈와 비르지니의 육탄전. 장소는 세탁장.
– 무기로 사용된 빨랫방망이.
– 몸싸움으로 인해 여자의 옷이 벗겨지고, 그것을 엿보는 남성의 시선은 에로틱한 효과를 자아낸다.
– 몸싸움은 제르베즈의 승리로 끝난다. 이것은 비르지니의 동생 아델이 랑티에와 함께 도망친 것에 대한 일종의 복수로, 남들 앞에서는 선이 악을 응징해 더러운 세상을 정화하는 기능으로 제시된다. 더러운 것을 깨끗하게 씻는 세탁장이 그렇고, 물세례와 관련된 빨랫방망이의 상징이 그렇다. 비르지니에 대한 제르베즈의 승리는 당연히 뒤에 이어질 비르지니의 설욕을 예상케 한다.

대장간에서의 결투(제6장): 구제의 승리

- 이 대결은 앞서 두 여자가 벌인 치정 관계의 싸움과는 달리 두 사내의 스포츠 정신에 입각한 '시합'이다. 이 시합은 중세 기사들의 정정당당한 결투를 연상시킨다.

- 이 장면은 자연주의자 졸라에게 수공업 노동자(대장장이)를 찬양하는 기회를 제공한다. 여기서 이 결투를 바라보는 제르베즈의 호기심 어린 시선을 통해서 작자는 노동자의 노련한 몸놀림과 그 몸짓의 우아함과 규칙성을 묘사하고, 그 묘사를 통해 노동하는 육체의 아름다움을 느끼게 만든다.

- 선의 상징(귀부인을 받드는 중세 기사) 구제가 노동을 통해 초인과 신의 이미지로 승격하는 기회다.

- 귀부인에게 승리의 트로피(볼트)를 바치는 궁정 기사의 모습이 상징적으로 그려진다.

- 결투 장소로 대장간을 선택함으로써 불의 세례에 의한 정화를 암시하는 동시에, 남성의 벗은 몸과 그 몸의 매혹에 끌린 여성의 시선에 담긴 에로티즘 또한 중요한 역할을 한다. 제르베즈는 이 장면을 바라보며 생각한다.

"이 남자들은 거기서 나에게 보내는 사랑을 단련하려 하는 것이다. 어느 편이 쇠를 잘 단련하느냐를 가지고 나를 쟁탈하려는 것이다."

그리고 이 대목에서는 작자가 직접 개입해 엠마가 느끼는 에로티즘을 육감적으로 설명한다.

"그것은 무엇인가 볼트의 쇠와 같이 단단한 것을 몸속에 못 박아 놓는 것 같은 느낌이었다. 해질 무렵에 여기 들어오기 전에 그녀는 질척거리는 길을 걸어오면서 걷잡을 수 없는 욕망을, 무엇인가 맛있는 것을 먹고 싶다는 욕망을 느꼈었다. 그런데 구제가 내리치는 망치가 먹을 것을 준 것처럼 그녀는 완전히 충족된 기분이었다. …… 그녀를 소유할 수 있는 쪽은 그 사람이다."

앞서 본 제1장 세탁장에서의 몸싸움을 통한 '물세례'에 이어 대장간의 이 에로틱한 장면에서는 일종의 '불세례'가 주어진 셈인데, 이는 제르베즈가 두 번째로 시련을 극복하고 본래의 나태함에서 벗어나 활력을 회복할 가능성을 암시하는 것이라고 볼 수 있다.

랑티에의 귀환(제7장): 설욕

그러나 예상을 뒤집고 제르베즈의 생일잔치라는 가장 행복한 순간에 과거의 배신자 랑티에가 돌아온다. 이것은 극적 효과를 노리는 멜로드라마의 전형적인 방식이다.

먼저, 생일잔치에 여러 손님이 초대된다. 모두들 먹음직한 거위 구이가 나오기를 기다리며 기대에 부풀어 있다. 마침내 제르베즈 자신과 구운 거위가 입장하고, 방 안에서는 감탄의 소리가 터져 나온다. 이 장면은 노동자 계층의 사회학적 풍속 묘사로 기능한다. 또한 이 장면은 가난한 사람들에게 먹을 것이 얼마나 중요한가를 말해 주는 동시에, 노동자의 비이성적이고 무절제한 동물적인 욕구가 노출되는 순간이기도 하다. 이 장면에서 제르베즈, 마망 쿠포, 조수 오귀스틴, 비르지니 등 여성이 노동자군의 주축을 이루고 있다는 사실 또한 눈여겨볼 만하다. 바로 이 장면에서 배신자요 악한인 랑티에가 끼어든다. 한구석으로 물러났던 악한의 귀환과 설욕이다.

납치 계획(제8장): 구제의 시도

제르베즈가 옛 애인 및 남편과 한집에서 살아가는 기이한 삼각관계의 1년, 그들은 동네 사람들에게 의심의 대상이 된다. 결국 어느 날 랑티에가 제르베즈에게 키스를 하려고 덤벼드는데, 구제가 우연히 이 장면을 목격한다. 이에 대해 제르베즈가 사정을 설명하기 위해서 구제를 '초록빛이 남아 있는 풀밭'으로 데리고 간다. "햇빛에 타서 누렇게 된 풀이 여기저기 깔려" 있는가 하면 "흰 구름"까지 떠 있는 이 희화적인 낭만의 환경을 배경으로, 두 사람은 빈터에서 마음을 정직하게 털어놓는다. 제르베즈의 결백한 참마음을 알게 된 구제는 그녀의 손을 잡고 같이 도망가자고 말한다. "그러자 그녀는 얼굴이 빨개졌다. 비록 그가 입을 맞추려고 끌어당겼다 해도 이렇게 부끄럽지는 않았을 것이다. 소설이나 상류 사회에서나 그러듯이 납치해 가겠다는 제안을 하다니, 그는 역시 좀 별난 사람이었다."

결국 제르베즈는 그 제안을 거절한다. 그런 일은 '소설', 즉 연재소설 류의 멜로드라마에서나 가능한 일이다. 구제의 순진한 납치 계

획은 좌절된다. 구제가 그런 어리석은 짓을 하게 버려 둘 수는 없다
는 그녀의 말에 구제도 고개를 끄덕인다. 다만 그는 그녀를 끌어당
겨 껴안고 목덜미에 키스를 한다. "좀 더 위를 쳐다보면 도시 위로
빛나는 맑은 창공이 펼쳐져 있고 북쪽으로는 흰 구름이 떠 가는 것이
보였다. 그러나 강한 빛에 눈이 부셔서 그들은 평평한 지평선에 닿
을락 말락 한 교외 저 멀리 흰 벽을 바라볼" 뿐이다. 물과 불에 이어
이것은 마지막 '빛'의 세례다.

랑티에와 비르지니의 설욕(제11장): 모든 것을 삼키는 거대한 '입'
　이것은 소설 초입에서 있었던 세탁장에서의 몸싸움과 소설의 전
환점(제7장)이 된 랑티에의 귀환이 한 점으로 집중, 연장되는 상징적
인 사건이다. 즉 랑티에-비르지니 조는 제르베즈를 배신함으로써
그녀를 몰락시킨 뒤 이번에는 그녀의 세탁소마저 차지하고, 제르베
즈는 그 가게 주인이 된 두 사람 앞에서 무릎을 꿇고 마루를 닦는다.
그 자세 자체가 제르베즈에게는 '전락의 밑바닥'이다. 왜냐하면 이
것은 '자존심이 완전히 죽었음'을 의미하기 때문이다. 랑티에와 비
르지니에게는 설욕의 장이지만, 동시에 주객전도의 장면이다. 이것
이야말로 이 소설을 관통하고 있는 어떤 숙명적인 힘의 발현이다.
　이때 랑티에는 남의 여자, 재산, 달콤한 것 등 모든 것을 삼키는 거
대한 '입'의 역할을 맡는다. "그는 세탁소 여주인을 집어먹는가 했더
니 이제는 식료품 가게 여주인을 뜯어먹고 있다. 설령 잡화 가게, 문
방구점, 부인 모자점 할 것 없이 마누라들이 줄을 지어 몰려오더라도

그는 그것을 한입에 삼킬 만한 큰 입을 가지고 있었다." 소설의 마지막 장에 이르러 제르베즈가 죽을 때 랑티에는 "내장"까지 파먹는 존재가 된다. "그리고 보슈 말을 들으니 이웃 음식점의 딸은 아마 그 음식점을 물려받아 내장 가게를 시작할 것이라는 이야기였다. 그 약아빠진 랑티에는 내장도 무척 좋아한다니까."

구제의 용서(제12장): 마지막 일격

어느 폭풍우 치는 밤, 절망의 극에 달한 제르베즈는 대로상에서 매춘을 시도한다. 그때 그녀에게 관심을 보이는 사람은 두 남자뿐이었다. 다름 아닌 브뤼 영감과 구제였다. 제르베즈는 탄식한다. "이렇게 해서 나는 결국 '황금의 입'La Gueule d'Or을 움켜쥐었다! 그러나 이렇게 마지막까지 괴로움을 당해야 하다니 도대체 나는 하나님에게 무슨 잘못을 저질렀단 말인가? 이것은 마지막 일격이나 다름없었다." 그 '황금의 입'이라는 별명을 가진 구제는 그녀를 뇌브 거리에 있는 자기 방으로 데리고 가서 먹을 것을 주며 용서의 신호로 그녀를 마지막으로 품에 안아 준다. "그는 제르베즈의 이마와 회색 머리칼에 입을 맞추었다." 제르베즈는 거리로 뛰쳐나갔다. 그리고 구트 도르 거리에서 초인종을 누르고 있었다.

여기서 우리는 제르베즈를 에워싼 세 남성이 맡고 있는 역할을 비교 분석해 볼 수 있다.

ⓐ 랑티에: 제르베즈의 운명과 밀접하게 관련되면서 그녀의 행동을 지배한다. 그는 소설에서 행동의 동력으로서의 역동적인 역할을

맡는다. 그는 떠나고 돌아온다. 그는 제르베즈를 비르지니로 대체한다.

ⓑ 구제: 약간 위축된 모습으로 물러나 있다는 인상을 주는 인물이다. 따라서 그의 개입은 실패로 끝나기 쉽고 능동적이기보다는 수동적이다. 구제는 여주인공 제르베즈의 동경과 열망이 투사되어 형상화된 '이상적인 역할'이다.

이 두 인물의 관계는 소설에서 악이 승리한다는 전체 구도를 예고한다고 볼 수 있다.

ⓒ 쿠포: 랑티에와 구제, 두 인물의 중간에 위치하면서 선과 악의 양면을 동시에 보여준다.

세 남자(랑티에, 쿠포, 구제)는 어느 면에서 여주인공 제르베즈의 성격이 분열되어 나타난 세 가지 얼굴이라고도 할 수 있다. 이 세 인물의 상관관계는 장차 제르베즈에게서 태어난 세 자매(클로드, 에티엔, 나나)로 다시 분열, 반복된다.

• 두 종류의 외곽 그룹: 여주인공 제르베즈의 심리적인 분화로 표현된 인물들

첫째 그룹: 거대한 건물 '구트 도르'의 '7층 B계단'에 거처하는 세 이웃

이들은 제르베즈의 삶에 직접 개입하지 않은 채 일종의 배경 또는 무대 장치로 기능하면서 여주인공이 자신을 돌아보며 반성하는 계

기가 된다. 이들은 제르베즈의 운명에 대한 일종의 주석과 해석이라는 데 그 의미가 있다.

ⓐ 브뤼 영감: 이 인물은 비참한 삶의 딱한 종말 그 자체다. 그는 제르베즈의 보호를 받는 노숙자인 동시에 제르베즈의 최후를 예고하는 거울이다. 그가 제르베즈에게 자신의 골방을 물려준다는 사실 자체가 벌써 그녀의 운명을 예고하는 의미를 갖는다. 그는 생일잔치에 초대된 손님의 숫자를 불길한 13인에서 14인으로 추가해 바꾸어 놓는 기능을 맡고, 마지막 순간에 매춘을 시도하는 제르베즈에게 구제와 함께 응답 신호를 보내는 인물이다.

ⓑ 바주즈: 직업이 장의사로, 사람들을 땅에 묻어 주는 일을 한다는 점에서 죽음의 상징 그 자체다. 제르베즈는 그에 대해서 혐오감과 동시에 매혹을 느낀다. 그녀의 방과 바주즈의 방은 얇은 칸막이가 가로막고 있을 뿐이다. 그들은 둘 다 죽음의 지근거리에 위치한다. 그 역시 술주정꾼으로 브뤼 영감처럼 소설의 마지막을 장식하며 제르베즈를 관 속에 담아 준다.

ⓒ 랄리 비자르: 고통, 순교, 학대, 고문당하는 어린이의 상징이다. 그녀를 고문하는 사람은 바로 그 아이의 아버지로, 술만 마시면 딸의 고문자로 돌변한다. 랄리는 동생들에게 어머니 노릇을 하지만 결국 아버지에게 맞아 죽는다. 소설에서 세 번(제6·10·12장) 소개되는 비자르의 드라마는 여주인공 제르베즈의 내면 심리극이 전개되는 무대와도 같다. 그 무대에서 때로는 폭력, 고통, 구원의 장면이, 때로는 순수한 사랑과 용서의 장면이 연출된다.

둘째 그룹: 세 쌍의 부부

왜소하고 조잡하고 치사하고 질투와 험담으로 얼룩진 세 쌍의 부부는 쿠포 부부의 파멸을 가속화시키는 증인들이다. 그러면서 동시에 제르베즈가 속내를 털어놓는 상대라는 점에서 그녀의 내면을 비춰 보인다. 이들은 이 가난뱅이 동네의 '여론'으로 기능한다. 다름 아닌 집단의 목소리 그 자체다. 그들은 소설 전체를 지배하는 소문과 험담의 진원이다.

ⓐ 문지기 보슈 부부: 제1장에서 여주인공은 이들 부부에게 자신의 사정을 하소연함으로써 과거를 독자들에게 소개한다.

ⓑ 로리외 부부

ⓒ 푸아송 부부: 제6장에서 비르지니는 제르베즈로 하여금 자신의 속마음을 털어놓게 만든다. 결과적으로 푸아송 부부는 여주인공의 행동을 반복하게 된다. 그들은 차례로 여주인공의 옛집에 들어가 살고 그녀의 가게와 그 집의 하숙생, 즉 랑티에를 빼앗는다. 그러나 이들 역시 방심하다가 결국은 비르지니처럼 빼앗기는 신세가 되고 만다. 비르지니는 자신도 모르게 적을 모방하는 역할을 맡는다.

• 제르베즈의 삶과 공간의 변화

여주인공의 소원인 '좀 깨끗한 잠자리'로서의 '구멍': 제르베즈의 소박한 소원 가운데 일자리, 빵, 애 키우기, 얻어맞지 않고 지내기 등과 함께 변함없이 제시되는 것 중 하나가 이 '구멍'이다. 자기만의 것으로 확보할 수 있는 최소한의 내밀한 삶의 공간인 구멍, 둥지 또는 개집niche이 그것이다. 사실 『목로주점』은 제르베즈가 차례로 옮아 다니는 집과 가게와 골방과 구멍의 역사라고도 할 수 있다. 그녀가 차례로 거쳐 가는 다음과 같은 집과 방들은 여주인공 제르베즈의 삶의 부침浮沈을 가장 웅변적으로 표현해 주는 거주 공간들이다.

- 봉쾨르 여관의 한심한 방
- 뇌브가의 아담한 아파트
- 큰 건물 안의 푸른색 가게: 세탁소
- 7층의 좁은 방 두 개
- 브뤼 영감의 개집

소설의 무대가 된 공간은 파리, 그중에서도 변두리 가난뱅이들이 사는 '구트 도르' 동네다. 그 동네에서도 도살장과 병원이라는 양쪽 울타리 사이에 벗어날 길 없이 끼어 있는 한정된 공간이 바로 제르베즈와 그 이웃들이 몸담고 살아가는 곳이다. 그런데 앞에서 보았듯이 제르베즈 개인에게 할당된 공간은 점점 더 축소되어 마침내 가장 미미한 개집niche이나 바주즈 영감의 '구멍'으로 제한되고 만다.

이들 여러 공간 중에서도 가장 중요한 상징적인 공간은 세탁소, 즉 '푸른색 가게'다.

⑤ **결론: 사회 현실에 대한 고발과 신화적 호소력이라는 소설의 양면**

"파리 변두리의 비참한 '구트 도르' 거리, 온통 죽음만이 그 무서운 위력을 발휘하는 도살장과 병원 사이에 낀 그 상징적이고 신화적인 세계 속에 갇힌 노동자 제르베즈는 헤어날 길이 없는 연쇄적 악순환의 고리 속에 걸려든 것 같은 신세다. 그녀의 핏속을 흐르는 유전의 힘은 그녀를 비열함과 나태와 경박함으로 밀어붙이고 인간을 짐승으로 만드는 가난 속으로 몰아넣는다. 이런 환경 속에서 인간은 점점 악독해질 뿐만 아니라 남을 시기하고 질투에 사로잡힌다. 비참한 노동자들을 유혹해 금방이라도 집어삼킬 듯한 괴물들이 그들을 노린다. 바로 콜롱브 영감의 증류기와 거대한 노동자들의 집이 그것이다. 이 괴물들의 주변은 온통 더러운 때와 습기와 수증기와 진흙탕의 세계다. 인간들이 아무리 훌륭한 자질을 갖추었다 해도 이 모든 괴물들의 악의에 찬 힘을 감당할 수가 없다."

- '증류기'와 목로주점
  - 소설 전체를 짓누르는 '괴물', 즉 운명의 힘은 바로 '유전'이다.
  - 소설에서 집요하게 반복 출현하는 증류기, 즉 알코올 제조기는 『제르미날』의 광산, 『부인들의 행복 백화점』의 백화점과 더불어 졸라 특유의 강박적 신화로 작용한다.
  - 이 신화의 힘에 의해 소설은 현실 묘사(자연주의 미학)에서 상징적·환상적 비전으로 확장되고 상승한다. 이 불가사의한 기계는 그 기능 묘사의 차원에서 으스스한 '괴물'의 차원으로 승격한다. 지하 세계나 어둠과 관련되어 있고, 물인 동시에 불인 이 알코올의 이미지는 언제라도 불쑥 나타나 제르베즈를 삼켜 버릴 수도 있는 유전적 과거를 환기시킨다. 한 걸음 더 나아가 그 물과 불

의 이미지가 지닌 파괴력은 가족에서 동네로, 동네에서 도시와 세계 전체로 확산되는 위험을 지닌다. 이 증류기는 소설의 제2장, 쿠포가 제르베즈를 데리고 들어간 주점에서 처음으로 등장한다. 이어서 화자는 이 괴물의 신화적인 모습을 점점 더 강력하게 부각시킨다.

"이 주점의 명물은…… 증류기였다. 목이 긴 증류기나 지하에 묻혀 있는 나선관은 마치 악마의 부엌이라고 할 만한 형상을 하고 있는데, 술 취한 노동자들이 이 앞에 와서는 멍하니 몽상을 하는 곳이다."

"이 커다란 구리 뱃속에는 목을 축일 것이 일주일분이나 차 있단 말야. …… 증류기는 불꽃 하나 티 하나 보이지 않으면서 다만 묵묵히 움직여 알코올의 땀을 완만하고 집요한 샘물처럼 뿜어내고 있었다. 이 알코올의 땀은 이 방을 적신 다음 넘쳐흘러 밖의 한길로 퍼져 나가 파리라는 거대한 굴 전체를 가득히 채워 나가는 것이었다."

"주정뱅이 제조기는 좁은 안마당의 유리 상자 속에서 지옥의 부엌인 양 지면을 바닥부터 뒤흔들며 움직이고 있었다……. 안쪽 벽에 비치는 기계 그림자는 꼬리가 붙어 있는 이상한 모습과 사람을 삼켜 버릴 듯이 입을 벌린 괴물들 같았다."

"이 큰 가마솥 같은 기계는 살찐 철물점 마누라의 배처럼 둥그랬는데, 코를 내밀었다 휘었다 하며 그녀의 어깻죽지에 욕망과 공포가 뒤섞인 전율을 불어넣었다. 그렇다, 그것은 체내의 불을 한 방울씩 떨어뜨리고 있는 마녀나 또는 몸집이 큰 매춘부의 금속으로 된 창자와 같았다. 대단한 독의 원천이었다."

"술을 많이 마신 제르베즈─모든 것이 몽롱해졌다. 기계가 움직이는 것처럼 보이고, 그 구리 손이 자기를 움켜잡으려 하고 있는 듯한 기분도 들었다. 그리고 왠지 벌써 술이 온몸 속에 강물처럼 흐르고 있는 듯한 느낌이었다."

• 관 또는 묘지로 기능하는 노동자들의 거대한 집 '구트 도르'

소설의 제12장에는 제르베즈가 발견해 나가는 공간으로서 다음과 같은 '구트 도르'의 묘사와 해석이 제시된다. 이 공간은 단순한 거주 공간을 넘어 죽음의 상징으로서 주인공을 압도한다.

"그녀는 구트 도르 거리에서 초인종을 누르고 있었다. 보슈가 문을 열어주었다. 아파트는 캄캄했다. 그녀는 관 속에 발을 들여놓는 기분으로 안으로 들어갔다. 여기저기 파손된 덩그런 현관이 크게 입을 벌리고 있는 것처럼 보였다. 옛날에 어쩌면 이런 병영의 잔해 같은 건물 한구석에 살고 싶어 했을까! 나는 귀머거리였던 거야. 벽 저편에서 신음 소리를 내고 있는 그 불쾌한 절망의 음악이 어째서 그 무렵엔 들리지 않았을까! 여기에 발을 들여놓은 그날부터 내 몰락은 시작된 거야. 그래, 노동자들이 사는 이런 어처구니없는 초라한 집에서 차곡차곡 포개어져 생활한다는 것은 불행의 원인이었어. 이런 곳에 있으면 누구나 가난이라는 콜레라에 걸려 버린다. 오늘 밤에는 아파트가 죽은 듯이 고요했다. 다만 오른쪽에서 부슈 부부의 코 고는 소리가 들릴 뿐이었다. 왼쪽에서는 랑티에와 비르지니가 마치 눈을 감고도 자지 않고 훈훈하게 몸을 녹이고 있는 고양이처럼 목을 골골거리며 희롱하고 있었다. 안마당으로 나가 보니 정말로 묘지에 와 있는 기분이 들었다."

(2) 『목로주점』의 스토리

제1장: 버림받은 제르베즈

1850년 5월. 제르베즈는 남프랑스 플라상에서 이제 막 파리에 함께 도착해 겨우 2주일을 지낸, 두 아이의 아버지 오귀스트 랑티에(26세의 모자공)를 봉쾨르 여관방에서 밤새도록 기다렸다. 창밖으로는 오른쪽의 도살장, 왼쪽의 신축 중인 병원, 저 멀리로 시문市門을 통해 파리 시내로 출근하는 노동자의 물결이 보인다. 구트 도르 노동자 거리의 생활상 묘사. 드디어 랑티에가 돌아오고 부부 싸움이 벌어진다. 남자가 제르베즈에게 헌 옷가지를 전당포에 가지고 가서 돈을 마련해 오라고 시키고 잠이 든다. 제르베즈는 빨래터로 가서 빨래를 하며 이웃 건물의 문지기인 보슈 부인에게 자신의 사정을 하소연한다. 두 아이 클로드와 에티엔이 와서 아버지가 집을 나가 버렸다고 알린다. 랑티에가 아델과 도망을 쳤다는 것이다. 그런데 아델의 언니인 비르지니가 빨래터에서 다른 여자들에게 에워싸여 제르베즈를 힐끔거리며 험담한다. 두 여인 사이에 벌어지는 떠들썩한 욕설과 육탄전은 제르베즈가 비르지니의 엉덩이를 빨랫방망이로 두들겨 패는 것으로 끝난다. 제르베즈는 돈도 옷가지도, 몸담을 방 한 칸도 없이 아이 둘과 함께 낯선 파리의 텅 빈 여관방에 버려진 것이다. 그녀는 자신의 일생이 '도살장과 병원 사이에서 붙잡혀 버린' 듯한 예감에 몸을 떤다.

제2장: 제르베즈와 쿠포의 순애보

3주일 뒤. 제르베즈는 2주 전부터 포코니에 부인의 세탁소에서 세탁공으로 일한다. 부지런하고 씩씩하고 잘생긴 세탁소 여공 제르베즈에게 함석장이 쿠포가 콜롱브 영감의 목로주점에 가서 한잔하자고 억지로 권한다. 11시 30분, 처음 보는 증류기가 주는 두려운 인상. 점심시간이 되자 노동자들이 카페로 들어온다. 쿠포가 제르베즈에게 구애하지만 그녀는 랑티에와의 관계, 그리고 두 아이를 키워야 한다는 이유를 들어 거절한다. 두 사람은 자신들의 가족 관계, 술에 절었던 부모 등 과거 이야기를 나누며 가까워진다. 제르베즈는 일하고 먹고 몸담을 방 한 칸을 지니고 아이들을 키우며 자신의 침대에서 죽고 싶다는 소망을 털어놓는다. 그렇지만 그녀는 심리적으로 약한 자신의 단점을 말한다. 세 번이나 반복해서 강조하는 이런 약점은 장차 그녀가 몰락하는 원인 가운데 하나가 될 것이다. 6월 말, 쿠포는 결국 제르베즈에게 청혼하고 둘은 합의한다. 제르베즈는 쿠포와 함께 구트 도르 거리에 300가구가 세 들어 사는 거대한 '병영' 같은 건물을 찾아간다. 쿠포는 그곳에 사는 매부 로리외 부부에게 그녀를 소개하고 싶은 것이다. 그들 부부는 금으로 사슬을 만드는 사슬장이다. 실내 묘사. 다른 세입자들에 대한 로리외 부부의 험담. 제르베즈는 겁을 먹는다. 7월 29일로 결혼 날짜가 정해졌고, 앞날이 행복해 보이는데도 그녀는 이상하게 불안한 심정으로 그들의 집을 나온다. 자기 자신도, 로리외 부부도, 그들의 쿠포에 대한 영향도, 그 음산하고 더럽고 미로처럼 거대한 집도 그녀에게는 다 무섭게만 느껴진다.

제3장: 노동자 계층의 결혼식

7월 29일 토요일. 두 사람은 깨끗한 옷차림과 피로연을 위해 돈이 필요하므로 잔업도 하고 얼마간의 돈을 빌린다. 15명의 초대 객은 저마다 자기 몫의 5프랑을 낸다. 쿠포는 반교권주의자지만 "미사를 올리지 않으면 결혼식이라고 할 수 없기에" 교회에서 혼례를 올린다. 피로연은 18시로 예정되어 있으므로 남은 시간을 보내기 위해 모두들 파리 시내로 루브르 미술관 구경을 간다. 외출복을 입은 변두리 사람의 행렬이 몰려다니는 우스꽝스런 광경이 연출된다. 생전 처음 구경하는 미술관 안에서 기진맥진한 사람들의 딱한 모습. 그들을 감동시킨 것은 그림이 아니라 미술관의 깨끗하고 번쩍거리는 대리석 바닥이다. 비가 오고 나들이옷이 흙탕물에 젖는다. 그리고 야유회의 패러디라고 할 수 있는 팔레 루아얄에서의 한동안. 그들은 모두 방돔 광장의 기념탑 꼭대기에 올라가 현기증을 느낀다. 마침내 주막에 도착해 푸짐하게 먹는다. 정치에 대한 대화는 언쟁으로 변한다. 돈 계산을 할 때의 요란한 싸움. 하루 종일 제르베즈에게 불쾌하게 굴던 로리외 부인이 소동을 벌이고 나서 남편과 함께 주막을 떠나버린다. 신혼부부가 그들을 따라나선다. 제르베즈의 기쁨은 완전히 망쳐진다. 로리외 부인이 면전에서 그녀를 '절름발이'라고 한 것이다. 장의사 인부 바주즈 영감은 그녀를 붙들고 "저승길은 아무리 해도 면할 수 없다오……. 아가씨, 당신도 언젠가는 어서 가 버리고 싶다고 생각할 테니……. 그래요, 내가 운반해 주면 고맙겠다고 하는 여자들이 많다오"라고 말한다. 소설에서 불길한 라이트 모티프처럼 반복될 예언 같은 말이다.

제4장: 쿠포의 사고

4년 동안 애써 일한 결과 제르베즈와 쿠포의 생활은 어느 정도 나아졌다. 그들은 이웃 구제네처럼 '괜찮은 노동자'의 삶을 영위한다. 구트 도르 뇌브 거리의 세탁소 맞은편, 구제네 이웃에 방 하나와 부엌이 딸린 작은 2층집도 얻었다. 그곳에서 그들 사이에 딸 안나(나나)가 태어났다. 그들은 나나의 세례식을 계기로 옆집에 사는 대장장이 구제 모자와 친해졌다. 언젠가 가게를 얻어 자기 세탁소를 운영하는 것이 꿈인 제르베즈에게 불행이 닥친다. 함석장이 쿠포가 신축 중인 4층 건물의 지붕 위에서 일하던 중 딸 나나를 보고 몸을 굽히려다가 떨어져 다리가 부러진 것이다. 치료를 위해 그동안 모은 돈을 다 없앤다. 그러나 구제 모자의 도움이 많은 위로가 된다. 그런데 또 다른 불행이 시작된다. 쿠포가 병석에 누워 지내면서 점점 게을러지고 다시 술을 마시기 시작한 것이다. 그는 다시 지붕 위에 올라가기를 겁내면서 자신에게 닥친 부당한 운명을 한탄한다. 로리외 부부가 그를 부추겨 제르베즈와의 사이를 갈라놓고 아이 에티엔을 매질한다. 그러나 구제는 "쿠포는 잘못되어 가고 있어. 쿠포가 가게를 말아먹을 거야"라고 말하는 그의 어머니의 경고에도 불구하고 자신의 결혼 비용으로 모아 두었던 돈을 빌려 준다. 제르베즈는 가게를 얻어 자신의 세탁소를 차릴 수 있게 되었다. 제르베즈는 집과 구트 도르의 가게를 신명 나게 오간다.

제5장: 세탁소

1855년. 새로 단장한 푸른색 세탁소 주인이 된 제르베즈의 기쁨. 28세, 만사형통인 듯 가게는 번창하고 두 명의 세탁부와 조수를 고용했다. 멋진 가게와 관록과 더불어 그녀는 씩씩하고 아름답다. 그러나 다시 일을 시작한 쿠포는 술을 점점 더 많이 마신다. 제르베즈는 남편이 "아가씨들의 엉덩이를 꼬집어도 대수롭지 않게 생각하며" 참아 준다. 착한 그녀는 아무 일도 못하는 마망 쿠포를 자기 집에 거두어들인다. 벌써 행실이 나빠진 나나가 몰고 다니는 아이들 패거리와 집안 분위기 묘사. 로리외 부부는 그녀의 성공을 시기하지만 동네 사람들은 정직하고 친절한 그녀를 존중한다. 가끔 구제가 세탁소를 찾아와 말없이 파이프를 피운다. 그는 제르베즈의 아들 에티엔을 풀무공으로 데려갔다. 제르베즈는 구제에게 성처녀인 양 사랑받는다. 둘은 마주 보며 미소를 짓는다. 3년이 훌쩍 지나간다.

제6장: 제르베즈와 구제의 순애보

구제와 함께 일하는 열두 살짜리 에티엔을 보러 왔다는 핑계로 제르베즈는 대장간으로 구제를 찾아간다. 공장 거리인 마르카데 거리 묘사. 대장간. 노동자들의 노동, 기계화로 제기되는 문제. 대장장이 베크 살레와 구제는 제르베즈 앞에서 결투를 하듯 볼트 만들기 대결을 한다. 구제가 멋지게 승리한다. 제르베즈는 이미 빌린 돈도 갚지 않은 채 또다시 그에게 돈을 빌린다. 그녀는 살이 찌면서 자질구레한 일은 내동댕이치고 장래를 염려할 기력조차 없어졌다. "할 수 없지, 돈이란 돌고 도는 것인데, 모아 두면 녹이 스는 법이다"라는 식이다. 그러나 구제 부인은 여전히 제르베즈에게 어머니 같은 태도를 보인다. 제르베즈는 예전에 세탁장에서 '치마를 걷어 올려 준' 적이 있는 적수 비르지니를 다시 만난다. 그녀는 제르베즈가 전에 살던 뇌브가의 집에 이사 들어 살고 있다. 둘은 친구가 되고, 비르지니는 이제 아델과 헤어진 랑티에에 대해 자주 이야기한다. 제르베즈는 잊었던 과거를 생각하며 심장이 뜨거워지는 것을 느낀다. 그녀는 자신의 약한 면이 두렵고, 구제에 대해 죄책감을 느낀다. 그녀는 오직 구제에게서만 마음의 평정을 얻는다. 눈 오는 어느 날, 그녀는 더 이상 일도 못하고 돈도 한 푼 없으며 집도 절도 없는 브뤼 영감을 자신의 가게로 데리고 온다. 또 어느 날은 술만 취하면 야수가 되는 비자르가 네 살짜리 딸 랄리가 보는 앞에서 자기 아내를 때려죽이려는 광경을 목격한다. 집에서는 역시 술에 취한 쿠포가 제르베즈를 때리려고 위협한다. 제르베즈는 미래에 대해 두려움을 느끼며 남편과 구제와 랑티에를 생각한다.

제7장: 생일잔치─랑티에 돌아오다

제르베즈 집안에서 마지막으로 아름다운 어느 하루. 6월 19일, 제르베즈의 생일날이다. 이기적인 로리외 부부를 기죽일 만한 잔치를 벌이고 싶다. "배가 불러서 한 주일쯤은 아무것도 먹지 않아도 될 것 같은 그런 큰 잔치"를 벌이려는 것이다. 집 안에 있는 돈을 몽땅 털어서 썼다. 달력에 생일을 적어 놓은 것도 잔치를 벌이기 위한 구실이었다. 비르지니도 제르베즈의 먹어 치우는 일에 대찬성이었다. 그녀는 비단 드레스와 결혼 반지를 전당포에 맡기고 돈을 구한다. 쿠포는 점점 더 술이 심해진다. 제르베즈도 점점 더 먹는 것을 밝히고 게을러진다. "어차피 돈이란 없어지기 마련이니까." 어디서 또 술을 먹는지 잔치가 시작되도록 돌아오지 않는다. 제르베즈는 쿠포를 찾으러 나섰다가 어느 술집 안에 앉아 있는 랑티에를 본다. 생일잔치에 열네 명의 손님을 초대했지만 한 사람이 참석하지 못해 열세 명이 되었다. 불길한 생각에 브뤼 영감을 불러들인다. 커다란 거위 요리를 보고 감탄하며 모두들 가게 안에 차린 음식을 배 터지게 먹어 댄다. 노래를 불러 대며 디저트를 먹을 때쯤에 비르지니가 랑티에를 데리고 온다. 비르지니의 역할은 아리송하다. 처음에는 화를 벌컥 냈던 쿠포가 오히려 랑티에와 어깨동무를 하고 집 안으로 들어와서 그를 회식자들 사이에 앉히고 음식을 대접한다. 모두들 너그럽게 그를 맞는다. 제르베즈는 한순간 자기 머리 위로 누군가의 숨결을 느낀다. 랑티에의 숨결인지 더운 밤기운인지 알 수 없다.

제8장: 집안을 주도하는 랑티에

교활하고 떠벌리기 잘하는 랑티에는 틈틈이 나타나서 쿠포와 로리외 부부, 그 밖에 여러 사람의 환심을 산다. 제르베즈는 불안하다. "비르지니의 고백을 듣던 날과 같은 그 뜨거운 열기를 그녀는 아직도 가슴 깊은 곳에서 느끼고 있었다. 그녀가 제일 두려워한 것은 밤에 혼자 있을 때 불쑥 랑티에가 찾아와서 끌어안기라도 하는 날이면 도저히 저항할 기력이 없을 것이라는 생각이었다."(여자는 자신이 처음 알게 된 남자를 잊지 못한다는 졸라의 이론) 쿠포의 권유로 랑티에는 이들 부부의 집에 들어와 살 뿐만 아니라 점차 주인처럼 지시하고 간섭한다. 그러나 방세도 식비도 내지 않은 채 그저 제르베즈에게 얹혀사는 것이다. 제르베즈는 빚을 지고, 세탁소 수입은 줄고, 두 사내는 먹고 마셔 댄다. 쿠포는 날로 타락해 가며 추악해지고, 랑티에는 부추긴다. 단둘이 있을 때 랑티에가 제르베즈에게 강제로 키스를 하려는 장면을 문득 구제가 목격한다. 그녀가 찾아가서 자신의 결백을 말한다. 지금도 제르베즈를 사랑하는 구제는 그녀에게 둘이 도망치자고 제안한다. 동네 사람들, 특히 비르지니는 랑티에를 받아들이라고 부추기지만 제르베즈는 구제에게 그러지 않겠다고 약속하며 그의 청을 거부한다. 그러나 어느 날 제르베즈가 랑티에의 제안을 받아 카페 콩세르에 갔다가 돌아와 보니 쿠포가 이틀 연거푸 술을 마시고 방 안에 온통 오물을 토해 놓은 채 잠들어 있다. 난감해하는 제르베즈를 랑티에가 자기 방으로 밀고 들어가는 것을 딸 나나가 보고 있었다. 이리하여 세 사람의 공동생활이 시작된다.

제9장: 세탁소를 남에게 넘기고 이사

동네 사람들은 마망 쿠포와 로리외 부부가 떠들어 대는 소리를 곧 이듣고 랑티에를 이해하면서 제르베즈의 행실은 비난한다. 구제 부인은 더 이상 그녀의 세탁소에 세탁물을 맡기지 않는다. 세탁 상태는 불량하고, 주인은 나태하고 부주의하다. 손님들이 하나둘 떨어져 나갔다. "제르베즈는 그런 속에 있는 것이 무척 좋았다……. 불결함도 일종의 따뜻한 보금자리여서 그녀는 얼마든지 즐겁게 그 속에 웅크리고 있을 수 있었다. 모든 것을 흐트러진 채 내버려 두었고, 먼지가 구멍을 메워 주위가 벨벳을 깔아 놓은 것처럼 되기까지 기다렸으며, 온 집안이 무기력하게 마비되어 가는 것을 느낀다는 것, 이것은 그녀를 황홀하게 하는 틀림없는 쾌락이었다." 육체적인 몰락은 정신적인 몰락을 동반한다. 점점 더 게을러진 제르베즈는 더 이상 몸을 씻지도 않았고, 가게는 쓰레기로 가득 찬다. 돈도 없다. 랑티에는 다른 소굴을 찾는다. 장의사 인부 바주즈 영감이 싣고 간 마망 쿠포의 장례식 날, 구제는 결정적으로 제르베즈와 관계를 끊는다. 그녀는 마망 쿠포가 죽자 장례비와 집세를 치르기 위해 세탁소를 비르지니 푸아송에게 넘기고, 로리외 부부가 사는 건물 7층의 빈 방을 얻어 들기로 한다. 랑티에는 비르지니에게 구애하며 자기는 그대로 이 방에 남아 있겠다고 한다. 제르베즈는 이제 많은 것을 잃었다. 나나는 죽은 할머니 마망 쿠포의 큰 침대에서 편안하게 잤다.

제10장: 가난에 찌든 막장 생활

쿠포 부부는 이제 7층 "지붕 밑 다락방에 살고 있고, 가난뱅이들이 사는 한 모퉁이, 한 가닥 빛도 들어오지 않는 제일 더러운 골방에서 지낸다." 비자르네를 지나 건너편 지붕으로 올라가는 조그만 계단 밑 브뤼 영감의 골방을 지나면 바주즈 영감의 집이고, 그 방 맞은편이 이들 부부와 딸 나나의 거처인데, 좁은 방과 나나의 침대가 겨우 들어가는 곁방이 전부였다. 복도 끝 방에는 로리외 부부가 산다. 비르지니가 다리미질하는 날품팔이 일을 얻어 어느 정도 숨을 돌릴 수 있는 시기가 없지는 않지만, 그들은 날로 더한 가난과 타락의 길로 빠져든다. 한편 비르지니는 랑티에의 권유로 차와 당과와 식료품을 파는 가게를 연다. 랑티에는 제르베즈와 비르지니를 동시에 지배하며 교활한 솜씨로 살쪄 가고 있었다. 나나의 열세 살 영성체 날. "이 집안으로서는 마지막으로 좋은 날이었다." 푸아송 부부가 개점 축하연을 열고 쿠포 부부와 나나, 그리고 역시 딸 폴린이 영성체를 하는 보슈 부부를 초대했다. 다른 노동자 가정과 마찬가지로 겨울은 제르베즈 부부에게도 참혹했다. 굶주림, 추위, 쫓겨날 위협, 가족의 붕괴. 어떤 사람들은 좀도둑질과 매춘으로 임시변통을 한다. 바주즈 영감에게 자기를 데려가 달라고 부탁하고 싶은 마음이 들 정도의 비참한 삶에도 불구하고 제르베즈는 배고픔과 추위로 계단 밑 골방에서 죽어 가는 브뤼 영감과 술에 취한 아버지의 몹쓸 학대를 견디지 못해 제 어머니 뒤를 이어 죽는 어린 랄리 비자르를 보고 가슴 아파하며 동정한다. 쿠포가 폭음 때문에 처음으로 정신병원 신세를 진다. 그러나 퇴원한 그는 또다시 알코올의 유혹을 이기지 못한다. 새로이 정직한 삶을 살고자 했던 제르베즈는 절망한다. 부부 싸움. 그들은 이제 오물 속에서 산다. 이번에는 제르베즈가 독주에 손을 대기 시작한다.

제11장: 나나

탐스럽고 무분별한 열다섯 살의 나나는 조화 공장 연수생에서 여공이 되었다. 그러나 이 예쁜 여자아이에게 그곳은 악의 학교다. 한편 그녀의 집은 굶주림, 추위, 매질, 술 취한 부모, 부당한 대접뿐이다. 좁아터진 집, 가난에 지친 그녀는 부모가 끔찍한 상태에 빠져 있는 어느 날 저녁 도망을 친다. 귀가와 가출을 반복하다가 어느 겨울날 저녁 결정적으로 구트 도르 거리를 떠난 것이다. 뒷날 졸라가 그녀의 이름을 붙일 소설, 즉 『나나』에서 그녀는 '암사자'로 변신할 것이다. 3년 동안 일곱 번이나 정신병원 신세를 진 쿠포는 나이 40에 정신적으로나 육체적으로 구제할 길 없는 상태에 빠진다. 자기 딸이 집을 나간 것에 절망한 제르베즈는 자신도 처참한 몰골로 변한다. 모든 곳에서 다 쫓겨난 신세인 그녀는 비르지니와 랑티에가 지켜보는 가운데 무릎을 꿇고 옛날 자신의 소유였던 가게에서 마룻바닥을

닦는 신세로 전락한다. 랑티에는 이제 푸아송네 사업을 깨끗이 좀먹어 간다.

제12장: 굶주림

쿠포 부부는 모든 것을 다 팔았다. 침대로 사용하는 밀짚 무더기 밖에 남은 것이 없다. 제르베즈는 쓰레기통을 뒤지고 남이 먹다 남은 것을 구걸하는 신세가 되었다. 눈 오는 어느 토요일, 여러 날 동안 아무것도 먹지 못한 채 로리외 부부를 찾아가나 그들은 잔돈 몇 푼도 거절한 채 냉랭하게 대한다. 여기저기 구걸을 하나 허탕만 친 제르베즈는 거리의 매춘부들 속에 섞여 보지만 별 성과가 없다. 오직 브뤼 영감과 구제만이 발걸음을 멈춘다. 구제는 그녀를 자기 집으로 데리고 가 따뜻한 방에서 먹을 것을 준다. 말할 수 없는 수치심을 맛보며 절망한 제르베즈는 차라리 랄리 비자르의 운명이 부러운 심정이 되어 장의사 바주즈에게 자기를 그만 데려가 달라고 애원한다.

제13장: 에필로그

1868년. 쿠포는 그의 아내가 지켜보는 가운데 정신병원에서 죽는다. 아파트에서는 푸아송이 자신의 아내와 랑티에의 정사 현장을 잡고 싸움이 터졌다는 소문이 돈다. 그러나 랑티에는 벌써 다른 먹잇감을 찾은 것 같다. 비르지니의 가게를 말아먹은 랑티에는 이웃 음식점 아가씨 주위를 맴돈다. "이웃 음식점의 딸은 아마도 그 음식점을 물려받아 내장 가게를 시작할 것이라는 이야기였다. 그 약아빠진 랑티에는 내장도 무척 좋아하니까." 지레 늙고 모습을 알아보지 못할 정도에다 반쯤 제정신이 아니게 된 제르베즈는 참혹한 모욕을 견뎌 가며 몇 푼만 생기면 곧 술을 마신다. 방세를 내지 못해 쿠포와 함께 살던 7층 방에서도 쫓겨난 그녀는 브뤼 영감이 죽어 자리가 빈 계단 밑의 골방을 이어받는다. 1869년 어느 날, 그녀는 죽은 채 발견된다. "가난으로 인한 불결함과 피로로 죽은 것이다." 마침내 바주즈 영감이 그녀를 실어 내어 '구멍' 속에 넣으며 중얼거린다. "자, 당신 이제 행복하게 되셨으니, 푹 주무시우, 예쁜 색시야!"

(3) 에밀 졸라Émile Zola 연보

1840년 4월 2일, 파리에서 이탈리아 출신 토목기사 프랑수아 졸라François Zola와 프랑스 보스 출신 에밀리 오베르 사이에서 장남으로 출생.

1843년 아버지가 식수용 운하 및 댐 건설 사업을 시작하며 남프랑스 엑상프로방스로 이사.

1847년 운하 공사가 시작되는 해, 아버지 병사(폐렴). 궁핍한 유년 시절을 보냄.

1851년 아버지가 하던 토목 공사와 관련된 채무자들과의 소송 문제로 어머니가 파리로 옮아감. 엑스에 홀로 남은 졸라는 기숙 학생이 된다.

1852~1858년 엑상프로방스 부르봉 중학교 입학, 미래의 화가 폴

세잔과 만나 교제. 그에게서 미술과 문학에 대한 영향을
받음. 낭만주의 작품들, 특히 뮈세와 위고에 심취, 시 습작.

1858~1859년 다시 파리로 이사. 생 루이 고등학교 장학생으로
진학, 바칼로레아에 국어(프랑스어) 성적 미달로 두 번 낙방
하자 학업 포기.

1860년 파리 부두 세관 사무 보조 직원으로 취직(월 60프랑 받음). 2
개월 뒤 퇴직.

1861년 12월, 프랑스에서 태어난 외국인 자녀 신분으로 프랑스
국적 신청.

1862~1863년 아셰트 출판사에 입사, 서적 발송 업무에 종사하다
가 광고부 책임자로 승진. 이곳에서 여러 문인과 친교를
맺음. 반 교권주의와 실증주의의 영향을 받고, 글쓰기와
책의 상업화 방면에 많은 경험과 소양을 축적하다. 프랑스
국적 취득.

1864년 『니농에게 주는 이야기』Contes à Ninon 출간.

1865년 『클로드의 고백』La Confession de Claude 출간.

1866년 아셰트 출판사 퇴사. 《레벤느망》지, 《르 피가로》지 등에
평문 기고. 특히 《레벤느망》지에 마네와 그의 작품을 옹호
하는 평문 기고. 『나의 증오』Mes Haines, 『나의 살롱』Mon
Salon 출간.

1867년 중요한 첫 소설 작품 『테레즈 라캥』Thérèse Raquin 출간.

1868년 전체 10권의 '루공마카르가'Les Rougon-Macquart(RM) 총서

(한 가문의 생리적 역사) 구상. 『살롱』에서 쿠르베, 마네, 모네, 피사로, 종킨드 옹호. 플로베르와 알고 지내다.

1869년 '루공마카르'의 첫째 권 『루공가의 행운』 집필. 드가의 〈다리미질하는 여자들〉.

1870년 1865년부터 동거하던 가브리엘 알렉상드린 멜레와 결혼. 『루공가의 행운』을 《르 시에클》지에 연재하다 중단함. 마르세유에서 일간지 《라 마르세예즈》 창간. 9월, 제2제정의 끝. 제3공화국 선포.

1871년 『루공가의 행운』La Fortune des Rougon(RM 제1권) 출간.

1872년 『쟁탈전』La Curée(RM 제2권) 출간.

1873년 『파리의 뱃속』Le Ventre de Paris(RM 제3권) 출간.

1874년 『플라상의 정복』La Conquête de Plassans(RM 제4권) 출간. 첫 번째 인상파 전시회(모네, 피사로, 시슬레, 세잔, 르누아르, 베르트 모리조, 드가).

1875년 『무레 사제의 과실』La Faute de l'abbé Mouret(RM 제5권) 출간.

1876년 『외젠느 루공 각하』Son Excellence Eugène Rougon(RM 제6권) 출간. 드가의 그림 〈압생트〉.

1877년 『목로주점』L'Assommoir(RM 제7권) 출간. 대성공. 자연주의 계열의 지도적 이론가로 떠오르다.

1878년 『사랑의 한 페이지』Une page d'amour(RM 제8권) 출간. 파리 근교 센에우아즈 지역 메당Médan에 저택 구입.

1880년 『나나』Nana(RM 제9권) 출간. 졸라를 비롯해 모파상Guy de

Maupassant, 위스망스Joris-Karl Huysmans, 세아르Henri Céard 등의 작품집 『메당의 저녁』Les Soirées de Médan, 『실험소설론』Le Roman expérimental 출간. 어머니, 플로베르, 그리고 뒤랑티의 죽음으로 큰 실의에 빠짐.

1881년 『자연주의 소설가들』Les Romanciers naturalistes 출간.

1882년 『살림』Pot-Bouille(RM 제10권) 출간.

1883년 『부인들의 행복 백화점』Au Bonheur des Dames(RM 제11권) 출간.

1884년 『삶의 기쁨』La Joie de vivre(RM 제12권) 출간.

1885년 『제르미날』Germinal(RM 제13권) 출간.

1886년 『작품』L'uvre(RM 제14권) 출간.

1887년 『대지』La Terre(RM 제15권) 출간. 이를 계기로 졸라의 자연주의 문학론에 반대하는 「5인 선언서」La Manifeste des Cinq 발표.

1888년 『꿈』Le Rêve(RM 제16권) 출간.

1889년 가정부 잔느 로즈로Jeanne Rozerot와의 사이에서 딸 드니즈 Denise 출생.

1890년 『인간 야수』La Bête humaine(RM 제17권) 출간. 아카데미 프랑세즈 회원으로 입후보하나 낙선.

1891년 『돈』L'Argent(RM 제18권) 출간. 로즈로와의 사이에서 둘째 자크Jacques 출생. 문인협회장에 뽑힘.

1892년 『패주』La Débâcle(RM 제19권) 출간.

1893년	『파스칼 박사』Le Docteur Pascal(RM 제20권) 출간.
1894년	『루르드』Lourdes(『세 도시』Trois Villes 제1권) 출간.
1896년	『로마』Rome(『세 도시』 제2권) 출간.
1898년	『파리』Paris(『세 도시』 제3권) 출간. 1월 13일, 《로로르》L'Aurore 지에 드레퓌스Dreyfus의 결백을 주장하는 글 「나는 고발한다!」J'accuse! 기고. 2월, 센 중죄 재판소에 소환되어 결국 징역 1년과 3000프랑의 벌금형 선고받음. 7월, 베르사유 상급 법원이 판결 확정하자 당일 영국으로 망명.
1899년	드레퓌스 사건 재심. 6월, 11개월 만에 프랑스로 귀국. 드레퓌스 석방. 『풍요』Fécondité(『사복음서』Les Quatre Evangiles 제1권) 출간.
1901년	『노동』Travail(『사복음서』 제2권), 『멈추지 않는 진실』La Vérité en marche 출간.
1902년	9월 29일, 가스 중독으로 영면.
1903년	『진실』Vérité(『사복음서』 제3권) 사후 간행. 『정의』Justice 미완.
1908년	6월 4일, 의회 결정으로 팡테옹Panthéon으로 이장됨.

3장

—

진정한 삶
―마르셀 프루스트의 『잃어버린 시간을 찾아서』

1. 생애

(1) 사교계를 출입하던 늦깎이 작가

프루스트는 어린 시절부터 천부적인 자질을 드러내며 세간의 주목을 받는 천재 작가와는 거리가 멀다. 그가 생전에 완성해 발표한 소설은 단 한 편 『잃어버린 시간을 찾아서』뿐이며, 첫 권을 발표했을 때 그는 이미 42세였다. 이 작품을 발표하기 전 프루스트의 삶은 얼른 보아 진정한 작가의 그것과는 거리가 있었다. 오히려 당시 그의 일상은 거의 신비적인 호기심과 열정만으로 사교계와 포부르 생 제르맹의 여러 살롱을 드나드는 부유하고 세련된 속물의 '잃어버린 시간들'처럼 보일 수도 있는, 한량에 가까운 생활이었다. 그러나 어느 날 문득 집 안에 틀어박힌 채 단 하나의 거대한 창조물을 완성하기로 결심하면서, 그가 죽음과 경쟁하며 이룩해 놓은 이 한 편의 걸작 『잃어버린 시간을 찾아서』는 그의 삶 전체를 온전히 문학으로 수렴하고, 예술을 통한 삶의 구원을 실현하는 계기가 되었다.

(2) 어린 시절의 체질과 성격 형성: 어머니와 천식

프루스트는 보불전쟁 직후인 1871년에 태어났다. 아버지 아드리앵 프루스트는 시골 출신의 성공한 의사로, 위생학 분야에 널리 알려진 파리 의과대학 교수였다. 어머니 잔 베유는 유대인 가문 출신의 자애로운 여인이었다. 어머니는 문학과 예술에 조예가 깊었고, 일상의 대화에서 17세기의 서간문 작가 세비녜 부인을 인용하기를 즐길 정도였다. 동시에 자신의 뛰어난 교양을 겸양 뒤에 감출 줄 아는 섬세한 마음의 소유자였다. 앙드레 모루아는 프루스트의 부모를 두고, "아드리앵 프루스트 박사는 마르셀이 오래지 않아 이어받을 진지한 태도와 과학적인 정신을 물려주고, 거기에다 어머니는 문학에 대한 사랑과 섬세한 유머를 덧붙여 주었다. 그러나 아들의 정신과 취향을 형성하는 데 가장 크게 기여한 이는 바로 어머니였다"고 평한다. 프루스트는 아버지보다 어머니를 훨씬 더 좋아했다. 그의 가장 큰 불행은 '엄마와 떨어져 있는 것'이었다. 그에게 있어 일생 변함없는 관심과 사랑의 대상은 오직 어머니와 문학뿐이었다. 반면에 이 허약하고 극도로 예민한 아들은 부모에게 늘 걱정의 대상이었다. 어린 프루스트의 병적일 정도로 예민한 감수성과 어머니를 향한 지나친 집착은 『잃어버린 시간을 찾아서』에서 주인공 마르셀이 보여주는 유명한 장면 가운데 하나인 '어머니와의 잠자리 입맞춤' 장면을 통해 실감 나게 표현되었다. 또한 그는 꽃가루 알레르기로 심한 고통을 겪었다. 아홉 살 때인 1881년 어느 날 불로뉴 숲에서 집으로 돌아오다가 급격한 천식 발작을 일으켜, 의사인 아버지는 이 맏아들을 아주 잃어버리는 줄로만 생각할 정도였다.

(3) 『잃어버린 시간을 찾아서』 이전의 프루스트

프루스트는 열한 살에 부유한 집안의 자제들이 다니는 파리의 콩도르세 중학교에 입학했다. 바칼로레아를 통과할 때까지 콩도르세에서 보낸 학창 시절은 철학 교수 알퐁스 다를뤼를 만나고 다니엘 알레비, 레옹 도데, 로베르 드 플레르 등 여러 문우와 우정을 쌓는 중요한 계기였다. 또한 자신의 동성애 성향을 발견한 시기이기도 했다. 이 시기에 프루스트는 문학과 철학과 예술에 대한 안목을 넓히고, 친구들과 문예지를 창간해 부지런히 글을 발표했다.

그는 평생 글쓰기를 게을리하지 않았다. 에세이든 평론이든 또는 전날 밤 살롱에서 가진 모임을 묘사하는 신변잡기 기사문이든 어떤 형태의 글이라도 끊임없이 썼다. 스물두 살에 장래 『스완의 사랑』의 밑그림이라 할 수 있는 단편 「무심한 사람」을 썼고, 소르본대학(철학)을 졸업한 이듬해인 1896년에는 학창 시절에 썼던 시와 산문들을 모아 『즐거움과 나날들』을 출판했다. 이것이 프루스트가 세상에 내놓은 첫 번째 책이다. 그러나 프루스트가 교류하던 명사들을 동원해 호화롭게 꾸민 이 책은 문단의 주목을 받기는커녕 그를 사교계의 아마추어로 낙인찍는 계기가 되고 만다.

이후 그는 곧 자전적 소설 『장 상퇴유』를 집필하기 시작했다. '장'

이라는 소년의 성장 기록을 담은 이 소설에는 뒷날 『잃어버린 시간을 찾아서』에 등장할 많은 요소들이 이미 나타나 있었다. 프루스트는 이 작품에 5년여의 세월을 바쳤지만 결국 이 소설은 미완성인 채 남았고, 그가 죽은 뒤 30년이 지나서야 연구자들에 의해 출간되어 오늘날 프루스트 연구에 새로운 방향을 제시하는 계기가 되었다.

프루스트는 20대 후반인 1899년에 존 러스킨John Ruskin(1819~1900)의 세계를 접한 뒤, 대여섯 해를 러스킨 연구에 바쳤다. 러스킨은 영국의 사상가이자 비평가로, 당대 예술계와 평단의 일인자였다. 러스킨에 매료된 프루스트는 곧 그의 책을 본격적으로 번역하기 시작했다. 어머니가 아들을 위해 초벌 번역을 해 주었고, 마리 노들링거도 도왔다. 프루스트에 의해 생생하게 옮겨진 『아미앵의 성서』와 『참깨와 백합』은 원작보다도 우수한 머리말과 주를 갖추었다. 무엇보다도 "러스킨은 프루스트에게 사물을 바라보는 법을, 특히 묘사하는 법을 가르쳤다. 음영陰影 속의 무한히 미세한 것에 대한 타고난 기호嗜好, 감동을 확대해서 기록해 두는 방식, 색채와 형상形象을 음미하고자 하는 탐욕스러운 태도, 그런 점이 이 두 사람에게 공통된다." 프루스트는 러스킨의 건축론과 미학에 심취했고, "러스킨은 프루스트의 미학 속에 눈에 안 띄게 살아 있다"고 평가될 정도로 그의 문체에서 깊은 영향을 받았다. 러스킨에 대한 연구와 번역은 프루스트에게 있어 진정한 작가 수업이었던 셈이다.

그는 1903년부터 파리의 여러 살롱과 관련된 잡기를 《르 피가로》에 연재하기 시작했고, 1905년 9월에는 어머니를 여의었다. 그는

"나의 삶은 이제 유일한 목적, 유일한 정다움, 유일한 사랑, 유일한 위안을 잃고 말았다"고 술회했다. 그는 러스킨 번역을 마친 후 1908년부터 소설을 위한 몇 페이지의 글을 쓰기도 했다. 『콩브레』와 『되찾은 시간』의 첫 번째 버전을 쓰는 한편, 그가 진정으로 공들여 시도한 작품은 『생트뵈브에 반대하여』였다. 프랑스 근대 비평의 아버지라고 불리기도 하는 생트뵈브는 작가의 생활 환경, 교우 관계, 기질, 성격 등을 자세히 조사하고, 이를 바탕으로 작가의 정신과 작품 세계의 특징을 규명하는 것을 비평의 근본으로 삼았던 비평가였다. 생트뵈브는 바로 '작가의 생애와 작품'이라는 프랑스 고전 비평의 기본 방식을 정립했다. 반면에 프루스트 자신은 작가를 평가하는 유일한 근거는 작품 그 차제라고 굳게 믿었으므로, 자연인으로서 작가의 생애와 생활을 작품 해석의 바탕으로 삼는 것은 적절한 방식이 못 된다고 보았다. 따라서 그는 생트뵈브의 비평을 자신의 논지論旨에 따라 반박하고자 했다. 그러나 『장 상퇴유』와 마찬가지로 이 작품 또한 생전에 완성을 보지 못했으므로 작가가 세상을 떠난 뒤에야 출판되었다.

(4) 죽음과 싸우는 창조 작업과 출판 과정

프루스트가 『잃어버린 시간을 찾아서』를 집필하기 시작한 것은 38세 되던 1909년 무렵이다. 이로부터 프루스트의 전설적인 칩거 생활이 시작된다. 그의 오랜 지병인 천식은 만년에 더욱 심해져 갔다. 그는 사람들을 멀리한 채 코르크로 밀폐한 방 안에서 칩거하지 않을 수 없었다. 발자크의 방대한 저작《인간 희극》이 채무자들의 위협 속에서 창조되었다고 한다면, 프루스트의 『잃어버린 시간을 찾아서』라는 정치하고도 방대한 세계는 천식의 고통을 겪으며 죽음과 맞서 싸우는 벼랑 끝에서 구축된 것이라고 할 수 있다. 본의는 아니지만 결과적으로 병은 그에게 구원의 실마리가 되었다. 그리하여 그는 사교계의 유혹과 꽃가루의 해독으로부터 스스로를 지켜 줄 폐쇄적인 공간 속에서 오직 작품 창작에만 매진할 수 있었다. 천식에 유해한 냄새를 차단하기 위해 창은 밀폐되고, 훈증 요법 때문에 방 안은 연기 냄새로 가득했다. 이렇게 방 안에 스스로를 유폐시킨 채 언제나 침대에 눕거나 반쯤 일어나 앉아 집필에 몰두하다가 밤에만 외출을 하는 생활이 1922년 그가 세상을 떠날 때까지 13년 동안이나 계속되었다.

1912년까지, 첫째 권 『스완의 집 쪽으로』를 시작으로 그가 쓴 이 소설의 첫 원고는 무려 1200여 페이지에 달했다. 프루스트는 그 작품의 첫 권을 출판하기 위해 몇몇 출판사에 원고를 보냈지만 모두 거절당했다. 그 가운데는 앙드레 지드가 편집 책임자로 있던 당대 최고의 문예지《누벨 르뷔 프랑세즈》NRF, 즉 갈리마르 출판사도 포함되어 있었다. 결국 프루스트는 그라세 출판사에서 행을 바꾸지 않은 채 페이지 전체를 활자로 빼곡하게 채운 답답한 몰골의 책으로 소설을 자비 출판하지 않으면 안 되었다. 1913년 11월, 제1차 세계대전이 일어나기 직전 무렵의 일이었다. 513페이지에 달하는 책의 표지에는 이 소설의 첫 권에 이어 앞으로 두 권이 더 나와야 완성될 것이며, 나머지 두 권은 1914년에 완간된다고 예고되어 있었다. 제1권 『스완의 집 쪽으로』는 다시 '콩브레, 스완의 사랑, 고장의 이름: 이름'의 3부로 나누어져 있었다. 이 책이 출판될 무렵 프루스트에게는 매우 중요한 몇 가지 사건이 연속적으로 일어난다. 그의 생애에서 가장 중요한 사랑의 경험이 그것이었다. 상대는 그의 비서 겸 운전 기사인 알프레드 아고스티넬리였다. 이 인물은 그해 12월 초 비행기 조종사가 되겠다고 마음먹고 남프랑스의 앙티브로 떠났다가, 이듬해 5월 프루스트가 그라세 출판사에서 이어서 낼 소설의 제2권 『게르망트 쪽』을 준비하고 있을 때 비행기 사고로 사망했다. 이때 받은 큰 충격과 고통은 프루스트가 자신의 소설 속에 알베르틴이라는 인물을 추가로 등장시켜 『사라진 여인』을 쓰기 시작하는 계기가 되었다.

어쨌든 제1권 『스완의 집 쪽으로』가 책으로 발표되고 나자 그동안 소설의 원고에 대해 별로 관심을 보이지 않았거나 부정적이었던 문단의 평가는 갑작스레 정반대 방향으로 돌아섰다. 안목 있는 비평가들은 곧바로 이 소설의 독창성을 간파했고, 당대 문단의 실력자 앙드레 지드는 신출내기에 불과한 프루스트에게 사과의 편지를 쓰지 않을 수 없었다. 출판사들은 이제 이 첫 권에 뒤이은 후속 편들의 출판권을 얻으려고 매달리는 처지가 되었다. 그러나 1914년 유럽이 제1차 세계대전에 휩싸이면서 책의 출간은 중단되었다. 애초에 프루스트는 『잃어버린 시간을 찾아서』를 총 3권(『스완의 집 쪽으로』, 『꽃피는 처녀들의 그늘에서』, 『되찾은 시간』)으로 구상했었다. 그러나 전쟁으로 인해 출판이 중단되어 있는 동안 퇴고에 퇴고를 거듭하는 과정에서 처음의 세 권은 급기야 일곱 권으로 늘어났다. 그리고 제1차 세계대전이 끝난 뒤인 1919년에는 마침내 출판사가 바뀌었다. 뒤늦게 판권을 사들인 갈리마르 출판사에서 소설이 새롭게 편집되어 나오기 시작한 것이다. 이미 나온 제1권과 더불어 제2권 『꽃피는 처녀들의 그늘에서』가 출간되자, 이 책은 프루스트에게 그토록 소망하던 문학적인 성공을 가져다주었다. 이 작품이 그해의 공쿠르상 수상작으로 결정된 것이다. 그리고 이듬해인 1920년에 『게르망트 쪽 1』, 1921년에 『게르망트 쪽 2』와 『소돔과 고모라 1』이 출판되었다. 프루스트는 이 뒤에도 네 권을 더 추가할 예정이었다. 1922년 연초에 작가의 가정부 알바레의 조카딸 이본느가 『갇힌 여인』과 『사라진 여인』(나중에 『사라진 알베르틴』으로 개제)의 원고를 받아 타자했고, 그해 초봄에 프루스트는 자신의 소설 원고 끄트머리에 마침내 '끝'이라고 적을 수 있었다. 그러나 천식이 폐렴으로 변해 극도로 쇠약해진 그는 그해 11월 17일 밤, 소설 속의 작가 베르고트가 죽는 장면의 몇 문장을 받아쓰게 한 뒤 18일 정신 착란 상태에서 "검은 옷을 입은 뚱뚱한 여자"가 보인다고 말하며, 결국 자신의 작품 전체가 출간되는 것을 보지 못한 채 숨을 거두었다. 11월 22일 페르 라세즈 묘지에 안장되기 전, 사진작가 만 레이는 침대에 누운 프루스트의 사진을 찍어 문학사에 길이 남겼다.

(5) 작가의 삶과 작품 사이의 관계

『잃어버린 시간을 찾아서』를 처음 읽는 독자는 프루스트가 자신의 개인적인 삶을 자서전적으로 엮어 나간 고백록 비슷한 작품으로 오해하기도 한다. 이 작품의 주인공이자 화자의 이름이 작가의 이름과 같은 '마르셀'이라는 사실은 생애와 작품의 이런 혼동을 더욱 부채질한다. 이런 독법은 『생트뵈브에 반대하여』라는 책에서 그토록 배격했던 프루스트의 소설관을 정면으로 거스르는 해석 방법이다. 물론 프루스트 역시 다른 많은 작가들과 마찬가지로 자신이 살아온 삶, 살아가는 동안 경험한 모든 일과 그 경험들에 대한 내밀한 의식 전체를 작품의 재료로 삼은 것이 사실이다. 그러나 이 작품은 작가의 자서전도 아니고 고백록도 아니다. 프루스트는 생트뵈브나 테느와 반대로, 책을 쓰는 인간(작가 프루스트)과 사회적 활동을 하는 인간(자연인 프루스트)은 근본적으로 별개라는 생각을 지니고 있었다.

그러므로 프루스트의 생애에 대해서는 작품을 이해하는 데 도움이 되는 몇 가지 사실만을 유의해 두는 것으로 충분하다. 이 문제와 관련해서는 다시 한 번 모루아의 지적을 참고해 보는 것이 좋겠다. "먼저 유년 시절부터 극도로 예민했던 그의 감수성을 지적할 필요가 있다. 이 감수성은 프루스트로 하여금 여러 감정 가운데서도 가장 지각하기 어려운 뉘앙스를 파악할 수 있도록 해 주었다. 한편 어머니에 대한 애정에 의해 깨우친 부드러움을 존중하는 마음씨, 그리고 어머니를 그다지 행복하게 해 드리지 못했다는 후회의 감정은 그에게 있어 때로는 양심의 가책으로까지 발전했다. 또 사교계로부터 스스로를 보호하고자 했던 예술가에게 훌륭한 무기가 되어 준 그의 질병이 있다. 그리고 복잡 미묘하다 못해 금방이라도 소멸해 버릴 것 같은 갖가지 감정들을 문장으로 고정시키고자 한 소년 시기 이래의 욕구가 있다. 그 어떤 작가의 소명召命도 이 욕구보다 더 뚜렷하게 드러난 경우는 없을 것이다. 하나의 작품을 위해서 그렇게 전적으로 헌신한 삶도 일찍이 없었다."

2. 『잃어버린 시간을 찾아서』

(1) 고전이 된 '일종의 소설'

프루스트가 마침내 이 작품을 완성했을 때, 그는 자신이 무엇을 이루어 냈는지 정확하게 알고 있었다. 수없이 많은 독서 경험을 쌓고 발자크, 플로베르, 생시몽 등 대가들의 문체를 정확하게 흉내 내어 모작模作(파스티슈)을 써 보았으며, 미완성으로 남은 여러 작품을 통해 다양한 시행착오를 거친 프루스트가 자신이 써낸 것이 무엇인지 모를 리는 없었다. 그는 1913년에 자신이 쓰고 있는 책의 성격에 대해서 "이 중요한 저작은 이를테면 소설이라고 할 수 있다. 그것은 일종의 소설이니까 말이다"라고 말했다. 또 다른 곳에서는 그 '길이가 긴 작품'에 대해 이야기하면서, 그 책은 '매우 엄격한 구성'을 갖추었으므로 '소설'이라고 칭하기는 하지만, 자신도 정확하게 그 장르를 규정할 능력은 없다고 했다. 죽음이 가까웠을 때 그는 자신의 작품에 대해 열정에 가득 찬 확신을 피력했다. "사람들은 내 작품을 읽을 겁니다. 그래요, 온 세상이 내 작품을 읽을 겁니다. 두고 보세요, 셀레스트, 이 점을 잘 기억해 두세요……. 스탕달은 100년이 지나서야 알려졌어요. 마르셀 프루스트는 채 50년이 걸리지 않을 겁니다." 그는 자신의 작품이 전적으로 새로운 것이라는 사실을, 그리고 그 새로움이 머지않아 고전이 되리라는 사실을 잘 알고 있었다.

그가 죽은 지 90년이 지난 지금 프루스트의 소설은 과연 위대한 고전이 되었다. 비록 그 자신은 이 작품이 "솔직히 말해서 고전적인 소설과는 전혀 비슷하지도 않은 책"임을 인정하지만, 찬성하든 반대하든 우리 시대 대부분의 작가들은 프루스트와 관련해 자신을 규정한다. 사람들은 코페르니쿠스나 아인슈타인의 혁명을 말하듯이 프루스트의 혁명을 말한다. 언젠가 프랑스 문학은 프루스트 이전과 이후의 문학으로 이해될지도 모른다. 그러나 프루스트가 처음 이 책을 출판하고자 했을 때 적지 않은 어려움을 겪었듯이, 그가 고전의 반열에 오른 지금에 와서도 많은 독자들은 그의 작품을 읽는 데 큰 어려움을 맛보지 않을 수 없다. 1912년에 이 책의 원고를 받아 본 한 출판사의 사장이 출판을 거절하면서 내뱉은 다음과 같은 말에 지금도 여전히 상당수의 독자들이 공감할 것이다. "내가 머리가 꽉 막힌 사람인지는 모르지만, 나는 어떤 사람이 자기가 잠을 청하기 위해 자리에 누워 어떤 방식으로 이리 뒤치고 저리 뒤치는지를 묘사하는 데 30페이지를 소모하는 것은 도무지 이해할 수가 없다."(부록 「텍스트 읽기 1」 참조)

(2) 프루스트 읽기의 어려움

과연 오늘날에도 프루스트는 평범한 독자들에게 일단 겁을 준다.

많은 사람들이 프루스트는 읽기가 어렵다고 한다. 과연 그의 소설을 읽는 것은 결코 쉬운 일이 아니다. 프루스트 읽기의 어려움은 어디서 오는 것일까? 그 원인은 3000여 페이지에 달하는 소설의 물리적인 길이에도 있겠지만, 주로 문장 구조와 내용이라는 두 가지 측면에서 설명될 수 있다. 먼저 그 문장 구조는 어떠한가? 한 페이지의 처음에서 시작해 다음 페이지로 넘어가도록 종결 부호가 나타나지 않을 정도로 길고 복잡한 구조를 갖춘 문장들이 이 소설에는 빈번히 등장한다. 그러나 통계에 따르면, 『잃어버린 시간을 찾아서』에서 긴 문장은 전반적인 경향이 아니라 텍스트 전체의 3분의 1 정도에 그친다. 프랑스어판 '플레이아드 전집'을 기준으로 할 때, 10행을 초과하는 문장은 전체의 18퍼센트 정도다. 프루스트 문장의 평균 길이는 3행 반으로 집계되어 있다. 정교하면서도 미로와 같은 그 문장의 구조는 물질적·심리적 현실을 지근거리에서 밀착해 껴안으면서 그 현실의 온전한 내용을 손상 없이 있는 모양 그대로 형상화하고자 하는 집요한 배려에서 생겨난 것이다. 그 문장은 현실을 거미줄처럼 에워싸며 그 현실에 가장 가까이 다가가면서도 동시에 거기서 연기처럼 빠져나가고자 한다. 그만큼 그의 소설은 천천히, 몇 번씩 반복해서 읽지 않으면 안 되는, 그러나 반복해서 정신을 집중해 천천히 읽으면 결국은 미묘한 감칠맛과 함께 이해되는, 독특한 문장들로 서술되어 있다. 또한 프랑스어 특유의 각종 관계대명사에 뒤이은 다수의 장황한 종속문들이 현재, 과거, 미래형의 복잡다단한 동사 시제를 동원해 주절 사이사이에 크고 작은 가지를 치며 증식하는 중층적 문장 구조의 전개 방식은 독자를 황홀하게 하는 동시에 극도로 혼란스럽게 하는 것이 사실이다. 뿐만 아니라 미완성인 텍스트답게 그의 문장 구조는 더러 논리에 맞지 않고 엉뚱한 현재분사 용법이 눈에 띄기도 하며, 문장 속에서 괄호가 열리면 도무지 닫힐 기미가 보이지 않을 정도로 괄호 속의 문장이 장황해져서 작자 자신이 길을 잃은 것이 아닌가 하는 느낌을 줄 때가 없지 않다. 다음으로 텍스트의 내용에서 사랑, 죽음, 예술 같은 심각하고 추상적이고 복잡 미묘한 문제들을 동적인 상태에서 깊고 미세하게 분석하고 음미하기 때문에 즉각적인 이해를 기대하는 소박한 독자, 명쾌한 스토리에 익숙한 독자들에게는 이해가 쉽지 않을 때가 있다.

프루스트 이전의 전통 소설은 대부분 발단에서 대단원에 이르는 이야기의 '극적 구성'에 의해 뒷받침되어 있고, 소설 속의 '인물'들과 그들의 '행동'은 이야기에 종속되어 줄거리를 진전시키는 데 기여한다. 그러나 프루스트의 등장인물들은 필연적인 이유 때문이 아니라 '그냥' 거기에 존재할 뿐이며(마치 우리의 실제 삶이 그렇듯이), 작가가 들려주는 것은 '줄거리를 가진 이야기'가 아니라 화자의 마음을 사로잡고 있는 모든 것, 의식 속에 비쳐지는 모든 영상과 운동, 경험의 총체, 삶의 총결산이다. 그래서 많은 사람들이 『잃어버린 시간을 찾아서』 앞에서 지레 겁을 먹으며, 저자가 너무 긴 문장으로 도저히 읽어 낼 수 없는 사설을 늘어놓고 있다고 불평한다. 그런가 하면 프루스트의 작품은 1960년대 이후 교수, 학자, 비평가들이 실제 작품을 정독하지도 않은 채 알맹이도 없이 즐겨 입에 올리는 단골 예술품이 되어, 자칫하다가는 이 작품이 지적 엘리트들만의 전유물이 될 지경에 이르곤 했다. 모든 문학 작품이 다 그렇겠지만, 프루스트의 경우 중요한 것은 먼저 텍스트를 자세히, 그리고 천천히 반복해 읽으면서 그 문장의 구조와 운동의 결을 깊이 음미하는 일이다.

(3) 미완의 소설 『잃어버린 시간을 찾아서』: 원고와 책

『잃어버린 시간을 찾아서』는 미완성의 작품이다. 이 작품은 완벽하지 않다. 우리가 손에 들고 있는 이 소설은 완결된 것이 아니고 여러 다른 모습이 될 수도 있었던 작품이다. 첫째는 출판사 사정 때문에 처음 몇 권이 나온 뒤 출판이 중단되었고, 둘째는 마지막 몇 권이 저자의 죽음으로 중단되었다가 사후에 여러 차례에 걸쳐 다양한 형태로 달리 출판되었기 때문이다. "마지막 3분의 1이 아직도 그 발생의 어둠 속에 잠겨 있는 이 작품은 그 원고의 몸체와 불가분의 관계에 있다. 『갇힌 여인』에서부터 인쇄된 소설의 신비스러운 변신은 완성을 보지 못했다."(나탈리 모리악 다이어) "불확실하고 혼란스러운 복잡성의 모습으로 삶이 소설 속으로 들어왔다. 소설의 머리를 장식하는 '콩브레'와 그 대미를 이루는 '되찾은 시간'이라는 양극 사이에 담긴 소설은 불안정한 모습 그대로 남았고, 작가의 죽음이 찾아올 때까지 삶은 그 소설을 뒤죽박죽으로 흔들어 놓았다"고 말한 앙투안 콩파뇽의 지적대로, 이 소설의 원칙은 무엇보다도 삶의 원칙이 그러하듯 '증식하는 무질서의 원칙'이라고 할 수 있다. 프루스트는 무질서가 이 세계의 모습이라는 사실을 누구보다 뚜렷하게 깨달은 작가였다.

원고

『잃어버린 시간을 찾아서』의 원고는 '메모 수첩'Carnets de notes(외투 주머니 속에 들어가는 크기-현재까지 출판된 네 권)과 '공책'Cahiers(프루스트가 소설의 가장 중요한 대부분의 내용을 손으로 쓴 공책) 95권으로 구성되어 있다. 이 엄청난 원고 덩어리는 두 개의 그룹으로 나눌 수 있다.

• 공책cahiers I-XX

『잃어버린 시간』 두 번째 파트의 연속적인 버전을 담고 있다. 이것은 작가 생전에 발표된 『소돔과 고모라 1, 2』, 작가가 죽은 뒤에 발표된 『사라진 알베르틴』과 『되찾은 시간』의 에디션의 바탕이 되었다.

• 공책cahiers 1-75

1908년부터 프루스트가 늘 사용해 온 공책에 쓴 원고들이다. 이 공책들만 전체 8000여 페이지에 달한다. 물론 이 공책 페이지에 덧붙인 종이와 놀라울 정도의 크기에 해당하는 부전지becquet가 추가되어 있다. 이것은 학생들이 사용하는 고급 공책들이다.

이 책은 빨리 구상된 것처럼 빨리 읽는 것이 좋다. 그리고 나중에 꼼꼼히 다시 읽으면 된다. 사실 이 작품은 1909~1912년부터 대략 제1차 세계대전 직전까지 첫 번째 버전이 급하게 구상되었다. 그리고 제1차 세계대전 중인 1915~1916년 사이의 극히 짧은 기간에 알베르틴이라는 인물을 새로 도입하는 두 번째 버전이 구상되었다. 알베르틴의 등장에 의해 도입된 부분을 작가는 '에피소드'라고도 불렀고, '돌발적 사건'Péripétie이라고도 불렀다. 이 길고 긴 질투의 드라마는 『스완의 집 쪽으로』에서 예고했던 전체 세 권의 설계도를 폭발시켰고, 그에 따라 작품은 전반적으로 재구성되지 않으면 안 되었다. 제1차 세계대전으로 인해 소설의 출판이 중지된 시간은 소설이 방대한 규모로 확장되는 한편 제4권 『소돔과 고모라』가 탄생하는 기회가 된 셈이다. 그러니까 이 소설이 미완성이라는 것은 소설의 중간 부분에 해당되는 말이다. 왜냐하면 소설의 끝('머리들의 무도회'와 '불수의 기억'의 현현)은 이미 1909~1911년에 정해진 것이기 때문이다.

그다음에야 프루스트는 이미 쓴 글들을 읽고 고치고 지우고 추가하고 재배열하고 끝없이, 미친 듯이, 다시 꿰맞추었다. 프루스트는 소설의 끝을 처음과 함께 썼다고 확언한다. 다시 말해서 소설을 다 쓰기 전에 이미 소설의 '의미'를 알고 있었다는 얘기다. 그러나 제1차 세계대전으로 인해 지연된 집필 과정의 우여곡절은 마지막 권 『되찾은 시간』의 독트린을 교란시켰다. 최종적으로 완성된 소설은 본래의 예정된 독트린과 일치하지 않는다. 이를테면 이 소설은 원래의 계획과 그 실행 사이가 불균형을 드러내는 작품으로, 그 점이 오히려 오랜 세월을 건너지르며 생명력을 유지하는 능력을 갖는 데 밑거름이 되었다. 왜냐하면 원래의 의식적인 계획과 집필의 실천이 너무나 일치하는 작품은 쉽게 낡아 버리기 때문이다. 원래 의도와 다른 모순된 실행이야말로 삶 그 자체인 것이다. 빨리빨리 쓴 소설, 불완전한 소설, 그렇기 때문에 성공한 소설 『잃어버린 시간을 찾아서』의 아이러니가 여기에 있다. 이 역설적인 매력을 앙투안 콩파뇽은 다음과 같이 설명한다. "완성된 작품이 아닌 원고라는 것은 완성된 작품을 향한 긴장과 노력의 에너지를 내포하고 있다. 그 현재진행형의 에너지에 참가하는 사람에게 그 노력은 열정적인 동시에 감동적인 힘을 전달한다." 그렇기 때문에 우리는 여기서 글쓰기의 고동치는 맥박을 직접적으로 짚어 보는 기회를 갖게 된다.

(4) 소설의 내용: '마르셀, 작가가 되기로 결심하다'

그렇다면 이 긴 소설은 대체 무엇을 말하고 있는가? 먼저 이렇게 답할 수 있다. '한 젊은이가 사교계의 여러 살롱을 드나들면서 여러 남자 여자들과 어울리며 많은 시간을 허송세월하고 나서, 성숙한 나이에 이르자 마침내 작가가 되기로 결심한다'는 이야기라고 말이다. 또는 좀 더 다양한 에피소드와 등장인물들을 꼽아 가면서 이 작품의 줄거리를 이야기할 수도 있다. 그러나 어떤 비평가의 비유처럼, 이 소설을 이런 식으로 압축하는 것은 모네를 가리켜 "성당과 센 강의 풍경, 그리고 수련을 많이 그린 화가다"라고 말하는 것과 별반 다르지 않다. 화가로서 모네의 가치는 그가 우연히 취급하게 된 주제에 있는 것이 아니라, 자연과 빛의 변화를 관조하고 관찰해 자신만의 고유한 방식으로 표현했다는 데 있다. 프루스트도 이와 다르지 않다.

『잃어버린 시간을 찾아서』의 진정한 가치는 독자가 정교한 미로처럼 꽉 짜인 내밀한 언어의 결을 따라가면서, 프루스트가 자신만의 고유한 방식으로 이 세계를 포착해서 언어로 고정시키는 방식을 느끼고, 그 극도로 섬세한 의식에 공감하며, 그 언어들이 펼쳐 보이는 풍부한 세계를 감지할 때만 비로소 제 모습을 드러내는 것이다. 그래서 『잃어버린 시간을 찾아서』의 가치는 독서, 그것도 여러 차례의 반복된 독서를 거치지 않고는 논할 수 없는 성질의 것이다. 『잃어버린 시간을 찾아서』가 점점 더 대중과 유리된 채 비평의 전유물이 되어 가는 현상은 아마도 여기서 유래한다고 볼 수 있을 것이다. 여기서 우리는 이 거대한 작품을 축조하고 있는 여러 차원 가운데 가장 특징적인 몇 가지만을 짚어 보고자 한다.

3. 작품의 구조

(1) 대성당

『잃어버린 시간을 찾아서』는 흔히 교향곡 내지 대성당에 비유되
곤 한다. 1913년 제1편인 『스완의 집 쪽으로』가 출판되었을 때 독자
들은 작품 전체의 구조를 가늠할 길이 없었고, 프루스트는 소설에
'구성'이 없다는 비판을 들어야 했다. 이 같은 주장들에 맞서서 그는
작품이 다 완성되어 전권이 발표될 때까지 기다려 본 다음에 그 전체
에 대한 판단을 내려 줄 것을 끊임없이 요청해야 했다. 과연 전체가
완간되었을 때 드러난 이 작품의 구조는 독자를 놀라게 했다. 경이
로운 균형이 이 방대한 규모의 작품 전체를 떠받치고, 그 안에서 수
많은 세부들이 서로 조응하며, 작은 실마리들이 미래를 준비한다. 가
령 제1편에서 스치듯 슬그머니 등장했던 인물들은 사태의 변전變轉
과 더불어 점점 더 분명한 인물로 살아나면서 점차 소설의 주역이 된
다. 화자가 어린 시절에 종조부 댁에서 잠깐 보았을 뿐 누군지 알지
못했던 '장밋빛 여인'(제1권)은 후에 '미스 사크리팡'(제2권)의 모습으
로 다시 등장하고, 그녀는 스완 부인이 되었다가 나중에 포르슈빌 부

인이 된다. 오데트 드 크레시라는 이 여인은 처음에는 간단한 크로키처럼 등장했다가, 거듭되는 화가의 붓질로 얼굴 윤곽이 잡히면서 점차 뚜렷한 초상화로 완성된다. 마찬가지로 제1권의 베르뒤랭네 살롱에서 '비슈'('암사슴'이라는 뜻)라는 별명으로 불리는 경박한 젊은 화가가 등장할 때 독자는 그가 뒷날 프루스트 예술론을 떠받치는 한 기둥인 거장 엘스티르의 모습으로 떠오르리라는 것은 짐작조차 하기 힘들다. 질베르트의 특이한 글씨체에 대한 설명은 오랜 시간이 흐른 뒤 화자가 질베르트의 편지를 알베르틴의 것으로 오해하는 장면을 미리 준비하고 있다. 그리고 이 소설의 중요한 테마인 '기억'에 대한 에피소드들의 경우 역시, 제1권의 마들렌느 현상과 마지막 제7권 '마티네'(낮 모임)에서의 연속된 일화들이 서로 화답하면서 '잃어버린 시간 되찾기'의 신비로운 진실을 서로 비추며 완성한다. 거대한 대성당은 한눈에 조망할 수 없고 그 부분부분을 차례로 둘러보고 난 뒤 거리를 두고 조망할 때 비로소 전체의 모습을 떠올릴 수 있는 것처럼, 독자는 그렇게 작가의 인도에 따라 거대한 소설의 구조 속으로 깊숙이 들어갔다가 돌아 나온 다음에야 전체의 안과 밖을 조망할 수 있다.

(2) 작품의 목소리: 화자 '나'와 주인공 '나'의 차이와 일치—미학적 계시

이 작품을 읽을 때 독자는 소설 속 '목소리'voix에 귀를 기울일 필요가 있다. 여기에는 두 사람의 '나'가 있기 때문이다. 먼저 화자로서의 '나'가 있다. 이 '나'는 소설의 첫 부분에서 "오랫동안 나는 일찍 잠자리에 들어 왔다"라고 말하며 잠자리의 드라마를 펼쳐 보이는 목소리다. 이 화자로서의 '나'는 소설의 처음부터 끝까지 변함없이 현재의 시점에 서서 소설의 과거와 현재와 미래의 모든 시간들을 굽어보며 말한다. 따라서 이야기는 그의 현재의 시선과 의식과 목소리를 통해 직조된다.

한편 이 소설 속에는 주인공으로서의 '나'가 있다. 콩브레에서 어린 시절을 보내는 어린이, 게르망트 부인을 사모하고 알베르틴과 동거하는 젊은이가 바로 이 소설의 주인공으로서의 '나'다. 이 주인공으로서의 '나'는 어린 시절(1883년, 5~14세 무렵)부터 어른이 된 이후 게르망트 대공 댁의 '마티네'에 이르기(1925년경, 47세)까지 40여 년 동안 자신과 관계를 맺는 모든 다른 인물과 마찬가지로 세월을 따라 끊임없이 변모한다. 이 같은 변모를 가져온 것은 흐르는 시간, 즉 '잃어버린 시간'이다. 그는 자신이 삶 전체에 걸쳐 암암리에 가장 깊은 관심사로 삼아 온 것, 즉 '글을 쓰고자 하는 욕망', 다시 말해 '작가가 되려는 소명'을 소설의 끝에 이르러서야 비로소 뚜렷하게 의식한다. 그는 '잃어버린 시간'을 자신의 예술을 통해서 '되찾자'고 결심하는 것이다. 그리하여 이 소설의 맨 끝에서 주인공 '나'가 작가로서의 소명을 분명히 깨닫고, "'시간' 속에 있는 인간을 그려 보리라"고 말하는 바로 그 지점에서 마침내 이 소설은 쓰이기 시작한다. 이렇게 해서 주인공 '나'는 소설의 끝에 이르러 마침내 화자 '나'로 변신하고, 소설의 마지막은 다시 소설의 처음으로 연결된다. 마치 하나의 선을 따라가는 것처럼 보이다가 그 끝이 다시 맨 처음으로 돌아와 맞물리며 둥근 원을 이루는 구조는 이 방대한 대사원 같은 소설의 가장 두드러진 특징이기도 하다. 다만 이 원의 지름이 너무나 길어서 독자가 원의 전모를 제대로 굽어보기가 쉽지 않을 뿐이다. 그러므로 매우 높은 산에 올라가야 광대한 한 도시의 전체 모습이 내려다보이듯이, 『잃어버린 시간을 찾아서』의 정상에 오를 때까지 그 미세한 문장의 오솔길과 앞이 보이지 않는 절벽과 어두운 숲 속으로 길을 찾아 오르고 또 올라야만 이 대사원의 전경이 한눈에 보인다는 사실을 잊지 말아야 한다.

미학적 계시: 자전적인 형식을 갖춘 모든 이야기가 그러하듯 이 소설에서 서술하는 나(화자)와 서술되는 나(주인공)는 나이와 경험의 차이에 의해 서로 구별된다. 바로 이 나이와 경험 덕분에 화자는 주인공에 대해 우월한 입장에 놓인다. 가령 자서전을 쓰는 만년의 '나'는 높은 산꼭대기에서 발아래 펼쳐진 도시를 굽어보듯 철없던 지나온 날의 삶을 때로는 오만하게, 때로는 연민의 눈길로, 또 때로는 아이러니한 시선으로 바라보며 이야기하는 것이다. 그러나 다른 모든 자전적인 서술과는 달리, 이 소설의 고유한 특징은 본래 가변적일 수밖에 없는 나이와 경험의 차이 —화자와 주인공 사이의 나이와 경험의 차이는 주인공의 삶에 대한 '학습'이 진행되면서 점차 줄어드니까— 외에 단순한 '발전'만으로 환원될 수 없는 근본적이고 절대적인 또 한 가지 차이가 추가된다는 점이다. 즉 이 소설에서 화자 '나'는 마지막 계시와도 같은 '비의도적인 기억'과 '미학적 소명'이라는

결정적인 계기에 의해 주인공 '나'와 구별된다. 즉 "마르셀이 작가가 되다"라는 말은 이 경우 "주인공이 비로소 화자로 존재의 전환을 겪는다"라는 말로 번역할 수도 있는 것이다. 바로 이 점에서 『잃어버린 시간을 찾아서』는 이른바 '교양 소설'의 전통과 구별되면서, 어느 면에서는 오히려 아우구스티누스의 『참회록』과 같은 종교적인 문학 형식에 가까워진다. 즉 이 소설에서 화자는 단순히 경험 차원에서 주인공보다 '더 많이' 아는 정도에 그치지 않는다. 그는 절대적인 의미에서 '진실'을 깨닫는 것이다. 그 진실은 주인공이 점진적이고 지속적으로 발전하다 보면 결국에는 접근하게 되는 그런 진실이 아니다. 그 전에 그 진실을 암시하는 여러 조짐과 징조가 없었던 것은 아니지만, 이 진실은 이를테면 그 어느 때보다도 더 그 진실과 멀리 떨어져 있는 순간 부지불식간에 그를 덮치는, 그런 갑작스런 진실이다.

일종의 계시와 같은 효력을 가져오는 그 '진실'의 결과는 매우 중요하다. 그러나 이때의 진실은 종교적인 것이 아니라 미학적인 것이다. 어쨌든 그 진실을 경험하기 전까지 주인공의 말과 화자의 말은 서로 겹치기도 하고 한데 얽히기도 하지만, 그 둘이 완전히 하나가 되는 일은 없다. 오류와 시련으로 점철된 주인공의 목소리가 진실에 가 닿은 화자의 인식과 지혜의 목소리와 같아질 수는 없는 것이다. 그런데 '결정적인 계시'가 있고부터 그 두 목소리는 하나로 이어지고 합쳐진다. "그런 생각이 들었다"고 했던 주인공의 말이 "나는 깨달았다", "나는 알아차렸다", "나는 알게 되었다" 등 화자 특유의 "나는 안다"라는 인식 차원으로 승격하는 것이다. 소설의 마지막 장면, 즉 게르망트 대공 부인 댁 마티네에 초대받은 주인공은 '행동'에 있어서 소설 끝의 화자와 아직 일치하지 않는 것이 사실이다. 왜냐하면 아직 주인공이 생각하는 작품은 쓰이지 않았기 때문이다. 그러나 벌써 '생각'과 '말'에서 그 두 입장은 '하나'가 되어 있다. 왜냐하면 양쪽이 다 같은 '진실'을 공유하기 때문이다. 그 진실은 주인공의 '반과거'가 화자의 '현재'로 아무 저항 없이 미끄러져 들어갈 수 있게 하는 진실이다. 비평가 제라르 주네트는 그 점을 여실히 증명해 주는 것이 바로 소설의 저 유명한 마지막 문장이라고 지적한다.

"그래서 내 작품을 완성시킬 만큼 충분히 오랜 시간 동안 나에게 그런 힘이 주어진다면(m'était laissée: 반과거), 나는 우선 그 작품 속에다가,—그렇게 하다가 그들을 괴물 같은 인간들로 만들어 놓는 한이 있더라도 (dût-il)—공간 속에 그들에게 할당된(est reservée: 현재) 너무나도 협소한 자리에 비기면 너무나도 엄청나게 큰 자리, 공간 속에서와는 반대로 시간 속에서 한량없이 길게 연장된—오랜 세월 속에 깊숙이 몸을 잠그고 있는 거인들처럼, 그들이 몸소 살았던, 그토록이나 서로 멀찍이 떨어져 있는, 그 사이에 수많은 나날들이 차례차례 와서(sont venus: 현재) 자리 잡는, 여러 시기에 동시에 닿아 있으므로(touchent: 현재)—자리를 차지하는 인간들을 반드시 그려 보이고 말리라(ne manquerais: 미래)."

(3) 한 시대의 기록

생시몽은 『회고록』을 통해 자신이 살았던 시대의 기록을 남겼다. 발자크는 《인간 희극》으로 호적부와 경쟁하며 한 시대의 완전한 역사를 그려 보이려 했다. 프루스트의 『잃어버린 시간을 찾아서』 속에도 한 시대의 세밀화가 담겨 있다. 그는 자신이 경험한 세상의 성격과 풍속을 지근거리에서 관찰하고 연구했다. 이 소설에는 그 핵심 재료라 할 수 있는 몰락 직전의 파리 사교계(20세기 초엽)가 마치 현미경으로 들여다보듯이 정밀하게 묘사되어 있다. 독자는 이 소설을 읽으면서 마치 프루스트의 시대를 직접 살아가는 듯한 생생한 체험을 하게 된다. 이런 점에서 『잃어버린 시간을 찾아서』는 생시몽이나 발자크가 그러했던 것처럼 한 시대의 기록이라고 할 만하다.

프루스트의 소설 기술 가운데 가장 놀라운 특징은 몇 개의 '거대한 장면'에 부여하는 중요성이다. 이 거대 장면들은 이야기를 끌어나가는 동력의 발원점으로서 장면 묘사인 동시에 미묘한 극적 사건(그러나 무수한 디테일들 때문에 사실은 그 극적 긴장감이 가려지지만)이 전개되는 공간이다. 『잃어버린 시간을 찾아서』의 수많은 페이지들은 어머니와의 저녁 입맞춤, 질베르트와의 우연한 만남, 노르푸아와의 만찬 또는 베르고트와의 식사 같은 주요 장면 외에 여섯 개의 수많은 '사교계 장면'에 할애되어 있다. 이들 각 장면은 화자의 삶에서는 불과 몇 시간에 해당되는 것이 고작이지만, 소설로는 장장 150여 페이지에 달하는 길고 중요한 몫을 차지하고 있다. 그 여섯 개의 장면이란 바로 『게르망트 쪽』에서 '빌파리지 부인의 마티네'와 '게르망트 공작 부인 댁의 만찬', 『소돔과 고모라』에서 '게르망트 대공 부인 댁의 야회'와 '라플리에르에서 열린 베르뒤랭 부인 집의 만찬', 『갇힌 여인』에서 '파리의 베르뒤랭 부인 집의 야회', 그리고 끝으로 『되찾은 시간』의 '게르망트 대공 댁의 마티네'를 말한다. 그리고 이런 거대 장면들은 화자가 이 장면 외에 적어도 부분적으로는 매우 자세하게 서술해 보이는 터인, 어느 하루가 끝나 가는 저녁 시간대에 위치한다.

　이런 한 시대의 세밀화가 가능했던 것은 그 속에서 생생하게 살아 숨 쉬는 인물들이 존재하기 때문이다. 프루스트의 인물들은 과장이나 조작적으로 꾸민 것 같은 느낌을 주는 일이 없이, 독자로서는 결코 잊을 수 없는 존재감을 지닌다. 개인인 동시에 하나의 전형인 레오니 아주머니, 하녀 프랑수아즈와 그녀의 격언들, 속물 르그랑댕, 그 허장성세가 볼 만한 블로크, 끝없는 달변이 특징인 노르푸아, 생루, 샤를뤼스, 게르망트 공작 부인, 오데트, 질베르트 또는 알베르틴 등 각각의 인물들은 자신만의 리듬, 그리고 어느 장면에 등장하든 즉시 알아볼 수 있는 그들만의 버릇과 언어를 가지고 있다. 심지어 부차적인 인물들까지도 뚜렷한 윤곽을 갖추고 있다. 가령 가지가지 말실수들을 연출하는 그랑 호텔의 지배인이 그렇다. 나이, 계층, 행동 또는 무위無爲 등 한 인물의 성격을 규정하고 자리매김하는 모든 것, 열정, 의혹, 질병 같이 즉석에서 그 인물의 마음을 흔들어 놓거나 변화시키는 모든 것은 대화와 내면적인 독백들에 미세하지만 무한한 뉘앙스를 부여한다.

그러나 이 작품에서 느껴지는 분위기나, 작가가 겨누는 목표는 다른 작가의 경우와 전혀 다르다. 사교계에 대한 야유 섞인 풍자와 비평이 폐부를 찌르는가 하면, 다른 한편으로 "의식의 가장 미묘한 인상들, 생각의 가장 섬세한 뉘앙스들의 기막히게 예민한 분석" 또한 주목거리다. 어느 비평가는 망원경과 현미경이 동시에 작동하는 듯한 이 소설의 특징을 다음과 같이 표현한 바 있다.

『잃어버린 시간을 찾아서』는 한 시대의 역사인 동시에 한 의식의 역사다. 이와 같은 이중성과 그 양면의 결합이 바로 이 작품의 깊고도 경탄할 만한 독창성을 이루고 있다.

한 시대와 그 시대의 인간들을 기록했다는 점에서 프루스트는 다른 작가들과 공통된 면을 보이지만, 그것을 기록하는 작가의 눈은 표면에만 머물지 않고 마치 'X레이 광선'처럼 또는 내시경처럼 내면으로 깊숙이 침투해 미시적으로 조명한다는 점에서 독창적이다. 프루스트는 말하고 행동하는 모든 인물과 모든 사태를 묘사하는 동시에 치밀하게 분석했다. 극도로 예민하고 지적인 의식이 한 시대를 바라보며 묘사하고 비평하고 분석하는 이 소설은, 그래서 소설의 배경이 되는 시공간을 초월해 만인에게 공감을 자아내는 보편성을 획득한다.

(4) 기억과 시간: 의도적 기억과 불수의 기억

『잃어버린 시간을 찾아서』의 가장 유명한 에피소드를 꼽으라면 '마들렌느 과자' 이야기를 빼놓을 수 없을 것이다. 어느 추운 날, 주인공이 뜨거운 차에 마들렌느 과자를 적셔 입에 넣는다. 그 순간 화자는 언젠가 이 맛과 똑같은 맛을 본 적이 있음을 느낀다. 두 번, 세 번 맛을 보자 화자의 내면에 깊이 잠들어 있던 그 맛의 기억이 깨어난다. 그 맛은 주인공이 어렸을 때 콩브레에서 가족과 함께 휴가를 보내던 시절에 레오니 고모의 방에서 맛보았던 차 맛, 바로 그것이었다. 그 맛과 함께 그 차를 맛보라고 하시던 레오니 고모의 방이 떠오르고, 이윽고 콩브레 마을과 그 시절 생활의 전모가 고스란히 의식의 표층으로 떠오른다. 이 기억은 화자 자신도 잊고 있던, 화자의 무의식 저 깊은 곳에 파묻혀 있던 기억이다. 의식적 기억이 망각의 바다에 던져진 그물의 끝을 간신히 붙들고 있는 것이라고 한다면, 이때 떠오른 것은 무의식의 바다 깊이 잠겨 있던, 거대한 기억의 그물 전체다. 이렇게 의식이나 의지와는 상관없이, 저절로 되살아나서 지나간 삶의 전모를 복원해 내는 기억을 작가는 '불수의不隨意 기억'이라고 부른다. 왜냐하면 이런 종류의 기억은 의도적인 노력의 산물이 아닌 자연 발생적으로 솟아오르는 기억의 작용이기 때문이다. 이렇게 마술처럼 과거를 고스란히 되살려 놓는 힘과 관련된 에피소드들은 소설의 마지막 권인 『되찾은 시간』에도 등장한다. 높이가 고르지 않게 깔린 포석, 접시에 부딪치는 숟가락의 쟁그랑하는 소리, 빳빳한

냅킨의 감촉 같은 사소한 감각들이 지나간 과거의 감각들을 건드리면서 거기에 연관된 기억을 의식의 표면으로 떠오르게 한다. 그 순간이 환희의 순간인 것은, 그 순간만큼은 자신이 '평범하기 짝이 없고 우발적이며 필연적으로 죽게 마련인 존재'라고 느껴지지 않기 때문이다. 이 경험은 말하자면 시간의 한계를 벗어난 비시간성의 계시를 만나는 경험이다.

'불수의 기억'이 중요한 것은, 이를 통해 '화자-작가'가 시간의 파괴력을 초월한 차원에서의 구원을 예감하기 때문이다. 시간은 과거에서 현재를 거쳐 미래로 흐른다. 인간은 이렇게 흘러가는 시간 속에서 살아가다가 어느 순간 그 시간의 흐름이 중단되면서 소멸한다. 시간은 모든 것을 파괴하는 힘이다. 그러나 이 '불수의 기억'은 소멸되어 사라진 것 같았던 과거를 고스란히 불러내어 되살리는 위력을 가졌다. 이런 기억은 마치 마법처럼 시간의 문을 열고, 시간의 서로 다른 차원들을 서로 연결한다. 이렇게 덧없이 흘러갔다고 여겼던 시간의 차원을 '불수의 기억'에 의해 초월함으로써, 화자-작가는 자신의 육신이 죽은 뒤에도 소멸되지 않고 영원히 구원받을 수 있음을 깨닫는다. 그리고 그 구원의 방법은, 예술 작품을 통해 지나간 과거를 영원히 고정시키는 것이다. 삶은 시간에 예속되어 있지만, 예술은 시간을 예속시킨다.

(5) 예술과 성찰

마지막 권『되찾은 시간』에 초점을 맞추어 이 소설 속에서 주인공이 거쳐 가는 인생행로를 더듬어 볼 때, 이 작품은 주인공이 작가로서의 소명을 발견해 가는 일종의 성장 소설로 이해될 수 있다. 과연 주인공은 진정한 작품을 쓸 수 있는 작가의 자질을 갖추기까지 여러 예술가로부터 직간접적인 인도를 받는다. 작가 베르고트, 화가 엘스티르, 음악가 뱅퇴유는 저마다 서로 다른 예술 장르를 대표한다. 이들은 프루스트가 실존 인물 여러 명을 모델로 삼아 만들어 낸 허구의 인물들로, 각기 다른 방식으로 주인공을 예술의 세계로 인도한다. 이 소설에는 프루스트가 창조한 허구의 예술가 외에도 100명이 넘는 실제 예술가와 200여 점의 실제 작품이 언급되고 있다.

『잃어버린 시간을 찾아서』는 소설의 구조 자체가 전통 소설과 다르고, 가시적인 줄거리 전개가 뚜렷하게 포착되지 않는다는 사실만으로도 독서를 힘들게 한다. 거기에 더해 시도 때도 없이 등장하는 숱한 예술 작품과 그에 대한 작가의 장황한 해석이나 암시들은 평범한 독자를 지치게 만드는 요인이기도 하다.

가령, 제1편인『스완의 집 쪽으로』에 등장하는 부엌데기의 경우를 보자. 프랑수아즈를 도와 부엌에서 허드렛일을 하는 이 부엌데기 하녀는 만삭의 몸을 하고 있다. 세련된 예술 애호가 스완 씨는 이 하녀를 지오토의 벽화〈자비〉에 비유한다. 부엌데기가 부른 배 때문에 입고 있는 풍성한 옷이 '자비'라는 제목의 그림에서 풍만한 여인이 입고 있는 치마를 연상시키기 때문이다. 지오토는 이탈리아 르네상스 시대의 화가로, 피렌체의 돔 외에 파도바에 있는 성당에도 이름난 벽화들을 남겼다. 이 소설에 나오는 '자비' 역시 파도바 성당에 그려진 벽화 작품 가운데 하나다. 스완 씨의 이런 비유를 계기로 지오토에 대한 주인공의 성찰이 소설 속에 끼어든다. 지오토의 경우는 아주 작은 예에 불과하다. 이 문제와 관련된 것으로는 『잃어버린 시간을 찾아서』에 등장하는 수많은 그림들과 그에 관한 소설의 텍스트와 해설을 한데 모아서 소개한 책 『그림과 함께 읽는 잃어버린 시절을 찾아서』(마르셀 프루스트 저, 에릭 카펠리스 편, 이형식 옮김, 까치글방, 2008)를 비롯한 여러 종류의 소개서와 연구서들이 있다. 이 소설은 끊임없이 현실을 예술에 비유하고, 예술 작품을 통해 현실을 바라본다. 때로는 예술이 현실을 압도하기도 한다. 음악가 뱅퇴유와 화가 보티첼리가 없었다면 스완은 오데트와 사랑에 빠지지 않았을지도 모른다. 스완이 오데트의 천박한 실상을 알아보지 못하고 사랑에 빠져드는 데는 뱅퇴유의 소나타와 오데트를 닮은 보티첼리의 그림 〈시포라〉가 한몫을 하는 것이다.

이 작품 전편에는 고전과 현대를 막론하고 수많은 예술가, 예술 작품과 관련된 에피소드들이 삽입되어 있고, 많은 등장인물들이 다양한 예술과 예술가를 논하고 있다. 그리고 이런 에피소드들과 해석들 자체가 주인공이 작가로서 성장해 나가는 과정을 보여주는 기회가 된다. 제2편 『꽃피는 처녀들의 그늘에서』에서 주인공은 그토록 칭송받는 라 베르마의 연기를 관람하지만, 그 진가를 알아보지 못하고 실

망만을 느낀다. 그러다가 제3편 『게르망트 쪽』에 이르러 다시 같은
작품의 공연을 보았을 때 비로소 그 참된 가치를 깨닫는다. 그만큼
그동안 주인공의 예술적 안목이 깊고 높아진 것이다.

화가 엘스티르는 프루스트가 마네, 모네, 르누아르 등을 모델로 가
공해 낸 인물로, 소설 속에서 당대의 거장으로 묘사되고 있다. 주인
공은 발베크에서 우연히 엘스티르를 알게 되어 그의 화실을 방문할
기회를 얻는다. 이 화실에서 그가 엘스티르의 그림들을 보며 화가라
는 존재에 대해 성찰하는 대목을 살펴보자.

그러나 나는 그 그림들에 표현된 사물들 하나하나가, 시에서 은유라고
부르는 것과 비슷한 일종의 변모를 거침으로써 매력을 갖게 되었다는 사
실을 파악할 수 있었다. 신이 사물들에 이름을 붙여 명명함으로써 그것
들을 창조했다면, 엘스티르는 그것들로부터 이름을 제거함으로써, 또는
그것들에 다른 이름을 줌으로써 재창조했던 것이다. 사물을 지칭하는 이
름이란 우리가 그 사물에 대해 갖는 진정한 인상들과는 무관한 하나의
지적 관념에 부합하는 것으로서, 그 관념에 어울리지 않는 것들은 모두
우리가 받은 인상들에서 제거해 버리게끔 한다.

이런 성찰은 인상주의 예술론을 설명하는 것인 동시에, 작가 자신
의 작가론을 드러내는 것이기도 하다. 프루스트는 사물이나 사태에
대한 진부한 표현을 피하고, 가장 정직하고 가장 적합한 말을 찾아내
기 위해 최대한의 노력을 기울였다. 관습적인 표현이 반드시 잘못된

관념을 담고 있기 때문은 아니다. 관습적인 표현은 때로 가장 적절한 표현이기도 하다. 그러나 그런 피상적인 표현은 우리 경험의 실체를 진정으로 표현하지는 못한다. 어쩌면 그런 진부한 표현들이 우리의 경험 자체를 제한해 우리의 경험과 인식을 진부한 상태로 머물게 한다. 새롭게 바라보고, 새롭게 표현하는 것은 곧 새로운 경험이자 새로운 인식이다. 프루스트는 자신이 표현하고자 하는 것들에 대해서 엄밀하고도 새로운 정의를 시도했다. 사물을 바라보는 관습적인 방식을 버리고 자신만의 고유한 방식으로 바라보는 것, 그것을 일찍이 존재하지 않았던 언어로 표현하는 것, 바로 여기에 프루스트의 독창성이 있다.

또한 프루스트의 예술 비평은 작품 곳곳에 숨어 있는 철학적 성찰들과도 궤를 같이한다. 이 소설의 상당 부분을 차지하는 예술 비평과 철학적 성찰은 『잃어버린 시간을 찾아서』를 그때까지의 다른 소설들과 구별하는 주된 특징들 가운데 하나다. 프루스트의 사상가적 면모에 대해서는 미셸 레몽의 다음과 같은 설명을 참고해 보기로 하자.

(……) 그리하여 프루스트는 마르셀의 여러 인상에다 작자로서의 주석을 점점 더 많이 섞어 넣고 있다. 독자는 어떤 허구적인 세계 못지않게 사상의 세계로 발을 들여놓는 셈이다. '가필'ajoutage을 할 당시에 끼워 넣은 전체적인 부연의 비중이 커진 나머지 소설은 큰 변화를 입었다. 소설가의 바통을 이어받아 에세이스트의 역할이 크게 추가되었던 것이다. 우리는 『잃어버린 시간을 찾아서』에 등장하는 인물들의 목록을 작성할 수 있

듯이 '주제'들의 목록도 만들려면 만들 수 있을 것이다. 마르셀 프루스트는 샤를 뒤 보스Charles Du Bos의 말처럼 "우리 시대의 몽테뉴"였다. 그는 독자들에게 잠, 꿈, 기억, 망각, 질투, 사랑, 욕망, 고통에 대한 성찰을 제시해 보였다. 소설가란 무엇보다도 어떤 이야기를 들려주는 데 관심을 더 많이 기울이는 작가를 가리키는 말이라고 한다면, 프루스트는 소설가라고 하기 어렵다. 발자크도 이야기에 곁들여 장황한 주석들을 끼워 넣곤 했다. 그러나 그는 자신의 책이 강력한 극적 구조를 갖추도록 만드는 데 노력을 게을리하지 않았다. 그는 이야기의 플롯을 짜 맞추는 데 탁월한 재능을 발휘했다. 그의 주석들은 행동의 발전에 그 나름으로 기여했다. 그것은 행동의 전말을 설명해 주는 것이었다. 또 사태의 무게를 가늠할 수 있게 해 줌으로써 극적 긴장을 유지하는 데 도움이 되었다. 그런데 프루스트의 주석은 어떤 행동에 종속되어 있는 것이 아니었다. 그것은 어떤 허구적 세계에 실체감을 부여하려는 데 목표를 둔 것이 아니었다. 그것은 일상생활의 구체적인 조직, 즉 지각, 추억, 꿈 등에 대한 성찰로부터 생겨나는 것이었다.

4. 전체 줄거리

『잃어버린 시간을 찾아서』는 다음과 같은 일곱 권으로 구성되어 있다.

    (1) 스완의 집 쪽으로

    (2) 꽃피는 처녀들의 그늘에서

    (3) 게르망트 쪽

    (4) 소돔과 고모라

    (5) 갇힌 여인

    (6) 사라진 알베르틴

    (7) 되찾은 시간

독자의 빠른 이해를 돕기 위해, 중요한 행동의 흐름에 따라 작품의 줄거리를 다음과 같이 요약해 보았다.

제1편 『스완의 집 쪽으로』(1913년 출간)

제1부 콩브레

파리에 있는 주인공의 침실. 화자인 '나'는 지난날 일찍 잠자리에 들어 잠을 못 이루던 때를 상기한다. 잠에서 어렴풋이 깨어나는 순간 그때까지 살아왔던 여러 방房들이 줄지어 머릿속에 떠오른다. 어린 시절 콩브레에서 보낸 바캉스의 회상. 가족들, 가끔 찾아오는 손님인 스완 씨, 또 스완 씨의 방문 때문에 늘 받던 어머니의 잠자리 키스를 받지 못하는 밤의 고통 등. 이런 기억들은 의식의 토막 난 단편들에 지나지 않는다. 그리고 성인이 된 뒤의 추억이 떠오른다. 어느 날, 차에 적신 마들렌느 과자를 입에 넣자 그 맛이 콩브레 시절의 '나'가 레오니 고모 방에서 느꼈던 감각과 동일한 감각을 일깨우면서, 잊어버린 것으로 생각했던 어린 시절 콩브레의 추억을 되살려 놓는다. 이러한 의도하지 않은 불수의 기억을 통해 '나'는 콩브레 전체가 기적처럼 오롯이 의식의 표층으로 떠오르면서 소생하는 것을 경험한다.

어린 시절을 보낸 콩브레 마을의 묘사. 등장인물은 할머니, 할아버지, 레오니 고모, 아돌프와 오데트, 라 베르마, 스완의 딸, 르그랑댕, 블로크, 베르고트, 그리고 하녀 프랑수아즈와 욀랄리 등. 콩브레에는 메제글리즈 쪽(스완네 집 쪽)과 게르망트 쪽으로 갈라진 두 개의 산책로가 있다. 그중 스완의 집 쪽은 산사나무 꽃이 피어 있는 시적인 정경, 탕송빌에서 잠시 마주친 소녀 질베르트의 기이한 행동, 몽주뱅에서 목격한 뱅퇴유 아가씨와 그녀의 여자 친구가 벌이는 변태 성욕 장면의 배경이다. 한편 게르망트 쪽은 모네를 연상시키는 연꽃들과 더불어 비본느의 아름다운 시냇물 정경을 보여준다. 이 게르망트 쪽은 어린 화자에게 신비스러운 매혹을 자아내는 게르망트 공작 부인이 소설 속으로 입장하는 기회이기도 하다. 산책을 마치고 콩브레로 돌아가던 어느 날, 화자는 석양빛을 받는 마르탱빌의 종탑을 보며 말할 수 없는 쾌감과 전율을 느낀다. 그는 그 풍경이 주는 인상 뒤에 포착하기 힘든 그 무엇이 숨겨져 있음을 깨닫고 그 인상을 기록한다. 이 제1부는 아침이 되어 화자가 잠에서 완전히 깨어나면서 끝난다.

제2부 스완의 사랑

화자가 태어나기 여러 해 전에 있었던 어떤 사랑의 에피소드를 서술하는 소설 속의 소설이다. 예외적으로 유일하게 3인칭으로 서술되는 이 부분은 전체 소설과 분리되어 따로 읽힐 수도 있다. 실제로 이 부분만이 독립된 책으로 출판되기도 하고, 이 이야기를 바탕으로 한 영화도 제작된 바 있다. 여기서는 베르뒤랭 부부를 중심으로 하는 지적이지만 속물적인 부르주아 사교 살롱을 배경으로 오데트에 대한 스완의 사랑이 싹트고 소멸하는 과정을 그린다. 이는 동시에 베르뒤랭 부부의 살롱에 출입하는 '핵심 멤버들'을 통한 파리 사교계의 첫 번째 묘사와 소개이기도 하다. 등장인물은 브리쇼, 코타르, 사니에트, 비슈, 포르슈빌. 우연히 알게 된 오데트의 소개로 스완은 부르주아의 살롱에 모이는 베르뒤랭 부인의 작은 동아리에 가입한다. 스완은 베르뒤랭의 살롱에서 연주하는 뱅퇴유의 소나타 소악절을 듣고 황홀감에 빠진다. 그리고 오데트와 함께 들은 이 소악절이 스완에게는 오데트에 대한 사랑의 표상으로 여겨진다. 그러나 오데트는 스완의 눈을 속이고 포르슈빌 백작과도 사귄다. 어느 날 저녁 야회夜會에서 오데트를 만나지 못한 스완은 밤중에 그녀를 찾아 파리 거리를 헤매고 다니다가 거리에서 그녀와 마주친다. 그들의 사랑의 증표인 난초 꽃 '카틀레야'의 등장. 프루스트는 생 퇴베르트 부인 댁의 야회를 계기로 사교계의 거창한 장면 하나를 이야기 속에 박아 넣고, 그 속에 게르망트 집안사람들을 등장시킨다. 오데트에 대한 사랑과 질투 속에서 갈등하던 중, 스완은 오데트가 많은 남자들과 여자들의 정부였음을 고발하는 익명의 편지를 받는다. 스완은 오데트와 보낸 시간이야말로 진정한 삶이라고 여겼던 것이 환상에 불과했으며, 자신에게 어울리지 않는 여자를 위해 오랜 세월을 낭비했음을 느낀다. 그는 베르뒤랭 무리에서 축출당한다. 그리고 자신의 사랑에서 벗어난다. 이처럼 스완의 사랑이 통과하는 욕망, 공상, 불안, 애착, 고뇌, 질투, 망각의 행로는 이후 주인공 자신이 그대로 되풀이해서 거쳐 가게 될 행로에 대한 예고이기도 하다.

제3부 고장의 이름: 이름

이제 이야기는 3인칭 스완으로부터 화자인 마르셀의 1인칭 서술로, 그리고 주인공의 청소년기로 복귀한다. 이 제3부는 매우 짧은 세

섹션으로 구성되어 있다. 첫 번째 섹션은 발베크, 피렌체, 베니스 등 장소의 이름들에 대한 시적 몽상으로 이루어져 있으며, 이런 몽상들은 병약해서 극장 구경조차 가지 못할 정도로 외출이 금지된 화자에게는 상상의 여행일 뿐이다. 이 '고장의 이름: 이름'은 뒤에 나오는 제2권 '고장의 이름: 고장'과 쌍을 이룬다. 여기서의 '이름'과 '고장'의 관계는 꿈과 현실이 서로 대비될 때 생기는 환멸과 관련이 있다. 오직 예술만이 현실 풍경에 본질을 부여해 화자의 기대를 만족시킬 수 있다. 두 번째 섹션은 화자가 샹젤리제에서 놀다가 스완과 오데트 사이에서 태어난 딸 질베르트에게 반해 버리는 이야기다. 세 번째 섹션의 배경은 많은 시간이 지난 뒤인 전쟁 직전의 불로뉴 숲이다. 흐르는 세월과 더불어 모든 것이 다 변해 버렸다. "내가 경험한 현실은 이제 더 이상 존재하지 않는다." 세 번째 섹션 '고장의 이름: 이름'에서부터 이 소설은 비로소 단순한 이야기를 넘어 하나의 미학으로 승격한다.

제2편 『꽃피는 처녀들의 그늘에서』(1919년 갈리마르 출판사에서 출간)

제1부 스완 부인의 주변

이 장은 「스완의 집 쪽으로」의 끝 부분으로 집필되었지만, 소설 제1권의 길이가 너무 길다고 판단해서 분리한 부분이다. 스완은 애증 관계 끝에 오데트와 결혼해서 딸 질베르트를 얻었다. 질베르트와 '나'는 어린애 같은 사랑을 나눈다. '나'는 늘 동경하던 라 베르마가 연기하는 라신 작 〈페드르〉를 관람하고 실망한다. 아버지가 베푸는 만찬에 전직 외교관인 노르푸아 씨가 참석한 기회에 '나'의 문학 지망이 화제에 오른다. 화자는 질베르트네 집에 초대받고, 점차 오후 다과 시간의 단골손님이 된다. 그는 또한 스완의 집에서 자신의 문학적 우상인 작가 베르고트를 만나 알게 된다. 그는 그 대가의 생김 새와 목소리에 실망하지만, 곧 그 실망을 넘어 베르고트의 독창적인 면을 이해하기에 이른다. 이를 계기로 소설 속에, 뱅퇴유의 음악에 이어 예술에 대한 또 한 가지 테마(문학)가 등장한다. 질베르트는 차츰 화자에게서 멀어져 간다. 화자가 그녀를 찾아가는 횟수가 너무 잦아지고, 그녀를 만나면서 느끼는 행복감이 크면 클수록 그녀 쪽에서는 부정적인 반응만 뚜렷해진다. 그 결과 질베르트에 대한 화자의 정열은 차츰 식어 가고, '마음의 간헐'(작가가 처음에 이 소설 전체에 붙였던 제목) 덕분에 점진적인 무관심을 경험한다.

제2부 고장의 이름: 고장

질베르트에 대한 사랑의 병에서 헤어난 화자는 2년 뒤 할머니와 하녀 프랑수아즈와 함께 바닷가 발베크로 떠난다. 기차 여행을 하는 동안 생겨난 여러 에피소드. 그랑 호텔 묘사. 할머니는 그곳에서 옛 친구 빌파리지 부인을 만나고, 부인은 마르셀을 마차에 태우고 드라이브를 나간다. 화자는 드라이브 도중 위디메닐의 세 그루 나무를 보면서, 전에 마르탱빌의 종탑들을 보았을 때와 같이 자신의 문학적 소명을 떠올린다. 빌파리지 부인이 화자에게 자신의 조카 로베르 드

생 루를 소개한다. 이미 콩브레에서 등장했던 블로크가 다시 출현한다. 화자는 또 한 사람의 게르망트 집안사람인 기이한 인물 샤를뤼스 남작과 알게 된다. 화자는 스테르마리아 양과 우유 짜는 아가씨에 이어 발베크의 바닷가 둑 위에서 '꽃피는 처녀들'(알베르틴 시모네, 앙드레, 지젤)을 발견한다. 그 세 여자 중에서 그가 특히 좋아하는 아가씨는 알베르틴이다. 때로는 바커스 신의 여자 같고, 때로는 고상해 보이는 알베르틴. 화자는 그녀와 키스를 하려다가 퇴짜를 맞는다. 그는 화가 엘스티르를 방문한다. 그 화가는 바로 옛날 베르뒤랭네 동아리에서 '비슈'(암사슴)라는 별명으로 통했던 인물이다. 이 화가 역시 앞에서 본 작곡가 뱅퇴유, 작가 베르고트처럼 '예술'을 상징하는 인물 가운데 하나다. 그는 마르셀을 예술 창작 쪽으로 이끈다. 그러나 날씨가 좋지 않은 계절이어서 피서객들은 파리로 돌아온다. 화자는 발베크를 떠나기 전에 마지막으로 한 번 더 자신의 방을 떠올린다.

제3편 『게르망트 쪽』

제1부 게르망트 쪽 1(1920년 출간)

파리, 화자의 가족이 게르망트 저택의 별채에 이사 와서 산다. 화자는 오페라좌에서 라 베르마가 출연하는 〈페드르〉를 다시 구경하고서 비로소 그 연기의 예술성을 이해한다. 게르망트 가문의 이름에서 풍기는 신비스러움에 도취되어 있던 화자는 오페라에서 게르망트 대공 부인과 공작 부인, 그리고 캉브르메르 부인 등을 마주치자 그 아름다움을 관찰한다. 화자는 게르망트 공작 부인을 흠모한 나머지 아침마다 산책 나가는 그녀를 기다리며 기회를 엿보지만, 그녀에게 다가갈 수가 없다는 것을 알자 우회적인 방법을 생각해 낸다. 로베르 드 생 루에 대한 우정이 깊어져 가자 그는 생 루가 머물고 있는 동시에르로 그를 만나러 간다. 그리고 생 루에게 그의 외숙모 되는 게르망트 공작 부인을 자신에게 소개해 달라고 부탁한다. 그녀를 찾아갈 구실을 찾기 위해 공작 부인이 소장하고 있는 엘스티르의 작품들을 감상해 보고 싶다고 말한다. 동시에르 방문 중에 화자는 장시간에 걸친 군사 문제 토론에 매료된다. 그는 처음으로 파리에 있는 할머니와 전화 통화를 한다. 전화 속 목소리의 신비스러움. 파리에 돌아온 그는 생 루가 몹시 사랑하는 정부를 만나러 함께 간다. 뜻밖에도 그녀는 과거에 매춘부였다가 지금은 배우가 된 라셸이었다. 화자는 빌파리지 부인 댁의 낮 모임에 갔다가 게르망트 공작 부인을 비롯한 귀족들에게 소개되고, 이를 통해 사교계에 첫발을 내딛는다. 당시는 드레퓌스 사건이 시비의 절정에 달해 있을 때, 살롱의 인사들은 드레퓌스에 대한 입장 차이에 따라 두 파로 갈라진다. 샤를뤼스 남작이 모습을 나타내자 화자는 호텔 급사 출신의 야심 많은 바이올리니스트 모렐(샤를뤼스와 오랫동안 기묘한 애증 관계를 지속하는 인물)을 만났던 일을 떠올린다. 샤를뤼스는 화자에게 조언자가 되어 주겠다면서 기괴한 우정 관계를 맺고자 한다. 이 제1부는 샹젤리제에 있는 어떤 공중화장실에서 할머니가 졸도하는 것으로 끝난다.

제2부 게르망트 쪽 2(1921년 출간)

할머니의 병세가 점점 위독해진다. 가족들의 슬픔 속에 할머니가 임종한다. 한편 알베르틴이 파리에 있는 주인공 집을 방문한다. 한층 성숙해진 그녀는 많이 변한 듯했고, 더 이상 주인공의 애무를 뿌리치지 않는다. 화자는 알베르틴과 함께 불로뉴 숲 등을 산책하면서 그녀와의 관계를 즐긴다. 휴가 나온 생 루는 다른 젊은 귀족들과의 저녁 자리에 화자를 초대한다. 화자는 속으로 우정이 창작에 방해가 되는 오락에 불과하다고 여기면서도, 그들에게서 풍겨 나오는 우아한 세련미와 열정에 매료된다.

드디어 화자는 게르망트 공작 부인 댁의 만찬에 초대받고 엘스티르의 작품을 감상한다. 늘 동경해 오던 최고급 사교계 인사들과 사귈 수 있게 되었지만 그들의 공허한 예의범절에 실망을 느낀다. 그럼에도 화자는 그들의 가계를 따져 보고, 그들이 주고받은 재치 있는 대화 등을 마음속으로 분석한다. 저녁 만찬 후 그는 게르망트 공작 부인 댁에 초대받은 이야기를 하려고 샤를뤼스의 집으로 가지만 그들 사이에 험악한 대면이 이루어진다. 두 달 뒤 게르망트 대공 부인의 야회에 초대받게 된다. 그는 자신에게 온 초대장이 정말 자신을 위한 것인지 확신할 수가 없어서 공작 부처에게 진의를 묻는다. 그들이 화자를 안심시켜 주지 않고 오히려 방어적인 태도를 취하는 것을 보고, 화자는 그들의 사회에서 자신의 약점을 드러내는 것이 우정을 쌓는 데 도움이 되는 것이 아니라 스스로의 가치를 떨어뜨리는 일임을 깨닫는다. 공작 부처는 서둘러 외출할 일이 있어 마음이 조급

해진 나머지 오랜 친구인 스완이 병들어 죽어 가고 있다는 말을 듣고 도 못 들은 척 무시해 버린다.

제4편 『소돔과 고모라』

제1부 소돔과 고모라 1(1921년 출간)

게르망트 저택의 마당에서 화자는 샤를뤼스와 조끼 장인 쥐피엥, 이 두 남자가 서로를 유혹하는 동성애적인 장면을 관음증 환자처럼 엿본다. 이 동성애 장면을 통해 화자는 샤를뤼스 남작의 성적 취향 을 알게 되고, 남자인 동시에 여자인 족속에 관해 장황하게 생각을 늘어놓는다.

제2부 소돔과 고모라 2(1922년 출간)

1장: 게르망트 대공 댁의 야회. 곳곳에서 동성애의 증거가 발견된 다. 화자는 온갖 사람들, 모욕, 아첨, 눈치 보기, 드레퓌스 사건을 에 워싼 저마다의 입장 등 다양한 종류의 희극을 목격한다. 여기에는 보구베르 부인, 샤를뤼스, 분수에 옷을 적신 아르파종 부인, 생 루, 쉬르지 부인과 그녀의 두 아들, 생 퇴베르트 부인, 스완 등이 출연한 다. 이 야회가 끝난 뒤 알베르틴이 화자를 찾아온다. 그는 그녀에 대 한 '몸서리치는 필요'를 느낀다. 화자는 두 번째로 발베크를 향해 떠 난다. 발베크에 도착한 첫날 밤, 신발 끈을 풀려고 몸을 굽힌 순간 느 닷없이 일어나는 무의식적인 기억에 의해 처음으로 할머니의 죽음을 생생하게 실감하고 격한 슬픔을 느낀다. 발베크의 모든 것이 할머니와의 추억과 연관되어 화자를 슬픔에 잠기게 한다. 어머니가 발베크에 도착한다. 할머니의 죽음을 애도하는 어머니는 점점 할머니를 닮아 가고 있다.

2장: 알베르틴이 발베크로 화자를 찾아온다. 화자는 매일같이 그녀와 함께 지낸다. 어느 밤, 화자는 알베르틴이 앙드레와 춤추는 모습을 보며 묘한 소외감을 느끼고, 알베르틴도 화자 못지않게 다른 여인들을 주시하고 있다는 느낌을 받는다. 그녀의 품행에 대한 의혹 때문에 화자는 지속적으로 질투에 빠져든다. 알베르틴에 대한 화자의 사랑은 지난날 오데트에 대한 스완의 사랑을 닮았다. 발베크에서 화자는 모렐에게 흠뻑 빠져 있는 샤를뤼스를 다시 만난다. 화자는 바이올리니스트인 모렐이 아돌프 종조부의 하인의 아들이라는 사실을 알게 된다. 이 인물들은 베르뒤랭 부부가 라 라플리에르 저택을 빌려 베풀고 있는 야회에 참석한다.

3장: 모렐에 대한 샤를뤼스의 사랑, 그리고 화자의 알베르틴에 대한 사랑이 고통 속에 진전된다. 알베르틴에 대한 '나'의 애정이 깊어지면 깊어질수록 동시에 절교해 버리고 싶은 생각이 불쑥불쑥 일어나고, 샤를뤼스는 모렐을 제 곁에 두기 위해 괴로운 안간힘을 쓴다. 베르뒤랭네의 '작은 패거리'를 노르망디 지방으로 싣고 가는 기차 여행은 새로운 추억들, 여러 정거장의 시적 정경 또는 오데트 때문에 완전히 망해 버린 그녀의 옛 남편 드 크레시 같은 인물들을 소개하는 기회가 된다. 화자는 알베르틴과 의혹이 많은 결혼을 하는 것이 두렵게

만 여겨져 결혼을 포기해 버릴까 하는 생각을 한다.

　4장: 화자는 알베르틴과 절교하기로 마음먹는다. 그때 알베르틴이 뱅퇴유 아가씨 및 그녀의 여자 친구와 관계가 있다는 말을 듣는다. 그는 과거에 훔쳐본 적이 있는 몽주뱅에서의 장면을 떠올리며 고문 당하는 것 같은 심정이 되지만, 동시에 마음속에서는 열정이 끓어오르기 시작한다. 질투에 눈이 먼 화자는 그날 밤 울며불며 알베르틴과 당장 결혼하겠다고 어머니를 졸라 댄다. 이리하여 화자는 당장 그녀를 파리로 데려오고, 자신의 아파트에서 함께 살기로 작정한다.

제5편 『갇힌 여인』(1923년 출간, 제5편부터 작가 사후에 간행)

　알베르틴을 파리에 데려와서 동거 생활 시작. 간헐적으로 엄습하는 질투심 때문에 그는 무력감에 빠져든다. 다른 '꽃피는 처녀들' 및 뱅퇴유 아가씨의 여자 친구와 알베르틴의 관계에 대한 의혹이 꼬리를 문다. 파리의 고모라 여성에 대한 두려움. 화자는 이런 의혹들로 인해 베니스 여행을 단념하지 않을 수 없다. 작가는 알베르틴의 잠든 몸을 화자가 물끄러미 바라보는 장면을 인상 깊게 묘사하고 분석해 보인다. 알베르틴의 키스는 화자의 마음을 진정시켜 주는 힘을 발휘하는 동시에 어머니의 키스를 상기시킨다. 점점 더 심한 질투에 사로잡힌 화자는 앙드레로 하여금 그녀를 감시하게 한다. 이때 화자는 베르고트의 사망 소식을 듣고 큰 슬픔을 느낀다. 베르고트는 베르메르의 작품 〈델프트 풍경〉을 보기 위해 전시회장에 갔다가 갑자기 쓰러져 죽었다.

베르뒤랭 집안사람들이 뱅퇴유의 미발표곡을 초연하는 연주회를 연다. 모렐과 다른 음악가들이 연주하는 뱅퇴유의 곡이 주인공을 감동시킨다. 이 음악을 통해 주인공은 예술이 삶의 모습을 변화시킨다는 사실을 깨닫는다. 이는 훗날 그가 발견할 예술의 절대적인 계시에 대한 암시이기도 하다. 연주회가 끝난 뒤 베르뒤랭 부부는 그들의 살롱에서 샤를뤼스를 몰아내기 위한 음모를 꾸미고, 공개석상에서 그를 모욕하려고 하나 나폴리 여왕이 그를 구해 준다. 모렐은 유명한 바이올리니스트로 성장한다. 스완은 이미 소문도 없이 세상을 떠났다.

연주회에서 돌아오는 길에 화자와 알베르틴은 언쟁을 벌인다. 화자는 그들의 관계가 종말을 향해 치닫고 있음을 예감하고 알베르틴과 서로 원망 없이 작별할 시기를 기다린다. 그러던 어느 날 프랑수아즈가 "알베르틴이 떠났다"고 알린다. 그는 고통에 사로잡힌다.

제6편 『사라진 알베르틴』(1925년 출간)

알베르틴은 봉탕 아주머니 댁으로 도망쳤다. 그녀가 떠나자 공황 상태에 빠진 화자는 생 루로 하여금 그녀의 뒤를 쫓게 하지만, 그녀의 마음을 돌리는 데 실패한다. 화자는 알베르틴이 남의 여자가 되느니 차라리 죽기를 바란다. 화자의 스승 격인 스완이 겪은 바 있는 애증의 고통을 두루 맛보던 어느 날, 알베르틴이 승마 사고로 목숨을 잃었다는 전보가 날아든다. 문득 사랑이 되살아나 모든 게 애틋한 회상거리가 된다. 그러나 우두머리 급사 에메에게 부탁했던 알베르틴의 품행에 관한 조사 보고를 그제서야 접한 그는 그녀 행실의 실체를 알게 된다. 그는 그녀가 죽고 난 뒤에도 여전히 질투심에 휩싸여 필사적으로 그녀의 품행에 대한 진실을 알아내려 한다. 그러나 그는 차츰 슬픔에서 헤어난다. 기억의 일반 법칙에 따라 습관이 기억력을 나날이 약하게 하는 것이다. 화자가 마르탱빌의 종탑에 대해서 쓴 글이 《르 피가로》에 실린다. 게르망트 댁을 방문한 그는 몰라보게 변한 질베르트를 만난다. 스완이 죽은 뒤, 오데트는 포르슈빌과 결혼한다. 따라서 그녀의 딸인 질베르트는 이제 포르슈빌 양이 되어 게르망트 가문에서 환대를 받고 있다. 화자는 어머니와 함께 베니스로 떠난다. 그곳에서 화자는 알베르틴이 보낸 듯한 착각을 일으키는 전보를 받는다. 그래도 그는 아무런 기쁨을 느끼지 못한다. 그녀를 사랑하는 '나'는 죽고 없기 때문이다. 그 전보는 질베르트와 생 루의 결혼을 알리는 전보였다. 그는 또한 생 루가 동성애자라는 사실을 알게 되어 슬픔을 느낀다.

제7편 『되찾은 시간』(1927년 출간)

'나'는 콩브레에 돌아와 탕송빌에서 질베르트(지금은 생 루 부인이 된)와 지내며 어린 시절의 기억들을 추억한다. 질베르트는 주인공에게 두 방향의 산책로—메제글리즈 쪽과 게르망트 쪽—가 사실은 서로 맞닿아 있다는 사실을 알려 주어 그를 놀라게 한다. 그리고 어린 시절 그들이 산책로에서 처음 마주쳤을 때 질베르트가 했던 이상한 몸짓이 무슨 의미였는지를 뒤늦게서야 알게 된다. 화자가 공쿠르 형제의 『일기』를 읽음으로써 작가로서의 소명 문제가 다시 제기된다(여기 나오는 공쿠르 형제의 『일기』는 사실상 프루스트가 스스로 지어낸 모작이다). 그는 글쓰기에서 자신의 무력함을 새삼 느끼고, 몇 년 예정으로 요양원에 들어간다.

화자가 다시 파리로 돌아왔을 때, 파리는 전쟁(제1차 세계대전)이 한창이다. 그는 질베르트를 통해서 콩브레가 독일군에게 점령당했었다는 사실을 알게 된다. 그는 밤에 파리 거리를 산책하다가 우연히 샤를뤼스와 마주친다. 샤를뤼스의 타락은 이제 거침없는 친독일 망언으로 극에 달한다. 독일과 프랑스가 전쟁을 치르는 상황에서 보여주는 그의 괴이한 언행을 목도하며 화자는 그가 마치 미친 사람 같다는 인상을 받는다. 생 루는 동성애자인 스스로를 벌하는 심정이 되어 자진해서 최전방 전선으로 나간다. 어느 날 밤 화자는 우연히 어떤 호텔에 들렀다. 그곳은 쥐피엥이 샤를뤼스를 위해 운영하는 소돔의 소굴이었다. 샤를뤼스는 그곳에서 쇠사슬에 묶인 채 거친 남자들로부터 매질을 당하며 변태적인 쾌락을 즐긴다. 생 루는 전선에서 영웅적으로 전사하고, 탈영병이었던 모렐은 전쟁 영웅이 되어 돌아온다. 화자는 다시 몇 년 예정으로 요양원에 들어간다.

요양원에서 오랜 시간을 보낸 뒤, 화자는 여전히 문학에 대한 소명을 확신하지 못한 채 파리로 돌아온다. 그는 게르망트 대공 부인 댁의 낮 모임(마티네)에 초대받는다. 아무런 감흥도 없이 초청을 수락하고 가던 중 길에서 샤를뤼스와 마주친다. 샤를뤼스는 폐인이 되어 어린아이처럼 쥐피엥의 시중을 받고 있다. 게르망트 저택의 안뜰에 서 화자는 높이가 고르지 않게 깔린 포석에 발이 걸려 넘어질 뻔한 다. 그때 순간적으로 어떤 환희의 감정이 그를 휩싼다. 그 일은 옛날 마들렌느 과자의 맛이 그랬던 것처럼 과거의 기억을 소생시킨다. 그 것은 베니스에서의 기억이었다. 그는 마티네의 연주회가 끝나기를 기다리는 동안 그 집의 서재로 안내되어 차를 대접받는다. 이번에는 거기서 테이블을 준비하는 급사의 부주의로 숟가락이 접시에 부딪 치며 내는 쟁그랑하는 소리를 듣고, 풀 먹인 냅킨의 빳빳함이 주는 감촉에서 어떤 주체할 수 없는 감흥을 맛본다. 그는 스치듯 지나가 는 이런 감각들이 망각 속에 매몰된 과거를 되살릴 수 있는 힘을 지 니고 있다는 사실을 깨닫는다. 그는 마침내 자신이 받은 모든 신호 의 의미를 알아차린다. 그는 작품을 통해서 그 의미를 해석해 낼 수 있을 것이다. 지금까지 그가 겪은 모든 시련은 그의 정신을 발전시 켜 주었을 뿐이며, 그에게 풍부한 재료를 제공한다. 그는 어릴 때 어 머니가 읽어 주시던 조르주 상드의 소설 『프랑수아 르 샹피』를 발견 하고, 창작을 시작할 수 있는 길을 찾았다는 확신을 얻는다.

그는 연회장으로 들어가 사람들을 관찰하면서 시간과 더불어 몰 라보게 달라진 그 모든 인물의 놀라운 변신을 확인한다. 그들은 모 두 늙어 마치 가면을 쓰고 있는 것 같고, 많은 사람들의 사회적인 위 치도 놀랍게 바뀌었다. 마티네를 개최한 집의 주인인 게르망트 대공 부인은 사실상 세 번째 결혼을 통해 지체 높은 대공 부인이 된 옛날의 베르뒤랭 부인이며, 포르슈빌 부인으로 변신했던 오데트는 이제 게르망트 공작의 정부가 되어 있다. 한편 지난날 그토록 범접하기 어렵던 귀부인 오리안느(게르망트 공작 부인)는 이제 아무도 그녀의 말에 귀를 기울여 주지 않는 인기 없는 존재로 변했다. 화자는 여기서 옛날의 질베르트를 다시 만나고, 그녀가 생 루 아가씨(생 루와 질베르트 사이에서 태어난 딸)를 소개하는 순간, '게르망트 쪽'과 '스완네 쪽'의 추억이 되살아난다. 화자는 생 루 아가씨를 바라보며, 마침내 게르망트 쪽과 스완네 쪽이 수많은 경로를 거친 끝에 이 소녀에게서 하나로 합쳐져 있음을 깨닫는다. 그녀는 살아 있는 몸으로 구현된 시간인 것이다.

화자는 드디어 자신의 문학적·예술적 소명을 분명하게 느낀다. 예술 작품을 통해서 과거를 영원히 고정시키지 않으면 안 된다는 것을, 지나온 삶을 구원받고 대성당과도 같은 예술을 구축하기 위해서는 글쓰기가 그 진정한 수단임을 인식하기에 이른다. 그의 가장 큰 소망은 바로 자신이 쓸 소설이 시간의 흐름에 따라 펼쳐지면서도 동시에 펼쳐지는 시간을 회복시켜 보여주는 것이다.

『잃어버린 시간을 찾아서』의 주요 연대

1879~1881년 「스완의 사랑」에 해당하는 시기. 이때 오데트는 드 크레시 백작과 결혼한 상태였다.

1880년 주인공 마르셀, 질베르트, 알베르틴의 출생.

1889년 스완과 오데트의 결혼.

1890년	콩브레에서 저녁 잠자리 에피소드.
1894년	레오니 아주머니의 죽음.
1895~1896년	질베르트에 대한 마르셀의 사랑.
1896년	베르고트와의 첫 만남. 주인공이 베르마가 출연하는 공연 관람.
1897년	7월, 몽주뱅의 훔쳐보기 장면. 8월, 발베크에 처음으로 체류. 엘스티르와 만남. 가을, 오페라에서 게르망트 공작 부인과 마주침. 연말, 동시에르 체류.
1898년	드레퓌스 사건. 할머니의 죽음. 빌파리지 부인 댁의 야회(아마도 연말경).
1899년	게르망트 대공 부인 댁 야회. 주인공의 사교계 입문. 스완의 죽음. 샤를뤼스의 본성을 발견.
1900년	두 번째 발베크 체류.
1900~1901년	주인공이 알베르틴과 동거.
1901년	알베르틴의 죽음. 베르고트의 죽음.
1902년	베니스 체류. 질베르트와 생 루의 결혼.
1903년	탕송빌에 있는 질베르트와 로베르 드 생 루의 집에 체류.
1904~1914년	주인공은 병으로 여러 번 요양원에 가서 지낸다.
1914년	전쟁 초기, 잠시 파리로 돌아오다. 주인공은 군 복무 면제를 위한 신체검사를 받는다.
1916년	파리로 돌아오다. 전쟁의 여러 장면. 생 루의 죽음.
1919년 말	게르망트 대공 부인이 된 옛 베르뒤랭 부인 댁 낮 모임.

5. 작가 연보

1871년   7월 10일, 의학 박사인 아드리앵 프루스트와 부유한 유대
인 어머니 잔 베유 사이에서 첫째 아들로 태어남. 당시 프
랑스는 보불전쟁과 파리코뮌을 겪으며 불안정하고 궁핍
한 상황에 놓여 있었고, 프루스트의 어머니는 전란이 한창
일 때 임신해서 어려움을 겪다가 숙부인 루이 베유가 파리
교외 오퇴유에 소유하고 있던 별장 가옥에 피신해 첫아들
을 낳았다. 프루스트는 일생 동안 외가와 밀접한 관계를
유지했다.

1873년   동생 로베르 프루스트가 태어남.

1878년   아버지의 고향 일리에서 여름휴가를 보내다. 일리에는
『잃어버린 시간을 찾아서』에서 '콩브레'로 묘사된다. 그
것이 인연이 되어 오늘날에는 그 마을이 '일리에-콩브
레'로 개명되었다.

1881년   불로뉴 숲을 산책하고 돌아와 첫 번째 천식 발작을 일으
킴. 이후 천식은 프루스트 평생의 고질병이 된다.

1882년   콩도르세 중학교에 입학. 이때부터 세비네 부인, 생시몽,

위고, 발자크 등과 당대 작가인 아나톨 프랑스, 바레스 등을 탐독한다.

1886년   병으로 학교 유급. '레오니 아주머니'의 모델인 쥘 아미오 부인 사망. 일리에에서의 마지막 체류.

1887년   샹젤리제에서 매일 마리 베나르다키와 놀다.

1888년   철학반에 들어가 다를뤼 교수의 가르침에 큰 영향을 받음. 자크 비제, 다니엘 알레비 등과 사귀면서 함께 교내 잡지 《르뷔 릴라》를 창간한다. 이들에게 보낸 편지에서 처음으로 동성애에 대해 언급. 이 무렵부터 친구 어머니의 소개로 사교계에 드나들기 시작하는데, 특히 여류 화가 마들렌 르메르, 스트로스 부인(친구 자크 비제의 어머니로, 작곡가 비제의 미망인이었으나 재혼함으로써 스트로스 부인이 됨)과 알게 되어 그 살롱에 출입한다.

1889년   콩도르세 중학교를 우수한 성적으로 졸업하고 대학 입학 자격시험(바칼로레아)을 통과함. 오를레앙의 보병 연대에서 1년간 군 복무. 1년만 복무하면 되는 지원병 제도가 다음 해에 폐지될 예정인지라 이 제도를 이용하기 위해 서둘러 지원 입대한 것이었으며, 병약한 탓에 고된 훈련을 면제받고 일요일마다 외출해 파리에서 보내는 등 군인 같지 않은 생활을 한다. 이 시기에 카야베 부인의 살롱을 드나들면서 당대의 대작가인 아나톨 프랑스와 아는 사이가 된다.

1890년   병역을 마치고 파리대학 법학부에 입학. 프루스트는 문학과 철학 공부를 계속하기를 원했고 글 쓰는 일이 자신의 천직이라고 느끼나, 아버지는 프루스트가 외교관이 되기를 희망한다. 부모의 권유에 따라 진학을 하지만 성실한 수강생이 되지는 못했다.

1892년 1월, 앙리 베르그송의 결혼에 들러리를 서다. 친구들과 월간지 《르 방케》를 창간하고, 여기에 거의 정기적으로 글을 싣는다. 여기 실린 글들은 후에 『즐거움과 나날들』에 재수록된다. 처음으로 휴양지 트루빌에 체류하다. 이 해변 도시는 프루스트가 여름을 지내곤 하던 카부르와 더불어 『잃어버린 시간을 찾아서』에서 발베크라는 이름으로 재창조된다.

1893년 3월에 《르 방케》의 마지막 호인 제8호를 내고 폐간. 마들렌 르메르 부인의 살롱에서 대귀족이자 시인인 로베르 드 몽테스키우를 알게 된다. 세기말의 탐미주의자였던 몽테스키우는 위스망스의 『데 제생트를 위한 산문』에 등장하는 주인공의 모델로 알려진 인물이다. 이 별난 귀족과 프루스트의 기이한 우정은 이후 오래도록 지속되었다. 몽테스키우는 『잃어버린 시간을 찾아서』의 주요 등장인물인 샤를뤼스 남작의 모델이다.

1894년 작곡가 레이날도 앙, 알퐁스 도데의 아들 레옹 도데와 친교를 맺는다. 이해 10월 15일, 드레퓌스 대위가 체포되고 프루스트는 열렬한 친드레퓌스파가 된다.

1895년	3월, 문학사 자격 획득. 프루스트가 일정한 직업을 갖기를 기대했던 아버지를 만족시키려고 마자린 도서관의 무급 직원이 된다. 그러나 곧바로 휴직하고, 그 뒤 1년마다 휴가를 다시 내다가 아주 사직해 버린다. 외할머니가 세상을 떠난다. 외할머니는 『잃어버린 시간을 찾아서』에서 자애롭고 매력적인 '할머니'로 되살아난다.
1896년	프루스트의 첫 저작 『즐거움과 나날들』이 출간된다. 이 책은 마들렌 르메르의 삽화, 아나톨 프랑스의 서문, 레이날도 앙의 악보를 곁들인 호화판 자비 출판으로 비평가들의 빈축을 산다. 이 무렵 마리 노들링거, 여류 시인 노아유 백작 부인 등과 친구가 된다. 5월 10일, 외종조부 루이 베유 사망. 이해부터 1899년 말까지 장차 작가 사후에 '장 상퇴유'라는 제목으로 출간될 소설을 쓰기 시작한다.
1897년	장 로랭이 어느 신문지상에서 프루스트를 조롱함(뤼시엥 도데와 프루스트가 동성애 관계에 있으므로 뤼시엥 도데의 아버지인 알퐁스 도데가 프루스트의 책에 서문을 써 줄 것이라고 빈정거림). 이 일로 인해 프루스트와 장 로랭은 권총 결투를 벌여 서로 한 발씩 발사하지만 두 사람 모두 무사했다. 오퇴유 소유지 매각. 러스킨을 발견하다.
1898년	드레퓌스 사건에 연루된 에밀 졸라의 재판에 참석, 연판장에 서명하다.
1899년	존 러스킨의 저작을 읽고 연구한다. 어머니의 도움을 받아

『아미앵의 성서』 번역을 시작한다. 드레퓌스가 사면된다.

1900년   1월 20일, 존 러스킨 사망. 2월에 《르 피가로》에 「러스킨 풍의 순례들」을, 4월에 《메르퀴르 드 프랑스》에 「아미앵의 노트르담에서 러스킨」을 발표한다. 어머니와 함께 베니스 여행. 11월에는 혼자서 다시 베니스 여행. 가족들 쿠르셀가 45번지로 이사.

1902년   9월, 에밀 졸라 사망. 네덜란드를 여행하고 화가 베르메르의 작품 〈델프트 풍경〉을 감상함. 연말에 소설가로서의 소명이 깨어남을 느끼다.

1903년   2월에 동생 로베르 프루스트 결혼. 《르 피가로》지에 첫 번째 『살롱』 발표. 11월 26일, 아버지 아드리앵 프루스트가 뇌내출혈로 세상을 떠난다.

1904년   프루스트가 번역한 『아미앵의 성서』가 메르퀴르 드 프랑스 출판사에서 출간된다. 긴 서문과 상세한 역주가 달린 노작이었다. 러스킨의 『참깨와 백합들』 번역을 시작한다. 8월, 《르 피가로》에 「성당들의 죽음」을 발표해 당시 정교분리가 추진되던 정치적 상황에서 교회를 두둔한다.

1905년   9월 15일, 《르네상스 라틴》지에 「독서에 관하여」를 발표한다. 이 글은 나중에 러스킨의 『참깨와 백합』 번역서의 머리말이 된다. 《르 피가로》에 「독서에 관하여」를 극찬하는 글이 실린다. 9월 초순 어머니와 함께 에비앙에 갔다가 어머니가 욕독증을 일으켜 9월 13일 파리로 돌아오지만,

며칠 지나지 않아 어머니가 세상을 떠난다. 어머니의 죽음으로 심한 충격을 받은 뒤, 정신병 증상을 보여 요양원에 입원한다.

1906년   5월, 러스킨의 『참깨와 백합』을 메르퀴르 드 프랑스 출판사에서 번역, 출판하다. 8월부터 12월까지 베르사유에 머물며, 그동안 오스망 거리 102번지에 있는 아파트를 세내어 실내 장식을 고치게 한다.

1907년   카부르의 그랑 호텔에서 휴가를 보낸다. 알베르틴의 모델인 택시 기사 알프레드 아고스티넬리를 만난다.

1908년   발자크, 공쿠르, 생트뵈브, 플로베르, 르낭 등 여러 작가의 '파스티유'를 발표한다. 『생트뵈브에 반대하여』를 쓰기 시작하다. 카부르에서 휴가.

1909년   고질병으로 건강이 악화된다. 『생트뵈브에 반대하여』를 중단하고 『잃어버린 시간을 찾아서』의 초고를 구상한다.

1910년   카부르에서 바캉스를 보내고 돌아와 10월부터 방의 네 벽에 코르크를 대 주위의 소음을 차단하고 작품 집필에 몰두한다. 노트에 알베르틴, 엘스티르, 베르고트 등 세 가지 이름 등장.

1912~1913년   작품 완성에 온 힘을 기울이는 한편, 책을 발간할 출판사를 물색하기 시작한다. 이 작품을 출간하는 데 믿기 힘든 어려움을 겪는다. 올렌도르프 출판사 사장이 "잠자리에서 이리저리 뒤척이는 모양을 묘사하는 데 30페이

지나 쓰는 사람을 통 이해하지 못하겠다"고 했다는 말은 유명하며, 《NRF》의 앙드레 지드마저도 프루스트를 사교계의 '속물'로 판단, 출판을 거절한다. 결국 출판을 의뢰했던 모든 출판사에서 거절당한 끝에 그라세 출판사와 자비 출판 계약을 맺고, 1913년 11월 8일 『잃어버린 시간을 찾아서』의 제1편인 『스완의 집 쪽으로』를 출판한다. 셀레스트 알바레가 가정부로 고용된다. 이 여인은 임종까지 프루스트를 정성스레 보필하며 작품 속 하녀 '프랑수아즈'의 모델이 된다. 아고스티넬리에게 원고의 정서正書 일을 맡긴다.

1914년   1월 1일, 《NRF》지가 『스완의 집 쪽으로』에 대한 평을 발표하면서 젊은 세대의 가장 특징적인 문학이라고 극찬. 출판을 거절했던 앙드레 지드가 정중한 사과("이 책의 출판 거절은 《NRF》의 가장 심각한 오류로 남을 것입니다.")와 더불어 『잃어버린 시간을 찾아서』의 출판 허락을 간절하게 요청해온다. 5월 30일, 비행사가 되겠다고 프루스트의 곁을 떠난 아고스티넬리가 시험 비행 중 바다에 추락해서 사망한다. 『사라진 알베르틴』의 첫 번째 버전 집필. 제1차 세계대전이 일어나 소설 출판이 중지된다. 동생 로베르가 징집당하고, 프루스트는 건강상의 이유로 징집이 면제된다. 9월, 카부르에서의 마지막 체류를 마치고 파리로 돌아와 칩거하며 소설 집필을 시작한다. 전화 단절. 10월, 절친한 친구

베르트랑 드 페넬롱 전사.

1915년 전쟁으로 인해 출판이 중단된 동안 작품의 퇴고에 몰두.
이 과정에서 작품은 방대한 분량으로 늘어난다. 『소돔과
고모라』, 『갇힌 여인』, 『사라진 알베르틴』의 가장 중요한
부분들 집필.

1916년 그라세 출판사와 관계를 끊고 갈리마르 출판사로 옮기다.

1918년 11월 11일, 제1차 세계대전 종전. 11월 30일, 『스완의 집
쪽으로』 재판과 제2편 『꽃피는 처녀들의 그늘에서』(NRF에
서) 발간.

1919년 『모작과 잡록』(전에 쓴 모작들과 러스킨의 두 번역 작품에 붙인 서문
수록) 발간. 12월 10일, 『꽃피는 처녀들의 그늘에서』로 공
쿠르상을 수상해 작가로서의 명성을 얻는다. 파리의 아믈
랭가 44번지에 정착해 죽을 때까지 거기서 살다.

1920년 『게르망트 쪽 1』 출간. 「플로베르의 문체에 대해서」 발표.
레지옹 도뇌르 (슈발리에) 훈장을 받다.

1921년 『게르망트 쪽 2』, 『소돔과 고모라 1』을 출판하다. 12월 11
일, 젊은 시절의 우상이었으며 29년 가까이 프루스트와
기이한 교제를 계속해 온 로베르 드 몽테스키우 사망.

1922년 5월 3일, 제4편 『소돔과 고모라 2』 출판. 10월, 기관지염으
로 병석에 눕다. 11월 18일, 가정부이자 조수인 셀레스트
알바레를 데리고 새벽까지 『갇힌 여인』을 퇴고하며 베르
고트의 죽음 장면을 받아쓰게 하고 나서 극심한 피로로 호

흡 곤란을 일으켜 오후 4시 반에 51세로 사망.

1923년 1월, 《NRF》지가 '프루스트 특집호'를 그에게 바쳐 여러 인사의 추억과 비평을 싣다. 제5편 『갇힌 여인』 출판.

1925년 제6편 『사라진 알베르틴』 출판.

1927년 제7편 『되찾은 시간』 출판. 이로써 『잃어버린 시간을 찾아서』가 완간되다.

6. 텍스트 읽기

(1) 소설의 시작(INCIPIT)

『잃어버린 시간을 찾아서』(마르셀 프루스트 | 김화영 옮김)

제1부 콩브레*

오랫동안, 나는 일찌감치 잠자리에 들어왔다.** 때로는 촛불을 끄자마자 '잠이 드는구나' 하고 생각할 틈도 없이 금방 눈이 감겼다. 그리고 한 반 시간이 지나면 이제 잠을 청해야겠다는 생각 때문에 잠이 깨 버렸다. 나는 여전히 손에 책을 들고 있는 줄 알고 그 책을 내려놓고 촛불을 불어 끄려고 했다. 잠을 자면서도 이제 막 책에서 읽은 것을 계속 생각했던 것이다. 하지만 그 생각은 좀 특이한 쪽으로 돌아갔다. 즉 나 자신이 책에 나오는 교회, 사중주, 프랑수아 1세와 카알 5세 사이의 대립 등과 같은 것으로 변했다는 느낌이었던 것이다. 그런 믿음의 느낌은 잠이 깬 뒤에도 몇 초 동안 없어지지 않고 남아 있었다. 그 느낌은 내 이성과 충돌하지는 않지만 무슨 비늘처럼 두 눈을 내리누르는 것이어서 촛대에 더 이상 불이 켜 있지 않다는 사실을 알아차리는 데 방해가 되었다. 이윽고 윤회전생을 거친 뒤의 그 전생前生이 그렇듯이, 그 느낌은 나의 지각에서 사라지기 시작했다. 책의 주제가 나에게서 분리되면서 나는 그것에 매달릴 수도, 그러지 않을 수도 있게 되었다. 곧 시각이 회복되면서 나는 내 주위가

* 콩브레(Combray): 화자가 어린 시절을 보낸 '장소'인 동시에 어린 '시절' 그 자체의 시간적 의미를 함축한다. 프루스트의 기억은 이렇게 공간과 시간의 일치를 통해서 콩브레라는 상상의 지리학을 다듬어 낸다. 또한 소설 속의 콩브레는 현실 속의 일리에(Illiers)와 오퇴유(Auteuil)라는 두 개의 가족적 공간이 합류해서 창조된 상상의 공간이다. 외르에루아르(Eure-et-Loir) 현에 위치하는 일리에는 작가 마르셀 프루스트의 할아버지가 식료품점을 열고 살았으며 아버지 아드리앵 프루스트 박사가 태어난 고향 마을로, 대성당으로 널리 알려진 샤르트르에서 25킬로미터 지점에 있다. 프루스트 집안사람들은 작가의 고모 아미오 부인이 남편과 함께 모직물 상점을 경영하며 살고 있는 그곳에서 여름휴가를 보내곤 했다. 한편 지금은 파리의 서쪽 구역인 오퇴유는 프루스트 모계의 가족이 살던 곳으로, 작가는 이곳에서 태어났다. 이 집안사람들은 비교적 짧은 휴가를 이곳에서 보냈다.
소설에서 화자가 태어난 곳으로 소개되는(『되찾은 시간』 참조) 상상의 마을 콩브레는 실제 현실을 바꾸어 놓았다. 1972년 프루스트 탄생 100주년을 기념해 현실 속의 마을 일리에는 일리에-콩브레(Illiers-Combray)로 개명된 것이다.
소설 속의 콩브레에서는 두 길이 나뉘어 갈라진다. "콩브레에는 산책을 나가는 두 '쪽'이 있었다. 너무나도 반대되는 방향이어서 메제글리즈와 게르망트 중에서 이쪽 또는 저쪽으로 가고자 할 때는 사실 우리 집에서 나가는 문도 달랐다."(『스완의 집 쪽으로』) 전자 쪽의 산책은 '들판 풍경'을 감상하는 데 이상적이고, 후자 쪽은 '시냇물 풍경'을 감상하는 데 이상적이다. 전자인 스완의 집 쪽 탕송빌에서 화자는 처음으로 사랑에 대한 욕망을 느꼈고, 후자인 게르망트 쪽 마르탱빌에서는 처음으로 글을 쓰고 싶은 욕구를 맛보았다. 스완의 집 쪽이 가족적이고 부르주아적이라면, 게르망트 쪽은 사교계 및 귀족층과 관련된 세계다. 소설의 처음 '콩브레'에서는 절대적으로 무관하게 갈라져 있던 두 세계가 『되찾은 시간』에 이르면 같은 콩브레에서 서로 만난다. 가령 처음에는 부르주아 계층으로 귀족 세계에서 완전히 제외되어 있던 베르뒤랭 부인이 소설 끝에서는 결혼을

캄캄하다는 것에 놀랐다. 그 캄캄한 어둠은 내 눈에 부드럽고 아늑하게 느껴졌다. 아니, 어쩌면 그 어둠이 까닭 모를 불가해한 그 무엇, 진정으로 유현한 그 무엇으로 보이는 내 정신에 더욱 그렇게 느껴지는 것 같았다. 지금 몇 시나 되었을까 하고 나는 자문해 보았다. 기적 소리가 들렸다. 숲 속에서 우는 새소리처럼 다소 멀리서 들리는 기적 소리는 거리감距離感을 부각시키면서 나그네가 서둘러 다음 역을 향해 길을 재촉하는 적막한 들판의 넓이를 내게 그려 보이는 것이었다. 그리하여 그가 밟아 가는 그 작은 길은 새로운 장소, 익숙지 않은 행위, 밤의 침묵 속에 여전히 그를 따라오는 낯선 등불 아래서 얼마 전에 주고받은 대화와 작별 인사, 이제 곧 다가올 귀가歸家의 감미로움에서 느끼게 되는 감흥 덕분에 그의 추억 속에 깊이 새겨질

통해 게르망트 대공 부인이 되어 귀족 가문에 입성한다. 한편 스완과 오데트 사이에서 태어난 딸 질베르트는 게르망트 공작의 가문인 생 루와 결혼하나 남편이 전사하자 콩브레 근처의 탕송빌에 은퇴해서 산다. 질베르트는 게르망트 대공 댁 마티네에서 화자에게 자신의 딸 생 루 양을 소개한다. 이 아가씨야말로 스완의 집 쪽과 게르망트 쪽이 다시 만나는 합류점과도 같은 존재다.

** **소설의 첫 문장과 끝 문장**: "오랫동안, 나는 일찌감치 잠자리에 들어왔다" Longtemps, je me suis couché de bonne heure. 이 같은 『잃어버린 시간을 찾아서』의 첫 문장은 이 소설 전체 중에서도 가장 유명한 문장이다. 첫 번째 단어 '오랫동안' longtemps은 소설의 마지막 문장(제7권 『되찾은 시간』)에서 다시 한 번 되풀이될 뿐만 아니라, 소설의 마지막 세 단어('시간 속에서' dans le Temps)와 쌍을 이루면서 끝을 시작으로 이어 주며 소설을 하나의 거대한 원으로 만든다. 프루스트는 이 점을 강조하려는 듯이 1919년 폴 수데에게 보내는 편지에서 "마지막 권의 마지막 장(章)은 첫 권의 첫 장 바로 다음에 썼다. 그리고 그 둘 사이 부분은 그다음에 썼다"고 말했다. 거의 동시에 쓴 이 두 문장 사이에 3000페이지에 달하는 방대한 소설이 삽입되어 있는 것이다.

것이다.*

나는 빵빵하고 서늘해서 마치 우리 어린 시절의 뺨과도 같은 베개의 아름다운 뺨에 내 뺨을 포근하게 기댔다. 나는 성냥을 켜고 시계를 보았다. 머지않아 자정이었다. 그것은 병이 든 환자가 여행을 떠나지 않을 수 없어 낯선 호텔방에서 잠이 들었다가 통증을 참지 못해 잠이 깨었을 때 문 밑으로 아침 햇살이 비쳐 드는 것을 보고 기뻐하는 그런 순간이었다. 천만다행이구나, 벌써 아침이라니! 잠시 뒤면 하인들이 깨어 일어날 테니 초인종을 누를 수 있겠지. 사람들이 도우러 올 것이다. 고통을 덜게 되리라는 희망으로 괴로움을 참을 힘이 생긴다. 과연 발소리가 들리는 것 같았다. 발소리가 가까이 오더니 이윽고 멀어진다. 그리고 문 밑으로 비쳐 들던 햇살이 사라졌다. 자정인 것이다. 이제 막 가스등을 끈 것이다. 마지막 남아 있던 하인이 떠났다. 그러니 아무런 대책도 없이 밤새도록 끙끙 앓을 일만 남았다.**

나는 다시 잠이 들었다. 그리고 때때로 깨는 일이 있지만 그것은 짧은 한순간일 뿐이었다. 즉 내장재 나무판자가 말라서 삐걱거리는 소리를 듣거나, 눈을 뜨고 만화경 속과도 같은 어둠을 뚫어지게 응시하거나, 순간적인 의식의 빛을 받아 잠을 음미하는 한순간, 가구들과 방, 그리고 나 자신 역시 그 한 부분에 불과한 그 모든 것이 잠 속에

---

* **공간으로 변한 시간:** "지금 몇 시나 되었을까 하고 나는 자문해 보았다"와 그다음에 이어지는 서술과 이미지는 프루스트에게서 '시간'이 어떻게 '공간'(멀리서 들리는 기적 소리는 '거리감距離感을 부각'시키고, 나그네가 '길을 재촉하는 적막한 들판의 넓이'를 그려 보인다)으로 번역되어 인식되는가를 벌써부터 실감 나게 보여주고 있다.

빠져 있었고, 나도 곧 그 잠의 무감각 속으로 돌아가 그 속으로 휩쓸려 드는 것이었다. 또는 잠을 자면서, 나는 내 아득한 어린 날의 다시는 돌아오지 않는 시절로 손쉽게 빠져 들어가서 종조부가 내 곱슬머리를 잡아당길 때 느꼈던 것 같은 그 시절의 유치한 공포감 같은 것을 다시 맛보는 것이었다. 그 공포감은 곱슬머리가 잘려 버린 날—나에게는 새로운 시대가 시작된 날—사라져 버린 것이었다. 잠을 자는 동안에는 그 사건을 잊어버리고 있었는데, 종조부의 손에서 벗

** **잠과 불면**: 프루스트의 소설에서 잠과 불면은 각별한 위치를 점한다. 불면증에 시달린 나머지 자면서도 깨어 있는 '나'의 의식을 정교하게 그려 보이는 이 유명한 모두(冒頭, incipit)는 음악에 비유한다면 잠을 주제로 한 일종의 '서곡'(오버추어) 같은 기능을 가진 것이다. 화자가 지금까지 잠잤던 수많은 방들을 회전하는 기억의 스크린에 투사하는 회상의 환등, 콩브레에서 밤마다 어머니와 헤어져 잠자리에 들어야 하는 고통, 그리고 마침내 마들렌느 과자 에피소드로 이어지는 이 서곡의 여러 모티프는 소설 전체에 걸쳐 점차 광범하게 발전될 것이다. 불면은 흔히 손님의 방문으로 인해 어머니에게 밤 인사인 입맞춤을 받지 못한다든가, 질병이나 여행("병이 든 환자가 여행을 떠나지 않을 수 없어 낯선 호텔방에서 잠이 들었다가 통증을 참지 못해 잠이 깨었을 때")과 같이 습관이 교란되는 사건과 관련이 있다. 프루스트에게 있어 매우 중요한 주제인 '습관'에 관해서는 이 텍스트의 가장 마지막 문장이 뚜렷하게 말해 주고 있다. 프루스트 자신은 레오니 아주머니, 베르고트 같은 인물과 마찬가지로 불면에 시달린 나머지 수면제를 상용했다. 특히 1919년 이후가 더욱 심했다. 그래서 잠에 대한 서술과 묘사들은 대부분 뒤늦게 추가된 것이다. 동시에르, 발베크, 파리에서의 잠, 그리고 베르고트의 죽음이 그 예들이다. 이런 잠과 불면의 묘사는 이 소설이 처음 발표될 당시 여러 몰이해와 비판의 대상이 되기도 했다. 그가 책을 출판하고자 했던 올렌도르프 출판사 사장은 이 책 내기를 거절하면서 이렇게 말했다. "점잖은 신사분이 침대에 누워 잠을 이루기 위해 어떻게 이리 뒤치고 저리 뒤치는지를 묘사하는 데 무려 30페이지를 할애한다는 사실은 도저히 이해할 수 없다."

어나기 위해 잠에서 깨어나는 데 성공한 바로 그 순간 그 추억이 되살아난 것이었다. 그런데도 나는 신중을 기하기 위해 베개로 내 머리를 완전히 둘러싸 놓고서야 비로소 꿈나라로 돌아가는 것이었다.

때때로, 이브가 아담의 갈비뼈에서 태어났듯이 내가 잠자는 동안 편하지 못한 자세로 놓인 내 허벅다리에서 한 여인이 태어나기도 했다. 내가 이제 막 맛보려고 하는 쾌락에서 생겨나는 여인인데도 나는 여인이 내게 그 쾌락을 주는 것이라고 상상한다. 그녀의 몸속에서 나 자신의 체온을 느끼는 내 몸이 그녀의 몸과 합쳐지려고 하는 바람에 나는 잠이 깨 버린다. 아주 조금 전에 헤어졌을 뿐인 그녀에 비한다면 세상의 다른 인간 존재들은 아득히 멀게만 느껴졌다. 내 뺨은 그녀의 입맞춤으로 아직도 따뜻했고, 내 몸은 그녀의 몸집에 눌려 뻐근했다. 가끔 그러하듯이 그녀가 만일 내가 실제로 알고 지냈던 어떤 여자의 모습을 하고 있다면, 나는 그 여자를 다시 만나고 말겠다는 일념에만 온통 매달릴 작정이었다. 간절히 보고 싶었던 어떤 고장을 자기 눈으로 직접 보기 위해 여행을 떠나거나 몽상 속의 매혹을 현실 속에서 맛보려 드는 사람들처럼. 차츰차츰 그녀의 추억은 사라져 갔고, 나는 내 꿈의 여인을 잊어버렸다.*

잠자는 사람은 세월과 삼라만상의 질서인 시간의 실을 자기 주위에 동그랗게 둘러놓는다. 잠에서 깨면서 그는 본능적으로 그 시간들을 들추어 보고 한순간에 거기서 자기가 점하고 있는 이 지상의 지점과 잠이 깰 때까지 흘러간 시간을 읽어 낸다. 그러나 그 시간들의 열이 뒤엉키고 끊어질 수 있다. 잠 못 이루는 밤을 보낸 뒤 아침 녘에야 평소에 잠자는 자세와 너무나도 다른 자세로 책을 읽다가 잠들었을 경우, 그저 해가 비쳐 들지 않도록 빛을 물리치려고 팔을 쳐들기만 해도 잠이 깨는데, 막 잠이 깨는 순간에는 몇 시인지 시간을 알지 못한 탓에 자신이 이제 막 잠자리에 든 것이라고 생각할 것이다. 또 그보다도 더 부적당하고 어긋난 자세로, 가령 저녁 식사 후 안락의자에 앉아서 옅은 잠이 들기라도 하면 궤도를 벗어난 세계 속에서 혼란은 극에 달해 그는 그 마법의 의자를 타고 앉아 시간과 공간 속을 전 속력으로 여행할 것이고, 눈을 뜨는 순간 어느 딴 나라에서 몇 개월 전에 취침한 것으로 착각할 것이다. 그러나 나의 경우, 바로 내 침대에서 깊은 잠이 들어 정신의 긴장이 확 풀리기만 해도 그렇게 되었다. 나의 정신은 내 몸이 잠든 곳이 어디인지 알 수 없게 된다. 한밤중에 잠이 깨어서 내가 어디에 있는지를 알지 못하다 보니 처음 한순간은 내가 누군지조차 아리송해지는 것이었다. 나는 기껏 어떤 동물의 내면 깊숙한 곳에서 진동하고 있을 것 같은, 원시적일 만큼 단순한 존재감을 느낄 뿐이었다. 나는 동굴 속에 사는 혈거족보다도 더 빈곤한 존재였다. 그러나 이때 추억—아직은 내가 지금 있는 장소의 추억이 아니라, 내가 전에 몸담고 살았거나 가 보았을 수도 있는 여러 장소 중 몇 군데의 추억—이 천상의 구원처럼 내게로 찾아와서 나

---

* 잠 속에서 주체와 객체가 전도되는 현상: "내가 잠자는 동안 편하지 못한 자세로 놓인 내 허벅다리에서 (태어난) 한 여인" 의 이 순진한 에로티즘은 꿈이나 몽상의 세계 속에서 주체와 객체가 서로 자리바꿈하는 현상을 단적으로 보여준다. 그런가 하면 "그녀의 몸 속에서 나 자신의 체온을 느끼는" 내 몸은 주체인 동시에 그녀의 몸에 속한 객체다.

혼자서는 빠져나오지 못했을 허무로부터 나를 건져 주는 것이었다. 나는 일순간에 몇 세기에 걸친 문명을 건너뛰었다. 그리하여 어렴풋이 엿본 석유램프, 그다음에는 칼라가 접힌 셔츠 같은 것들의 영상과 더불어 내 자아의 본래 모습이 점차로 재구성되는 것이었다.*

　　아마도 우리들 주위에 있는 사물들의 부동성不動性은 그 사물이 다른 어떤 것이 아니라 바로 그 사물이라는 우리의 확신, 그 사물과 마

---

* 기억이 각인된 몸: 프루스트는 문학 속에 '몸'이라는 하나의 새로운 리얼리티를 도입했다. 그 리얼리티는 겉에서 본 몸이 아니라 감정과 감각이라는 투명한 내면의 차원에서 안으로부터 경험된 몸이다. "어떤 동물의 내면 깊숙한 곳에서 진동하고 있을 것 같은, 원시적일 만큼 단순한 존재감"으로서의 몸은 먼저 기억의 저장고다. "몸의 기억, 갈비뼈와 무릎과 어깨의 기억"은 선잠에서 깨어나는 주체에게 힘겨운 재구성의 과정을 거쳐 그가 지금 누워 있는 곳이 어디인지를 알려 준다. "피로의 모습에 비추어 팔다리의 위치를 가늠하고 거기서 벽의 방향, 가구가 놓인 자리를 추리해 내는 한편 몸이 놓여 있는 곳을 재구성하고 이름을 알아내려 애를 쓰는" 것이다. 주위에 "세월과 삼라만상의 질서인 시간의 실을 자기 주위에 동그랗게 둘러놓고" 그 내면적 우주의 중심 자리를 차지하는 몸은 세계와 자아의 결속을 보증하는 파수꾼이 되고자 한다.
그러나 흘러가고 사라지는 시간에 바탕을 둔 그 결속의 끈은 여전히 너무나 연약한 것이다. 그렇기 때문에 "한밤중에 잠이 깨어서 내가 어디에 있는지를 알지 못하다 보니 처음 한순간은 내가 누군지조차 아리송해지는 것이었다." 시간과 장소라는 의식의 좌표가 흔들리면 그것은 존재에 대한 불확실성으로 이어진다. 이때 필요한 것이 바로 육체적인 동시에 정신적인 '추억'의 힘이다. 과거에 "몸담고 살았거나 가 보았을 수도 있는 여러 장소"의 추억은 변화무쌍한 시간을 '부동성'의 보증인 공간의 영상으로 번역한다. '천상의 구원처럼' 찾아오는 "어렴풋이 엿본 석유램프"나 "칼라가 접힌 셔츠" 같은 것들의 영상은 자아의 본래 모습을 재구성해 허무로부터 구해 주는 단단한 거점들이다. 이처럼 천상의 구원처럼 갑작스레 몸속으로 찾아오는 '추억'은 혹시 뒤에 나올 차에 적신 마들렌느 과자의 전조는 아닐까? 어쨌든 이렇게 '몸'이 기억해 내는 공간들은 그 몸이 잠을 잤던 각각의 방에 해당하는 '침대', '문', '창문', '복도' 같은 것들이다.

주한 우리 사고의 부동성에서 기인하는 것일 터다. 어찌되었든 내가 이처럼 잠에서 깨어나는 동안 내 정신은 내가 지금 어디에 있는지를 알려고 부산하게 꿈틀대지만 뜻대로 잘 되지 않는데, 내 주위에서는 사물과 고장과 세월, 이 모든 것이 어둠 속에서 빙빙 돌고 있었다. 내 몸은 마비된 것처럼 너무나도 얼얼해진 나머지 움직이지도 못하면서 피로의 모습에 비추어 팔다리의 위치를 가늠하고 거기서 벽의 방향, 가구가 놓인 자리를 추려 내는 한편 몸이 놓여 있는 곳을 재구성하고 이름을 알아내려 애를 썼다. 몸의 기억, 갈비뼈와 무릎과 어깨의 기억이, 지난날 그 몸이 누워 잠잤던 여러 개의 방을 차례로 보여줄 때 다른 한편 그 몸 주위에서는 눈에 보이지 않는 벽들이 상상으로 그려 본 방의 모습에 따라 자리를 바꾸면서 캄캄한 어둠 속에서 빙글빙글 돌고 있었다. 그리고 시간들과 형태들의 문턱에서 망설이고 있는 나의 사고가 여러 상황을 서로 비교해서 그것이 어떤 집의 방인지를 알아내기도 전에, 내 몸은 벌써 각각의 방에 해당하는 침대 종류, 문들의 위치, 창문으로 들어오는 빛, 어떤 복도의 존재를 내가 그 방에서 잠자면서 품었던, 그리고 잠에서 깨어나 되찾곤 했던 생각과 함께 기억해 내고 있었다. 관절이 굳은 내 옆구리는 제가 놓인 자리의 방향을 찾으려고 애쓰면서, 가령 천개天蓋가 달린 커다란 침대에 벽을 마주 보며 누워 있는 것이라고 상상하는 것이었다. 그래서 나는 곧 마음속으로 말했다. "아니, 엄마가 저녁 인사를 하러 오지도 않았는데 그만 잠이 들어 버렸네!" 그리고 나는 벌써 여러 해 전에 돌아가신 할아버지네 시골집에 와 있었다. 나의 정신이 결코 잊어버리지 않았어야 마땅한 과거를 너무나도 충실히 간직하고 있는 나의 몸과 내가 깔고 누운 옆구리는 머나먼 옛, 콩브레의 할아버지 할머니 댁, 내 방에 가느다란 체인으로 천장에 매달아 놓은 항아리 모양의 보헤미아산 유리 등불의 불꽃이나 시에나산 대리석 벽난로를 내게 상기시켜 주었다. 지금 당장은 정확하게 머릿속에 그려지지 않은 채로 내가 바로 눈앞에 있는 것처럼 생각하는 그것들이 잠시 후 잠이 완전히 깨면 보다 잘 보일 것 같았다.

그러고 나서 어떤 한 가지 새로운 태도에 대한 추억이 되살아났다. 벽이 다른 방향으로 쭈르르 밀려가더니 나는 시골에 있는 생 루 부인 댁에 와 있는 것이었다. 맙소사! 시간이 적어도 10시는 되었으니 저녁 식사가 이미 끝났을 것이다! 저녁마다 생 루 부인과 산책을 하고 돌아와서 저녁 식사를 위한 의복으로 갈아입기 전에 잠시 눈을 붙이는데, 너무 많이 잔 것 같다. 산책에서 아무리 늦게 돌아와도 내 방 창유리에 불그레한 석양빛을 볼 수 있었던 콩브레 시절로부터 여러 해가 지난 때인 모양이다. 탕송빌의 생 루 부인 댁에서 지내는 생활은 전혀 다른 종류의 생활이다. 그러니 밤에만 외출해, 옛날에는 해가 있을 때 즐기던 그 길들을 달빛 속에서 걸어가며 맛보는 즐거움 또한 종류가 다른 것이다. 내가 저녁 식사를 위해 옷은 갈아입지 않고 잠을 자고 있던 그 방이 멀찍이 보인다. 외출에서 돌아올 때 어둠 속에 홀로 켜 있는 등대처럼 램프 불빛이 새어 나오는 그 방이 말이다.*

소용돌이치면서 모호하게 되살아나는 이러한 인상들은 불과 몇 초밖에 지속되지 않았다. 흔히 내가 지금 있는 장소에 대한 나의 순간적인 불확실성은 그 불확실성을 구성하는 다양한 추측들을 서로 분간하는 능력에서 우리가 달리는 말을 바라볼 때 영사기**가 차례로 보여주는 연속적인 자세들의 영상을 분간하는 것 이상이 되지 못했다. 그러나 나는 곧 내가 지금까지 살아오면서 몸담았던 방들 중 때로는 이 방을, 또 때로는 저 방을 다시 떠올렸고, 그러다가 결국은 잠에서 깬 뒤에 이어지는 긴 몽상들 속에서 그 모든 방을 다 기억해 내고 말았는데, 자리에 누울 때면 베개의 한 귀퉁이, 이불 깃, 숄의 끝자락, 그리고《데바 로즈》신문지 등 가장 잡다한 것들을 한데 엮어 가지고, 새가 집을 지을 때 그렇듯 끝없이 꾹꾹 눌러 가면서 한 덩

---

* **방(房)의 이미지**: 소설 전체의 도입부에 등장하는 '방'의 주제는 이 소설 전체에서도 각별한 위치를 점하는 중요한 이미지다. 화자는 선잠이 깨어 지금까지 경험한 수많은 방들을 떠올리는 가운데 두 개의 방을 가장 먼저 기억해 낸다. ⓐ 그 하나는 콩브레에 있는 조부모 댁(레오니 고모의 집)에서 그가 잠자던 방이다. 거기에는 "천개(天蓋)가 달린 커다란 침대", "천장에 매달아 놓은 항아리 모양의 보헤미아산 유리 등불", "시에나산 대리석 벽난로"가 있다. ⓑ 그다음에 떠오르는 방은 탕송빌에 있는 생 루 부인(즉 옛날의 질베르트)의 집, "산책을 하고 돌아와서 저녁 식사를 위한 의복으로 갈아입기 전에 잠시 눈을 붙인" 방이다. 그 수많은 방들 가운데 이 두 개의 방이 우선 선택된 것은 우연이 아니다. 전자는 여기에 바로 이어지는 대목, 즉 저녁 잠자리의 드라마("아니, 엄마가 저녁 인사를 하러 오지도 않았는데 그만 잠이 들어 버렸네!")를 예고하는 것이다. 다음에 등장하는 탕송빌의 생 루 부인 댁은 제7권 『되찾은 시간』의 도입부에 화자가 가서 머물 곳의 이야기를 앞당겨 암시한 것이다. 이 두 개의 방 사이에 이 소설 전체의 방들이 배치된다. 콩브레의 방과 탕송빌의 방은 각각 이 소설의 서로 다른 두 '쪽', 즉 콩브레의 ⓐ 가족적인 세계와 ⓑ 사교계를 가리킨다.

** **영사기(kinétoscope)**: 1894년에 에디슨이 조립한 이 기계는 개인이 활동사진을 볼 수 있게 하는 것으로, 영화에 가장 가까운 선구적인 이미지를 보여주었다.

어리로 이어 만든 그 둥지 속에 머리를 파묻는 겨울철의 방들, 거기
서는 혹독하게 추운 날씨에 (마치 지열이 고여 있는 땅속 깊은 곳에
둥지를 트는 바다제비처럼) 외부와 차단되어 있다는 것만으로도 기
쁨이 되었고, 또 거기서는 밤새도록 벽난로에 불이 살아 있어서 가끔
타다 남은 장작에 다시 붙는 불의 빛이 어른거리는 가운데 커다란 외
투처럼 따뜻하고 연기가 밴 공기에 감싸여 잠이 드노라면 그곳은 방
한가운데에다 파 놓은, 손에 만져지지 않는 일종의 내실이나 따뜻한
동굴만 같고 창문에서 가깝고 벽난로에서는 떨어져 있는 모퉁이와
벽에서 얼굴에 선선하게 끼쳐 오는 바람으로 통풍이 되면서 주위의
따뜻한 기운이 출렁이는 방열 지대만 같았는가 하면,—후덥지근한
밤과 하나가 되는 느낌이 좋았던 여름철의 방들, 반쯤 열린 덧문들에
비낀 달빛이 침대 발치에까지 그 마법의 사다리를 던지고 있는 그곳
에서는 마치 찌르는 듯 비쳐 드는 광선 끝에서 미풍에 흔들리는 깨새
처럼 거의 한데서 자는 기분이었고,—어떨 때는 루이 16세풍의 방
이었는데, 어찌나 쾌적한지 처음 와서 밤을 지내는데도 별로 거북스
럽게 느껴지지 않는 그곳은 천장을 받치고 있는 작은 기둥들이 매우
우아한 모습으로 간격을 벌리면서 침상의 자리를 확보해 보여주고
있었고, 또 어떨 때는 그와 반대로, 2층 높이의 피라미드 모양으로 패
어 있는 작고 천장이 매우 높으며 벽의 일부분을 마호가니로 마감한
방이었는데, 첫 순간부터 알 수 없는 쇠풀 냄새에 정신이 얼떨떨했고
보랏빛 커튼이라든가 내 존재 따위는 아랑곳도 하지 않고 시끄럽게
뚝딱거리는 벽시계의 방자한 무관심에 질려 버렸고,—거기에는 사

각형 다리가 달린 기이하고 비정한 거울 하나가 방의 한구석을 비스듬하게 가로막으면서 내 낯익은 시야의 아늑한 충만감 속을 날카롭게 파고 들어와 뜻하지 않은 자리 하나를 벌려 놓는 것이었는데, 그런 방에서 내가 눈길을 위쪽으로 던지고 불안하게 귀를 기울이며 코를 벌름거리고 가슴을 두근거리는 가운데 침대에 누워 있는 동안 나의 머릿속 생각은 여러 시간 동안 분해되기도 하고 위로 늘어나기도 하면서 방의 형상에 딱 맞는 모습이 되어 천장 높은 데까지 그 거대한 깔때기를 가득 채워 보려고 힘겨운 여러 날 밤 동안 안간힘을 쓰며 괴로워하고 있었고, 이런 노력은 습관이 커튼의 색깔을 바꾸고, 벽시계 소리를 멈추고, 삐딱하고 비정한 거울에게 연민을 가르치고, 쇠풀 냄새를 완전히 없애지는 못해도 숨기기는 하고, 무엇보다 천장의 외관상 높이를 줄일 수 있을 때까지 계속되었다.* 습관! 솜씨는 능숙하지만 느려 터진 것이 그 습관이란 것이어서 처음에는 우선 우리의 정신이 여러 주일 동안 잠정적으로 설치된 환경 속에서 괴로움을 당하도록 내버려 둔다. 그러나 어쨌든 그 습관을 찾아낸다는 것은 다행스러운 일이다. 습관의 도움을 빌리지 못하고 정신만이 가진 수단들밖에 없다면 우리로서는 문제의 방을 거처할 만한 것으로 만들 수가 없으니 말이다.

물론 나는 이제 말똥하게 깨어나 있었고, 내 몸은 마지막으로 뒤치고 난 뒤였으며, 확신을 주관하는 천사는 내 주위의 모든 것을 확정해 나를 내 방 안의 이불 속에 누이고 내 서랍장, 책상, 벽난로, 거리 쪽으로 난 창문과 두 개의 문을 대체적이나마 제자리에 갖다 놓은 상

태였다. 그러나 지금 내가 있는 장소가, 잠 깨는 순간의 어리둥절한
상태 때문에 잠시 동안 뚜렷한 모습은 아니지만 적어도 눈앞에 보인
다고 믿었던 몇몇 처소가 아니라는 것을 알긴 해도 아무 소용이 없었

* 소설의 가장 긴 문장—방의 이미지: 이 문단에서 "그러나"로 시작되어 "습관!" 바로
앞 "계속되었다"까지 이어지는 세 번째 문장(불어 원문에서는 두 번째)은 『갇힌 여인』
에서 "Canapé surgi du rêve"로 시작되는 문장과 함께, 의미심장하게도 『잃어버린 시
간을 찾아서』에서 가장 긴 문장(플레이아드판 전집 기준 51행)으로 꼽힌다. 이 기나긴
호흡의 문장은 물론 잠에서 깬 어렴풋한 의식의 끊겼다 이어지고 이어졌다 끊어지는
몽상적인 흐름과 무관하지 않을 것이다. 끊임없이 증식하면서도 종합적이고, 놀라울 정
도로 팽창하는 디테일들에도 불구하고 그 통사적 구조가 흐트러지지 않는 이 긴 문장은
그 이미지의 정교함(안과 밖, 찬 것과 더운 것, 딱딱한 것과 유연한 것, 행복한 것과 고통
스러운 것, 능동과 수동, 현재와 과거, 특수와 보편의 결합과 대립)에서도 크게 돋보인다.
그런데 여기에 열거된, "지금까지 살아오면서 몸담았던 방들" 중 몇몇 방은 동시에르나
발베크의 '그랑 호텔'처럼 소설 속에서 장차 화자가 실제로 경험할 장소들과 관련되어
있다. 한편 "겨울철의 방들"은 프루스트의 다른 책 『장 상퇴유』의 주인공과 관련된 레베
용 성안에 있는 방이고, "여름철의 방들"은 장차 『갇힌 여인』에서 다시 언급될 방이다.
여기에 열거된 방들에는 프루스트의 텍스트 속에서는 예외적이라고 할 만큼 화자에게
행복한 느낌을 주는 경우들 여럿이 포함되어 있다. 그런 방들은 "마치 지열이 고여 있는
땅속 깊은 곳의 둥지", "손에 만져지지 않는 일종의 내실이나 따뜻한 동굴"처럼 느껴지
면서 모태 회귀의 본능을 자극하기도 하고, "미풍에 흔들리는 깨새처럼 거의 한데서 자
는" 행복한 느낌을 주기도 하며, 또는 "어쩌나 쾌적한지 처음 와서 밤을 지내는데도 별
로 거북스럽게 느껴지지 않는" 경우도 있다. 그러나 『잃어버린 시간을 찾아서』에 등장
하는 방들은 대부분 매일매일의 '잠자리 드라마'와 관련된 고통의 연장 선상에 놓이는
경우가 많다. "피라미드 모양으로 패어 있는 작고 천장이 매우 높으며 벽의 일부분을 마
호가니로 마감한 방"은 바로 그러한 예에 속한다. 이 방은 평소의 습관에 의해 길들여지
지 않은 낯선 방, 어머니의 키스를 초조하게 기다리는 방, 불면의 방, 높고 써늘하고 이
상한 니스 냄새가 배어 있는 계단을 따라 올라가야 하는 저 위의 높은 방의 연장 선상에
위치한다.

으니 이미 내 기억에 동요가 일어나 버린 것이었다. 대체로 나는 금방 다시 잠들려고 애쓰지 않았다. 나는 콩브레의 대고모 댁, 발베크, 파리, 동시에르, 베니스 또는 다른 곳들에서 보낸 지난날의 우리들의 생활을 회상하거나 우리가 알고 지냈던 장소들과 사람들, 그 사람들에 대해 보고 들은 것들을 떠올리며 밤의 대부분을 보내곤 했다.*

(2) 마들렌느 과자와 불수의 기억(不隨意 記憶)

이렇듯 오랫동안, 밤중에 깨어나 콩브레를 회상할 때면 내 머릿속에 떠오르는 것은 오직 뚜렷하지 않은 어둠 가운데서 오려 놓은 듯이 빛나는 저 일종의 벽면 같은 것뿐이다. 그것은 마치 어떤 건축물의 다른 부분들이 어둠 속에 잠겨 있을 때, 불타오르는 벵골의 불꽃이나 전기 불빛을 받아 분할되어 드러난 벽면들과 흡사한 것이었다. 상당히 넓은 맨 아래쪽에는 조그만 객실, 식당, 스완 씨가 찾아와 자기도 모른 채 나에게 슬픔을 안겨 주는 어두컴컴한 오솔길의 어귀, 현관—그 현관에서 나는 그것만으로 불규칙한 피라미드 모양의 극도로 비좁은 몸통을 이루고 있는 계단의, 그토록 쓰린 가슴으로 밟고 올라가

---

* 삶이 거쳐 간 도시들: 여기서 화자가 밤새도록 잠 못 이루며 회상하는 "콩브레의 대고모 댁, 발베크, 파리, 동시에르, 베니스 또는 다른 곳들에서 보낸 지난날의 우리들의 생활"은 곧 『잃어버린 시간을 찾아서』를 구성하는 그의 삶 전체다. 여기에 열거된 콩브레에서 베니스까지의 장소들은 바로 소설 속에서 서술되는 순서 그대로의 장소들이다. 단지 앞뒤 여러 곳에서 반복해 다루어지는 파리만은 예외일 것이다.

야 할 첫 층계를 향해 걸어갔던 것이다―, 그리고 맨 꼭대기에는 나의 침실, 거기에 엄마가 들어오는 유리문이 있는 좁은 복도가 붙어 있다. 한마디로 말해서 그것은 언제나 같은 시간에, 그 주위에 있을 수 있는 모든 것과 분리되어 어둠 속에서 유독 홀로 드러나 보이는, 나의 '옷 갈아입기' 드라마에 꼭 필요한 최소한의 무대 장치(옛날 극본의 첫머리에 지방 순회공연을 위해 지시해 놓은 것 같은)*였던 것이다. 마치 콩브레는 좁은 계단으로 연결된 두 층밖에 없었다는 듯이, 또 거기에는 오직 저녁 7시밖에 존재하지 않았다는 듯이 말이다. 솔직히 말해서 누가 묻기라도 했다면 콩브레에는 그 밖에 다른 것들도 있었고, 또 다른 시간도 존재했다고 대답할 수 있었으리라. 그러나 콩브레에 대해 내가 기억해 내는 것이 있다면 그것은 다만 의도적인 기억, 이성理性의 기억에 의해 내게 주어지는 것일 뿐, 그 기억이 과거에 대해 제공하는 정보에는 그 과거의 어떤 것도 간직된 게 없기에 나로서는 콩브레의 그 나머지 것들에 대해서는 도무지 생각할 마음조차 생기지 않았을 것이다. 내게 그런 모든 것은 사실상 죽어 버린 것이었다.

영원히 죽어 버린 것일까? 그럴지도 모른다.

이런 모든 것에는 많은 우연이 내재한다. 그런데 두 번째의 우연,

* 무대 장치의 앞과 뒤: 연극의 '무대 장치'란 원래 관객을 향한 한쪽 면만이 조명을 받으면서 현실의 재현으로 이해되고, 그 뒤쪽의 다른 부분(무대 뒤)은 '어둠에 잠겨 있다'. 이 비유는 그러므로 앞에서 말한 "어둠 가운데서 오려 놓은 듯이 빛나는 저 일종의 벽면"의 다른 표현임을 알 수 있다. 화자의 '잠자리 드라마'와 관련된 이 벽면은 장차 또 하나의 '연극 무대'인 "고모의 방이 있던, 길 쪽으로 난 잿빛의 오래된 집"과 합쳐짐으로써 비로소 "추억의 거대한 건물"이라는 온전한 전체로 완성될 것이다.

우리의 죽음이라는 우연이 있기에 우리들은 대부분 그 첫 번째의 우연이 특혜를 베풀어 줄 때까지 오래오래 기다리고만 있을 수가 없는 것이다.

나는 켈트 인의 신앙*이 매우 그럴듯하다고 본다. 그 신앙에 따르면, 우리가 여읜 이들의 영혼은 어떤 하등한 존재, 어떤 짐승이나 식물이나 무생물 안에 포로가 되어 있으므로, 우리가 우연히 그 나무의 곁을 지나가거나 그 영혼이 갇혀 있는 물건을 손에 넣거나 하는, 결코 아무나에게 찾아오는 것은 아닌 그런 날이 올 때까지, 우리들에게는 잃어버린 존재가 되어 버린다. 그런데 그런 날이 오면 그 영혼은 소스라쳐 깨어나서 우리를 부른다. 그리고 우리가 그걸 알아차리는 순간, 마법이 풀린다. 우리에 의해서 해방된 영혼은 죽음을 정복하고 우리들 곁으로 다시 돌아와서 산다.

우리의 과거도 그와 마찬가지다. 과거를 억지로 되살려 보려고 해봐야 헛수고요, 우리의 모든 지적인 노력은 쓸모가 없다. 과거는 우리 지능의 영역 밖에, 그 힘이 미치지 못하는 곳에, 우리가 꿈에도 생각하지 못하는 어떤 물질적인 대상 속에 (그 물질적인 대상이 우리에게 주는 감각 속에) 숨어 있다. 우리가 죽기 전에 이러한 대상을 만

---

* 죽음 뒤에 남은 영혼: 율리우스 카이사르는 『갈리아 전기』(VI, 14, 5)에서 넓은 의미의 켈트 족인 갈리아 사람들의 신관(神官, 드루이드 승僧)에 대해 이렇게 적고 있다. "그들의 가르침의 핵심은 사람이 죽고 난 뒤 영혼은 소멸하는 것이 아니라 하나의 몸에서 다른 몸으로 옮아간다는 것이다." 미슐레(Michelet)의 『프랑스사』(I, 4)에도 이 전설의 내용이 암시되어 있다.

나느냐 못 만나느냐 하는 것은 우연에 달려 있다.

콩브레에 관해서라면 내게 있어 잠자리 드라마와 그 무대 외엔 더이상 어느 것 하나 존재하지 않게 된 지 이미 오래인 어느 겨울날, 집에 돌아온 내가 추워하는 것을 보고 어머니는 여느 때와 달리 홍차라도 좀 마시면 어떻겠냐고 했다.* 나는 처음에는 싫다고 했다가 무슨 까닭에서인지 생각이 달라졌다. 어머니는 '프티트 마들렌느'라고 부르는 길이가 짧고 통통한 과자를 구해 오게 했다. 마치 가늘게 홈이 팬 가리비의 조가비에 박아 찍어 낸 것 같은 과자였다.** 그래서 그 음울한 하루와 내일도 또 쓸쓸한 하루가 될 것 같은 전망 때문에 마음이 짓눌려 있던 나는 곧 아무 생각 없이 마들렌느 과자 조각을 녹인 차 한 숟갈을 입으로 가져갔다. 그런데 과자 부스러기가 섞인 그 한 모금의 차가 입천장에 닿는 순간, 나는 나의 내면에서 범상치 않은 일이 일어나고 있음을 알아차리고 소스라쳐 놀랐다. 어떤 감미로운 쾌감이 나를 사로잡았던 것이다. 원인 불명의 고립된 쾌감이었

* 이곳의 '집'이란 콩브레에 있는 고모의 집이 아니라, 이미 어린 시절을 벗어나 성인이 된 화자가 살고 있는 파리의 집을 의미한다.
** 마들렌느: 여기서 프루스트는 보통 명사인 과자 이름을 정상적인 문법을 거슬러 가며 고유 명사처럼 대문자(Petite Madeleine)로 처리했다. 어떤 주석자(S. M. 두브로브스키)는 여기서 이름의 이니셜(P. M.)을 매개로 한 마르셀 프루스트(Proust Marcel) 자신의 존재를 읽는다. 한편 주석자들은 '어머니'가 아들에게 권하는 "가늘게 홈이 팬 가리비의 조가비에 박아 찍어 낸 것 같은" 과자의 이름에서 성서에 나오는 회개한 죄인 마리 마들렌느와 결부된 '금지된 성'과 오이디푸스적인 욕망을 읽기도 한다.

다. 그 쾌감으로 인해 나는 곧 인생의 부침浮沈 같은 것은 별것 아니고 갖가지 재난도 무해한 것이며 그 덧없음은 착각일 뿐이라고 여기게 되었다. 마치 사랑의 힘이 작용해 그렇게 하듯이 그 쾌감이 나를 어떤 귀중한 본질로 가득 채웠던 것이다. 아니, 그 본질이 내 속에 있는 것이 아니라 그 본질이 바로 나 자신이었다.* 나는 더 이상 스스로가 보잘것없고 우연적인, 결국은 죽어 없어질 존재라고는 느끼지 않게 되었다. 대체 이 벅찬 기쁨은 어디서 온 것일까? 나는 그것이 차와 과자의 맛과 관련이 있긴 하면서도 그걸 훨씬 초월한 것이어서 그것과 똑같은 성격의 것일 리가 없다는 것을 느꼈다. 그것은 어디서 오는 것일까? 그것은 무엇을 의미하는 것일까? 어디서 그것을 포착해야 하는 것일까?** 나는 두 번째 모금을 마셔 보지만 거기서는 처음 것 이상은 아무것도 찾을 수 없고, 세 번째 모금은 두 번째 것보다도 더 못했다. 그만 멈춰야 할 때다. 마시는 차의 효력이 줄어드는 것 같은 것이다. 내가 찾는 진실은 차 속에 있는 것이 아니라 내 속에 있는 게 분명하다. 차가 내 속에서 그 진실을 일깨웠지만 그것이 무엇인지는 알지 못한 채, 힘은 점점 약해지는 가운데 언제까지고 같은 증언을 되풀이할 뿐인 것이다. 나는 그 증언을 해석할 줄 모르지만,

---

* **자아의 상실과 회복**: 여기서의 화자의 존재를 가득 채우는 '어떤 귀중한 본질'이나 '본질이 바로 나 자신이다'라는 느낌은 '자아 회복'이라는 점에서 소설의 첫머리에서 화자가 느꼈던 '자아 상실'감과 강한 대조를 보인다. "한밤중에 잠이 깨어서 내가 어디에 있는지를 알지 못하다 보니 처음 한순간은 내가 누군지조차 아리송해지는 것이었다. 나는 기껏 어떤 동물의 내면 깊숙한 곳에서 진동하고 있을 것 같은, 원시적일 만큼 단순한 존재감을 느낄 뿐이었다. 나는 동굴 속에 사는 혈거족보다도 더 빈곤한 존재였다."

적어도 잠시 후에 어떻게든 결정적인 해명을 할 수 있도록 그것이 내 재량권 안에 온전히 남아서 내가 다시 요구하면 고스란히 되찾아 낼 수 있게 되기를 원했다. 나는 찻잔을 내려놓고 나의 정신 쪽을 향한다. 진실을 발견하는 것은 정신이 할 일이다. 그러나 어떻게? 정신이 제 스스로 속수무책이라고 느낄 때마다 일어나는 심각한 불안감. 정신이라는 이 탐색의 주체가 송두리째 깜깜한 세상이니 그 세상 속에서 찾긴 찾아야겠는데, 거기서는 지금까지 쌓은 지식도 무용지물인

** 의도적인 기억과 불수의 기억: 어떤 의미에서 소설 『잃어버린 시간을 찾아서』는 이 일련의 질문("이 벅찬 기쁨"의 의미)에 대한 해답을 찾는 과정이라고 할 수 있다. 왜냐하면 소설의 끝에서 그 의미가 밝혀지기 때문이다.

전체 7권으로 구성된 이 소설의 제1권 『스완의 집 쪽으로』는 세 개의 부部(콩브레, 스완의 사랑, 고장의 이름: 이름)로 나누어져 있다. 그 물리적 길이는 각기 폴리오(Folio)판 원서 기준 181쪽, 194쪽, 44쪽으로 제3부 '고장의 이름: 이름'이 가장 짧다. 그중 제2부 '스완의 사랑'은 화자 '나'의 출생 이전, 스완과 오데트의 사랑에 바쳐진 부분으로 서술적 독립성과 완결성이 뚜렷해 별도의 단행본으로 출판되기도 한다. 한편 제1부에 해당하는 '콩브레'는 다시 제1장(폴리오판 기준 44쪽)과 제2장(137쪽)의 두 부분으로 나누어진다. 두 종류의 '기억'에 대한 원론적인 설명에 바쳐진 소설의 서론 격인 제1장은 행과 행 사이의 여백으로 처리된 공간(폴리오판 43쪽)을 사이에 두고 앞쪽의 긴 시퀀스(40쪽)와 뒤쪽의 짧은 시퀀스(5쪽이 채 못 되는), 이렇게 두 부분으로 나누어진다. 앞쪽의 긴 부분이 '의도적인 기억'에 의해 되살린 콩브레의 '빛나는 벽면'에 해당한다면, 뒤쪽의 짧은 부분은 의도하지 않은 '우연적인 기억', '느닷없는 기억'(이것을 우리는 '불수의 기억'mémoire involontaire이라고 부르고자 한다)에 의해 되살린 콩브레 전체에 해당한다. 마들렌느 과자의 예를 통해 불수의 기억의 중요성을 구체적으로 설명하고 나면, 그에 이어지는 제2장에서 비로소 콩브레 마을의 인상, 주요 인물들의 등장, 마을의 일상생활 등 소설의 본격적인 서술이 시작된다.

앞에서 설명한 두 개의 시퀀스 중 특히 후자는 바로 프루스트 소설 미학 전체를 떠받치는 "차에 적신 마들렌느 과자" 에피소드에 할애되어 있다는 점에서 지극히 중요하지만,

것이다. 찾는다? 찾기만 할 것이 아니라 창조하는 거다. 정신은 아직 존재하지 않는 그 무엇, 오직 스스로 현실화해야 할 그 무엇, 그리하여 자신의 빛 속으로 들어오게 해야 할 그 무엇을 앞에 두고 있는 것이다.

그래서 나는 다시 한 번 스스로 물어본다. 이 알 수 없는 상태, 그 어떤 논리적인 증거도 보여주지 않았지만 다른 모든 것을 모조리 다

후자는 전자와 비교됨으로써 그 차이점과 중요성이 더욱 뚜렷하게 부각된다. 따라서 우리는 이 소설을 읽을 때 두 가지의 비교를 통해서 그 차이점을 이해하는 것이 무엇보다 중요하다.

이 두 '시퀀스'는

• 각기 다른 기억의 주체: 밤중에 자다가 깬 사람 – 낮에 깨어 있는 사람
• 기억의 방식: 의도적 – 비의도적 / 수의 – 불수의
　　　　　지능 – 우연
　　　　　불완전 – 완전
• 각기 다른 계기: 자다가 선잠 깬 의식 – 차에 적신 마들렌 과자의 맛과 감각
• 그 기억에 의해 되살아나는 각기 다른 내용의 과거:
　　　　　부분 – 전체
　　　　　상투적 일부, "무대 장치" – 살아 있는 전체
　　　　　"오려 낸 듯 빛나는 벽면" – "추억의 거대한 건물"
　　　　　"잠자리, 즉 옷 갈아입기 드라마" – 콩브레 마을과 삶 전체
• 각기 다른 심리적 방향:
　　　　　통일된 자아에서 멀어지는 원심력 – 자아의 중심으로 모이는 구심력
　　　　　불연속성, 간헐성 – 연속성, 본질성
　　　　　자아 상실 – 벅찬 기쁨

과 관련되어 서로 간에 강한 대조를 보인다. 마들렌 에피소드의 경험은 그것을 계기로 콩브레가 하나의 온전한 전체로 소설에서 되살아난다는 점에서 소설의 본격적인 서술로 접어드는 일종의 '통과 의례'라고도 볼 수 있다.

지워 버릴 만큼 확실한 행복감과 현실감을 느끼게 했던 그 알 수 없는 상태란 대체 무엇이었을까.* 그것을 다시 한 번 나타나게 해 보고 싶다. 마음속으로 나는 차를 맨 처음 한 모금 마셨던 순간으로 되돌아가 본다. 똑같은 상태가 되살아나지만 새로이 더 뚜렷해지는 것은 아니다. 나는 나의 정신에게 좀 더 노력해 보라고, 사라져 가는 감각을 다시 한 번 되살려 보라고 요구한다. 그리고 그 감각을 다시 붙잡으려고 애쓰는 정신의 기세가 그 무엇에 의해서든 꺾이면 안 되겠기에 나는 일체의 장애물과 잡념을 제거하고, 옆방의 소음에 맞서 내두 귀와 주의력을 보호한다. 그러나 정신만 피로해질 뿐 목적을 이루지 못하고 있음을 느끼자 나는 반대로 그 정신에게 이제까지 거부해 왔던 기분 전환을 해 보라고, 다른 생각을 해 보라고, 마지막 시도에 앞서 기력을 회복하라고 강요한다. 그리고 나는 한 번 더 정신의 앞을 훤하게 비우고 불과 얼마 전에 마신 첫 모금의 맛을 코앞에 대령한다. 그러자 내 안에서 무엇인가 소스라치듯 꿈틀하며 위로 솟아오르려는 것을 느낄 수 있다. 무엇인지는 알 수 없으나 그것은 천천히 위로 올라온다. 나는 그 저항을 느낀다. 나와의 거리를 거치며 다가오는 부산한 소리가 들린다.

틀림없이 이렇게 내 깊숙한 밑바닥에서 파닥거리는 것은 그 맛과 관련된 것으로 그 맛의 뒤를 따라서 내게까지 올라오려고 애쓰는 이미지, 시각적인 기억이 분명하다. 그러나 그것은 너무나도 먼 곳에서

---

* 근원적인 질문이 다시 한 번 반복된다.

너무나도 어렴풋하게 몸부림치고 있다. 내가 알아볼 수 있는 것은 기껏해야 휘저어 놓은 색채들이 형체를 알 수 없게 뒤섞여 소용돌이치는 특징 없는 그림자가 고작이다. 그러나 형태를 분간할 수 없으니, 있을 수 있는 단 하나뿐인 통역에게 호소하듯이, 그 그림자를 향해 그것과 동시에 태어나 서로 뗄 수 없는 사이인 그의 짝이 들려주는 증언을 통역해 달라고 부탁할 수도 없고, 이것은 대체 어떤 특별한 상황이며 과거의 어떤 시기와 관련된 것인가를 가르쳐 달라고 청할 수도 없는 것이다.

이 기억, 이 옛 순간은 나의 분명한 의식의 표면에까지 도달할 수 있을까? 이것과 똑같은 어떤 순간의 끄는 힘이 아득히 먼 곳에서 찾아와 나의 가장 깊숙한 밑바닥으로부터 이 옛 순간을 자극하고 감동시켜서 끌어올리려 하고 있다. 모를 일이다. 이제는 아무것도 더 이상 느낄 수 없다. 그것은 멈춰 버렸다. 어쩌면 다시 가라앉아 버렸을지도 모른다. 언젠가 그 어둠에서 다시 떠오를지 어떨지 누가 알겠는가? 열 번도 더 나는 다시 시작해 보고 그쪽으로 마음을 기울여야 한다. 그런데 그때마다 힘든 일이나 중대한 일일 성싶으면 곧 고개를 돌리도록 만드는 저 무기력이 내 귀에 대고 속삭였다. 그건 이제 그만두고 차나 마시며 그냥 애쓰지 않고도 반추할 수 있는 오늘의 걱정거리나 내일의 욕망들이나 생각하라고 말이다.

그런데 느닷없이 기억이 살아났다. 이 맛은, 그러니까, 내가 옛날 콩브레에서 일요일 아침(그날은 내가 미사 시간 전에 외출하는 일이 없었으니까) 레오니 고모의 방으로 아침 인사를 하러 갈 때면 고모가 홍차나 보리

수 차에 녹여서 주곤 했던 마들렌느 과자 부스러기 맛이었던 것이다. 프티트 마들렌느 과자는 맛을 보기 전까지, 그것을 눈으로 보기만 했을 때는 나에게 아무것도 생각나게 하는 게 없었다. 아마도 그때 이후, 먹어 보지는 않고 빵 가게 선반에 놓인 것을 종종 보기만 했던 탓에 그 이미지가 콩브레의 그 시절에서 분리되어 더 최근의 다른 나날들과 결부된 때문일 것이다. 그리고 아마도 그토록 오랫동안 기억의 바깥에 버려져 있던 추억들로부터 무엇 하나 살아남지 못하고 모든 것이 다 삭아 없어져 버렸기 때문이기도 할 것이다. 그 형태들은―그 엄격하고 경건한 주름 밑의 그토록 탐스럽고 관능적인 작은 조가비 과자의 형태 또한 그렇지만―없어지거나 잠들어 버리거나 해서 의식에 가 닿을 수 있는 확장력을 상실하고 만 것이었다. 그러나 사람들이 죽은 뒤, 사물들이 부서지고 난 뒤, 어느 아득한 과거로부터 아무것도 남아 있지 않게 되었을 때, 냄새와 맛은 더 연약하지만 더 생생하고, 더 비물질적이지만 더 끈질기고 더 충실한 것이 되어 영혼들처럼 여전히 오랫동안 남아서 다른 모든 것들의 폐허 위에서 회상하고 기다리고 희망하며, 거의 만져지지도 않을 정도로 미세한 물방울 위에서 불굴의 힘으로 추억의 거대한 건물을 떠받치고 있는 것이다.*

그리고 그것이 레오니 고모가 보리수 차에 적셔 준 마들렌느 조각의 맛이라는 것을 알아차리자마자(그 기억이 왜 나를 그토록 기쁘게 했는지 나는 아직 알 수 없었지만, 또 그 까닭을 알아내는 일은 훨씬 뒤로 미룰 수밖에 없었지만**) 곧 고모의 방이 있던, 길 쪽으로 난 잿빛의 오래된 집이 무슨 연극 무대인 양 다가와서 그 뒤쪽, 우리 부모님을 위해 세운, 정원으로 면한 조그만 별채(그때까지 내가 머릿속으로 떠올린 것은 오직 이 별채의 오려 놓은 듯한 벽면뿐이었다)에 이어졌다. 그 집과 함께 날씨와 관계없이 아침부터 밤까지의 마을이, 점심을 먹기 전에 내가 심부름을 가곤 했던 광장이, 날씨 좋은 날이면 지나가곤 했던 골목들이 보였다. 그리고 일본 사람들이 놀이를 할 때 물을 가득 채운 도자기 사발에 작은 종이쪽들을 담그면 그때까지 서로 분간되지 않던 그 종이쪽들이 물에 적셔지자마자 곧 펴지고 꼬부라지고 물이 들어 각기 다른 형태를 만들면서 식별할 수 있을 만큼 뚜렷한 꽃이 되고 집이 되고 인물이 되듯이, 바야

---

* 여기서 '불수의 기억'의 메커니즘이 밝혀진다. 그것은 다음과 같은 내용으로 요약될 수 있다.
  • 비의도적인 '우연'의 해("느닷없이")
  • 긴 시간을 사이에 둔, 현재와 과거의 공통된 감각(여기서는 "냄새와 맛")이
  • 현재와 과거의 겹침 현상(어머니와 레오니 고모의 마들렌느 과자와 차)을 초래해서
  • 망각 속에 묻혔던 과거의 한 시공간('추억의 거대한 건물')이 주체의 기억 속에 되살아나고
  • 그때 주체는 '원인 불명의 고립된 쾌감' 또는 '벅찬 기쁨'과
  • 동시에 자아가 '귀중한 본질'로 환원됨('잃어버린 시간'을 '되찾음'으로써 '초시간성'에 도달함)을 느낀다. 그 자아는 예술 창조라는 근원적인 행위를 통해 시간을 초월하는 본질적 중심에 이른다.
** 주인공은 알지 못하고 화자만이 알고 있는, 이 질문에 대한 해답은 '뒤로' 미루어진다. 이렇게 해서 이 소설은 일종의 탐정 소설과도 같은 구조를 갖추게 된다. ("그 기억이 왜 나를 그토록 기쁘게 했는지 나는 아직 알 수 없었지만, 또 그 까닭을 알아내는 일은 훨씬 뒤로 미룰 수밖에 없었지만.") 소설의 모두에서 제기된 이 질문에 대한 대답은 장차 제7권 『되찾은 시간』의 끝(게르망트 대공 댁의 낮 모임)에 가서야 밝혀질 것이다.

흐로 우리 집 뜰의 모든 꽃들, 스완 씨 집 정원의 꽃들, 그리고 비본
냇물의 수련과 마을 사람들과 그들의 조촐한 집들과 성당과 온 콩브
레와 그 변두리, 형상과 견고함을 갖춘 그 모든 것이 마을과 정원이
되어 나의 찻잔에서 솟아 나온 것이다.

(3) 소설의 끝

그때 나는 문득 생각했다. 내게 아직도 작품을 완성할 힘이 남아
있다면, 바로 오늘—지난날 콩브레에서 나에게 영향을 주었던 어떤
날들처럼—나의 작품 아이디어와 동시에 그 작품을 실제로 쓸 수 있
을지에 대한 두려움을 함께 안겨 준 이 마티네는 그 작품 속에서 필
시 무엇보다 먼저 지난날 콩브레의 성당에서 내가 예감한 바 있는 형
상, 흔히 눈에 보이지 않는 모습인 채로 남아 있는 법인, '시간'의 형
상을 하고 있을 것이라는 점을 말이다. (……)
　하기야, '시간' 속에서 우리가 끊임없이 증대되는 한 자리를 차지
하고 있다는 것은 누구나 다 느끼는 바다. 그리고 그 보편성이 내게
는 기쁘게 여겨질 따름이다. 왜냐하면 그것은 내가 애써 해명해야
할, 누구나 어렴풋이 짐작하고 있는 진리이기 때문이다. 우리가 '시
간' 속에서 어떤 자리를 차지하고 있다는 것은 누구나 다 느낄 뿐만
아니라, 극히 단순한 사람도 우리가 공간 속에서 차지하고 있는 자리
를 잴 수 있듯이, 그 자리를 어림잡아 잰다. 특별한 통찰력을 갖추지
않은 사람들도, 자기들이 처음 보는 두 남자, 둘 다 검은 수염을 길렀

거나 아니면 깨끗이 면도를 한 두 남자를 보면, 둘 중 한 남자는 스무 살쯤, 또 한 남자는 마흔 살쯤 되어 보인다고 말한다. 물론 이러한 나이에 대한 측정에서 틀리는 일은 자주 있다. 그러나 그런 측정을 할 수 있다고 생각하는 것 자체가 나이를 뭔가 계량할 수 있는 것으로 여긴다는 것을 의미한다. 검은 콧수염을 기른 두 번째 남자에게는 실제보다 스무 살을 더 붙인 셈이다.

내가 지금 내 작품 속에서 강하게 부각시키고자 했던 것이 바로 우리와 분리되지 않은 과거의 세월, 우리 속에 내장된 이 시간의 개념이라고 하겠는데, 내장되었다고 보는 까닭은 대공 부인 저택에 와 있는 바로 지금 이 순간에도 스완 씨를 배웅하는 부모님들의 저 발소리, 드디어 스완 씨가 갔으니 이제 곧 엄마가 2층으로 올라올 것임을 내게 알려 주며 작은 방울이 짤랑짤랑 금속성으로 그칠 줄 모르고 내는 요란하고 산뜻한 소리가 여전히 내 귀에 들렸기 때문이다. 과거 속에 그토록 먼 곳에 자리 잡고 있는 것인데도 바로 그 소리들 자체가 내 귀에 들렸던 것이다. 그러자 방울 소리를 들었던 순간과 게르망트 댁 마티네 사이에 당연히 끼어 있는 모든 사건을 생각하면서, 나는 지금도 내 속에서 틀림없이 초인종 소리가 울리는데도 그 방울이 요란하게 내는 소리의 어느 것 하나도 달리 바꿀 수는 없다고 생각하니 무서운 느낌이 들었다. 왜냐하면 그 소리가 어떻게 사라졌었는지 잘 생각이 나지 않아서 그걸 복기復碁하고, 그 소리에 골똘히 귀를 기울이기 위해 내 주위에서 가면이라도 쓴 듯이 변모해 버린 사람들이 나누는 이야기 소리를 듣지 않으려고 기를 써야 했으니 말이다. 그 방울 소리를 좀 더 가까이 듣기 위해 나는 나 자신 속으로 다시 깊숙이 내려가지 않으면 안 되었다. 그러니까 그 방울 소리는 늘 내 속에 있었고, 내가 짊어지고 다니는 줄도 몰랐던, 그 방울 소리와 현재의 순간 사이에 무한히 펼쳐진 그 모든 과거가 또한 내 속에 있었던 것이다. 지난날 그 방울이 울렸을 때 나는 이미 존재하고 있었고, 그때 이후 그 방울 소리가 여전히 내 귀에 들리는 것을 보면 그동안에 중단이 없었던 게 틀림없고, 내가 단 한순간도 생존하고 생각하고, 나에 대한 의식을 갖는 것을 멈추거나 휴식한 적이 없었던 게 틀림없다. 왜냐하면 옛날의 그 아득한 순간은 여전히 나 자신에게 단단히 연결되어 있어서, 내가 나의 속으로 더 깊이 내려가기만 하면 여전히 그 순간을 되찾을 수 있고 그 순간으로 되돌아갈 수 있기 때문이었다. 그리고 사람의 몸이 그 몸을 사랑하는 사람들에게 그토록 많은 해를 입힐 수 있는 것은 그 몸이 그처럼 과거의 시간들을 간직하고 있기 때문이며, 그 몸 자체에게는 이미 지워진 것이겠지만 질투에 사로잡혀, 그 몸이 파괴되기를 바랄 정도로 질투에 사로잡혀 잊지 못할 그 몸을 응시하고 시간의 차원에서 그 몸을 연장시켜 보는 사람에게는 너무나도 잔혹하게 느껴지는 그 숱한 기쁨과 욕망들의 추억을 그 몸이 간직하고 있기 때문이다. 죽고 나면 '시간'은 육신에서 물러나고, 그리고 추억들도—그토록 무심하고 그토록 빛바랜—이제 더 이상 세상에 없는 여자에게서 지워지고, 여전히 그 추억에 시달리는 남자들에게서도 머지않아 지워질 것이니 말이다. 살아 있는 몸의 욕망이 더 이상 추억을 보살피지 않으면 그런 추억들도 결국은 소멸하고 마는 것이다.

　이토록 장구한 그 모든 시간이 단 한순간의 중단도 없이 나에 의해 체험되고 생각되고 분비되어 왔고, 그 시간이 나의 삶이자 나 자신이라는 것을, 그뿐만 아니라 나는 내게 매달린 그 시간을 매 순간순간 지탱해야 하고, 그것이 나를, 현기증이 날 정도로 높은 이 시간의 꼭대기에 올라앉은 나를 떠받쳐 주고 있다는 것을, 내가 시간과 함께 움직이듯이 시간을 옮겨 놓지 않고서는 내 몸을 움직일 수 없다는 것을 깨닫자, 피로와 두려움이 느껴졌다. 콩브레 정원의 그 조그만 방울 소리가 내 귀에 들리던 그날, 그토록 멀리 떨어졌으면서도 내 안에 있는 그날은 내가 내 속에 지니고 있는 줄도 몰랐던 그 엄청난 크기의 차원 속에 찍힌 하나의 표적이었다. 나는 내 발밑으로, 그러나 내 안인 저 아래로, 마치 몇천 길 떨어진 높은 곳에서 굽어보듯이, 그토록 아득한 세월을 내려다보며 현기증을 느꼈다.

　나는 의자에 앉아 있는 게르망트 공작을 바라보면서 발밑으로 나보다 훨씬 많은 세월을 파 놓았는데도 그가 별로 늙지 않았다는 사실에 탄복했는데, 그 공작이 무슨 까닭으로 마치 튼튼한 것이라곤 차고 있는 금속 십자가뿐인지라 젊은 신학생들이 부축하려고 달려드는 저 늙은 대주교들의 다리처럼 후들거리는 다리를 딛고 비척거렸는지, 마치 끊임없이 자라는 살아 있는 장대 다리, 때로는 종탑보다 더 높아져서 마침내 걷기가 힘들고 위험할 정도가 되어 갑자기 기우뚱하며 추락하는 장대 다리 위에 올라앉은 인간들처럼, 여든세 살이라는, 웬만해서는 올라갈 수 없는 그 높은 꼭대기에서 발을 떼어 놓을 때마다 나뭇잎처럼 떠는 것인지를 이제 막 깨달았다. (가장 무지한 이의 눈으로 보면 나이가 지긋한 사람들의 얼굴은 젊은 사람의 얼굴과는 너무나도 딴판이어서 마치 무슨 구름 같은 것의 진지함에 가려 있는 것만 같아 보이는 것은 바로 그 때문이었던가?) 나는 나의 장대 다리 역시 발밑에서 너무나도 높이 솟아 있어서 벌써 발아래로 저토록 멀리 내려가고 있는 그 과거를 오랫동안 내 몸에 달고 버틸 힘이 내게 남아 있는 것 같지 않다는 생각에 문득 몸서리가 쳐졌다. 그래서 만일 나에게 내 작품을 이룩하기에 충분할 만큼 긴 시간longtemps 이 남아 있다고 한다면, 나는 반드시 거기에 무엇보다 먼저 인간들이, 비록 그렇게 하다가 그 인간들을 그만 괴물과 비슷한 존재들로 만들어 놓는 한이 있을지라도, 공간 속에 할당된 그토록 한정된 자리에 비긴다면 너무나 엄청나게 큰 자리, 공간 속에서와는 반대로 한량 없이 연장된—기나긴 세월 속에 몸담고 있는 거인들처럼, 그 사이의 거리가 그토록 먼, 그들이 살았던 여러 시기, 그토록 수많은 나날들이 차례차례 그 사이에 와서 자리를 잡는, 여러 시기에 동시에 닿아 있기 때문에—자리를 '시간'Temps 속에 차지하도록 그려 보고 싶다.

4장

—

수정된 창조
—알베르 카뮈의 『이방인』

1. 서론: 자유인 알베르 카뮈

(1) 빛과 역사

알베르 카뮈는 격동의 시대에 태어나 볼 것 못 볼 것을 다 경험한 작가다. 그가 태어난 지 1년 만에 제1차 세계대전이 일어나 전쟁터로 소집되어 나간 아버지가 곧 전사했다. 가난한 소년 시절을 보내고 청년이 된 카뮈는 에스파냐 내란, 27세에는 제2차 세계대전, 그리고 그 누구보다도 고통스럽게 알제리 전쟁을 거치면서 온몸으로 시대를 관통했다. 그는 역사의 소용돌이 속에서 고통받는 사람들과의 연대 의식으로 붓을 갈아 작품을 썼다. 그러나 찬란한 햇빛의 고장 알제리에서 태어난 그는 역사만이, 인간 상호간의 연대 의식만이 전부라고 생각하지 않았다. 그는 가난했지만 세계의 아름다움을 믿었고, 밝은 빛 속의 행복을 아낌없이 누렸다. "우선, 가난이 나에게 한 번도 불행이었던 적은 없다. 빛이 그 부富를 그 위에 뿌려 주는 것이었다. 심지어 나의 반항까지도 그 빛으로써 밝아졌……. 빈곤은 나로 하여금 태양 아래서라면, 그리고 역사 속에서라면 모든 것이 다 좋다고 믿지 못하도록 만들었다. 태양은 나에게 역사가 전부가 아니라는 것을 가르쳐 주었다."(『안과 겉』 서문) "아름다움이 있는가 하면 모멸당하는 사람들도 있는 것이다. 해내기가 아무리 어렵다고 할지라도 나는 절대로 그 어느 한쪽에도 불충실하고 싶지는 않다."(『결혼·여름』)

그는 1950년대 냉전 시대의 한복판에서 치열한 논쟁, 그중에서도 가장 유명한 사르트르와의 논쟁을 치렀고, 1957년에는 노벨 문학상을 수상하는 영광을 얻었다. 알제리 전쟁 동안의 고통스럽고 오랜 침묵을 극복하고 마침내 회심의 역작 소설 『최초의 인간』을 집필했던 1960년 1월 4일 불의의 자동차 사고로 사망한 지 반세기가 지난 뒤 그의 작품은 세계 곳곳에서 읽히고 있을 뿐만 아니라, 그의 존재는 현대의 집단 기억 속에 유난한 광채를 발하고 있다.

(2) 한 몸에 세계와 시대의 모순을 요약하다

'사르트르-카뮈 논쟁'으로 프랑스 지성계가 소용돌이치던 1952년 8월, 「알베르 카뮈에게 답한다」라는 제목의 글에서 사르트르는 카뮈가 파리 지성계에 혜성처럼 떠오르던 전쟁 직후의 시절을 이렇게 회상했다. "우리들에게 당신은 하나의 인물, 하나의 행동, 하나의 작품의 기막힌 결합이었습니다. 1945년이었지요. 사람들은 『이방인』의 저자 카뮈를 발견했듯이 레지스탕스의 투사 카뮈를 발견한 것입니다. 그리고 지하신문 《콩바》의 그 논객과 자신의 어머니, 자신의 정부情婦를 사랑한다고 말하기를 거부할 정도로까지 정직함을 밀고 나가는, 그리하여 우리 사회가 사형에 처해 버린 뫼르소를 나란히 놓으면서, 그리고 무엇보다도 당신이 지금도 변함없이 그 양쪽 다라는 사실을 알게 되면서, 겉으로 보이는 이 모순은 우리들 자신과 세계에 대한 우리의 인식을 한 걸음 더 나아가게 했으니, 당신은 가히 모범적이라 할 만했습니다. 당신은 당신 속에 시대의 갈등을 요약하고 있었고, 그 갈등을 몸소 살아가려는 열정을 통해서 초극했습니다. 당신은 가장 복합적이고 가장 풍부한 하나의 페르소나였습니다."(『상황 IV』) 카뮈는 사르트르가 이처럼 짧은 몇 마디로 적절하게 요약하고 있는 시대적 배경과 모순 속에, 그가 보여준 당시의 '복합적' 이미지와 함께 복원시켜 놓았을 때 비로소 그 참다운 모습으로 이해될 수 있는 인물이다.

많은 독자들은 자신만의 카뮈를 마음속에 간직하고 있다. 어떤 사람에게 카뮈는 『결혼』의 첫 페이지 첫 문단에서 다음과 같은 빛나는 문장으로 매혹했던 위대한 산문가다. "봄철에 티파사에는 신들이 내려와 산다. 태양 속에서, 압생트의 향기 속에서, 은빛으로 철갑을 두른 바다며, 야생의 푸른 하늘, 꽃으로 뒤덮인 폐허, 돌 더미 속에 굵은 거품을 일으키며 끓는 빛 속에서 신들은 말한다. 어떤 시간에는 들판이 햇빛 때문에 캄캄해진다." 또 어떤 사람들에게 카뮈는 위대한 사상가였다. 그는 시대의 미묘한 분위기 속에서 '부조리의 감정'을 간파해 내고 "참으로 진지한 철학적인 문제는 오직 하나뿐이다. 그것은 바로 자살이다. 인생이 살 만한 가치가 있느냐 없느냐를 판단하는 것이야말로 철학의 근본 문제에 답하는 것이다"라는 비수 같은 문장으로 『시지프 신화』를 시작했고, 『반항하는 인간』에서 관용과 상대적 감각과 인간의 한계를 상기시키면서 밤과 낮이 서로 대립하는 "긴장의 절정에 이를 때 곧은 화살이 더없이 단단하고 자유롭게 퉁겨져 날아가는" 정오의 사상을 역설했던 인물이었다. 냉전이 한창이던 그 시기에 좌파 지식인 진영에 발 딛고 서서 이데올로기적 절대주의 사상, 즉 전체주의를 통렬하게 비판하고 모든 형태의 종교 재판을 고발하며 좌파 쪽이든 우파 쪽이든, 동이든 서든, 모든 곳에서 벌어지는 야만성을 소리 높여 거부하자면 예외적인 통찰과 논리의 궁극에 이르고자 하는 불굴의 용기가 필요했다.

그러나 카뮈는 또한 시대를 증언하고자 하는 기자였다는 사실을 망각해서는 안 될 것이다. 재능이 넘치면서도 통찰력을 갖춘 그 '정의의 사람'의 붓은 프랑스가 지배하던 알제리 원주민 지역 카빌리의 비참과 히로시마 원폭 투하의 소름 끼치는 공포를 고발했고, 동시에 사형 제도의 폐지를 호소했다. 카뮈는 맹목적으로 역사에 봉사하기를 거부했고, 맹목적인 역사의 힘에 굴복하기를 거부했다. 자신의 조국인 알제리가 야만적인 전쟁의 무대가 되자, 먼저 양 진영의 무고한 시민들이 희생되는 것을 보고만 있을 수 없었기 때문에 같은 나라 안에서 두 민족이 동등한 자격으로 공존할 수 있는 '시민 휴전'을 호소했다. 그러나 양 진영에서는 다 같이 그에게 돌을 던지며 그를 회색분자로 매도했다.

알제리 전쟁이 계속되던 1959년, 당시 45세였던 알베르 카뮈는 한 친구에게 보낸 편지에서 이렇게 말했다. "나는 이제 내가 써야 할 작품의 겨우 3분의 1을 썼을 뿐이다. 나는 이 책과 더불어 진정으로 내 작품을 쓰기 시작한 것이다." 이 작품이 바로 마지막 유서가 되고 만 『최초의 인간』이다. 이 책의 원고는 자동차 사고 현장에서 기적적으로 수습되어 뒷날 미완성의 모습 그대로 출간되었다. 그는 노벨상 수상 연설에서 이렇게 말했다. "지난 20여 년간 광란의 역사를 겪는 동안, 같은 연배의 모든 사람들과 마찬가지로 아무런 구원도 없이 시대의 경련 속에서 길을 잃었던 저에게 힘이 되어 준 것은 오늘날에 글을 쓴다는 것이 하나의 명예라는 은연중의 감정이었습니다. 왜냐하면 이 감정은 저에게 글을 쓰도록 강요했고, 또한 동시에 오로지 글만 쓰지는 말도록 강요했기 때문입니다. 그것은 특히, 저 나름으로 그리고 제 힘이 자라는 한, 우리가 다 같이 나누어 지닌 불행과 희망을, 같은 역사를 겪는 모든 사람과 함께 짊어질 것을 강요했던 것입니다. 제1차 세계대전과 더불어 태어나서 히틀러의 정권과 동시에 최초의 여러 혁명 재판이 자리 잡을 때 스무 살이 되었던 사람들, 그 다음에는 에스파냐 내란, 제2차 세계대전, 집단 수용소의 세계, 그리고 고문과 투옥의 유럽과 대면하면서 인생 교육을 마무리했던 그 사람들이 오늘은 핵무기에 의한 파괴 위협을 받고 있는 세계 속에서 그들의 자식들과 작품들을 길러 나가야 하는 것입니다. 그러니 아무도 그들에게 낙관주의자가 되라고 요구할 수는 없을 것입니다. 심지어 극에 달한 절망을 이길 수 없어 스스로 불명예의 권리를 요구하고 그 시대의 허무주의 속으로 뛰어들었던 사람들의 과오를, 그들의 허무주의와 부단히 싸우는 한편에서, 이해해 주지 않으면 안 된다는 생각마저 듭니다. 그러나 저의 조국과 유럽 전체에 걸쳐 대부분의 사람들은 이 허무주의를 거부했고, 그 어떤 정당성을 찾아 나섰습니다. 그들은 이 파멸의 시대에 살아 나갈 방책을 스스로 다듬어 만들어야 했고, 그리하여 새로이 태어나 우리의 역사 속에 자리 잡은 죽음의 본능과 당당하게 싸워 나가야만 했던 것입니다." 카뮈는 스스로에게 두 가지 짐을 지워 놓았다. 그것은 바로 '진실에 대한 봉사와 자유에 대한 봉사'였다. 그가 죽은 지 50년이 지난 오늘, 그의 자유와 진실은 우리에게 여전히 필요 불가결한 덕목임에 틀림없다.

(3) 가난, 축구, 폐결핵, 그리고 어머니: 카뮈 이전의 카뮈

"우리 집안에는 아무도 글을 읽을 줄 아는 이가 없었지요. 그게 어떤 것일지 한번 상상해 보세요." 카뮈가 어떤 인터뷰에서 한 말이다. 그는 마지막 미완성 소설 『최초의 인간』을 '사고 능력이 온전치 못한' 문맹의 어머니에게 바치면서 책머리에 이렇게 썼다. "이 책을 결코 읽지 못할 당신에게." 20세기의 노벨 문학상 수상자 가운데서도 전 세계 독자들에게 가장 널리 알려진 작가 중 한 사람인 알베르 카뮈는 글을 읽을 줄 모르는 어머니의 아들이었다. 카뮈에게 '어머니'는 지극히 중요한 존재였다. "그녀가 피곤한 노동에서 돌아와 보면 집이 텅 비어 있는 때가 가끔 있다. 할머니는 볼일을 보러 나갔고, 아이들은 아직 학교에서 돌아오지 않았다. 의자에 주저앉아 멍한 눈길로 마룻바닥 틈새를 정신없이 들여다본다. 주위의 어둠은 짙어 가고,

그 속에서 그 침묵은 위안받을 길 없는 서글픔에 젖어 드는 것이었다. 그럴 때 어린아이가 집으로 돌아와서 어깨뼈가 앙상한 옆모습을 보고는 그만 멈칫한다. 무서운 것이다……. 그는 이 동물적인 침묵 앞에서 울기가 거북하다. 어머니가 가엾다는 생각이 든다. 어머니를 사랑하는 증거일까? 어머니는 그를 쓰다듬어 준 일이 한 번도 없다. 그럴 줄을 모르는 여자였기 때문이다. 자신이 남이라는 것을 느끼며 그는 어머니의 괴로운 마음을 의식한다."(『안과 겉』, 「긍정과 부정의 사이」)

『이방인』이 '엄마'라는 말로 시작된다는 사실은 의미심장하다. 『안과 겉』 서문에서 한 말이나("한 어머니의 저 탄복할 만한 침묵, 그리고 그 침묵에 어울릴 수 있는 정의 또는 사랑을 찾으려는 한 사나이의 노력을 다시 한 번 그 작품의 중심으로 삼아 보겠노라."), 노벨상 수상 연설 때의 에피소드("나는 정의를 믿는다. 그러나 나는 정의보다 먼저 어머니를 지킬 것이다.")는 그에게 어머니가 얼마나 중요한 존재인가를 웅변적으로 말해 준다. 그는 "어머니에게 함부로 굴면 안 된다"On ne manque pas à sa mére라는 서민의 윤리를 굳게 믿는 아들이었다.

그는 1913년 11월 7일 알제리 땅 몬도비 근처에 있는 한 포도 농장 노동자의 둘째 아들로 태어났다. 이듬해 제1차 세계대전이 일어나 징집되어 나간 아버지가 전사하자, 어머니는 어린 두 아들을 데리고 알제 변두리의 빈민가 벨쿠르에 있는 친정어머니 집으로 옮겨 왔다. 수돗물도 전기도 없는 비좁은 방 세 개가 맞붙은 아파트에서 외할머니, 두 외삼촌 등 여섯 식구가 한데 살았다.

물질적으로나 정신적으로나 지독하게 빈곤한 환경에서 자라는 소년 알베르를 구해 준 이는 이곳 빈민가의 오므라 초등학교 담임 교사 루이 제르맹이었다. 어린 소년의 재능을 발견한 그는 무료 과외 지도는 물론, 소년을 최대한 빨리 생활비 벌이에 내보내려는 외할머니를 설득해 상급 학교에 진학하는 장학생 선발 시험에 합격하도록 도왔다. 30여 년이 지난 1957년 11월 19일, 노벨 문학상 수상식 직후 카뮈는 옛 스승 루이 제르맹에게 편지를 보낸다. "…… (수상) 소식을 접했을 때 제가 어머니 다음으로 생각한 사람은 선생님이었습니다. 선생님이 아니었더라면, 선생님이 그 당시 가난한 어린 학생이었던 저에게 손수 보여주신 모범이 없었더라면 그런 모든 일은 있을 수 없었을 것입니다." 그는 스웨덴 스톡홀름 시청에서 가진 노벨상 수상 기념 강연을 그의 옛 스승에게 헌정했다.

장학생인 동시에 국가 유공자 자녀의 자격으로 알제 공립 중학교에 입학하면서 그는 처음으로 자신이 가난하다는 사실을 발견했다. 전에는 그 사실을 깨닫지 못했다. 빈민가 벨쿠르에서는 모두가 가난했기 때문이다. 새로운 환경에서 그는 가난이 "부끄러웠고, 그것을 부끄러워하는 자신이 부끄러웠다." 열네 살이 되면서 그는 축구에 심취해 알제대학 레이싱 청소년팀의 골키퍼로 맹활약했다. 그는 뒷날 이렇게 털어놓았다. "이내 나는 공이 기대했던 곳으로 날아오지 않는다는 사실을 깨달았다. 그것은 살아가는 데, 특히 사람들이 별로 솔직하지 않은 프랑스 본토에서 살아가는 데 도움이 되었다." 그러나 1930년, 이 젊고 피 끓는 열일곱 살의 젊은이는 땀을 흘리며 시합을 한 뒤 갑작스레 찬바람을 쐰 탓으로 폐결핵에 걸렸다. 각혈을 하기 시작한 그는 학업을 중단하고 병원에 입원하지 않으면 안 되었다. 병은 그의 인생의 흐름을 바꾸어 놓았다. 삶과 젊음을 열정적으로 살고 사랑했던 그가 갑자기 영문도 모른 채 죽음 앞에 놓였던 것이다. 이것이 뒷날 그 자신이 명명한 '부조리'와의 첫 만남이었다. 여기서 그는 삶의 비극성을 깨달았다.

(4) 17세에 문학과 죽음을 만나다: 아버지를 찾아서

폐결핵 환자에게 부적절한 빈민가의 불결한 환경으로부터 그를 구해 준 것은 이모부 귀스타브 아코였다. 카뮈는 시내 중심가에 있는 이모부의 집으로 이사했다. 이모부는 정육점을 경영했으므로 생활은 윤택했다. 집에는 정원이 딸려 있었고, 서재에는 책이 가득했다. 식사는 벨쿠르의 그것에 비할 바가 아닐 정도로 양호했다. 생후 한 살에 아버지를 잃은 카뮈에게 아코 이모부는 교사 제르맹에 이어 아버지의 자리를 대신해 줄 중요한 인물이었다. 뒷날 그가 죽었을 때 카뮈는 이렇게 술회했다. "그는 내게 아버지란 어떤 존재인가를 어느 정도 상상할 수 있게 해 준 유일한 사람이었다." 이모부 아코는 볼테르를 존경하는 무정부주의자에 독서광으로, 카페에서 남들과 열정적으로 토론하는 것을 좋아했다. 처음으로 앙드레 지드의 『지상의 양식』을 그에게 소개해 준 사람도 그였다.

그러나 젊은 카뮈에게 문학의 세계로 통하는 신비의 문을 열어 준 사람은 알제의 그랑 리세(고등학교) 교사 장 그르니에였다. 카뮈는 열여덟 살 때인 1931년 고등 문과반에서 처음으로 철학 교수 장 그르니에를 만났다. "그는 내게 여러 권의 책을 주었다. 그중 특히 한 권의 책이 기억에 남는다. 그것은 앙드레 드 리쇼의 『고통』La Douleur이라는 책이었다. 나는 앙드레 드 리쇼라는 작가를 알지 못했다. 그러나 나는 그의 아름다운 책을 결코 잊어버린 적이 없다. 그 책은 처음으로 내가 아는 것을, 즉 어머니, 가난, 하늘에 비치는 아름다운 저녁들 같은 것을 내게 말해 주었다. 그 책은 내 마음 깊은 곳에서 알 수 없는 끈들로 단단하게 묶여 있던 매듭을 풀어 주었고, 뭐라고 꼬집어 말할 수는 없어도 답답하게 조이는 느낌을 주던 속박들에서 나를 놓아주었다. 당연히 그렇듯이 나는 그 책을 하룻밤 사이에 다 읽었다. 그리고 잠에서 깨어나자 나는 어떤 기이하고 새로운 자유를 주입받은 느낌으로 멈칫거리며 미지의 땅으로 걸어 나갔다. 나는 책이라는 것이 그저 한동안의 망각과 심심풀이를 제공하는 것만이 아니라는 사실을 이제 막 깨달았던 것이다. 나의 고집스러운 침묵, 막연하면서도 도도한 나의 고뇌, 나를 에워싸고 있는 기이한 세계, 내 가족들의 고결한 품성, 그들의 가난한 삶, 그리고 끝으로 나의 비밀들, 이 모든 것들도 그러니까 표현될 수 있는 것이었다! 거기에는 어떤 해방감 같은 것이, 어떤 차원의 진실 같은 것이 담겨 있었다. 그 속에서는 예를 들어서 가난이 문득 그 진정한 모습, 즉 내가 막연히 짐작만 하면서도 은연중에 귀중한 것으로 떠받들고 있던 모습을 드러내는 것이었다. 『고통』은 나에게 창조의 세계를 엿볼 수 있는 기회를 주었고, 그 뒤 지드는 마침내 나로 하여금 그 세계 속으로 발을 들여놓게 했다."

그 후 당대의 가장 주목받는 작가 「앙드레 지드와의 만남」(그가 뒷날 지드와의 만남이 자신의 글쓰기에 얼마나 중요했던가를 술회한 글)과는 달리 기이하게도 북쪽의 '다른 바닷가' 브르타뉴 출신의 철학 교수 그르니에는 알제의 제자들에게 햇빛 찬란한 지중해가 주는 참다운 교훈, 즉 삶에 대한 의혹을 일깨워 주었다. 훗날 카뮈는 장 그르니에의 산문집 『섬』에 붙인 서문에서 이렇게 말했다. "빛과 육체의 찬란함을 사랑하는 한 인간이 우리에게 찾아와서 겉으로 보이는 이 세상의 모습은 아름답지만 그것은 부서져 허물어지게 마련이니 그 아름다움을 절망적으로 사랑하지 않으면 안 된다는 사실을 그 모방 불가능한 언어로 말해 줄 필요가 있었다. 그러자 곧 어느 시대에나 변함없는 이 거대한 테마는 우리의 마음속에서 소용돌이치는 새로움인 양 진동하며 메아리치기 시작했다. 바다, 햇빛, 얼굴들과 우리 사이에 어떤 보이지 않는 장벽이 가로놓이는 느낌이 들었고, 여전히 그 매혹을 잃지 않은 채로 그것들은 우리에게서 점차 멀어져 갔다. 요컨대 『섬』은 이제 막 우리에게 환멸이 어떤 것인가를 가르쳐 주었다. 이리하여 우리는 문화라는 것을 발견했다." 이렇게 해서 젊은 카뮈는 '겉'의 세계에만 던지고 있던 시선을 '안'으로도 돌리게 되었다. 그는 세상이 '안과 겉'의 양면으로 이루어진 것임을 막연하게나마 인식하기 시작한다.

카뮈가 글 쓰는 것을 일종의 소명으로 의식하게 된 것은 이때부터였다. 뒷날 그는 이렇게 술회한다. "나는 열일곱 살 무렵에 작가가 되고 싶다는 생각을 했다. 그리고 동시에 어렴풋이나마 작가가 될 것임을 알았다." 카뮈는 스물네 살 때인 1937년에야 알제에서 인쇄된 첫 산문집 『안과 겉』을 발표한다. 그러나 그는 이미 1930년을 전후한 시기부터 공책에 꾸준히 글을 써 모으고 있었다. 카뮈가 최초로 'Albert Camus'라는 풀 네임을 서명해서 인쇄된 형태로 글을 발표한 것은 1932년이었다.

10대에서 20대로 넘어가는 1930년대는 카뮈에게 있어 정신적·육체적 고통과 동시에 열정으로 충만한 시기였다. 폐결핵을 치료하기 위해 어머니의 집을 떠나 무스타파 병원에 입원했고, 그 뒤에는 이모부 집에서 기거하다가 결국 독립한 그는 철학 공부에 몰두하는 한편, 빈곤한 젊은이로서 다양한 아르바이트에 시간을 바치지 않을 수 없었다. 그 와중에도 1934년에는 젊고 아름다운 후배 여학생 시몬 이에Simone Hié와 결혼하고(2년 뒤에 이혼하지만), 1935년 여름부터 1937년 가을까지는 공산당에 입당해 연극을 비롯한 일련의 문화 활동을 전개한다. 이처럼 왕성하게 활동하는 가운데 그는 꾸준히 글을 쓰면서 작가 특유의 '고독'과 시대 역사와의 '연대성'을 서로 조화시키고자 노력한다. 그는 《쉬드》나 《알제 에튀디앙》 같은 학생 잡지에 발표한 일련의 논문들에서 자신의 생각과 논리를 펼치지만, 다른 한편 더 주관적이고 서정적인 글들을 통해 무한의 세계를 동경하며 앓고 있는 영혼의 불안, 열정의 대상을 찾지 못한 피로와 절망감을 표현하는 가운데 자신의 정체성을 모색하며 고민한다. 카뮈가 죽은 뒤에 출간된 『젊은 시절의 글』에 실린 초년기의 글쓰기를 끝으로, 이제 카뮈에게는 『안과 겉』, 『결혼』, 그리고 무엇보다 『이방인』을 통해서 세상을 놀라게 할 20세기의 위대한 작가가 되는 일만 남았다.

(5) 작가 카뮈의 체계와 '세계'

카뮈는 1957년 스톡홀름에서 노벨 문학상을 받으며 자신의 작품 세계에 대한 구도를 이렇게 설명했다. "나는 내 작품을 쓰기 시작했을 때 어떤 정확한 설계도를 가지고 있었다. 나는 먼저 부정否定을 표현하고자 했다. 세 가지 형식으로. 소설로 『이방인』, 연극으로 〈칼리굴라〉와 〈오해〉, 그리고 이념적인 것으로 『시지프 신화』가 그것이었다. 다음으로 나는 또 세 가지 형식으로 긍정적인 것을 예정하고 있었다. 소설로 『페스트』, 연극으로 〈계엄령〉과 〈정의의 사람들〉, 그리고 이념적인 것으로 『반항하는 인간』을 말이다. 나는 벌써부터 사랑에 대한 주제를 중심으로 한 세 번째 층을 예견하고 있다." 이 세 번째 층은 쓰지도 못한 채 그는 교통사고로 세상을 떠났다.

그보다 10년 전인 1947년에 그가 『작가수첩 2』에 기록해 놓은 전체적인 구상은 이보다 더 광범위하다. 그 내용은 이러하다.

- 제1계열: 부조리: 『이방인』－『시지프 신화』－〈칼리굴라〉, 〈오해〉
- 제2계열: 반항: 『페스트』－『반항하는 인간』－칼리아예프
- 제3계열: 재판－『최초의 인간』
- 제4계열: 갈등하는 사랑: 르 뷔셰－사랑에 대하여－유혹자
- 제5계열: 수정된 창조 또는 체계: 위대한 소설 + 위대한 명상 + 무대에 올릴 수 없는 극

카뮈의 특징은 바로 처음부터 자신의 안과 밖에서 제기되는 '문제'가 무엇인가를 밝혀내고, 그 문제에 정면으로 매달려 소설, 연극,

철학적 사색 등 여러 각도에서 그 문제를 파고들어 연구하고 거기에 대한 해답을 찾으려고 노력하는 한편, 그 문제들과 해답의 연쇄적인 재구성을 통해 논리적·감성적·신화적 체계를 구축함으로써 자신만의 고유한 '세계'를 창조하고자 끊임없이 사색하고 고민했다는 점이다. 그는 자신의 통일된 세계관을 갖고자 문제를 궁극에까지 밀고 갔다. 그런 의미에서 그는 모럴리스트, 다시 말해 다양한 시각에서 문제를 분석하고 형상화함으로써 삶의 규율과 행동의 원칙을 이끌어 내고자 하는 사람이다. 그가 첫 번째 분석에서 이끌어 낸 귀결이 다름 아닌 '부조리'不條理의 감정이라는 것이다. 삶과 나의 부조리, 나와 세계의 부조리, 나와 타자의 부조리, 그 뒤에는 죽음이라는 궁극적인 인간 조건이 가로놓여 있다. 카뮈가 부조리를 강조하는 것은 부조리를 확인하고 거기에 머물기 위해서가 아니라 그에 대한 해결책, 즉 행동 방식을 찾아내기 위해서였다. 그 해결책으로 제시된 것이 반항과 사랑이다. 그는 현대의 작가란 이야기를 들려주는 사람이 아니라 자신의 '세계'를 창조하는 사람이라는 사실을 강조했다. 그 세계의 첫 번째 양상, 그것이 바로 부조리이고, 그 부조리의 감정을 소설 형식으로 표현한 것이 바로 『이방인』이다.

2. 『이방인』의 서술 구조

제1부(57쪽*)

1. (목) 어머니 사망 전보 도착. 버스로 양로원을 향해 출발. 오후 영안실 밤샘.
   (금) 장의 행렬 장지로 출발─양로원장. 토마 페레스. 뜨거운 태양, 녹아내린 아스팔트. 모친 매장. 알제로 돌아옴.
2. (토) 마리와 수영 ①. 영화 구경. 집에 돌아와서 수면.
   (일) 발코니에서 거리 관찰.
3. (주중) 사무실 근무. 사장. 엠마뉘엘. 이웃의 살라마노 영감. 레몽 생테스의 편지 대필.
4. ('어제'=토) 엠마뉘엘과 영화 구경. 마리와 수영 ②. 레몽과 경찰관. 레몽 방문, 증인역 수락. 살라마노가 개를 잃다. 영감이 우는 소리.
5. 사무실─레몽의 전화. 사장의 파리 파견 제안. 저녁에 찾아온 마리. 사랑에 관하여. 셀레스트 식당의 자동인형 같은 여자. 살

---

* 책세상판 《알베르 카뮈 전집》 기준.

라마노 방문─어머니 이야기.

6. (일) 마리가 찾아오다. 전날 경찰서에. 바닷가로 떠나다가 아랍인들과 우연히 만남. 해변의 방갈로. 수영 ③ 마송과 그의 아내; 바닷가로: ① 수영─레몽, 마송, 뫼르소. ② 레몽, 뫼르소─두 아랍인 해변에 출현. 싸움. 아랍인들 도망. 레몽 부상 ③ 뫼르소. 세 번째 산책 중─아랍인과 마주침─한 발 앞으로, 태양. 살인.

제2부(59쪽)

1. (일주일 후) 11개월의 심문 과정: 체포. 예심 판사. 변호사. 네 발의 총성에 관한 심문. 십자가의 예수와 죄인(법과 종교).

2. 감옥 생활, 처음 며칠─막연한 기다림. 체포되던 날의 감방. 갇힌 자의 생각. 독방. 마리의 면회. 5개월 뒤─죄수용 밥그릇에 비친 자신의 얼굴.

3. (여름이 지나가고 또 여름) 재판─구경꾼이 된 피고(연극으로서의 법정)─간수, 신문기자, 변호사, 검사, 판사 셋, 서기, 증인 심문: 양로원장. 양로원 수위, 토마 페레스, 레몽, 마송, 살라마노, 마리, 셀레스트, 자동인형 같은 여자, 배심원들─폐정 뒤 호송차 안에서 느끼는 바깥 세계의 저녁 빛과 소리와 냄새.

4. 피고석에서 관찰─법정에서 내일 다룰 부친 살해 사건, 검사의 논고와 변호사의 변론; 더위; 배심원들, 판결 "프랑스 국민의 이름으로 공공 광장에서 목이 잘릴 것"을 선언.

5. 사형 집행을 기다리는 사형수. 부속 사제의 면회 거절. 사형의

메커니즘과 죽음에 관한 성찰, 아버지의 사형 구경 에피소드. 부속 사제가 찾아오다. 새벽을 기다림, 사형수의 절규. 사제와 'mon pere'(아버지)라는 말. 세계와의 화해. 죽음을 기다림.

3. 『이방인』 해설

『이방인』은 1942년 5월 말, 독일군에 점령된 파리에서 세상에 나왔다. 이 소설은 이제 70세가 되었지만 본래의 젊음을 조금도 잃지 않았다. 이 소설은 2011년 현재까지 프랑스 국내 불어판만 총 733만여 부가 판매되었으며(그중 포켓북 '폴리오' 문고판이 640만 부), 연평균 판매 부수는 19만 부에 달한다고 한다. 이는 갈리마르 출판사 설립 이래 100여 년의 역사상 생텍쥐페리의 『어린 왕자』 다음가는 기록이다. 『이방인』은 현재 전 세계에서 무려 101개 언어로 번역되었다. 우리 나라에서는 한국전쟁이 휴전으로 마감되던 1953년(단기 4286년) 7월 10일, 이휘영 교수의 탁월한 번역본이 최초로 청수사에서 출판되었다. 정가는 700환이었다. 당시 전후戰後의 물질적·정신적 폐허 속에서 '실존주의' 철학의 물결을 타고 상륙한 이 짤막한 소설은 한국의 독자들을 "이제 우리는 어떻게 살아야 할 것인가?"라는 근원적인 질문 앞에 세운 뒤, 한국 독자들에게도 세계 현대 문학의 한 전범典範으로 꾸준한 관심을 받아 왔다.

『이방인』은 작품 그 자체로 보나 20세기 서사 형식의 역사에서나 독보적인 위치를 점하는 작품으로, 출판 당시부터 하나의 문학적

'사건'이었다. 사람들은 이 소설을 제2차 세계대전 '종전 후 최대의 걸작'으로 평가했고, 롤랑 바르트는 이 짧은 소설을 '건전지의 발명'과 맞먹는 사건이라고 압축했다. 가에탕 피콩은 "지극히 현대적인 감수성을 완벽에 가까운 고전적인 형식으로 끌어올렸다"고 격찬했고, 엠마뉘엘 무니에는 "뼛속까지 고전적인, 다시 말해 의도적이고 정돈되고 군더더기 없는 문체를 지향한다는 점에서는 거의 청교도적인 이 작가는 내면에 분열의 아픔과 어둠을 간직하고 있다"고 지적했다. 1945년에 이미 사르트르는 이런 모든 평가를 종합하는 동시에 이 작품이 차지하는 올바른 가치를 꿰뚫어 보며 다음과 같은 예언적인 말을 남겼다. "카뮈의 어둡고도 순수한 작품 속에서 미래 프랑스 문학의 주된 특징들을 식별해 내는 것은 충분히 가능한 일이다. 그의 작품은 우리에게 어떤 고전적인 문학을 약속한다. 그 문학은 아무런 환상도 주지 않지만 인간성의 위대함에 대한 믿음으로 가득 차 있고, 가혹하지만 불필요한 폭력은 배제하는, 열정적이지만 절제된 문학……. 인간의 형이상학적인 조건을 묘사하려고 노력하면서도 사회의 여러 움직임에 아낌없이 참가하는 문학이다." 마담 드 라 파예트에서 뱅자맹 콩스탕을 거쳐 스탕달에 이르는 '위대한 프랑스 고전 문학'의 전통에 깊은 애착을 가졌던 카뮈의 이 작품은 오늘날 프랑스의 중등학교 교과서에 빠지지 않고 등장하며, 그 자체가 확고부동한 '고전'이 되었다.

이 소설에 대한 다양한 언어, 시각(문학, 문체, 사상사, 심리, 사회학, 정치, 식민주의, 정신분석, 형이상학, 현상학 등)의 기사, 논문, 입문서, 해설서, 연구서, 학위 논문들은 그 수를 헤아리기가 어려울 정도로 많아, 지금에 와서 새로운 해석을 시도하는 것은 불가능해 보인다. 그럼에도 이 얄팍한 부피의 소설은 모든 고전 걸작이 그러하듯 그 자체의 다면성, 애매함, 기이함, 신비를 여전히 간직하고 있어 오히려 그 점이 작품에 변함없이 신선한 생명력을 부여한다. 이 작품을 투명한 한 가지 방식으로 해석한다는 것은 가능한 일이 아니다. 놀라울 정도로 간결한 이야기, 단순하지만 기이한 성격의 주인공, 교묘하고 대담한 서술 방식의 선택, 재판의 세계에 대한 예리한 비판과 아이러니, 정직한 주인공의 행동과 말과 침묵을 암암리에 떠받치는 명철한 형이상학, 햇빛 밝은 바닷가 알제리에 대한 관능적인 환기력 등 다양하고 이질적인 요소들이 이 소설의 다하지 않는 저력이 되고 있다.

(1) 『이방인』의 발생

『이방인』은 카뮈가 구상한 작품 세계 전체의 청사진 가운데 그 첫째 번 계열인 '부정', 즉 '부조리 3부작' 중 하나로 그에게는 최초의 소설에 해당한다. 철학적 에세이는 설명하고, 소설은 묘사하고, 연극은 이 부조리한 감정에 생명과 운동을 부여하는 것이었다. 그 한가운데로 1939년 가을에 터진 제2차 세계대전이 관통한다.

20대의 젊은 작가가 자신이 장차 구축하고자 하는 작품 세계에 대해 19세기 발자크의 《인간 희극》을 연상시킬 만큼 이토록 구체적이고 체계적인 청사진을 그리고 있었다는 것은 놀라운 일이다. 이에 대해 로제 그르니에는 이렇게 설명한다. "보잘것없는 가정에서 태어났기에 문화적인 권리를 쟁취하기 위해서는 치열하게 싸워야 할 입장이었던 카뮈는 한가한 딜레탕트나 회의론자로 머물 수는 없었다. 그래서 그는 세계에 대한 수미일관한 비전을 갖추고 거기서 어떤 모럴을, 다시 말해 어떤 삶의 규칙을 이끌어 내려고 애썼다. 비록 그가 분석을 통해 부조리라는 부정적인 결론에 이르렀다 해도 그것은 거기에 안주하기 위함이 아니라 어떤 해결책을 찾아내기 위함이었다. 그 해결책이 바로 긍정의 힘인 반항과 사랑이다."

그러면 먼저 『이방인』의 착상, 구상, 집필 과정을 작가의 삶의 궤적을 통해 살펴보기로 하자. 카뮈가 최초로 구상하고 집필한 소설은 『이방인』이 아니라 『행복한 죽음』이었다. 이 소설이 최초의 형태를 갖춘 것은 1937년이었다. 1938년과 1939년에도 여전히 『작가수첩 1』에는 이 작품을 위한 메모들이 이어지고 있다. 이 소설은 결국 미발표 상태로 서랍 속에 남아 있다가 작가가 죽은 뒤 10여 년이 지난 1971년, 장 사로키가 원고를 정리해 갈리마르 출판사에서 책으로 펴냈다.

1937년은 소설 『이방인』뿐만 아니라 젊은 카뮈가 장차 작가로서 자신의 세계를 구축하는 데 결정적인 전환점이라고 할 수 있다. 그 해에 카뮈는 첫 번째 아내인 시몬과 사실상 헤어진 상태였고, 당원黨員의 자격을 잃었다. 공산당이 국제 전략상 계급 투쟁을 앞세우며 반식민주의 운동을 우선순위에서 제외하기 시작하는 가운데 젊은 당원 카뮈는 알제리 '원주민'들의 법적인 자격을 유럽인들 수준으로 끌어올리는 것이 중요하다고 확신하며 반식민주의 노선을 주장함으로써 입당 20개월 만에 당원 자격을 잃었다. 이리하여 그는 당의 테두리 안에서 운영하던 '노동 극단'을 '에키프 극단'으로 바꾸지 않으면 안 되었다. 반면에 작가의 꿈은 점점 더 구체화되어 그의 최초의 산문집 『안과 겉』이 알제의 샤를로 출판사에서 나왔다. 그는 소렐, 니체, 슈펭글러 등을 읽는 데 열중한다.

그해 8월, 카뮈는 재발한 폐결핵 치료와 요양을 위해 프랑스 본토 오트잘프 지방의 고산 지대인 앙브렁에 잠시 체류한다. 『작가수첩 1』에는 당시의 심정이 짤막하게 남아 있다. "알프스 지방에서 나를 기다리는 것은 고독, 그리고 내가 지금 요양하기 위해 그곳에 간다는 생각과 함께 나의 질병에 대한 의식이다." 카스텍스가 지적했듯이 낯선 오트잘프의 고적한 산악 지방에 머무는 동안 계속된 휴식과 고독은 결혼, 직업, 정치 생활, 창작 등 삶 전반에 대한 근본적인 재반성으로 이어지며 그의 세계관에 변화를 가져옴으로써 장차 중요한 작품들이 태어나는 계기가 되었을 가능성이 크다.

과연 그는 이 무렵 『작가수첩 1』에 다음과 같이 인생관의 중요한 변화를 암시하는 기록을 남긴다. "세상 사람들이 흔히 생각하는 것(결혼, 출세 등등)에서 삶의 의미를 찾으려고 했는데, 패션 잡지를 읽다가 문득 자신이 얼마나 자신의 삶(패션 잡지에서 말하는 바로 그러한 삶)과 무관한 존재였는가를 알아차리는 사람. 제1부—그때까지의 삶. 제2부—유희(le jeu). 제3부—타협의 거부와 자연 속에서의 진실." 당시 구상 중이던 소설 『행복한 죽음』을 위해 기록해 둔 것일 수도 있는 이 메모는 어느 면 『이방인』의 구성과 주제를 연상시키는 바 없지 않다. 뒷날 카뮈 자신이 로제 키요에게 털어놓은 바에 따르면, 장차 소설의 제목이 되는 단어, 즉 '무관한'étranger이라는 표현이 처음 등장하는 이 대목이 『이방인』의 '출발점'이었다고 한다. 과연 소설 『이방인』에서 주인공 뫼르소는 그의 사장이 뫼르소에게 파리에 개설할 출장소로 가서 일할 생각이 있는지 묻자 『작가수첩 1』에 등장하는 위의 인물과 유사한 이유로 그 제안을 거절한다. 뫼르소는 "결국 이러나저러나 내게는 마찬가지"라며, "사람이란 결코 생활을 바꿀 수는 없는 노릇"이라고 말하면서 이렇게 자신의 속마음을 털어놓는다. "학생 때는 그런 종류의 야심도 많았다. 그러나 학업을 포기하지 않을 수 없었을 때, 그러한 모든 것이 실제로는 아무런 중요성이 없다는 것을 나는 곧 깨달았다." 여기서 우리는 '결혼, 출세 등' 세상 사람들이 흔히 생각하는 삶과 '무관한' 자신의 모습을 깨닫는 1937년의 인물에게서 장차 '이방인'이 보여줄 인생관의 일단을 엿볼 수 있다.

소설의 주인공이 그러하듯이 카뮈 자신도 그해 10월 시디벨아베스(오랑 현)에 있는 학교에서 교사직을 맡아 달라는 제안을 받지만 깊이 생각한 끝에 "진정한 삶을 살 수 있는 기회에 비긴다면 어쩌면 생활의 안정 따위는 아무것도 아니라고 여겨져서", 그리고 "결정적이 되는 것이 두려워" 이를 거절하고 "불확실과 가난 속에 남는 것"을 선택한다(『작가수첩 1』, 103쪽). 그는 그런 안정된 직장 대신 하루하루의 생활을 위해 이듬해 9월까지 알제대학 기상연구소의 임시 조교로 일할 수밖에 없었다. 그는 "350곳의 관측소에서 조사한 20년간의 기상 관측 자료를 정리하는 일을 재미있어했다."

그렇지만 아직은 이런 막연한 생각들의 메모를 소설 『이방인』의 구상과 직접 연결시켜 생각할 단계는 아니다. 앙브렁에서 요양한 뒤 이탈리아의 피사, 피렌체, 제노바, 피에솔레 등을 거쳐 알제리로 돌아오는 동안 그가 『작가수첩 1』에 남긴 구체적인 기록은 오히려 이 무렵에 처음으로 『행복한 죽음』이 대체적인 윤곽을 드러내고 있음을 말해 준다. "소설: 살기 위해서는 부자가 될 필요가 있다는 것을 깨달은, 그래서 돈을 손에 넣기 위해서 몸과 마음을 다 바치고 마침내 성공해서 행복하게 살다가 죽는 사람."(『작가수첩 1』) 이것은 그가 당시에 쓰고 있던 소설의 스토리다. 주인공 파트리스 메르소는 가난한 사무원이다. 그의 애인 마르트는 자그뢰스의 애인이기도 하다. 두 다리를 잃은 불구자지만 돈이 많은 부자 자그뢰스의 집을 자주 출입하던 메르소는 그를 자살로 가장해 살해(살인)하고 재산을 가로챈다. 그러고는 프라하 등 중부 유럽으로 여행을 떠났다가 알제리로 돌아와 사랑하는 여자 뤼시엔과 결혼을 하고 바닷가에서 행복하게 살다가 병에 걸려(자연사) 죽는다. 1936년경에 처음으로 구상되기 시작한 카뮈의 이 첫 소설은 1938년 말경에 그 초벌 형태가 완성된 것으로 보인다. 이 소설 속에는 『이방인』의 경우와 마찬가지로 알제의 가난한 동네 벨쿠르의 일상생활, 태양과 바다에 대한 열광, 죽음에 대한 강박 관념 등 카뮈의 초기 산문들이 보여주는 내용들이 서술되어 있다. 『행복한 죽음』과 『이방인』은 주제와 구조에서 서로 유사한 점이 많다. 먼저, 살인의 주제가 그것이다. 메르소는 자그뢰스를 죽

이고, 뫼르소는 아랍인을 죽인다. 또한 두 주인공은 다 같이 무반성
적이고 안이한 일상생활에서 삶의 진실에 대한 깨달음으로 나아간
다는 점에서 일종의 성장 소설과 같은 면을 드러낸다. 다만 메르소
가 돈을 손에 넣기 위한 계획적인 살인, 여행, 사랑을 거쳐 마침내 죽
음 직전에 행복의 진실을 획득하는 능동적인 인물이라면, 『이방인』
의 과묵하고 소극적인 주인공 뫼르소는 '우연히' 살인을 저지르고
타의에 의해, 즉 사형 선고에 따라 죽음을 맞는 수동적인 인물로 나
타난다는 점이 다르다. 파렴치한 메르소가 '유희'를 통해 행복을 얻
는 인물인 반면, 『이방인』의 뫼르소는 바로 그 '유희'를 거부하기 때
문에 사형 선고를 당한다. 여기서 '유희'란 물론 사회적인 관습에 따
라 연출하는 일종의 '연극', 사회생활의 필요에 따라 하게 되는 거짓
말 따위를 의미한다.

　카뮈는 아직 소설 『행복한 죽음』을 포기하지 않은 채 메모를 계속
한다. 그런 가운데 『이방인』의 내용과 일치하는, 그리하여 어느 면
『이방인』을 예고하는 기록이 『작가수첩 1』에 직접적으로 처음 등장
하는 것은 이듬해인 1938년 5월이다. "양로원에서 노파가 죽는다"
(128~129쪽*)로 시작되는 이 메모는 양로원이 위치한 장소인 '마랭고',
'파리 출신'의 양로원 수위, '죽은 노파의 친구였던', 그래서 장의 행
렬을 따라가겠다고 고집하는 키 작은 노인 토마 페레스, 코에 버짐이

---

* 책세상판《알베르 카뮈 전집》참조. 이하 괄호 속의 페이지 표시는 책세상판의 페이지
를 가리킨다.

나서 항상 붕대를 감고 지내는 무어인 간호사 등 『이방인』의 첫 장면에 등장하는 인물, 지명, 에피소드들과 많은 부분이 일치하는데, 이것은 사실상 카뮈의 형 뤼시엥의 장모가 사망했을 때 메모한 내용이었다. 그러나 여기서 이미 '노파'와 '죽음'이라는 주제가 등장한다는 것은 "오늘 엄마가 죽었다"로 시작되는 소설 『이방인』과 관련시켜 볼 때 주목할 만한 사실이 아닐 수 없다. 그러니까 이 무렵은 바로 최초의 소설 『행복한 죽음』의 저 밑바닥에서 『이방인』이라는 새로운 소설의 미학적 암시가 겹쳐지며 드러나는 시점이라고 추정해 볼 수 있다. 카뮈는 『작가수첩 1』의 바로 다음 페이지에서 "6월. 여름의 계획" 가운데 장차 『시지프 신화』가 될 "40시간 노동에 관한 에세이"와 더불어 "소설을 다시 쓸 것"이라고 못 박고 있다.

카뮈가 실제로 '소설'을 '다시 쓰기' 시작했는지는 확실치 않지만 같은 해, 즉 1938년 8월의 『작가수첩 1』(141~143쪽)에서 카뮈는 레몽 생테스의 무어인 정부와 관련된 노트인 'R.의 이야기'를 장황하게 메모하고, 이어 다시 한 번 "양로원(들판을 가로질러 가는 노인). 매장. 길의 아스팔트를 녹이는 태양—발이 빠지면서 시커먼 살이 쩍쩍 갈라졌다" 등 '어머니의 장례식'에 관련된 에피소드로 되돌아온다. 그리고 불과 3페이지 뒤에서는 카뮈의 소설 미학의 한 핵심을 이루는, 다음과 같은 성찰이 우리의 시선을 사로잡는다.

"예술가와 예술 작품. 진정한 예술 작품은 가장 말이 적은 작품이다. 한 예술가의 총체적 경험, 그의 생각 + 삶(어느 의미에서 그의 체계—이 낱말이 내포하는 조직적인 면은 빼고)과 그의 경험을 반영하는 작품 사이에는 일정한 관계가 있다. 예술 작품이 그 경험을 문학적 장식으로 포장해서 모조리 다 보여준다면 그 관계는 좋지 못한 것이다. 예술 작품이 경험 속에서 다듬어 낸 어떤 부분, 내적인 광채가 제한되지 않은 채 요약되는 다이아몬드의 면 같은 것일 때 그 관계는 좋은 것이다. 전자의 경우에는 과잉 장식과 수다스런 문학이 있는 것이고, 후자의 경우에는 그저 그 풍부함이 짐작만 될 뿐인 온갖 경험의 암시로 인해 풍요로운 작품이 있는 것이다."

(『작가수첩 1』, 147~148쪽)

여기서 말하는 "가장 말이 적은 작품"이나 "내적인 광채가 제한되지 않은 채 요약되는 다이아몬드의 면" 같은 소설 미학의 지향은 바로 "과잉 장식과 수다스런" 문학에서 크게 벗어나지 못하고 있는 『행복한 죽음』에서 미래의 새로운 소설 『이방인』으로의 변화를 암시하는 어떤 전환점이라고 할 수 있다. 베르나르 팽고의 지적처럼, 이 시점에서 카뮈는 단순히 소설의 에피소드나 스토리상의 변화에 그치는 것이 아니라 소설가로서 자신만의 진정한 '목소리'를 찾아낸 것으로 보이다. '가장 말이 적은' 절제된 톤이 바로 그 목소리다. 더군다나 1838년 8월과 12월 사이로 추정되는 이 시점의 『작가수첩 1』 (149쪽)에는 소설 『이방인』의 '인시피트'冒頭 가운데 몇 줄이 단어 하나 다르지 않은 그대로 등장한다. "오늘 엄마가 죽었다. 아니 어쩌면 어제. 양로원으로부터 전보를 한 통 받았다. '모친 사망, 명일 장례식. 근조謹弔.' 그것만으로써는 아무런 뜻이 없다. 아마 어제였는지도 모르겠다." 장차 수십 년 동안 전 세계 수많은 독자들의 머릿속에 각인되어 영원히 잊히지 않을 소설의 이 처음 몇 줄이야말로 "내적인 광채가 제한되지 않은 채 요약되는 다이아몬드의 면"처럼 가장 적게 말하면서 가장 많은 것을 암시하는 카뮈 자신의 진정한 '목소리'의 대표적인 견본이다. 이리하여 새로운 소설 『이방인』은 중성적인 톤, 문장과 문장 사이에 가로놓인 '침묵', 심리 분석이나 설명을 피하고 오직 겉으로 보이는 구체적인 대상들만을 묘사하고 지시하는 고집스런 태도, 일견 순진해 보이는 구어체의 단순 과거 등을 통해 '겉보기에 아무 의식이 없는 한 인간' 특유의 무심한 모습을 가장 적게 말하면서 암시적으로 그려 보이는 쪽으로 방향을 잡는다.

카뮈는 이러한 미학적인 태도의 표명, 『이방인』의 간결한 첫 문단에 이어 벌써 세 번째로 양로원의 파리 출신 '수위', 장의 행렬의 영구차, 담당 간호사, 장의사 인부와 뫼르소와의 대화 등 이미 앞서 메모했던 같은 주제에 끈질기고 반복적인 관심을 보이며 메모를 계속한다. 이 사실은 카뮈가 소설 『이방인』의 서술 방식, 즉 자신만의 '목소리'를 찾아내는 동시에 '어머니'와 '죽음'이라는 이 문제를 소설의 중심에 놓고자 한다는 것을 말해 준다. 뒤이어 카뮈는 1938년 12월이 끝나 갈 무렵, 『작가수첩』(163~166쪽)에서 이번에는 소설 『이방인』의 마지막 몇 페이지에 해당하는 내용들(부조리, 교수형, 사형 집행, "증오의 외침으로 나를 맞아 주면 좋으련만" 등 사형 집행 순간에 대한 사형수의 생각)을 거의 실질적인 소설 집필 수준으로 자세하게 서술한 다음, 장차 소설을 바로 그런 식으로 마감하기로 결심했다는 듯 대문자로 'FIN'끝 이라고 못 박아 놓았다. 이상의 사실들을 근거로 우리는 1938년 6월 에서 12월 말 사이에 소설 『이방인』의 시작과 끝, 다시 말해서 이야 기의 틀과 서술의 톤이 결정된 것으로 추정해 볼 수 있다. 이러한 추 정을 증명하듯 1939년 초부터는 『작가수첩 1』에서 『행복한 죽음』과 관련된 메모가 자취를 감춘다.

한편 프랑스 본토에 인민전선이 득세하면서 좌파는 알제에 그들 의 노선을 대변하는 일간지를 창간하고자 했다. 1938년 10월 6일, 마침내 파리에서 온 파스칼 피아의 주선 아래 새로운 일간지 《알제 레퓌블리캥》 창간호가 나온다. 자금이 풍부하지 못한 피아는 초보자 들을 기용할 수밖에 없었다. 이리하여 젊은 카뮈는 신문의 편집 기 자로 발탁되어 활약하는 동시에 '독서 살롱' 난에 '장 폴 사르트르 의 『구토』' 같은 일련의 서평들을 싣는다. 이처럼 카뮈가 기자로 활 동하는 동안 소설과 직접 관련된 작업은 큰 진전을 보지 못한 듯 『작 가수첩 1』(174쪽)에는 1939년 4월, '톨바와 주먹다짐'이란 제목 아래 메모해 둔 짤막한 일화가 추가되어 있을 뿐이다. 이 일화는 장차 『이 방인』의 제1부 3장에서 레몽이 뫼르소에게 들려주는 이야기(아랍인과 전차 안에서의 다툼)로 활용된다. 그런 가운데서도 카뮈는 그해 7월에 여 자 친구 크리스티안 갈랭도에게 자신은 곧 어머니의 집에서 『이방 인』을 쓰기 시작할 계획임을 밝힌다.

《알제 레퓌블리캥》지의 논조는 당국의 신경을 자극한다. 특히 소 수인 유럽계 사람들이 아랍 원주민에게 가하는 불평등한 처우를 고발하는 카뮈의 유명한 르포 기사 「카빌리의 가난」이나 부당하게 고발당한 피고들을 옹호하는 일련의 법정 참관 기사들이 그런 경우였다. 마침내 1939년 9월, 전쟁이 일어나면서 신문은 당국의 조치에 따라 폐간되고 말았다. 파스칼 피아는 파리로 떠났고, 카뮈는 군에 자진 입대하고자 했지만 건강상의 이유로 이번 역시 거부당했다.("'아니, 이 젊은 친구는 중병 환자군' 하고 중위가 말했다. '우린 이 사람을 받을 수 없어요.' 내 나이 26세, 웬만큼 살았다." -『작가수첩 1』, 203쪽) 그런데 이 무렵 카뮈는 『작가수첩 1』(195~196쪽)에 다음과 같은 메모를 남긴다. 이것은 분명 카뮈가 여자 친구 크리스티안 갈랭도에게 보낸 편지에서 피력한 소설 집필 계획과 무관하지 않은 것 같다.

"묘사하는 작품과 설명하는 작품을 서로 조화시킨다. 묘사에 그 진정한 의미를 부여한다. 묘사는 그 자체만으로는 멋진 것이긴 하지만 아무것도 가져다주는 것이 없다. 그렇다면 우리의 한계가 의도적으로 설정된 것임을 느끼게 해 주면 된다. 이렇게 되면 한계는 사라지고 작품은 '울림'을 갖게 된다."

이 인용문을 앞서 언급한 '예술가와 예술 작품'에 대한 카뮈의 미학과 더불어 『이방인』의 집필 계획과 관련시켜 생각해 보면, 그것이 내포하고 있는 중요한 의미를 이해할 수 있다. 『이방인』은 실제로 가장 '적게 말하는' 작품으로 '설명'을 배제한 객관적인 '묘사'가 그 중요한 특징이다. 특히 소설의 제1부가 그렇다. 그러면서도 제2부의 후반부에 이르면 앞서의 그 묘사, 즉 '한계'('설명'을 거부하고 묘사의 한계를 넘지 않음)가 의도적으로 설정된 것임을 느낄 수 있다. 이런 장치에 의해 "한계는 사라지고" 작품은 "내적인 광채가 제한되지 않은 채 요약되는 다이아몬드의 면"처럼 풍부한 '울림'을 갖는 것이다. 적어도 『이방인』은 이런 방식으로 쓰겠다는 것이 당시 카뮈의 구상이었으리라고 우리는 뒤늦게나마 짐작해 볼 수 있다.

한편 《알제 레퓌블리캥》이 폐간되자 카뮈는 그 뒤를 이어 《수아르 레퓌블리캥》을 창간해 평화주의자 및 국제주의자들의 의견을 지지한다. 그의 이런 태도는 당국과 동시에 신문 경영진 쪽의 비판과 검열을 촉발했고, 1940년 1월 10일 마침내 이 신문마저 발행 금지 처분을 받았다. 그런 상황에서 그해 2월, 카뮈는 『작가수첩 1』(230쪽)에 "인물들. 노인과 그의 개. 8년간의 증오. 또 다른 사람과 그의 말버릇"에 대한 간단한 메모를 추가한다. 그 '인물들'은 장차 『이방인』에서 살라마노 영감, 레몽의 친구 마송의 모습으로 등장한다. 당국의 압력에 의해 알제리 땅에서 더 이상 일자리를 구할 수 없는 처지가 된 카뮈는 알제를 떠나 오랑에 잠시 체류하면서 가정교사 노릇으로 겨우 생활을 영위하며 힘겨운 한때를 보내지 않을 수 없게 된다. 이때 쓴 글이 오랑의 권태를 강조하는 산문 「미노타우로스 또는 오랑에서 잠시」다. 그런데 『작가수첩 1』(232쪽)에는 당시 카뮈의 심정은 물론 『이방인』과 관련해 매우 주목할 만한 한 가지 기록이 등장한다.

"3월.

이 어두운 방에서—갑자기 **낯설어진** 한 도시의 소음을 들으며—이 돌연한 잠 깸은 무엇을 의미하는 것인가? 그리하여 모든 것이 **낯설다**. 모든 것이, 내게 낯익은 존재 하나 없이, 이 상처를 아물게 해 줄 곳 하나 없이, 내가 여기서 무얼 하고 있는 것인가? 이 몸짓, 이 미소는 무엇과 어울리는 것인가? 나는 이곳 사람이 아니다—다른 곳 사람도 아니다. 그리고 세계는 내 마음이 기댈 곳을 찾지 못하는 알 수 없는 풍경에 불과하다. **이방인**, 그는 이 말이 무슨 뜻인지 알지 못한다.

이방인, 내게 모든 것이 **낯설다**는 것을 고백할 것.
모든 것이 분명해진 지금, 기다릴 것, 그리고 아무것도 **빠뜨리지** 말 것. 적어도 침묵과 창조를 동시에 완전하게 하는 방식으로 일할 것. 그 밖의 것은 모두, 그 밖의 것은 모두, 무슨 일이 일어나든 상관없다."

이 인용문 가운데 내가 임의로 강조해서 표시한 단어들은 모두 카뮈의 소설 제목인 'étranger'라는 단어를 번역한 것이다. 여기서 잠시 이 소설의 제목에 대해 생각해 볼 필요가 있다. 나는 최초의 역자인 이휘영 교수의 번역을 그대로 따라서 소설의 제목을 '이방인'이라고 옮겼다. 사실 이휘영 교수의 번역 역시 그보다 앞서 나온 일본어 번역을 그대로 따른 것이었다. 오늘날 한불사전들은 'étranger'라는 단어를 형용사로 '외국의', '외부의', '국외자의', '낯선', '생소한', '무관한', '이물異物의', 명사로 '외국인', '외부 사람', '국외자' 등으로 풀이했을 뿐 어디에서도 '이방인'異邦人이라는 표현은 찾아볼 수가 없다. 아마도 그 표현이 일본어에서 왔기 때문이 아닌가 한다. 지금도 우리말에서 예외적으로 이 표현이 사용되는 경우가 없지 않겠지만, 이제 '이방인'이라는 단어는 많은 사람들의 머릿속에서 오직 알베르 카뮈의 이 유명한 소설 제목이나 주인공을 가리키는 고유한 의미로 굳어져 버린 것이 사실이다. 나는 반세기 이상 지속되어 온 독서 관습을 존중해 오래 주저한 끝에 결국 그 나름으로 독자적인 울림을 갖게 된 제목의 번역을 바꾸지 않기로 결정했다.

앞의 인용문에서 그 단어는 자신이 오래 몸담고 살아온 낯익은 세계에서 갑작스레 뿌리 뽑힌 채 낯선 땅에 머물며 낭인에 가까운 생활을 하고 있던 카뮈 자신의 당시 심정을 털어놓는 것이기도 하지만, 다른 한편으로는 소설 『이방인』의 구상과 관련해 점차 그 단어의 의미가 존재론적인 차원으로 일반화되고 있다는 점을 주목할 필요가 있다. "나는 이곳 사람이 아니다—다른 곳 사람도 아니다. 그리고 세계는 내 마음이 기댈 곳을 찾지 못하는 알 수 없는 풍경에 불과하다"라는 표현이 그 점을 단적으로 말해 준다. 카뮈는 지금까지의 막연한 느낌들과 소설을 위해 메모했던 다양한 주제, 에피소드들이 당시 자신이 처한 '이방인'으로서의 '낯설음'이라는 주제 속으로 통합되는 것은 느꼈을 것이다. 동시에 그가 '낯설음'을 '침묵' 및 '창조'와 관련시켰다는 사실은 '이방인'의 부조리한 존재 방식을 표현, 창조하는 데 있어 '침묵'에 가까운 언어, 즉 '적게 말하는' 표현 방식에 의존하겠다는 의도를 드러낸 것이라고 볼 수 있다. 아마도 카뮈가 오랫동안 머리에 떠올리고 메모하며 구상했던 소설 『이방인』의 퍼

즐들이 제자리에 가 맞춰지는 것을 감지하며 집필을 시작한 것은 바로 이 무렵, 즉 1940년 3월 초일 것 같다.

그런데 마침 파리에서 파스칼 피아가 카뮈를 위해《파리 수아르》지 편집 사원 자리를 찾아냈다. 카뮈는 3월 14일 오랑에서 집필한 『이방인』의 제1부 1장 원고(1940년 원고 중 유일하게 타자로 친 부분)를 지닌 채 알제리를 떠나 파리에 도착했다. 햇빛 찬란한 알제리의 바닷가로부터 추방당한 신세로 던져진 음울한 대도시에서 카뮈는 말 그대로 이방인이었다. "끔찍한 고독. 사회생활에 대한 약으로서: 대도시. 이제 이것은 현실 속에서 만날 수 있는 유일한 사막이다. 여기서 육체는 더 이상 자랑이 아니다. 육체는 보기 흉한 살갗에 뒤덮여 숨겨져 있다. 오직 있는 것은 영혼뿐이다. …… 그러나 영혼은 또한 그의 유일한 위대함, 즉 침묵 속의 고독도 가지고 있다."(『작가수첩 1』, 236쪽) 그는 파리의 몽마르트르 언덕과 생 제르맹 데 프레의 허름한 호텔들을 전전하면서 일주일에 엿새 동안 반나절은 신문사에서 편집 일을 하고, 나머지 시간은 '침묵과 고독' 속에서 소설 집필에 몰두한다. 그가 3월 24일 및 31일에 프랑신 포르에게 보낸 편지는 집필 중인 원고가 "성큼성큼 진전되고 있다"는 것을, 그리고 4월 26일에 쓴 편지는 "원고가 다음 주일에 끝날 것"임을 알린다.

4월 30일 밤, 그는 드디어 프랑신에게 다음과 같은 편지를 보낸다. "밤에 편지를 쓰오. 나는 이제 막 내 소설을 끝냈소. 너무 신경이 자극되어 있어서 잠을 이룰 수가 없소……. 나는 이제 이 원고를 서랍 속에 넣어 두고 내 에세이 쓰는 일을 시작하려고 하오. 두 주일 뒤에 이 모든 것을 다시 꺼내서 이 소설을 손볼 것이오. 그러나 오래 걸리지는 않을 것이오. 사실 나는 이 소설을 2년 전부터 내 속에 품고 있었으니까 말이오. 내가 글을 쓰는 방식으로 보아 소설은 이미 내 마음속에 윤곽이 다 잡혀 있었다는 것을 잘 알 수 있었소. 매일 낮과 밤의 일부분을 바쳐 그 소설을 써 온 지 벌써 두 달째요. …… 이 일을 하면서 이렇게 완전히 칩거하고 지낼 수 있게 해 주었으므로 나는 파리를 모두 용서할 생각이오. 이곳의 봄 저녁은 축축하고 비가 많소. 나는 '거기, 거기에서도, 저녁은 우수가 깃든 휴식 시간 같았었다'라는 내 소설의 한 문장을 생각하오. 내가 알제와 오랑의 저녁들을 얼마나 그리워하는지 당신이 알까—내가 바다를 앞에 둔 그 휴식을 얼마나 그리워하고 있는지……."

그리고 마침내 『작가수첩 1』(247쪽)에는 "5월. 『이방인』 탈고"라는 짤막한 기록이 나타난다. 이렇게 해서 작가가 '2년 전'부터 속에 품고 있다가 파리의 낡은 호텔 방에서 불과 '두 달' 만에 받아쓰듯이 단숨에 써 내려간 소설 『이방인』의 원고가 완성되었다. 역설적이게도 알제리의 고요한 바다와 작열하는 태양이 가득한 이 소설은 작가 자신이 '이방인'이 된 도시 파리의 "흐리터분한 하늘, 번들거리는 지붕들, 저 끝없이 내리는 비의 정다움과 절망"(『작가수첩 1』, 236쪽)의 풍경 속에서 사무치는 그리움과 더불어 집필된 것이다.

그해 6월 초에 독일군의 파리 점령이 임박하자 카뮈는 《파리 수아르》 편집부 사람들과 함께 클레르몽페랑으로, 보르도로, 그리고 다시 클레르몽페랑, 리옹 등지로 피난길을 떠난다. 그 불안정한 피난지에서도 카뮈는 이른바 '부조리 3부작'에 치열하게 매달린다. 『이방인』의 원고를 손보고, 희곡 『칼리굴라』에 제4막을 추가한 뒤, 그해의 남은 반년은 주로 『시지프 신화』 집필에 주력한다. 12월 3일 알제리에서 그를 찾아온 약혼녀 프랑신 포르와 결혼하지만, 카뮈는 불과 한 달이 못 되어 《파리 수아르》의 감원에 따라 해고당한다. 젊은 부부는 어쩔 수 없이 프랑신의 가족이 살고 있는 알제리의 오랑으로 되돌아간다. 여전히 알제리에서 일자리를 구하기는 어렵다. 프랑신은 보조 교사 자리를 구하고 카뮈는 사설 학원에서 가르치는 한편, 물질적인 어려움 속에서 『이방인』의 원고를 다시 꺼낸다. 특히 살인 장면 묘사를 상당 부분 수정, 보완한다. 바로 이때 소설 원고의 맨 끝에 기록된 "1940년 5월"이라는 탈고 일자가 "1941년 2월"로 바뀌었고, 본래 원고에는 없던 감옥으로 찾아온 부속 사제 앞에서 뫼르소가 절규하며 항변하는 긴 장면 역시 이 무렵에 추가되었다. 주인공의 이름이 메르소Mersault에서 뫼르소Meursault로 변한 것도 이때다. 바다와 태양을 의미하던 『행복한 죽음』의 주인공 이름이 바다와 죽음을 담은 이름으로 개명된 것이다.

독일이 점령 중인 어려운 시기였으므로 알제리의 오랑과 프랑스 본토, 그리고 프랑스 안에서도 비점령 지역인 남쪽과 독일군의 손안에 든 북쪽 파리 사이의 연락은 쉽지 않았다. 1941년 2월 21일, 『시지프 신화』의 탈고와 함께 '세 가지 부조리'를 끝낸 카뮈는 『이방인』의 원고를 스승 장 그르니에와 파스칼 피아에게 보낸다. 특히 피아는 원고를 읽고 열광적인 반응을 보인다. 그의 주선 아래 원고는 복잡한 경로를 통해 말로, 장 폴랑, 가스통 갈리마르의 손으로 차례로 넘어가 마침내 갈리마르 출판사가 책을 출판하기로 결정한다. 『이방인』이 1942년 5월 19일에, 『시지프 신화』는 같은 해 10월에, 희곡 『칼리굴라』는 1944년 5월에야 『오해』와 함께 같은 출판사에서 나왔다.

(2) 『이방인』의 해석

알베르 카뮈의 세계는 삶의 기쁨과 죽음의 전망, 태양과 역사, 빛과 가난, 왕국과 유적, 긍정과 부정 등 '안과 겉'의 양면이 언제나 맞물려 공존하는 세계다. 그는 그 어느 쪽도 은폐하거나 제외하거나 부정하려 하지 않았다. 그는 일찍부터 삶에 대한 기쁨과 동시에 어둡고 비극적인 또 다른 면을 뚜렷하게 의식했다. 삶의 종점인 희망 없는 죽음은 그로 하여금 세상만사의 무의미를 느끼지 않을 수 없게 만들었다. 『이방인』은 바로 이 허무감의 표현인 동시에 허무감 앞에서의 반항을 말해 준다.

"우리들 각자는 최대한의 삶과 경험을 쌓아 가지만 결국 그 경험의 무용함을 너무나도 분명하게 느끼고 만다. 무용함의 감정이야말로 그 경험의 가장 심오한 표현인 것이다." 20대 초반이었던 1934~1935년 겨울에 이미 카뮈는 친구 막스 폴 푸세에게 보낸 편지에서 이렇게 말했다. 그러나 그는 또한 "그렇다고 해서 비관론자가 되어야 한다는 말은 아니다"라고 못 박는다. 우리가 앞에서 살펴보았듯이, 그는 제2차 세계대전 직전의 여러 해 동안 인생의 부정적인 어둠을 절실하게 느끼면서도 다방면에 걸쳐 적극적인 활동을 펼쳤다. 『안과 겉』, 『결혼』 같은 초기 에세이와 『행복한 죽음』의 집필에 몰두하는 한편 신문기자로 활약했고, 생활비를 벌기 위해 잡다한 일도 마다하지 않았다. 그런 가운데서도 1935~1939년 사이에는 알제의 극단을 이끌며 극작가, 연출가, 배우로 재능을 발휘하면서 동지애의 희열을 경험한다. 피에르 앙리 시몽이 지적했듯이, 사르트르와 달리 "카뮈에게 타자는 지옥이 아니라 구원이었다."

이러한 적극적인 활동 속에서도 삶의 무용함에 대한 의식은 그 활동들에 일정한 거리를 느끼게 만들었다. 그의 스승 장 그르니에는 "행동의 한복판에서 행동에 가담하는 가운데서도 그는 행동에서 저만큼 떨어져 있었다"고 말했다. 부조리에 대한 의식이 그의 마음을 떠나지 않았던 것이다. 삶에 대한 열정을 가지고 있으면서 동시에 그 삶의 절망적이고 부조리한 면을 의식할 때, 우리는 어떻게 살아야 하는가? 『시지프 신화』는 이 질문에 대답하려는 시도다.

그런데 카뮈는 이런 논리적인 질문과 그 대답(『시지프 신화』)에 앞서 먼저 소설이라는 형식 속에서 삶의 진면목을 들여다보고자 했다. 그것이 『이방인』이다. 카뮈는 일찍부터 사르트르의 『구토』에 관한 서평에서, "소설이란 어떤 철학을 여러 이미지로 구체화시킨 것에 불과하다. 좋은 소설에는 철학이 송두리째 이미지들로 변해 있다"고 지적한 바 있다. 이를 근거로 사르트르는 『시지프 신화』에 표명된 '철학'이 이미지로 옮겨진 것이 『이방인』이라고 보았다. 그러나 중요한 것은 순서상 소설 『이방인』이 먼저 쓰였고, 그다음에 부조리에 대한 체계적인 성찰(『시지프 신화』)이 뒤따랐다는 사실이다. 앞서 인용한 '예술가와 예술 작품'에 관한 태도 표명에서 카뮈가 "한 예술가의 총체적 경험, 그의 생각＋삶"을 예술가의 '체계'로 바꾸어 등식 관계로 표현하면서 그 낱말('체계')이 내포하는 '조직적인 면'을 배제한다('빼고')고 명시한 것은 바로 소설적인 이미지가 논리적인 추론과는 달리 '비체계적'이고 직접적인 현실의 모습임을 강조한 것이다.

요컨대 『이방인』은 삶과 죽음의 이미지를 고전적인 소설의 형식 속에 담아 놓은 소설이다. 카뮈는 스스로 이렇게 말했다. "이 책의 의미는 정확하게 말해서 제1부와 제2부 사이의 평행 관계에 있다." (『작가수첩 2』) 소설 제1부는 그날그날의 별 의미 없는 뫼르소의 생활을 묘사한다. 그리고 제2부의 법정에서 그 생활과 행동이 분석과 해석의 대상이 된다. 즉 법정은 그 삶과 행동의 의미에 관심이 있는 것이다. 법정은 뫼르소가 어머니의 장례식에서 울지도 않았다는 이유로 그를 무심한 인물로, 그리고 살인을 저지르고도 후회하는 태도를 보이지 않는다는 이유로 도덕적 원칙이 결여된 인물이라고 해석한다. 그러면서도 그는 자신이 하는 행동이 어떤 것인지를 잘 알고 있는 똑똑한 인물이라고 판단한다. 따라서 그의 범죄 행위에 대해서는 정상 참작이 불가능해짐으로써 그는 사형 선고를 받는다.

그러나 실제로 그는 어떤 인물인가? 작가 자신이 말했듯이 소설 전체에 걸쳐 그는 오직 삶이 제기하는 질문에, 또는 다른 사람들이 그에게 제기하는 질문에, 대답할 뿐이다. 그는 '적게 말하는' 인물이다. 그런데 소설의 마지막 장면에 이르면 감옥 안으로 찾아온 부속 사제 앞에서 그는 분노를 터뜨린다. 처음으로 자신의 가슴속에 묻어 두었던 생각을 폭발시킨 것이다. 카뮈 자신은 어떤 비평가에게 반론을 제기하는 가운데 이 대목의 중요성을 다음과 같이 강조한 바 있다. "예술 작품 전체에 걸쳐 계산되어 있는 바가 무엇인지를 잘 아는 눈 밝은 비평가라면 한 인물을 묘사한 것 속에서 그 인물이 자신에 대해서 말하고, 자신의 비밀스러운 그 무엇을 독자에게 털어놓는 그 '유일무이한 순간'을 어떻게 주목하지 않을 수 있겠습니까? 어떻게 당신은 소설의 결말 부분이 하나의 집중된 순간이며 특별한 대목이라는 사실을 느끼지 못했단 말입니까? 내가 묘사한 그 너무나도 산만하게 분산된 존재가 마침내 스스로를 한데 집중시키는 그 특별한 대목을 말입니다. …… 이 책의 주인공은 결코 앞장서서 무엇을 주장하지 않습니다. 인생이 제기하는 질문이든 다른 사람들이 제기하는 질문이든 그는 항상 질문에 대답하는 것으로 그친다는 사실을 당신은 주목하지 않았습니다. 그렇기 때문에 그는 결코 그 무엇도 단정하지 않습니다. 나는 그의 음화陰畵를 제공했을 뿐입니다. 그의 심오한 태도에 대해 당신이 지레짐작할 근거는 어디에도 없었습니다. 바로 그 책의 마지막 장면이라면 모르겠지만 말입니다. 그런데 당신은 바로 그 부분을 주목하지 않은 것입니다."(『작가수첩 2』, 40~41쪽)

(3) 카뮈와 '죽음'

카뮈에게 가장 중요한 문제는 단연 죽음이었다. 그가 처음 쓴 소설은 『행복한 죽음』이다. 그 작품은 '자연적인 죽음'과 '의식적인 죽음'의 문제를 다룬 이야기였다. 『이방인』은 "오늘 엄마가 죽었다"로, 즉 자연적인 죽음으로 시작된다. 그리고 뫼르소는 살인을 저지른다. 그래서 감옥에 갇히고 재판을 받고 사형 선고를 받는다. 왜 하필 음산한 죽음인가? 죽음을 이야기하다 보면 자연히 삶의 의미에 대한 물음에 이르기 때문이다. 『이방인』을 읽는 독자는 그 죽음의 이야기가 비극적이라고 느낄 수는 있어도 음산하다고 느끼지는 않는다. 그 속에 삶의 기쁨과 햇빛이 가득하기 때문이다. 죽음은 우선 '몸'의 문제다. 햇빛과 바다가 주는 행복감을 전신으로 맛보며 수영하는 젊은 육체, 축구장에서, 연극 무대에서, 신문기자로 삶의 현장에서 매 순간에 열정적으로 몰입하는 육체에는 오직 현재만이 있을 뿐이다. '내일 없는' 현재의 가득함, 이것을 카뮈는 '희망 없는' 삶, 그러나 행복한 삶이라고 말한다.

그러면 구체적으로 『이방인』에서 죽음의 문제를 분석하기 전에 카뮈의 생애와 작품 속에서 죽음이 얼마나 집요한 관심의 대상이 되고 있는지를 간단히 살펴보기로 한다.

① 죽음의 경험
카뮈의 생애는 먼저 아버지의 죽음으로 시작되었다고 해도 과언이 아니다. 그가 채 한 살도 되기 전인 1914년 9월에 제1차 세계대전이 터졌고, 그의 아버지는 전쟁에 나간 지 얼마 되지 않아 전사했다.

카뮈는 그 죽음에 대해 이렇게 기록하고 있다. "아무런 기억도 아무런 감동도 없다. …… 하기야 그는 흥분해서 떠났다. 마른 전투에서 두개골이 깨졌다. 장님이 되어 일주일간 사경을 헤맸단다. 그리고 면 소재지 전몰장병 위령탑에 그 이름이 새겨졌다."(『안과 겉』의 산문 「긍정과 부정의 사이」) 그의 마지막 미완성 소설 『최초의 인간』에는 이 죽음의 이야기가 훨씬 더 소상하게 기술되고 있다.

한편 카뮈 자신은 1930년, 건강한 축구 선수로 활약하던 열일곱의 젊은 나이에 갑작스레 폐결핵에 걸려 죽음의 위협 앞에 놓인다.(『결혼·여름』,「제밀라의 바람」: "영원 따위가 나에게 무슨 의미가 있겠는가. 여기 이렇게 자리에 누운 채 이런 말을 들을 수도 있다. '당신은 강한 사람이니 솔직하게 말하겠소. 당신은 이제 곧 죽습니다.'") 그는 일생 동안 몇 번이나 그 병이 재발해 어려운 시기를 견뎌야 했고, 그로 인해 대학 교수 자격시험에 응시할 수도 없었으며, 그에 따라 그의 삶의 진로가 바뀌었다. 마찬가지 이유로 제2차 세계대전 때는 군에 입대할 수도 없었다. 그 대신 독일 점령 아래서 레지스탕스에 가담해 활동하는 동안 동지들의 참혹한 죽음을 지척에서 목격했다.

② 작품에 나타난 죽음

카뮈의 작품 속에서 죽음은 어떤 모습으로 나타나는지 장르별로 간단히 검토해 보자. 그의 전 작품에서 죽음은 시종일관 중요한 위치를 차지하며 삶의 진실을 드러내는 거울로 작용한다. 초기 산문집 『안과 겉』의 제목부터 의미심장한 에세이 「영혼 속의 죽음」에서 그는 프라하 여행 중에 자신이 묵는 호텔 옆방에서 고독하게 죽은 사람의 모습을 본다. 「긍정과 부정의 사이」에서는 사형수에 대해 적나라하게 언급했다. "그렇다 모든 것이 단순하다. 일을 복잡하게 만드는 것은 사람들이다. 우리들에게 헛된 수작은 하지 마라. 사형수에 대해 '그는 사회에 대한 빚을 갚을 것이다'라고 하지 말고, '이제 그의 목이 잘릴 것이다'라고 말하라. 이건 아무것도 아닌 것 같지만 좀 차이가 있다. 그리고 세상에는 자신의 운명을 두 눈으로 직시하는 것을 원하는 사람들이 있다." 인간의 부정할 수 없는 조건에 대한 이 단도직입적인 진술은 『이방인』의 마지막 장면을 예고한다. 두 작품에서 핵심은 진실을 외면하지 않고 '직시'하는 것이다. 또 같은 산문 「긍정과 부정의 사이」에서는 새끼를 반 마리나 먹은 어미 고양이를 목격하면서 '죽음의 냄새'를 맡았던 기억을 말한다. 『결혼·여름』에서 그는 저녁의 해지는 모습을 우주적인 죽음으로 표현한다. "대낮의 찬란하던 제신들은 날마다의 죽음으로 되돌아가리라." 「제밀라의 바람」에서는 우리 모두가 "다른 문제에 대해서라면 세련된 의견이 분분하면서도 죽음에 대해서만은 생각이 빈약하다"고 지적하면서 색깔, 죽음 같은 가장 단순한 것은 우리의 이해를 초월한다고 말한다. 죽음처럼 이해를 초월하는 단순 자명한 현실 앞에서 맛보는 감정이 다름 아닌 부조리의 감정이다. 그는 또 이탈리아 피렌체를 여행하면서 피에솔레 수도원을 찾아갔다가 탁자 위에 해골을 놓고 매 순간 인간의 조건을 상기하며 살았던 수도사들의 삶에 대해 명상한다. 여기서도 중요한 것은 진실을 직시하는 태도다.

그러면 소설들은 어떤가? 앞서 말했듯이 『행복한 죽음』은 메르소가 자그뢰스를 죽이고 여행을 떠나는 이야기인 '자연적인 죽음'과 여행에서 돌아와 삶과 죽음에 대한 성찰 속에서 죽는 이야기 '의식적인 죽음', 이렇게 두 부분의 대칭 구조로 되어 있다. 행복의 수단인 돈을 손에 넣기 위해 살인하는 메르소와 달리 『이방인』의 뫼르소는 태양 때문에 살인을 한다. 『페스트』는 무서운 전염병(전쟁의 상징)으로 인한 집단적인 죽음의 이야기다. 『전락』은 다리 위에서 강물에 몸을 던져 익사하는 여자의 비명 소리를 듣고도 그녀를 구하지 않았다는 죄의식 때문에 폐업하고 암스테르담의 흐린 안개 속을 방황하는 변호사 클라망스의 이야기다. 여기서도 문제의 발단은 죽음이다. 단편집 『적지와 왕국』의 「배교자」에서는 포교를 위해 야만인들 세계에 들어갔던 선교사가 개종해서 새로 부임하는 신부를 죽이려고 기다린다. 그는 말한다. "죽이는 것, 바로 그게 필요한 일이다."

이번에는 희곡 작품들을 간단히 살펴보자. 『칼리굴라』에서 주인공인 황제는 누이요 정부인 드뤼질라가 죽자 "행복을, 불멸을 가져야겠다"고 부르짖으며 무차별적인 범죄와 살인에 몰두한다. 부당한 운명에 대한 나름의 반항이다. 『오해』에서는 멀리 떠나 살던 아들이 부자가 되어 고향에 돌아왔다가 그를 알아보지 못하고 가진 돈을 뺏으려던 어머니와 누이의 손에 살해당한다. 살인적인 오해를 깨달은 두 여자(어머니와 누이)도 자살한다. 『정의의 사람들』은 '순수한 살인자들', 즉 정의를 위한 테러리스트들의 '섬세한' 살인 이야기다. 『계엄령』은 삶과 죽음의 전권을 쥐고 만인의 죽음을 '관리'하는 페스트의 무서운 전체주의적인 세계를 그린다.

특히 철학적 에세이 『시지프 신화』와 『반항하는 인간』에서는 살인과 자살에 관한 성찰에 깊이를 더한다. '부조리 3부작' 가운데 하나인 『시지프 신화』의 첫 문장은 의미심장하다. "참으로 진지한 철학적 문제는 오직 하나뿐이다. 그것은 바로 자살이다. 인생이 살 만한 가치가 있느냐 없느냐를 판단하는 것이야말로 철학의 근본 문제에 답하는 것이다." 그런가 하면 『반항하는 인간』은 자살이 아니라 살인에 대한 성찰이다. 그는 대혁명 때의 왕의 처형을 신의 죽음과 연관시키며 죽음을 역사적인 시각에서 조명한다. "어떤 의미에서 1793년에 반항의 시대는 끝나고 혁명의 시대가 처형대 위에서 시작된다."

이상에서 보았듯이 카뮈 작품의 지속적이고 일관된 주제는 죽음이다. 죽음의 형식은 살인, 자살, 사형, 이 세 가지다. '살인'은 인간이 다른 인간에게 가하는 죽음이다. 『반항하는 인간』은 인간이 타자에게 가하는 죽음에 대한 성찰이다. 희곡 『칼리굴라』의 살인은 황제의 광적인 권력 행사다. 『계엄령』에서 페스트는 장부에 기록된 명단에 따라 조직적으로 죽음을 관리한다. 『이방인』에서 뫼르소는 우발적으로 아랍인을 죽인다. 소설 『페스트』는 사람을 죽이는 전염병에 빗댄 전쟁이라는 전면적인 재앙의 풍경이다. 『적지와 왕국』의 배교자와 『행복한 죽음』의 메르소도 살인자들이다.

'자살'은 자기 자신에게 가하는 죽음이다. 「영혼 속의 죽음」에서는 어떤 여행자가 호텔방에서 혼자 자살한 시신으로 발견된다. 『시지프 신화』는 자살에 대한 성찰이다. 『오해』에서는 자신의 아들과 오빠를 알아보지 못하고 살해했다는 사실을 깨달은 어머니와 딸이 자살한다. 살인을 저지른 '이방인'은 사형 선고를 받고, 『페스트』의 가장 부정적인 인물 코타르는 자살을 광고하듯 자신의 방 문 앞에 이렇게 써 붙여 놓았다. "들어오세요, 나는 자살했습니다." 엄밀하게 따져 볼 때 단편집 『적지와 왕국』의 배교자, 『행복한 죽음』의 자그뢰스나 메르소의 죽음은 타살일까 자살일까?

끝으로 사회가 정의의 이름으로 개인에게 죽음을 가하는 심판인 '사형'은 어떠한가. 『단두대에 대한 성찰』의 저자인 카뮈는 널리 알려진 사형폐지론자다. 단두대야말로 카뮈의 고정 관념이었다. 사형 집행 장면을 구경하고자 했던 아버지의 일화는 그의 작품 여러 곳에 등장하고, 『이방인』의 마지막 장면에서 단두대는 사형수를 사로잡는 강박이다.

(4) 『이방인』의 구조

다른 비평문들과의 중복을 피하기 위해 우리는 여기서 소설의 형태적 '구조'를 드러내는 핵심 요소인 죽음에 대한 분석만을 소개하기로 한다. 이 구조 분석은 주로 브라이언 T. 피치의 종합적인 해석에 크게 의존했다.

『이방인』의 구조적인 특징은 제1부와 제2부의 대칭, 대조, 그리고 그 현격한 차이에 있다. 제1부에서 뫼르소는 추억도 미래도 계획도 없이 현재의 순간에 만족하는 순진하고 즉각적이며 즉흥적인 삶을 살아가는 인간으로 그려진다. 그는 내키면 수영을 하고 영화 구경을 하고 바닷가를 산보하고 여자와 함께 집에 와서 잔다. 그리고 또 혼자서도 불평 없이 잘 지낸다. 레몽이 부탁하면 거절할 이유가 없기에 편지를 대필해 주고, 사랑이란 아무 의미도 없는 것이라고 생각하지만 마리가 원하면 결혼하겠다고 말한다. 사장이 파리 지사 근무를 권하면, 지금의 생활에 불만이 없고 "사람이란 삶을 바꿀 수 없는 것이므로" 거부한다. 이 즉흥적이고 우발적인 행동의 병치倂置와 연쇄가 때로는 그를 살인으로 인도하기도 한다.

이런 '언어 이전'의 세계와도 같은 자유롭고 무반성한 삶의 순간들이 제2부에서는 살인에 따른 체포와 감옥 생활 때문에 순진성과 직접성을 상실한다. 몸이 갇혀 있으므로 세계와의 직접적인 접촉이 금지되고, 자연스러운 욕구를 즉각적으로 만족시킬 수 없는 상황에 놓인다. 삶과 뫼르소 사이에 감옥의 벽이 가로놓인 것이다. 감옥 안에서는 어쩔 수 없이 삶과 죽음에 대한 성찰이 이어지고, 주인공의 소외와 더불어 재판부의 논리적 또는 추리적이고자 하는 시각을 통해 오히려 공적 사회의 연극적인 면모가 부각된다. 제2부의 법정에 등장하는 인물들에게는 재판장, 검사, 변호사, 피고, 증인 등의 '역할'만 있을 뿐 자연인 개인으로서의 삶도 '이름'도 없다. 법정은 각자가 맡은 역할들의 체계로 이루어진 연극적인 사회의 축소판인 것이다. 이런 정황 속에서 1인칭 화자의 서술 방식은 독자로 하여금 어느 면 자신도 모르게 살인자의 편을 들도록 하는 결과를 초래하고,

살인자가 사회의 피해자로 바뀌는 형국이 된다. 반면에 살해당한 아랍인은 관심의 뒷전으로 밀려나는 기현상이 벌어진다. 뫼르소는 1인칭 화자이며 또한 주인공이다. 그는 자신의 이야기 들려준다. 독자는 뫼르소의 눈으로 그의 행동과 현실을 바라볼 뿐 스스로 뫼르소를 볼 수는 없다. 독자는 그의 성도 모르고 생김새도, 눈과 머리털의 색깔도, 키도 몸무게도 알지 못한다. 스스로를 '나'라고 일컫는 화자는 자기 자신의 삶과 행동과 내면을 고백하듯 드러낼 법하지만 실제로는 그 반대다. 그는 자신의 일을 3인칭처럼, 즉 남의 일처럼 무심하고 객관적으로 묘사한다. 마음속의 감정이 아니라 겉으로 보이는 모습, 육체의 움직임, 육체적 반응만을 드러내 보인다.

제1부는 어머니의 죽음에서부터 살인 사건을 저지르기까지 18일간의 일상적인 생활이다. 오늘, 어제, 토요일, 일요일, 월요일, 아침, 저녁 등 시간의 변화와 흐름이 뚜렷하게 표시된다. 반면에 제2부의 1년여에 걸친 감옥 생활과 재판 과정에서는 시간이 정지된 듯 개념이 흐려진다. 뫼르소는 말한다. "하루는 다른 하루로 넘쳐서 경계가 없어지고 마는 것이었다. 하루하루는 그리하여 이름을 잃어버렸다. 어제 또는 내일 같은 말만이 나에게는 의미가 있었다." 이리하여 시간은 낮과 밤, 계절, 하늘, 별 등에 기초한 항구성, 회귀성을 드러낸다.

소설의 전반부에서 주인공 뫼르소는 선박회사 사무원으로서 그날 그날의 일상생활을 즉흥적으로 영위한다. 그것은 타자의 이해와 무관한, 아니 이해 이전, 언어적 표현 이전의, 자연인의 삶이다. 반면에 살인 후 재판을 받는 동안 그와 그의 행동은 타자의 이해, 아니 해석의 대상이 된다. 법정은 한사코 그의 '인간성'을 설명하기 위해 모든 행동의 동기를 찾아내려고 애쓴다. 다시 말해서 그의 행동, 심리적 동기, 인간성 등을 논리적으로 설명하는 데 매달림으로써 오해에 기초한 그의 초상화를 완성한다. 제1부가 뫼르소의 눈을 통해 본 개인과 사회생활의 '있는 그대로의' 자연스러운 묘사라면, 제2부는 타자의 눈을 통해서 보이고 타자의 해석을 통해 그려지는 뫼르소의 논리적인 모습인데, 그 그림은 동시에 재판에 대한 비판적 희화戱畵로 작용한다.

그 결과 전반부와 후반부에서 뫼르소와 법정을 바라보는 독자의 태도가 달라진다. 전반부에서 독자는 우선 주인공의 기이한 태도에 당황한다. 그의 행동이 나타내는 의미에 대해 결론을 내리기가 어렵다. 그러나 뫼르소가 순수해 보이므로 그에 대해 일면 공감하지 않을 수 없다. 그러나 제2부에서 독자는 화자의 서술 방식에 영향을 받은 나머지 화자가 자신의 운명에 무심하면 할수록, 자신의 자리에서 소외되면 될수록, 독자는 오히려 살인범인 뫼르소의 편을 들고 있는 자신을 발견한다. 그 결과 부지불식간에 뫼르소는 일종의 순교자로 변해 법정의 희극성을 풍자하고 공적 사회를 고발하는 수단이 되는 것이다. 이처럼 제1부와 제2부는 서로를 비추는 거울이면서도 그 두 부분이 과연 동일한 소설에 속하는가 하는 의문이 생길 정도로 판이한 인상을 준다.

(5) 『이방인』에 나타난 죽음의 미학적 기능

죽음은 『이방인』의 가장 뚜렷한 주제인 동시에 형식이다. 죽음은 작품 전체에 일관성과 통일성을 부여한다. 세 가지의 죽음이 전략적인 지점에 배치되어 소설 형식의 기둥이 되고 있다. 즉 죽음은 소설의 처음, 한가운데, 끝에 있다. 이 소설은 주인공 뫼르소가 죽음과 만나는 세 가지 방식에 관한 이야기라고도 할 수 있다.

어머니의 죽음과 장례식으로 시작된 소설은 사형 선고를 받은 뫼르소의 죽음에 대한 명상으로 마감된다. 사형 선고라는 '무자비한 메커니즘'이 인간을 죽음으로 인도하는 것이다. 그는 사형 집행에 대한 여러 보고와 기사에 대해 깊이 생각해 본다. "신문들은 흔히 사회에 대해 지고 있는 부채를 운운한다. 신문에 의하면 그것을 갚아야 한다는 것이다. …… 그러나 그러한 말은 상상력에 호소하지 못한다." 이 말은 초기 산문집 『안과 겉』에서 사형이란 무엇보다 '목이 잘린다'는 사실임을 우회하지 않고 직시하려는 태도를 상기시킨다. "사형 집행을 구경 갔던 아버지"가 돌아와 구토를 참지 못하는 일화는 곧바로 단두대의 구체적인 모습으로 이어진다. "단두대로 올라간다면 하늘로 승천하는 것이라는 식의 방향으로 상상력이 달릴 수도 있을 것이다. 그런데 이 점에서도 메카닉한 것이 모든 것을 짓눌러 버린다. 그저 좀 부끄러움을 느끼면서 대단히 정확하게 목숨이 슬쩍 끊어지는 것이다."

그러면 『이방인』에 나타난 세 가지 죽음을 좀 더 자세히 살펴보기로 하자.

첫째, 자연사. "오늘 엄마가 죽었다." 『이방인』은 이렇게 시작된다. 이 자연사 소식은 '전보'의 형식을 빌려 소설 밖에서 소설 속으로 전달된다. '엄마'는 양로원에서 사망했으므로 그 죽음은 소설 밖에서 일어난 사건이다. 마치 소설 끝에서 사형 선고를 받은 뫼르소의 실제적인 죽음, 즉 사형 집행은 소설 밖에서 이루어지듯이. 뫼르소는 소설 속에서 사형 선고를 받았을 뿐 아직 그의 형이 '집행'된 것은 아니다. 그래서 아직은 미래형인 '사형 집행을 받는 날'에 많은 구경꾼들이 와서 증오의 함성으로 맞아 주기를 바라는 사형수의 희망으로 소설이 끝나는 것이다. 독자에게 뫼르소는 그러므로 여전히 살아 있는 인물이다.

통념상으로 짐작하건대 큰 슬픔을 자아낼 것 같은 어머니의 죽음은 화자인 뫼르소에게 큰 충격을 주는 것 같지 않다. 적어도 화자인 뫼르소는 자신의 슬픔에 대해 말하지 않는다. 그 죽음은 다만 사장에게 휴가를 청해야 하는 난처한 입장, 버스를 타고 멀리 가서 치러야 하는 번거로운 일, 밤샘, 장례식 등 귀찮은 절차에 불과하다. 어머니를 매장하는 날 그는 이렇게까지 말한다. "아름다운 하루가 시작되려는 참이었다. 나는 오랫동안 야외에 나와 본 일이 없었다. 그래서 어머니 일만 없었다면 산책하기에 얼마나 즐거울까 하는 생각이 들었다." 실제로 이런 '생각'이 끼어든다 해도 그런 느낌은 무시하거나 숨기려 드는 것이 보통이다. 그런데 이 과묵한 화자는 구태여

이 생각을 사실대로 표현할 만큼 정직하다.

둘째, 살인. 뫼르소가 바닷가에서 아랍인을 죽인다. 체포된 뒤의 심문과 재판 과정을 자세히 관찰해 보면 이 살인에는 아예 피해자가 존재하지도 않는 것 같은 인상을 준다. 사실상의 피해자는 당시의 피식민인 아랍인이다. 그런데 재판정에는, 심지어 방청석에마저도 아랍인의 모습은 전혀 보이지 않고 순전히 유럽계 백인들뿐이다. 많은 증인이 실명으로 불려 나오지만 정작 피해자인 아랍인의 가족이나 친지는 보이지 않고, 피해자는 끝내 그 이름조차 알려지지 않고 있다. 그가 억울한 죽음을 당했다 싶을 뿐 피해자 자신에 대해서는 재판장, 검사, 변호사, 방청객, 그 누구도 별다른 관심을 쏟지 않는다. 살해당한 아랍인은 다만 뫼르소가 체포, 투옥, 사형당하는 계기일 뿐이다. 이 살인은 뫼르소를 감옥과 법정과 단두대로 보내기 위한 살인일 뿐이다.(이 점을 근거로 『이방인』에 대해 정치적 해석을 가하는 비평가도 없지 않다.) 그러나 법정의 재판관, 검사, 변호사에게는 피고인 뫼르소 역시 실질적인 관심의 대상이 되지 못한다. 그들은 그들 자신의 '역할'에 대해서만 관심을 가지고 있다. 이런 의미에서 법정은 사회적 '유희'가 벌어지는 일종의 연극 무대다. 법정으로 대표되는 공식적인 사회의 연극적인 참모습이 드러나는 대목이다.

셋째, 사형. 법정은 재판을 통해 피고에게 죽음을 가하는 판결을 내린다. 이것은 또렷한 의식을 가지고 타자에게 의도적으로 가하는 죽음이다. 앞에서 이미 지적했듯이 법정은 사형 선고를 내렸을 뿐 사형 집행은 소설 밖에서 이루어질 것이다. 다시 말해 소설 속에서 사형은 아직 일어나지 않은 사건이다. 소설 속에서 실제로 일어난 사건은 오직 '살인'뿐이다. 그런데 역설적이게도 아직 실행되지 않은 이 죽음, 즉 사형에 대한 전망이 소설 속에서는 가장 핵심적인 관심의 대상이 되어 가장 심도 있게 다루어지고 있다. 이미 기정사실인 과거의 죽음보다 미래의 죽음이라는 '전망'만이 실로 삶에, 지금 당장의 삶에 그늘을 드리우고 영향을 끼치기 때문이다. 그런 의미에서 『이방인』은 죽음에 대한 이야기인 동시에 삶에 대한 이야기다.

소설에서 지대한 관심의 대상은 '과거'의 죽음이 아니라 '미래'에 닥쳐올 죽음이고, '남'의 죽음이 아니라 '나'의 죽음이라는 증거다. 따라서 '죽음'은 사실상 소설의 참다운 내용이기에 앞서 소설의 구조를 드러내는 테두리, 표적, 경계선으로써 소설에 형식을 부여하고 있다는 것을 알 수 있다. 죽음은 이 소설의 윤곽이다. 그렇기 때문에 죽음은 소설의 처음, 중간, 끝이라는 가장 전략적인 자리에 배치되어 있는 것이다. 죽음은 소설의 제1부와 제2부의 출발과 결말이 되고 있다. 다시 말해서 소설의 형식은 제1부가 어머니의 죽음에서 살인으로, 제2부가 살인에서 사형으로 시작되고 마감된다. 이처럼 소설은 죽음에 의해 내적 균형을 얻고, 그 제1부와 제2부는 서로 대칭 관계에 놓인다. 카뮈는 『행복한 죽음』의 집필이라는 오랜 시행착오를 거쳐 마침내 '적게' 말하면서 "내적인 광채가 제한되지 않은 채 요약되는" 암시의 형식과 톤을 찾아낸 것이다.

요약하면 다음과 같이 세 가지 '죽음'이 소설에 고전적 균형미를 부여하는 형식적인 기반이다.

첫째 '자연사': 어머니의 죽음이 살인으로 인도하는 제1부, 1~5장

둘째 '살인': 제1부, 6장

셋째 '사형': 살인이 사형으로 인도하는 제2부, 1~5장

이때 제1부 6장의 '살인'은 제1부의 종결점(제1부가 살인으로 끝난다)이지만, 동시에 제2부의 출발점(살인으로 인해 체포, 투옥, 심문, 증인, 재판, 사형 선고와 집행으로 이어진다)이다.

그러면 그 죽음들이 소설 속에서 어떻게 묘사·서술 되고, 또 그것이 어떤 의미를 지니는지 텍스트의 구체적인 표현들을 바탕으로 좀 더 면밀하게 분석해 보기로 한다.

① 자연사

어머니의 죽음은 겉보기와 달리 실제로는 자신도 모르게 뫼르소의 죄의식을 유발한다. 즉 그는 어머니가 죽자 그 죽음의 '그늘' 밑에서 살아간다. 소설의 제1부는 죽음이 던지는 암시적인 영향들로 이어져 있다. 어머니의 죽음으로 인해 뫼르소에게는 별다른 변화가 일어나지 않은 것 같아 보이지만, 어머니의 죽음 이후 달라진 그의 '시선'이 모든 대상을 변모시킨다. 이제 그의 눈에 보이는 세계는 낯설고 이상한 곳으로 변한다. 이른바 '낯설게 하기'Dépaysement의 작용이 여러 곳에서 감지된다.

1장의 장례식은 어떠한가? 그것은 어렴풋하게 용해, 액화되어 끈적거리는 세계로, 뫼르소에게 일종의 환각 상태를 연출해 보인다. 그가 장례 행렬의 뒤를 따를 때 견딜 수 없이 쏟아지는 햇빛의 영향, 즉

일종의 액화 현상과 검은색이 그러하다. "녹아서 갈라 터진 아스팔트", "콜타르의 번쩍거리는 살", "검은 반죽으로 이겨서 만든 것 같은" 마부의 모자 등 온통 검은색이 주조를 이룬다. 갈라진 아스팔트의 "끈적거리는 검은 빛깔", 사람들이 걸친 상복의 "흐릿한 검은 빛깔", 니스 칠한 영구차의 "검은 빛깔" 등 단조롭기만 한 흑백 톤으로 돌변한 장례식 풍경 때문에 뫼르소는 어리둥절해한다. 한편 어머니의 시신을 지키며 밤샘을 하는 영안실의 모습은 악몽 속의 장면을 연상시킨다. 노인들이 밤샘을 위해 실내로 들어올 때의 침묵, 그러나 "눈이 아플 정도로 뚜렷이 드러나 보이는" 모서리 하나하나, 그리고 눈부신 빛은 그 장소를 짓누르는 침묵을 더욱 공격적이고 기괴한 것으로 만들어 놓는다. "아무 말 없이 그 눈부신 빛 속을 슬며시 들어온" 노인들은 악몽이나 환각 속의 인물들인 양 "그들이 실제로 존재하는 사람들이라고 믿기 어려울 정도"다. "그들의 눈은 보이지도 않고, 다만 온통 주름살투성이인 얼굴 한가운데 광채 없는 빛만 보였다." 그들은 "모두 문지기를 둘러싸고 나와 마주 앉아서 고개를 꾸벅거리고만" 있다. 그 전에 이미 양로원 마당을 가로지를 때 뫼르소는 노인들의 떠드는 소리가 "앵무새들이 나직하게 재잘거리는 소리 같다"고 느낀다. 거기다가 페레스 영감의 기괴한 모습은 또 어떠한가. 그를 처음 만났을 때의 인상은 우스꽝스럽다. "검은 점들이 박힌 코 밑에서 입술이 떨리고, 상당히 가느다란 흰 머리털 밑으로 축 처지고 귓바퀴가 야릇하게 말린 흉한 귀"를 가진 그는 장례 행렬을 따르다가 결국 "꼭두각시가 해체되어 쓰러지듯" 기절해 버린다. 이런 모든 것은 부지불식간에 뫼르소에게 일종의 죄의식을 자극한다. 그러나 죽음의 고통을 마음속에서 억압하듯 "말수가 적은" 그는 고통을 직접적으로 표현하지 않고 묘사를 통해 암시할 뿐이다.

2장, 장례식을 마치고 돌아온 그는 항구의 바다에서 수영을 하다가 마리와 만났지만, 함께 집으로 온 그녀가 다음 날 아침에 돌아가고 나자 발코니에서 밖을 내다보며 무료하게 오후를 보낸다. 그는 어머니가 죽고 난 뒤에야 어머니와의 관계가 어떠한 것이었나를 깨닫는다. 어머니가 죽기 전에는 습관, 무심함, 일상생활이 지배했다. 그런데 지금 그는 막연한 죄의식을 느끼는 것 같다. 겉보기에는 무심한 듯한 그의 생활은 이제부터 그 죄의식 속에서 살인 장면까지 이어진다. 먼저, 마리와 자고 난 뒤 처음 찾아든 생각은 무엇이었던가? 그는 여느 때처럼 셀레스트네 식당에 가서 점심을 먹으려 하지 않는다. 그는 이유를 이렇게 표현한다. "왜냐하면 틀림없이 식당 사람들이 질문을 할 텐데, 나는 그게 싫기 때문이었다." 그는 어머니의 죽음이 입에 오르내리는 것을 꺼린다. 그는 결코 어머니의 죽음에 무심한 것이 아니다. 겉으로 표현하지 않을 뿐이다. 어머니가 양로원으로 간 것이 이미 3년 전인데도 그의 눈에는 '이제'야 아파트가 '너무' 커 보인다. 그의 의식에는 여전히 장례식 날 받은 내면적인 충격의 흔적이 완전히 지워지지 않은 것이다. 발코니에서 내려다보는 거리의 풍경이 어제의 일, 영안실의 그 눈부신 빛이나 얼떨떨했던 그 느낌을 되살려 놓는다. "가로등은 젖은 포도를 비추고, 전차들은 일정한 간격을 두고 빛나는 머리털, 웃음 띤 얼굴 또는 은팔찌 위에 불빛을 던지는 것이었다."

3장에서 5장까지도 여전히 어머니와 관련된 여러 사실이 환기된다. 사무실 근무로 복귀한 3장은 뫼르소와 사장의 대화로 시작된다. 사장이 어머니의 나이를 묻자 그는 '한 60쯤' 되었다고 어물어물 대답한다. 이것은 심리적인 거리낌의 암시가 아닐까? 이 장에서 같은 거주지 안에 파트너를 잃은 세 남자가 동시에 등장하는 것은 과연 우연의 일치일까? 뫼르소는 어머니를 잃었고, 옆방에 사는 레몽은 무어인 정부가 그를 버리고 집을 나가 버렸다. 살라마노 영감은 오랫동안 키우던 개를 잃었다. 개는 그의 아내가 죽은 뒤 고독해서 대신 키운, 이를테면 아내의 대용이다. 살라마노는 개에 대해 "항상 여기 있는 거예요"라고 말함으로써 뫼르소와 어머니의 관계를 상기시킨다. 뫼르소가 상을 당했다고 하자 레몽은 "자포자기하면 안 된다"고 충고한다. 그들 세 인물은 각기 비슷한 상실의 영향권 안에서 뫼르소에게 어머니의 죽음을 강박적으로 상기시킨다.

제1부 4장의 살라마노와 개는 보다 직접적으로 죽은 어머니를 상기시킨다. 이 장은 개를 잃은 영감이 옆방에서 우는 소리를 들으며 뫼르소가 어머니를 생각하는 장면으로 마감된다. "그의 침대가 삐걱거렸다. 그러고는 벽을 통해서 들려오는 괴상한 소리로 나는 그가 울고 있다는 것을 알았다. 내가 어머니의 생각을 왜 했는지 모르겠다." 이 까닭 모를 어머니 생각이야말로 심리적 암시가 아니고 무엇이겠는가. 5장에서는 자동인형 같은 키 작은 여자, 살라마노 등이 환각적인 장면을 연출한다. 뫼르소는 식당에서 자동인형 같은 '이상

한' 여자와 합석한다. 이 에피소드 바로 뒤에 아내가 죽자 외로움을 달래기 위해 개를 얻어 키우는 살라마노의 하소연이 이어진다. 이 에피소드는 사실상 어머니의 죽음에 대한 암시로 읽힌다. 살라마노가 개의 "진짜 병은 노쇠병인데, 노쇠병은 고칠 도리가 없다"고 말하는 것이다. 자연사에 대한 암시다. 그 말에 이어 영감은 "그리고 엄마가 그 개를 몹시 귀여워했다고 말했다. 엄마 이야기를 하면서 그는 '가엾은 자당님'이라고 말했다. 어머니가 세상을 떠난 뒤 내가 매우 상심하고 있을 것이라고 그는 말했지만, 나는 아무런 대답도 하지 않았다." '과묵한' 화자는 다른 사람의 말이나 외적 정황을 자신의 심경이 반사되는 거울로 만든다.

결론적으로, 뫼르소의 의식 내용이 어떤 것이든 이 일련의 암시적인 상황으로 미루어 보아 뫼르소에게 엄마는 결코 무관심으로 일관하거나 무시할 수 있는 존재가 아니었다는 것을 알 수 있다. 소설을 정독해 보면 우리는 화자 뫼르소의 무심한 듯한 어조에도 불구하고 그의 삶이 '어머니의 죽음'의 영향 속에서 영위되고 있었음을 읽을 수 있다.

② 살인

제1부 6장: 이 장은 세 가지 '죽음의 장'(제1부 1장 장례식, 제1부 6장 살인, 제2부 5장 사형 선고) 중에서 죽음이 현실적인 사건으로 서술되고 있는 유일한 부분이다. 그러나 실제로는 기이하게도 죽음 그 자체가 가장 짧게 언급된 장이다. 살인은 그저 네 방의 총소리, "내가 불행

의 문을 두드린 네 번의 짧은 노크 소리"에 불과하다. 이 죽음은 소설의 제1부와 제2부 사이의 대칭 관계를 드러내는 하나의 지표라는 점에서는 다른 두 죽음과 동일한 기능을 하지만, 그것이 갖는 의미는 다른 두 죽음과 다르다. 우리는 재판 과정이나 감옥에 갇힌 뫼르소의 의식 속에서 살해당한 아랍인이나 그의 가족들은 거의 관심의 대상이 되지 못한다는 사실을 주목할 필요가 있다. 소설의 전 공간을 굽어보는 듯한 화자의 시야 속에서 이 아랍인은 충분한 인격체로 형상화되지 못하고 있다. 변호사는 "빠른 어조로 도발 행위를 주장하고 나서, 그도 역시 나의 영혼에 대해 이야기했다."(제2부 4장) 이때 변호사가 왜 상대의 도발 행위에 대해서는 '빠른 어조로'만 지나쳐 버렸는지, 왜 뫼르소의 행동이 그 도발 행위에 대한 정당방위였다고 충분히 항변하지 않았는지 이해하기 어렵다. 당시 알제리는 프랑스의 식민지였다. 이런 식민지 상황에서 '타자'인 아랍인을 '우연히' 살해한 백인 뫼르소에 대해 사형이라는 가혹한 형벌을 내린 것도 당시의 관행에 비추어 볼 때 이해하기 어렵다. 만일 이 소설에서 이야기의 핵심이 아랍인의 살해라고 한다면, 과연 르네 지라르처럼 소설의 '구조적인 결함'을 운위云謂할 수도 있을 것이다.

　살인 사건으로 마감되는 이 장의 서술을 좀 더 현미경적으로 읽어 보자. 그날 아침에 바닷가로 떠나기 위해 찾아온 마리는 뫼르소에게 '초상 치르는 사람 같은 얼굴'을 하고 있다고 말했다. 어머니의 죽음 이후 두 번째인 죽음(살인)의 장은 '초상'이라는 표현으로 시작된다. 의미심장한 은유가 아닐 수 없다. 또한 소설의 한복판에 배치된 이

장은 소설의 제1부 1장부터 5장까지에서 보았던 것처럼 열기에 용해, 액화되어 가던 사물들이 견고하고 공격적인 광물질의 세계로 표변하는 장이다. 소설 전체의 건조한 문체에 이어 갑작스레 많은 은유적인 표현들이 쏟아져 등장하는 것도 이 장이다. 그 중심에 공격적인 태양이 있다. 정오가 지난 바닷가의 태양은 어머니의 장례식 때처럼 사물을 액화시키는 것이 아니라 단단하게 만들고, 모든 물질을 쇠붙이로 변화시킨다. 바다는 칼이 되고, 모래는 강철이 되고, 행동은 살인이 된다. 이날 아침 화자 뫼르소는 시작부터 "길에 나서자 뜨거운 햇볕에 따귀라도 맞은 느낌"이라는 뜻밖의, 그리고 좀 과격하면서도 의미심장한 공격의 은유를 동원한다. 이는 장차 해변 장면의 공격성을 예고한다. 이 장의 클라이맥스에 이르면 햇빛을 반사하는 모래, 쇠붙이, 칼, 사금파리, 권총 모두가 광물의 공격성을 드러낸다. 공격성은 사실 어머니 장례식과 해변 장면에 공통된 것이다. "그것은 어머니의 장례식을 치르던 그날과 똑같은 태양이었다"고 뫼르소는 말한다. 이 말은 이날의 상황을 어머니의 죽음과 등식 관계로 정리하는 발언이다. 다시 말해서 살인은 어머니의 죽음의 메아리이며 귀결인 동시에 이제 다가올 제3의 죽음, 즉 사형 선고의 예고요 전조라는 의미다. 구조적인 측면에서 해석하면 살인은 제1부와 제2부의 통로나 연결 고리로 기능한다는 뜻이다. 죽음 1(어머니의 죽음—처음)이 소설의 제1부 전체에 어두운 죄의식의 그림자를 던지듯, 뫼르소를 기다리고 있는 미래의 죽음 3(사형—끝) 또한 소설의 제2부 전체(재판과 사형 선고와 죽음에 대한 성찰)에 숙명적인 그림자를 던진다.

결론적으로 비록 죽음 2(살인)가 감옥에 갇히고 사형 선고를 받는 원인이기는 하지만, 피고 뫼르소에게 보다 깊은 영향과 흔적을 남기는 것은 '살인'이 아니라 죽음 1(어머니의 자연사)과 죽음 3(뫼르소의 사형)인 것이다. 살인 사건은 소설의 중심에 배치되어 미래에 다가올 죽음, 즉 사형 집행이 던지는 어두운 그림자와 어머니의 죽음이 드리우는 죄의식의 그림자가 서로 만나는 서술 전략상의 교차점에 불과하다. 소설 전체 구조에서 살인 사건의 효율적인 기능은 바로 여기에 있다. 죽음 2(살인)는 죽음 1(어머니의 죽음)에서 죽음 3(사형)으로 가는 통로 역할을 하면서 주인공이 죽음의 그림자에서 잠시도 벗어나지 못하게 만든다. 아랍인의 죽음이 관심 범위에서 완전히 지워진 듯한 인상을 준다는 사실이 그 점을 증명한다. 살인 행위는 오직 살인자와만 관련이 있고 피해자와는 아무 관계가 없는 어떤 불법 행위에 불과해 보인다. 핵심은 화자요 주인공인 뫼르소지, 타자인 아랍인이 아닌 것이다.

③ 재판－사형(다가올 죽음)의 그림자－'숨결' 또는 '어두운 바람'

제2부 1장: 엄마의 장례식에서 뫼르소가 '냉정한 태도'를 보였다는 것과 관련해 변호사가 뫼르소에게 "자연스러운 감정을 억제했느냐?"고 물었을 때, 뫼르소가 그렇지 않다고 대답하자 변호사는 "그러면 불리한 결과가 올지도 모른다"고 쌀쌀맞게 경고한다. 이 순간 뫼르소 자신과 마찬가지로 독자들 역시 벌써부터 재판 결과에 대해 부정적인 예감을 갖지 않을 수 없다. 더군다나 변호사 앞에서 뫼르

소는 이런 기이한 말까지 덧붙이는 것이다. "건전한 사람은 누구나 다소간 사랑하는 사람들의 죽음을 바랐던 경험이 있는 법이다." 그러자 흥분한 변호사는 급히 그 말을 '가로막았고', 그런 말은 법정에서나 예심 판사의 방에서는 하지 않겠다는 약속을 하라고 다그친다.

2장에서 뫼르소는 "감방이 내 집"이라고 여기고 자신의 생활이 그 속에 '멈춰 있음'을 느낀다. 그의 운명이 결정적임을 느끼게 하는 대목이다. 이 장의 끝은 다음과 같은 불길하고 의미심장한 말로 마감된다. "그때 나는 어머니의 장례식 날 간호사가 하던 말이 생각났다. 정말 빠져나갈 길이란 없는 것이다. 그리고 형무소 안의 저녁이 어떤 것인지는 아무도 상상하지 못한다." 과거의 죽음1(장례식)을 환기하는 동시에 미래의 죽음(사형 선고)에 대한 예고로 읽히는 진술이다.

3장에서 어머니의 시신 옆에서 우유를 마신 것과 관련한 심문 끝에 화자는 이렇게 말한다. "그때 나는 무엇인가 방청석 전체를 격앙시키는 것을 느끼고 처음으로 내가 죄인이라는 것을 깨달았다." 이에 대한 변호사의 반응은 어떤가? "그러나 그 자신 동요된 빛이었고, 사태는 나에게 결코 유리하게 돌아가지 않고 있다는 것을 깨달았다." 화자 뫼르소는 결론처럼 이 장을 다음과 같이 끝맺는다. "마치 여름 하늘 속에 그려진 낯익은 길들이 죄 없는 수면으로 인도해 갈 수도 있고 감옥으로 인도해 갈 수도 있는 것처럼." 이 서정적이고 우울한 술회는 제1부의 개방된 삶을 의미하는 '죄 없는 수면'과 제2부의 갇힌 삶을 의미하는 '감옥'을 서로 이어 주는 죽음의 길을 손가락질해 보인다. 이 길은 소설 전체를 관통한다. 다음에 이어지는 4장의

'사형 선고'는 확신이 되어 임박해 오는 죽음이다. 죽음은 이제 막연한 위협이 아니다. 이 시점부터 소설의 끝까지 죽음의 강박은 뫼르소를 놓아주지 않을 것이다. 소설의 마지막을 장식하는 5장에서 부속 사제가 사형수 뫼르소를 찾아온다. 신부가 기도하겠다고 하자 그때까지 별로 말이 없던 뫼르소의 내면에서 무엇인가가 마침내 '폭발'한다. 올 것이 왔다. "그때 왜 그랬는지 몰라도 내 속에서 그 무엇인가가 툭 터져 버리고 말았다. 나는 목이 터지도록 고함치기 시작했고, 그에게 욕설을 퍼부으면서 기도하지 말라고 했다." 그리고 자신의 유일한 확신, 즉 죽음에 대한 그의 확신을 토해 낸다. "나는 보기에는 맨주먹 같을지 모르나, 나에게는 확신이 있어, 나 자신에 대한, 모든 것에 대한 확신, 너보다 더한 확신이 있어, 나의 인생과 닥쳐올 이 죽음에 대한 확신이 있어, 그렇다 나한테는 이것밖에 없다, 그러나 적어도 나는 이 진리를 그것이 나를 붙들고 놓지 않는 것과 마찬가지로 굳게 붙들고 있다." 여기서 우리는 뫼르소가 진실을 직시하며 진실을 위해서 죽는다는 것을 알 수 있다. 지금까지 살아온 뫼르소의 생애, 그의 진술을 따라 독자들이 차근차근 밟아 온 그의 모든 과거는 그를 이 죽음의 '확신'으로 인도한다. 카뮈가 말했듯이 소설가의 임무는 남의 생각을 전달하는 일이 아니라 말없이 사형수를 단두대로 인도하는 일이다. 그래서 뫼르소는 "마치 저 순간을, 내가 정당하다는 것이 증명될 저 신새벽을 여태껏 기다리며 살아온 것만 같다"고 못 박아 말한다. 이 말은 동시에 이 소설 전체의 모든 행위를 죽음이라는 가장 분명한 확신 속에 통합하는 구조적인 발언이다. 이어서 그는 죽음 앞에서 삶의 모든 가능성들이 갖는 저 기막힌 '등가성'等價性을 언급한다. 소설 전편에 걸쳐 되풀이된 말, "그것은 아무 의미도 없다"라는 표현은 삶의 가치를 평준화시키며, 삶을 휩쓸고 지나가는 죽음의 어둡고 가차 없는 바람이 초래하는 결과다. 죽음의 그림자가 삶 전체를 덮고 있는 것이다.

"내가 살아온 이 부조리한 생애 전체에 걸쳐, 내 미래의 저 밑바닥으로부터 항시 한 줄기 어두운 바람이, 아직도 오지 않은 세월을 거쳐서 내게로 불어 올라오고 있다. 내가 살고 있는, 더 실감 난달 것도 없는 세월 속에서 나에게 주어지는 것은 모두 다, 그 바람이 불고 지나가면서 서로 아무 차이가 없는 것으로 만들어 버리는 거다, 다른 사람의 죽음, 어머니의 사랑, 그런 것이 내게 무슨 중요성이 있단 말인가?"

소설 전편에 걸쳐 짧은 단문의 회화체로 서술하던 화자 뫼르소가 자신의 입으로 토해 내는 말의 문장 구조가 상대적으로 길어지고 장황해진다. 그렇다면 이 대목이 작가에게는 매우 다듬어진 의도적인 표현이라는 것을 알 수 있다. 미래의 저 밑바닥으로부터 불어오는 "어두운 바람"은 뫼르소의 의식 속에 확신으로 자리 잡고 있는 죽음의 광풍이다. 그 바람이 모든 가능성을 "서로 아무 차이가 없는 것"으로 평준화해 버린다. 어머니의 죽음에서부터 사형 선고에 이르는 동안 이 "어두운 바람"은 여러 곳에서 이미 암시처럼 불고 있었다. 제1부 3장에서 뫼르소는 레몽의 방을 나와 어둠 속의 층계참에 잠시

서 있다. 그때 고요하고 깊숙한 층계 밑에서 "으스스하고 음습한 바람"이 올라온다. 그런가 하면 살인 사건이 벌어지는 해변에서도 바다는 "가쁜 숨결"로 헐떡이며 그의 얼굴 위로 "무겁고 뜨거운 바람"을 실어 왔다.

이처럼 텍스트의 암시적 지표들 속에 숨어 있는 죽음은 『이방인』 전체의 주제인 동시에 그 형식을 지탱하는 창조적인 충동으로 작용한다. 한편으로 어머니의 죽음과 뫼르소의 사형은 소설의 양쪽 끝, 즉 소설이 시작되기 전과 소설이 마감된 뒤에 어느 지점으로부터 '숨결' 또는 '바람'의 모습으로 불어와 소설의 한복판 살인이라는 '구심점'에서 서로 만난다. 또한 그와 반대로 법정은 오직 소설의 시작에 위치한 어머니의 죽음 쪽으로만 관심을 보이며 뫼르소의 행동을 해석하고, 뫼르소 자신은 오직 미래에 다가올 자신의 죽음 쪽으로만 관심을 집중함으로써 일종의 '원심력' 운동을 나타낸다. 즉 재판부와 피고는 소설의 중심인 살인 사건에서 소설의 시작과 끝 쪽으로만 향하는 힘의 방향을 드러내는 것이다. 이 두 가지 서로 상반된 힘의 운동은 서로 대칭, 균형을 이룬다. 따라서 소설의 의미는 죽음이라는 주제에 기반을 둔 제1부와 제2부 사이의 평행, 균형 관계로부터 산출된다고 볼 수 있다.

④ 결론

"아무도 어머니의 죽음을 슬퍼할 권리는 없는 것이다. 그리고 나 또한 모든 것을 다시 살아 볼 수 있을 것 같은 생각이 들었다, 마치 그 커다란 분노가 나의 고뇌를 씻어 주고 희망을 가시게 해 준 것처럼, 신호들과 별들이 가득한 밤을 앞에 두고 나는 처음으로 세계의 정다운 무관심에 마음을 열고 있었던 것이다. 그처럼 세계가 나와 닮아 마침내 형제 같음을 느끼자, 나는 전에도 행복했고 지금도 행복하다고 느꼈다. 모든 것이 완성되도록 하기 위해서, 내가 덜 외롭게 느껴지기 위해서, 나에게 남은 소원은 다만, 내가 사형 집행을 받는 날 많은 구경꾼들이 와서 증오의 함성으로 나를 맞아 주었으면 하는 것뿐이다."

소설의 마지막 문단을 인용한 것이다. 인간은 모두 '사형수'다. 삶의 끝에서 기다리고 있는 죽음에 대한 확신이 인간을 사형수로 만들어 놓는다. 인간은 반드시 죽는 운명에 처해 있다. 이것이 변함없는 인간의 조건이다. 사형수는 죽음과 정대면함으로써 비로소 삶의 가치를 깨닫는다. 죽음은 삶의 가치를 더욱 돋보이게 하는 어두운 배경이며 거울이다. 삶과 죽음은 표리 관계를 맺고 있다. 필연적인 죽음의 운명 때문에 삶은 의미가 없으므로 자살해야 하는 것이 아니다. 죽음은 이 한정된 삶을 더욱 치열하게 살아야 하는 이유 그 자체다. 이 소설의 참다운 주제는 삶의 찬가, 행복의 찬가다. "그처럼 세계가 나와 닮아 마침내 형제 같음을 느끼자, 나는 전에도 행복했고

지금도 행복하다고 느꼈다." 그래서 뫼르소는 처음으로 세계의 '정
다운 무관심'에 마음을 열어 보인다. 죽음 앞에서 느끼는 세계와의
화해, 삶과의 일체감이 이 비극적인 소설의 진정한 결론이다.

4. 알베르 카뮈 연보

1913년   11월 7일, 알제리 몬도비에서 프랑스계 뤼시엥 카뮈와 에
스파냐계 카트린 생테스 사이에서 장남으로 태어남(마리 카
르도나, 레몽 생테스 등 『이방인』의 인물 명).

1914년   제1차 세계대전이 일어나자 아버지가 징집당해 프랑스 마
른 전투에서 전사. 미망인이 된 어머니가 친정이 있는 알
제의 빈민가 벨쿠르 구역(리옹가 17번지)으로 이사.

1918년   벨쿠르 초등학교에 입학.

1923년   교사 루이 제르맹의 주선으로 장학생 선발 시험에 합격.

1924년   알제 시의 벨쿠르와 반대편 쪽에 위치한 바벨우에드 구역
의 알제 중고교 진학.

1930년   알제대학 청소년부 축구팀 골키퍼로 활약. 폐결핵 발병.
무스타파 병원에 입원. 철학 교수 장 그르니에가 벨쿠르
에 있는 카뮈의 집을 방문.

1931년   이모부 귀스타브 아코의 집으로 이사. 10월에 복학한 고
등 문과반(카뉴)에서 철학 교수 장 그르니에를 다시 만나
다. 외할머니 카트린 마리 생테스 사망.

1932년	장 그르니에의 권유로 앙드레 드 리쇼의 『고통』을 읽다. 10월 '이포카뉴'반으로 진급.
1933년	히틀러, 권좌에 오르다. 건강상의 이유로 고등사범학교 입학시험 준비를 포기하고 알제 문과대학으로 진학. 그곳에서 장 그르니에 교수를 다시 만나다. (5월, 장 그르니에의 산문집 『섬』 출간) 생계를 위해 알제 시청 자동차 운전면허증 담당 아르바이트.
1934년	6월 16일, 시몬 이에와 결혼. 연극 운동.
1935년	6월, 철학 학사 자격 취득. 공산당 알제 지부 입당. 아랍계 속에 침투해 선무 활동. '라디오 알제' 극단을 이끌고 순회 공연. 『안과 겉』 집필. '노동 극단' 창단. 『아스투리아의 반란』 공동 집필 공연.
1936년	프랑스에 인민전선 정권. 프랑코 혁명. 에스파냐 내란. 석사 논문 통과. 7월, 시몬 이에, 친구 이브 부르주아와 더불어 중부 유럽 여행 중 아내와 이혼을 결심. 그러나 법적인 이혼은 1940년 2월에야 결정됨.
1937년	5월, 『안과 겉』 출간. 8월, 『행복한 죽음』 구상. 파리, 마르세유, 사부아, 이탈리아 등 유럽 여행. 교사직 포기. 국제적 전략에 따라 반식민주의가 우선순위에서 뒤로 밀리자 공산당 탈당. 노동 극단이 '에키프' 극단으로 교체되다. 알제 기상연구소 임시직.
1938년	건강상의 이유로 철학 교수 자격시험 응시 거부당함. 파

스칼 피아가 일간지 《알제 레퓌블리캥》을 창간하자, 편집 및 취재 기자로 활약. 희곡 『칼리굴라』 집필.

1939년 『이방인』 집필 시작. 5월, 샤를로 출판사에서 『결혼』 출판. 6월, 카빌리 취재. 《알제 레퓌블리캥》지가 검열을 피해 《수아르 레퓌블리캥》으로 개명. 9월 3일, 제2차 세계대전 발발.("전쟁이 발발했다. 어디에 전쟁이 있는가? 믿을 수밖에 없는 소식들과 읽어야 할 게시문들 외에 어디서 이 부조리한 사건의 징조를 찾을 수 있단 말인가?" —『작가수첩 1』, 191쪽) 그리스 여행 취소. 군에 자원입대하기를 원하나 건강상의 이유로 거부당함. 오랑 체류.「미노타우로스 또는 오랑에서 잠시」집필.

1940년 1월 10일, 《수아르 레퓌블리캥》 폐간당함. 2월 말, 오랑에서 잠시 가정교사 생활. 바로 이어서 3월 14일, 알제를 떠나 파리로.《파리 수아르》편집부 취업. "5월, 『이방인』 탈고."(『작가수첩 1』, 247쪽) 6월 초, 독일군의 파리 입성이 임박해지자 신문사가 클레르몽페랑으로 피난. 9월, 『시지프 신화』집필 시작. 12월 3일, 리옹에 피난해 있던 중 프랑신 포르와 재혼.《파리 수아르》감원으로 실직해 알제로 돌아가다. 오랑에 체류.

1941년 2월, 『시지프 신화』 탈고, "세 가지 부조리가 완성되었다." (『작가수첩 1』) 5월, 파스칼 피아, 말로가 장 그르니에보다 『이방인』에 대해 더 호평하고 갈리마르 출판사에 원고를 보냄. 11월, 갈리마르 편집부가 『이방인』 출간 결정.

1942년 5월, 폐결핵 재발로 각혈. 6월 초, 갈리마르 출판사에서 『이방인』(초판 4400부)을 출간해 서점에 배포. 8월 말, 요양을 위해 다시 프랑스 중부 상봉 쉬르 리뇽으로 떠남. 10월 16일, 『시지프 신화』 출간. 프랑신은 다시 오랑으로 돌아가고 카뮈는 생테티엔으로 치료를 받으러 내왕하며 '콩바' 조직 내부의 레지스탕스에 가담. 연합군 알제리 상륙. 가족과 연락이 끊어짐.

1943년 건강상의 이유로 상봉 쉬르 리뇽에 계속 체류. 갈리마르 출판사 편집위원에 임명. 지하신문 《콩바》 발행 시작. 『독일 친구에게 보내는 편지』 일부 비밀리에 발표.

1944년 5월, 『오해』 상연. 『독일 친구에게 보내는 편지』 마지막 회 발표. 파리 해방. 8월 21일, 지하신문 《콩바》가 밝은 세상으로 나오다.

1945년 제2차 세계대전 종전. 제라르 필립과 만남. 『칼리굴라』 상연. 《콩바》지 사설을 쓰다.

1946년 3월, 미국 여행. 뉴욕 등에서 연설. 11월, 시인 르네 샤르를 만나 친구가 되다.

1947년 6월, 소설 『페스트』를 발표. 비평가상 수상.

1948년 희곡 『계엄령』 상연.

1949년 6월 30일, 남미 여행 출발. 9월, 여행에서 돌아와 파늘리에에서 요양. 12월, 에베르토 극장에서 『정의의 사람들』 상연.

1950년	6월, 『시사평론, 1944~1948년 연대기』 출간. 『반항하는 인간』 집필 시작.
1951년	10월, 『반항하는 인간』 출간.
1952년	5월 8일, 《르 탕 모데른》을 통해 프랑시스 장송, 사르트르와 논쟁을 벌인 뒤 절교함. 《아르》, 《카르푸르》(우파), 《리바롤》(극우파)의 공격이 이어진다. 11월, 프랑코를 인정하는 유네스코 탈퇴.
1953년	연출가로 돌아가다. 앙제 페스티벌에서 칼데론의 『십자가의 경배』, 피에르 드 라리베의 『혼백들』 연출. 『시사평론 II 1948~1953』 출간.
1954년	산문집 『여름』 출간. 알제리 전쟁 시작.
1955년	그리스 여행. 디노 부자티의 『흥미로운 케이스』 각색.
1956년	전쟁 중인 알제리를 방문해 '시민 휴전' 호소. 5월, 소설 『전락』 발표. 윌리엄 포크너의 『어떤 수녀를 위한 진혼곡』 각색 연출. 11월, 헝가리 봉기. 유럽 작가회의에 참가. 봉기한 헝가리 민중을 위해 유엔에 호소.
1957년	3월, 단편집 『적지와 왕국』 발표. 가을에 『단두대에 관한 성찰』 출간. 10월, 노벨 문학상 수상.
1958년	『스웨덴 연설』 출판. 『시사 평론 III, 알제리 연대기』 발표. 6월, 그리스 여행. 9월, 루르마랭에 시골집 매입.
1959년	도스토예프스키의 『악령』 연출 공연. 장 그르니에의 『섬』이 재출간되는 기회에 긴 서문을 써서 추가하다. 늦은 여

름부터 자주 루르마랭에 체류하며 마지막 소설 『최초의
인간』 집필에 열중. 10월, 『악령』 순회공연 시작.
1960년   1월 4일, 파리로 가는 도중 자동차 사고로 사망(47세).

맺는 말: 쥘리엥 소렐에서 뫼르소까지

우리의 이야기는 끝에서 다시 처음으로 돌아간다. 110년 동안의 프랑스 현대 소설사를 일별하기 위해 우리는 처음으로 『적과 흑』에서 젊고 순정한 쥘리엥 소렐을 만났다. 『이방인』의 뫼르소가 맞이하는 행복하고도 비극적인 최후는 다시 우리가 처음 만났던 스무 살의 19세기 청년 쥘리엥 소렐의 최후를 생각나게 한다. 그 사이에 많은 것이 변했다. 자아와 시간에 대한 의식과 더불어 역사의 소용돌이가 밀려 들어왔다. 그러나 110년 뒤에도 청년은 다시 단두대로 걸어가서 자기의 진정한 모습과 대면한다. 청년은 또다시 진정함의 세계로 돌아간다. 그렇다, 그들은 둘 다 살인을 저질렀다. 그리고 그 죄를 인정하고 죽음을 맞는다. 그 죽음은 나름대로 개인의 구원이다. 죽음만이 진정한 삶의 모습을 비춰 준다. 왜냐하면 쥘리엥도 뫼르소도 마지막까지 자신에게, 자신의 삶에 정직하고 충실하고자 했기 때문이다. 그래서 그들은 그 최후를 '행복하게' 맞은 것이다.

찾아보기